# UNE NUIT EN NOVEMBRE

Katja Maybach

# UNE NUIT EN NOVEMBRE

Roman

*Traduit de l'allemand par Prisca Weiler*

PRESSES DE LA CITÉ

Titre original : *Eine Nacht im November*
Cet ouvrage a été proposé à l'éditeur français
par l'agence EDITIO DIALOG, Lille


ISBN 978-2-258-07645-7

# 1

## *Sarah*

La petite fille court sur le chemin gravillonné qui descend vers le lac. Ses longs cheveux blonds dansent sur ses épaules et, quand elle se baisse pour ramasser les marrons luisants, le soleil de ce début d'automne s'arrête sur la flaque rouge vif de sa robe. « Maman ! crie-t-elle. Maman, regarde ce que j'ai trouvé... Maman, tu es où ? » L'enfant se retourne, cherche des yeux autour d'elle. Et soudain elle voit sa mère. Elle est assise dans une vieille barque en bois qui glisse lentement sur le lac, elle s'éloigne de la rive, elle s'éloigne de sa fille, sort de sa vie.

Le ciel s'assombrit, les eaux noires du lac clapotent contre les flancs de la barque qui tangue. La mère ne répond pas aux appels de sa fille qui se sont mués en sanglots sonores, elle saisit les rames, et la barque disparaît lentement dans le gris de la brume automnale. La mère est partie.

Ses sanglots avaient réveillé Sarah. Dans son demi-sommeil, il lui semblait que la vie s'échappait d'elle, jusqu'à ce qu'elle comprenne qu'elle avait simplement fait un rêve.

Prudemment, elle se redressa. Elle passa ses doigts dans ses cheveux humides de sueur, elle entendait dans ses oreilles les battements de son cœur. Et s'il ne s'agissait pas d'un rêve ? S'il s'agissait d'un lointain, très lointain souvenir qui aurait brusquement émergé des ténèbres du néant ? Sarah se souvenait de beaucoup de choses du temps où elle était enfant, mais le jour, il y avait près de trente ans de cela, où sa mère les avait quittés, son père et elle, s'était effacé de sa mémoire. « Elle est retournée en France », lui avait à l'époque expliqué son père en la serrant fort dans ses bras. Il n'en avait pas dit plus et Sarah n'avait rien demandé. « La petite est vraiment très courageuse », avait-elle entendu sa nouvelle nurse dire un soir à la gouvernante. Sarah n'était pas courageuse. Simplement, elle pleurait quand personne ne la voyait. Elle était persuadée que sa mère l'avait quittée parce qu'elle ne méritait pas d'être aimée.

A l'âge de treize ans, elle s'était soudainement convaincue que sa mère avait été malheureuse, et elle avait échafaudé dans sa tête une mystérieuse histoire de destinée féminine tragique et de mari sans cœur. Pour une brève période, sa mère devint une héroïne romantique, et son père un personnage malfaisant tout droit sorti de la littérature du XIXe siècle. Cette phase n'avait toutefois pas duré, et le souvenir de la belle femme qui paraissait souvent si triste et inaccessible s'estompa progressivement. Jamais elle n'en parla avec son père. Bien qu'ils aient été très proches, une pudeur qu'ils ne parvenaient pas à dépasser les empêchait l'un et l'autre d'évoquer le passé. Père et fille se ressemblaient trop dans leur incapacité à montrer ou à exprimer leurs sentiments. Aujourd'hui, Sarah était convaincue qu'il connaissait la vraie raison du départ de sa femme. Peut-être, en gardant le silence, voulait-il protéger sa fille, mais après tant d'années cela semblait sans importance.

Sarah se leva et ouvrit sa fenêtre toute grande. De la rosée scintillait sur la pelouse, le jardin paraissait sortir d'une averse alors que la nuit avait été claire et que le ciel rayonnait à présent du bleu intense des premières heures d'une belle matinée d'automne. Sarah demeura devant la fenêtre ouverte et son cœur s'imprégna du tableau qui s'offrait à elle, de la vue familière sur le jardin et son allée de vieux marronniers qui descendait vers le lac. Elle emplit ses poumons de l'odeur de feuillage mouillé avant de refermer la fenêtre en frissonnant légèrement. Elle posa un instant son front contre la vitre froide et laissa ses pensées vagabonder. Agée de trente-quatre ans depuis une semaine, elle était enfin satisfaite de sa vie, même si, au cours des derniers mois, ses maux de tête s'étaient faits plus insistants. Des migraines, lui avait expliqué un neurologue des années auparavant. Cela commençait par des éblouissements et des nausées, puis de violents maux de tête survenaient. Des migraines d'ordre psychologique, toujours susceptibles d'apparaître dans les situations de grand stress, avait diagnostiqué le médecin.

Quelques jours plus tôt, Michael lui avait demandé si elles avaient un lien avec l'imminence de leur mariage, certes sur le ton de la plaisanterie, mais, tandis qu'il la prenait dans ses bras en riant, elle avait lu de l'incertitude et de l'inquiétude dans ses yeux.

Sarah se détacha de la fenêtre, gagna vivement la salle de bains et se glissa sous le jet brûlant de la douche. Les yeux plissés, elle tâtonna à la recherche du shampooing en songeant à la chaude journée d'été, huit ans auparavant, où Michael l'avait abordée sur les marches du palais de justice et lui avait demandé d'un ton plein de respect si elle était la fille du grand avocat Rolf von Schröder. Elle avait acquiescé avec un rire moqueur, mais n'en était pas moins tombée instantanément amoureuse du séduisant jeune homme.

Et, dans exactement une semaine, ils devaient se marier. Après d'âpres discussions, Sarah avait fini par se laisser convaincre de fixer une date. Elle cédait ainsi à l'insistance de Michael, mais elle exauçait aussi le vœu le plus cher de son père, qui souhaitait qu'ils prennent tous deux la direction du cabinet d'ici à la fin de l'année. Sarah exerçait à ses côtés en qualité d'avocate, de même que Michael, lui aussi attaché au cabinet. Son père, qui l'avait embauché sept ans auparavant, voyait en lui un successeur parfait. Michael avait en effet une grande capacité de travail, il en imposait à ses adversaires et inspirait confiance à ses clients.

Ce côté rassurant et l'intime conviction qu'il ne la décevrait jamais donnaient à Sarah le sentiment de stabilité et d'équilibre auquel elle avait toujours aspiré. Pourtant, au fond d'elle-même, une insatisfaction diffuse était aux aguets, qu'elle ne parvenait pas à définir et qu'elle s'empressait de refouler dès qu'elle la percevait. De même qu'elle bannissait de ses pensées ses rêves secrets de grande passion amoureuse. A trente-quatre ans, c'étaient des désirs puérils et immatures. Elle lava et massa les pointes de ses longs cheveux avec le shampooing traitant tout en se demandant si elle serait seulement capable d'éprouver une grande passion.

— Ma vie est parfaite, murmura-t-elle pour elle-même en manière d'incantation. Elle ne peut pas être autrement que parfaite.

Ce n'était pas son rêve de ce matin qui changerait les choses, même s'il l'avait déstabilisée et avait ravivé d'anciennes peurs.

Elle ferma le robinet de la douche, enfila un peignoir blanc et regagna sa chambre. Il était encore tôt, elle avait du temps devant elle.

Elle repensa à sa mère. Elle avait en mémoire une belle femme aux cheveux noirs à l'air constamment triste ; Sarah s'en souvenait avec précision. N'aimait-elle pas son mari ? Ou, même, y avait-il eu un autre homme dans sa vie ? Suivant une brusque impulsion, Sarah sortit de la pièce et, sans faire de bruit, comme une voleuse, se faufila dans son ancienne chambre d'enfant à l'étage supérieur. Elle n'y était pas venue depuis longtemps. Sarah regarda autour d'elle dans le demi-jour. Le lieu était silencieux ; l'espace d'un bref instant, elle eut l'impression que son enfance reprenait vie.

Elle parcourut la pièce des yeux. Peut-être trouverait-elle quelque chose, un objet quelconque qui lui rappellerait sa mère et qu'elle n'aurait pas remarqué jusque-là. Elle s'agenouilla devant le vieux coffre à jouets en bois peint sur lequel son ours en peluche était assis. A six ans, elle l'avait tondu, puis elle lui avait fabriqué un petit pantalon bleu clair au crochet pour qu'il n'ait pas froid sans sa fourrure. Elle caressa son museau en esquissant un sourire et posa le compagnon de son enfance par terre à côté d'elle. Elle ouvrit le coffre et en sortit une photo grand format qui se trouvait sur le dessus. Un immense *Schultüte*[1] et derrière un petit visage triste. Son visage.

1. Traditionnellement, en Allemagne, le premier jour d'école primaire d'un enfant est marqué par la remise d'un grand cornet, le *Schultüte*, contenant bonbons, petits cadeaux, menus objets utiles destinés à adoucir le début d'une nouvelle vie aux règles plus strictes. (*N.d.T.*)

Sarah fouilla parmi les jouets, remua les livres, les poupées, leurs vêtements et leurs minuscules chaussures, sans rien trouver de ce qu'elle cherchait. Elle fit un effort pour se relever. C'était stupide. Pourquoi mettait-elle ces vieilleries sens dessus dessous quand elle savait pertinemment qu'elle ne découvrirait rien, absolument rien qui puisse lui rappeler sa mère ?

A l'époque, quand il avait fait enlever ce qui avait appartenu à sa femme, son père n'avait pas fait les choses à moitié. Vêtements, meubles, photos, tout avait été déménagé. Une semaine après le départ de sa femme, c'était comme si Mirjam von Schröder n'avait jamais existé. Sarah regarda longuement autour d'elle avant de quitter la pièce et de descendre sur la pointe des pieds dans la cuisine.

Toujours en s'efforçant de ne pas faire de bruit, elle se prépara un thé et s'assit à la petite table placée sous l'arc d'une fenêtre en demi-lune, qui donnait elle aussi sur le lac et la vieille allée de marronniers aux feuilles roussies par l'automne. Une branche de l'un des arbres était si basse qu'elle cachait partiellement la vue et que l'on n'apercevait qu'un petit morceau de la rive. Sarah songea de nouveau au rêve dans lequel elle ramassait des marrons étincelants. Elle était sûre d'une chose : c'était bien l'automne quand sa mère était partie. En revanche, cette histoire de barque n'avait pas de sens. Sa mère devait avoir quitté la maison tout à fait normalement, en taxi ou avec sa propre voiture. On ne partait pas en barque par le lac à moins de fuir, en se dissimulant et la peur au ventre. Mais fuir devant quoi, devant qui ? C'était un rêve, Sarah en avait à présent la certitude.

Absorbée par ses pensées, elle n'avait pas entendu la porte de la cuisine s'ouvrir et sursauta quand la gouvernante surgit à côté d'elle.

— Bonjour !

Mme Boos dévisagea avec étonnement Sarah, qui s'était levée et arpentait maintenant la cuisine, sa tasse de thé à la main.

— Ton père m'a chargée de te dire qu'il était déjà parti au cabinet.

— Oui. Oui, merci...

Toujours perdue dans ses pensées, Sarah rendit distraitement son bonjour à Mme Boos, puis sortit de la cuisine et gagna le vaste bureau. Tout en glissant un mémoire et diverses lettres dans son porte-documents, elle songea à son père et à ce que représenterait pour lui le fait de se retirer complètement des affaires. Jusqu'à soixante-quinze ans, Rolf von Schröder avait tenu les rênes, puis il avait commencé à déléguer et avait progressivement cédé tous ses dossiers à ses collaborateurs. Aujourd'hui, cependant, à plus de quatre-vingt-cinq ans, il mettait un point d'honneur à être tous les matins le premier dans la salle de réunion pour le briefing quotidien. Ensuite, il se retirait dans son bureau, passait quelques appels, rédigeait quelques lettres, déjeunait sur les coups de midi avec l'un des avocats ou avec Sarah, puis, vers quatorze heures, regagnait sa maison sur les rives du lac de Starnberg. Sarah se demandait comment, une fois la passation de pouvoirs définitive, son père supporterait de ne plus se rendre chaque jour à son bureau. Elle ne parvenait pas à l'imaginer en simple retraité jouant au golf et elle doutait beaucoup qu'il s'accommode de sa nouvelle situation et de la solitude qui en résulterait.

A l'instant où Sarah s'apprêtait à fermer son porte-documents, le fax bourdonna. Elle se dirigea vers l'appareil et saisit la feuille qui en sortait pour la joindre aux dossiers qu'elle emportait. En la glissant dans une chemise, elle y jeta machinalement un coup d'œil. Son pouls s'accéléra. Elle reprit la feuille. Sa main tremblait, sa bouche était sèche. Le fax lui était destiné.

*Chère Madame von Schröder,*

*Nous avons la tristesse de devoir vous informer que votre mère, Mme Mirjam Moses, est décédée ce vendredi des suites d'une longue maladie.*

*En raison d'une erreur de notre part, que nous vous prions de bien vouloir excuser, vous n'avez malheureusement pas été informée plus tôt de ce décès. N'ayant pu vous joindre ce matin au téléphone, nous espérons que ce fax vous parviendra à temps.*

*Nous souhaiterions que vous assistiez à l'enterrement qui a lieu cet après-midi à 16 h 30.*

*A cette fin, nous avons réservé une place à votre nom sur un vol Munich-Paris. Départ Munich : 10 h 50. Arrivée Paris-Charles-de-Gaulle, où quelqu'un vous attendra : 12 h 25.*

*Merci de bien vouloir nous confirmer votre venue.*

*Avec toute ma considération,*

*Serge Delmas*

La main de Sarah retomba sans force. Elle avait l'impression que le monde s'écroulait. Au bout de quelques secondes, elle se baissa pour ramasser le fax qui lui avait échappé.

Elle lut plusieurs fois la lettre, qui émanait d'un cabinet d'avocats parisien. Lentement, elle se redressa, se dirigea vers la table et écrivit deux mots au bas de la page avant de la faxer en retour.

*Je viens.*

Puis elle remonta en hâte au premier étage, fourra quelques affaires dans son sac de voyage et appela un taxi. Sur le point de partir, elle lâcha son sac, décrocha le téléphone et composa le numéro de Michael au cabinet. Il devait déjà être à son bureau en train de parcourir une dernière fois le dossier d'une affaire importante qui passait l'après-midi même au tribunal. Michael était un perfectionniste ; Sarah savait qu'il préparerait sa plaidoirie dans le moindre détail, rien ne serait laissé au hasard.

— Salut, Sarah. Mais qu'est-ce que tu fais ? Je t'attends. Nous devions revoir ensemble les pièces du dossier...

— Michael, l'interrompit-elle vivement. Michael, écoute... Ne m'attends pas. Je ne viendrai pas. J'ai un avion dans deux heures pour Paris. Je vais à l'enterrement de ma mère. Elle est morte il y a quelques jours.

Michael demeura un instant silencieux, puis répondit, sans oser se montrer trop affirmatif :

— J'en suis désolé, mais il me semble qu'elle vous a laissés tomber, ton père et toi, il y a des années, et qu'elle ne s'est plus jamais manifestée depuis. En outre...

Il marqua une pause pour donner plus de poids à ce qu'il allait dire.

— ... nous nous marions dans une semaine.

Sarah ne put s'empêcher de rire.

— Michael, je serai de retour au plus tard demain ! Et pour ce qui est de notre mariage, tout est prêt depuis longtemps. J'ai une faveur à te demander, se hâta-t-elle de poursuivre avant que Michael puisse émettre une objection. Peux-tu annoncer la nouvelle avec ménagement à mon père ? Je n'ai pas le temps de le faire, et pas le courage non plus. Malgré tout, il est possible que la mort de son ex-femme le touche, même s'il y a trente ans qu'elle est partie.

— Sarah, je ne comprends vraiment pas pourquoi tu te mets dans cette situation. Et je suis certain que ton père n'approuverait pas que tu partes comme ça sans prendre le temps de la réflexion. S'il n'y avait pas cette...

Michael hésita un instant avant de poursuivre :

— ... cette audience au tribunal avec Hübner, je pourrais...

— Mayer pourrait te remplacer, il connaît le dossier, l'interrompit Sarah, heureuse qu'il réfléchisse à la possibilité de l'accompagner.

Michael n'était pas quelqu'un d'expansif, mais il ne la laisserait pas tomber alors qu'elle avait vraiment besoin de sa présence.

— Sarah, s'il te plaît, laisse-moi finir. Je voulais dire que je t'accompagnerais volontiers s'il n'y avait pas l'audience de cet après-midi. Je tiens absolument à y assister moi-même. Je pense que c'est aussi ce que ton père attend de moi.

Sarah se sentit blessée. Pourtant, après une courte hésitation, elle prit sur elle et déclara, sur un ton qu'elle s'appliqua à rendre enjoué :

— Bon, eh bien, il faut que j'y aille, maintenant. Mon taxi est sûrement arrivé. Et bonne chance pour cet après-midi ! Mon père appréciera certainement que tu restes pour plaider, ajouta-t-elle encore.

Michael ne perçut pas la nuance ironique de sa dernière phrase.

— Appelle quand tu seras arrivée. Et... je t'aime, Sarah.

— Je sais.

Elle raccrocha précipitamment et dévala l'escalier. Au rez-de-chaussée, elle fit une brève incursion dans la cuisine, où Mme Boos, assise à la petite table devant la fenêtre, buvait son café en lisant le journal. Des légumes frais avaient été étalés par ses soins sur la grande table qui occupait le centre de la pièce, afin que personne n'ignore qu'elle était déjà allée faire les courses.

— Au revoir, j'y vais, maintenant ! lança Sarah.

Elle se demanda fugitivement si elle devait parler du fax à la gouvernante, lui dire qu'elle s'apprêtait à prendre un avion pour Paris. Il y avait déjà vingt-cinq ans que Mme Boos était entrée au service de la famille, qu'elle faisait tourner la maison, et depuis quelque temps elle supportait avec stoïcisme la mauvaise humeur toujours plus fréquente du vieux Rolf von Schröder et les critiques toujours plus nombreuses visant ses talents culinaires. Arrivée quatre ans après le départ de Mirjam von Schröder, elle connaissait l'histoire familiale, et, à ses yeux, Sarah était restée la petite fille qu'il fallait choyer pour compenser l'absence de sa mère.

Sarah décida de garder pour elle ce qui aurait inévitablement déclenché une discussion sans fin, et partit sans plus s'attarder.

Sur le perron de la maison, elle s'arrêta et attendit que la porte se referme derrière elle. Brusquement, elle n'était plus pressée de prendre cet avion pour Paris, de risquer d'obtenir des réponses aux questions qui aujourd'hui encore se dressaient comme un mur invisible entre son père et elle. Elle avait peur de la vérité, peur de ce qui l'attendait à Paris. La mort, qui mettait impitoyablement et à jamais un terme à son rêve secret de revoir sa mère, venait de passer sur elle comme un souffle glacé. Elle se dirigea d'un pas raide vers le taxi qui l'attendait, consciente qu'il était temps de rompre le silence entourant la vie de sa mère.

Un jeune employé du cabinet Delmas attendait Sarah à l'aéroport de Roissy. Il brandissait à deux mains un petit écriteau sur lequel son nom figurait en grosses lettres. Quand elle l'eut rejoint, il la salua rapidement, dit s'appeler Pierre Rousseau, lui prit son sac de voyage et sans un mot la précéda d'un pas pressé vers la sortie. Ils montèrent en voiture et quittèrent le parking sans qu'il se montre plus loquace. Ce n'est qu'une fois sur l'autoroute qu'il l'informa que l'enterrement n'avait pas lieu à Paris, mais en Normandie.

— Plus précisément dans le petit village où votre mère possédait une maison.

Un regard de biais sonda Sarah comme si le Français attendait une objection. Mais elle demeura silencieuse. Elle se sentait brusquement fatiguée et doutait d'avoir pris la bonne décision en venant. L'homme assis à côté d'elle s'éclaircit la gorge avant de poursuivre, d'un ton mal assuré :

— Maître Delmas a malheureusement un empêchement cet après-midi. Il regrette de ne pas pouvoir assister à l'enterrement. Mais vous pourrez le rencontrer demain, lors de la cérémonie funèbre proprement dite.

Sarah ne répondit rien. La cérémonie funèbre proprement dite ? Qu'est-ce que cela signifiait ? Comme elle restait murée dans son silence, le jeune homme prit une enveloppe rectangulaire dans la boîte à gants et la posa sur ses genoux.

— Votre invitation personnelle.

Le silence de Sarah le contrariait.

— Je ne parle pas allemand, j'espère que vous comprenez mon français. Je sais que je parle très vite.

Sarah secoua la tête en souriant.

— N'est-ce pas le cas de tous les Français ?

Elle avait néanmoins compris tout ce qu'il avait dit. Une cérémonie importante aurait lieu le lendemain pour sa mère. Mais pourquoi ? Qui sa mère avait-elle été ? Quelle avait donc été sa vie ? Sarah avait toujours imaginé sa mère dans un petit appartement modeste, seule et pas très heureuse.

La situation prenait un tour qui commençait à la mettre mal à l'aise.

— J'avais l'intention de rentrer à Munich demain, hasarda-t-elle d'une voix timide.

— Non, ne faites pas ça !

D'un seul coup, Pierre Rousseau s'était animé.

— Ce n'est pas possible ! Maître Delmas tient absolument à ce que je vous conduise à la maison de votre mère après l'enterrement. Et je dois passer vous y prendre demain vers midi, vous serez ainsi de retour à Paris à temps pour la cérémonie.

Sarah eut peur. On lui demandait de passer la nuit seule dans une maison, peut-être même dans celle où sa mère était morte. Elle regretta amèrement de n'avoir pas insisté auprès de Michael pour qu'il laisse Mayer plaider à sa place l'affaire Hübner et prenne l'avion avec elle.

— Je ne sais pas encore... Je ne sais pas encore si je vais rester.

Le jeune homme chercha des arguments pour la convaincre.

— La gouvernante de votre mère, Mme Schneider, vous attend. Tout est prêt pour votre venue. Elle se réjouit de vous accueillir.

Sarah se sentit un peu rassurée. Elle ne serait pas seule dans la maison de la morte. Peut-être pourrait-elle parler avec cette femme, apprendre des choses sur sa mère. A quoi elle ressemblait, si elle avait été heureuse en France, si sa fille lui avait manqué, et... les circonstances de sa mort.

— Bien, je reste, murmura-t-elle enfin.

Elle en profiterait pour faire des recherches et essayer de reconstruire les années écoulées, peut-être même tenter de comprendre pourquoi sa mère avait quitté son enfant et son mari, et pourquoi elle n'était jamais revenue. Sarah sentit les larmes lui monter aux yeux, toute la tristesse de son enfance refluer brutalement à la surface. Elle approchait de la vérité, mais était-elle prête à franchir les brumes de mystère qui enveloppaient la vie de sa mère ? Cette pensée suffisait à lui faire battre le cœur plus vite. Ce qu'elle avait vécu enfant l'avait rendue vulnérable et, au moment d'affronter la vérité, la laissait sans défense.

Son jeune chauffeur était à présent plus disert.

— Il faut que je rentre à Paris aussitôt l'enterrement terminé. Mais je serai là demain pour vous ramener, vous pouvez compter sur moi.

Ils poursuivirent leur voyage en parlant de tout et de rien, des climats parisien et munichois, du manque de ponctualité des différentes compagnies aériennes. Ce n'est qu'aux environs de Deauville que Sarah lui posa enfin la question qu'elle avait sur le cœur depuis sa sortie de l'aéroport.

— Vous connaissiez ma mère ?

Pierre Rousseau secoua la tête.

— Malheureusement non. Je sais seulement que votre mère était l'une des plus anciennes clientes du cabinet et qu'une longue amitié la liait à maître Delmas. Je n'appartiens moi-même à la société que depuis peu.

Sarah fut déçue par sa réponse, mais au même instant ils quittèrent l'autoroute pour s'engager sur une petite route départementale, et son émotion monta d'un cran. Le jeune homme stoppa bientôt le véhicule, sortit de sa poche une grande feuille de papier sur laquelle figuraient un plan et des noms de lieux portés au feutre noir. Il descendit de voiture sans un mot, regarda longuement autour de lui jusqu'à ce qu'il découvre un panneau indicateur, puis il remonta en voiture, emprunta une route toute droite, s'arrêta de nouveau, regarda son plan, fit demi-tour, parcourut quelques centaines de mètres en sens inverse et bifurqua enfin sur un chemin cahoteux. Un panneau les mena à un cimetière situé en surplomb du village. Pierre Rousseau freina en faisant crisser les pneus et s'arrêta brutalement devant une chapelle ancienne surmontée d'un petit clocher pointu.

— Nous y sommes ! Je n'aurais pas cru trouver aussi facilement.

Il se tourna vers Sarah.

— Je vais vous attendre là-bas avec la voiture, dit-il en désignant un endroit où d'autres véhicules stationnaient déjà.

Sarah acquiesça d'un signe de tête en ouvrant sa portière. Le cœur battant, sans réellement voir la façade grise, rongée par le temps, de la chapelle, elle se dirigea vers la porte, la poussa et se coula à l'intérieur. La lourde porte en fer se referma lentement et bruyamment derrière elle. Les quelques personnes qui assistaient à la messe et venaient juste de se lever se retournèrent et dévisagèrent la jeune femme vêtue d'un élégant tailleur-pantalon noir qui s'était immobilisée, indécise, au fond de la chapelle, avant de se faufiler entre les chaises du dernier rang. Il y eut un bref silence, puis le glas commença à sonner et quatre hommes vêtus de noir soulevèrent le cercueil sur lequel était posée une gerbe de lys blancs. Ils emboîtèrent le pas au prêtre qui remonta lentement l'allée centrale vers la sortie en récitant l'*Ave Maria*, et la chapelle se vida à leur suite. La maigre assemblée passa en silence devant Sarah, qui ne bougeait pas de sa place au dernier rang. Son cœur se serra. L'espace d'un instant, elle souhaita désespérément pouvoir poser une dernière fois les yeux sur sa mère, qui était là, dans ce cercueil, proche au point qu'elle aurait pu la toucher, et pourtant inaccessible à jamais.

Sarah resta assise un long moment, laissa le silence du lieu l'imprégner, s'emplit de l'odeur de l'encens et du parfum entêtant des lys blancs qui décoraient la petite chapelle à profusion. Enfin, elle se décida à se lever et, presque à contrecœur, se dirigea à son tour vers la sortie. Un vent froid l'assaillit, se prit dans ses cheveux, s'insinua sous la veste légère de son ensemble. Tout en restant loin derrière, elle suivit le cercueil de sa mère en frissonnant, accompagnée par le murmure monotone de la mer et par le cri des mouettes. Alors que les quelques personnes présentes se groupaient autour de la tombe ouverte, Sarah se tint à distance et s'appuya au tronc noueux d'un vieil arbre comme si elle avait pu y puiser de la force.

Qui étaient ces gens ? Des amis de sa mère ? Des relations ? Des collègues de travail ? La franche hostilité qu'elle percevait à son égard la retenait de quitter l'arbre et de s'approcher elle aussi de la tombe. Une fois de plus, la timidité et la crainte d'aller vers les autres la paralysaient. En outre, toutes les personnes présentes avaient un bouquet à la main, il n'y avait qu'elle à être venue les mains vides. Faute de savoir quelle contenance adopter, elle noua ses doigts glacés et resta farouchement adossée à son arbre. Le vent avait encore forci, des nuages noirs s'amoncelaient, de grosses gouttes de pluie commencèrent à tomber. Quelqu'un ouvrit un parapluie et le tint au-dessus de la frêle silhouette du prêtre dont les paroles étaient emportées par le vent. Sarah n'en saisissait que des bribes. Il prononça une fois le nom de sa mère : Mirjam Moses. Elle y perçut quelque chose de familier, quelque chose qui l'émouvait et lui rappelait une autre vie, une vie plus belle. Sarah avait ri quand, toute petite, elle avait appris par hasard le nom de jeune fille de sa mère. Elle ne voulait pas croire que sa maman s'appelait comme le monsieur de la Bible qui était monté sur une montagne pour rencontrer le bon Dieu[1]. Au jardin d'enfants, on leur avait lu l'histoire. Sarah se souvenait de l'illustration du livre. Moïse, avec sa longue robe et une barbe blanche généreuse, parlant à un buisson en flammes à travers lequel Dieu se manifestait à lui.

Son regard glissa sur l'assistance. Un petit groupe de deux femmes et quatre hommes, qui s'accrochaient à leurs chapeaux noirs pour qu'ils ne s'envolent pas sous les assauts du vent, se tenait légèrement en retrait. Leurs visages burinés par le grand air et la simplicité de leurs vêtements incitèrent Sarah à supposer qu'il s'agissait de gens du village.

Immédiatement à côté du prêtre, un jeune homme élégant, avec à la main un petit bouquet d'églantines paraissant l'embarrasser, fixait la tombe béante, tête baissée. Intriguée, Sarah l'observa jusqu'à ce qu'il relève la tête et que leurs regards se rencontrent. Aussitôt elle regarda ailleurs, choquée. Elle ne s'attendait pas à lire tant de haine dans ses yeux. En même temps, la certitude de le connaître la traversa, comme si son portrait était imprimé quelque part au fond d'elle-même, comme si ses yeux sombres appartenaient au passé et la regardaient de très loin. Mais alors, pourquoi ne se souvenait-elle pas vraiment de lui, de son beau visage, de sa

1. En allemand, Moïse se dit *Moses*. (*N.d.T.*)

bouche bien ourlée, de ses cheveux noirs ? Il eût été d'une beauté presque parfaite s'il n'avait pas été un peu trop petit et trop délicat.

— Michael, murmura-t-elle en grand désarroi. Michael, pourquoi n'es-tu pas là ?

Elle s'adossa plus fermement à l'arbre et s'efforçait de respirer profondément quand d'autres paroles du prêtre lui parvinrent. « L'Eternel délivre l'âme de ses serviteurs, Et tous ceux qui l'ont pour refuge échappent au châtiment. »

Châtiment. Les mots du prêtre touchèrent Sarah au cœur. Avait-il choisi ce psaume à dessein ? Mais Mirjam Moses s'était-elle jamais sentie coupable d'avoir abandonné sa famille ? Sarah contempla les nombreux bouquets et couronnes de fleurs, témoignages de sympathie et de tristesse pour cette femme qui avait été sa mère.

Dans ce petit cimetière, où prenait fin la vie de Mirjam Moses, prenait également fin le secret espoir de sa fille de la revoir un jour, de parler avec elle et peut-être de pouvoir comprendre son départ.

Lentement, Sarah se détacha de l'arbre auquel elle s'appuyait. Elle ne voulait pas attendre la fin de l'enterrement, elle voulait quitter cet endroit déprimant, s'éloigner de ces gens hostiles. Elle prit son courage à deux mains et marcha vers la sortie. Elle devait passer devant trois femmes d'un certain âge, qui la dévisagèrent, et Sarah perdit un peu plus de son assurance. Les jambes raides, elle s'efforça de soutenir leurs regards.

— Elle ressemble au nazi comme deux gouttes d'eau.

Sarah se figea puis se retourna. Ce n'était pas possible, il ne pouvait pas s'agir d'elle. Elle avait dû mal comprendre. Après tout, cela faisait longtemps qu'elle n'avait pas entendu parler français. Que pouvait signifier cette phrase ? Qui était cette petite femme âgée aux cheveux d'un faux blond agressif enveloppée dans un immense manteau de vison sauvage qui lui arrivait aux chevilles ? Que cherchait-elle à obtenir avec sa remarque ? Voulait-elle attirer l'attention de Sarah, voulait-elle la blesser ? Mais pourquoi ? Lèvres serrées, les trois femmes ne quittaient pas Sarah des yeux. Elle reprit avec raideur son chemin vers le portail en fer forgé du cimetière. Qui cette vieille femme avait-elle traité de nazi ? Parlait-elle de son père ? Sarah savait qu'elle lui ressemblait beaucoup. Elle n'était pas aussi grande que lui, mais elle avait hérité de ses beaux cheveux blonds et de ses yeux d'un bleu intense.

Sarah essayait fébrilement de réfléchir. La femme qui avait parlé devait avoir entre quatre-vingts et quatre-vingt-cinq ans.

Il était donc possible qu'elle connaisse Rolf von Schröder. Mais d'où et depuis quand ? Lorsque Sarah était née, son père avait déjà cinquante-deux ans et une bonne partie de sa vie derrière lui, dont elle ne savait rien et qu'il gardait pour lui. A cet instant, Sarah regretta plus que jamais de ne pas connaître le passé de son père. Elle savait que durant la dernière guerre il avait été officier, mais en fin de compte il n'avait guère eu d'autre choix, et s'il s'était battu pour l'Allemagne, il n'avait sûrement pas adhéré au national-socialisme. Elle se sentit honteuse en songeant qu'elle n'avait jamais parlé avec lui d'une époque qui lui avait toujours paru si lointaine.

Depuis le matin, le cours de sa vie semblait décidément prendre une direction qui lui faisait peur. Son cœur battait à grands coups sourds quand elle dévala les quelques mètres qui la séparaient de la voiture, ouvrit la portière et s'engouffra à l'intérieur.

— Vite, allons-nous-en ! bredouilla-t-elle.

Pierre Rousseau suivit l'injonction sans dire un mot et ils s'engagèrent bientôt dans un chemin privé menant à une imposante maison de maître. A cet instant, Sarah comprit combien elle s'était trompée sur la vie supposée de sa mère. La belle allée soignée qu'ils remontaient était ponctuée de grands rosiers dont les dernières fleurs solitaires se balançaient au gré du vent.

Au moment où la voiture s'immobilisa devant la maison, la porte s'ouvrit et une petite femme aux cheveux blancs ébouriffés apparut sur le seuil. Elle portait une robe-tablier noire qui la serrait fortement de la poitrine à l'estomac. Des mains de Pierre Rousseau, elle prit le sac de voyage de Sarah en même temps qu'elle la saluait avec volubilité, et lui raconta d'emblée qu'elle et son mari étaient venus d'Alsace dix ans auparavant pour s'occuper de la maison et du jardin de sa mère. Sa cordialité faisait du bien. Les regards hostiles des quelques personnes croisées au cimetière avaient affecté Sarah plus qu'elle ne voulait l'admettre.

Pierre Rousseau parti, elle entra le cœur battant dans la maison et regarda timidement autour d'elle. La première chose qui la frappa fut l'atmosphère chaleureuse et accueillante qui y régnait. Le vestibule ouvrait sur une grande pièce où un feu flambait dans la cheminée. Le plafond était à poutres apparentes en bois foncé et un large escalier menait à une galerie qui courait sur le pourtour de l'étage supérieur. Des kilims aux couleurs chatoyantes et aux motifs superbes étaient disposés sur le sol ciré. Sarah emplit ses poumons de l'odeur de la maison. Elle lui paraissait étrangement familière.

Mme Schneider, sans cesser de parler, se retira dans la cuisine pour arroser un rôti de veau.

— J'étais à la messe, et je suis aussi allée au cimetière, mais je me suis sauvée avant la fin pour vous préparer à dîner ! cria-t-elle par la porte ouverte tout en s'affairant à grand bruit avec une casserole tandis que le grésillement de la sauce parvenait jusqu'à Sarah. Le rôti en a malheureusement encore pour un petit moment. J'arrive tout de suite pour vous montrer la maison. Mon mari est encore là-haut, au cimetière, mais il ne va pas tarder...

Sarah prêtait à peine attention aux explications de Mme Schneider. Elle avança en hésitant dans la salle de séjour, puis s'immobilisa, clouée au sol. Une horloge carillonnait, le son grave et mélodieux emplissant la maison. Incrédule, Sarah se dirigea vers une porte entrouverte et la poussa. Elle était là, la vieille horloge familière dont le sixième et dernier coup résonnait encore. Lentement, le regard de Sarah s'en détacha et se posa sur un sofa rouge Art nouveau, puis sur un fauteuil.

Ils étaient donc là, les meubles qui avaient disparu après le départ de sa mère, ces témoins muets d'un bonheur enfui, d'heureuses années d'insouciance et de félicité enfantines. Sarah remarqua un bureau étroit sur lequel étaient posés quelques livres, des lettres liées ensemble et des papiers. Des photos dans des cadres argentés étaient disposées les unes à côté des autres. Sarah traversa lentement la pièce et s'arrêta devant le bureau. Sur une des photos, un jeune homme lançait en riant sa raquette de tennis en l'air. Elle le reconnut immédiatement. C'était le jeune homme qui lui avait jeté ce regard plein de haine au cimetière. Sur le cliché suivant, elle identifia la vieille femme teinte en blond qui avait traité son père de nazi. Juste à côté, dans un cadre particulièrement ouvragé, elle vit un homme déjà âgé aux cheveux clairsemés et portant une moustache. Elle hésita puis tendit la main vers la dernière photo pour la regarder de près. Celle-ci représentait un beau couple. La jeune femme s'accrochait au bras de l'homme, leurs visages tournés l'un vers l'autre. Sarah crut un instant reconnaître sa mère, le visage fin, les grands yeux, les lèvres pleines. A y regarder de plus près, le cliché paraissait cependant trop ancien pour que ce soit elle. La robe de la jeune femme correspondait à la mode du début des années 1930, la photographie devait être antérieure à la naissance de sa mère. L'homme, dont on ne pouvait pas reconnaître les traits, était jeune lui aussi. Il était très grand, mince, élégant.

Sarah était tellement absorbée dans la contemplation du cliché qu'elle n'entendit pas les premières sonneries de son portable. Elle finit par le sortir lentement, presque à contrecœur, de son sac. C'était Michael.

— Qu'est-ce qui se passe ? Pourquoi n'appelles-tu pas ? Nous étions convenus que tu appellerais dès que tu serais à Paris… Je me suis vraiment inquiété. Et sache que ton père a été très choqué quand je lui ai appris ce qui se passait. Comment as-tu pu prendre l'avion sans en parler d'abord avec lui ?

Il marqua une pause, attendant qu'elle réponde, mais Sarah ne réagit pas.

— Allô… Chérie, qu'y a-t-il ? Pourquoi ne dis-tu rien ?

Devant le silence persistant de Sarah, le ton contrarié et impatient de Michael s'évanouit.

— Comment vas-tu ? demanda-t-il doucement. L'enterrement était si pénible que ça ? Tu ne devrais pas rester plus longtemps, rentre donc tout de suite.

Sarah demeurait obstinément silencieuse. Elle fixait la grande horloge à balancier en merisier foncé et emplissait ses poumons de la douce odeur de sa petite enfance.

— Je ne sais pas, Michael, murmura-t-elle enfin. Je ne sais même plus où se trouve ma maison. Par ailleurs, ajouta-t-elle, je suis adulte. Je n'ai plus à demander à mon père son autorisation avant de prendre une décision.

Elle laissa retomber la main qui tenait son portable. Plusieurs fois, elle entendit la voix de Michael qui l'appelait, mais elle coupa tout de même la communication et enfonça le téléphone dans la poche de sa veste. Elle ferma les yeux pour mieux se concentrer. Qui donc était la femme de la photo qui ressemblait tant à sa mère, et qui était l'homme qui la regardait avec douceur ? A qui lui faisait-il penser ?

— Votre grand-mère était vraiment une belle femme, n'est-ce pas ?

Sarah sursauta. Elle n'avait pas entendu Mme Schneider entrer dans la pièce. A présent tout près d'elle, elle désignait la photo sépia d'un petit mouvement de la tête.

— Vous l'avez sûrement reconnue, c'est votre grand-mère Rebecca Moses, expliqua-t-elle, fière de connaître la généalogie de la famille. Mais l'homme, je ne sais pas qui c'est. Vous le connaissez ?

Mme Schneider scrutait le visage de Sarah dans l'attente d'une réponse qui satisferait sa curiosité.

Sarah se limita à un non de la tête.

— Pour le rôti, il va falloir attendre encore un peu. Entre-temps, je vous montre votre chambre, enchaîna Mme Schneider puisque Sarah n'était visiblement disposée ni à parler de sa famille ni à poser des questions.

— Cela ne fait rien, dit Sarah, pensant au rôti.

Elle se retint in extremis de préciser qu'elle n'avait pas faim et suivit la gouvernante qui l'entraîna vers le premier étage en tenant farouchement à porter son sac de voyage.

— Que font les autres personnes qui assistaient à l'enterrement ? Ont-elles immédiatement regagné Paris ?

Mme Schneider lui lança un regard par-dessus l'épaule.

— Oui, je crois, mais elles seront à nouveau toutes là demain pour la grande cérémonie, répondit-elle en même temps qu'elle ouvrait une porte et allumait la lumière dans une pièce. Voilà votre chambre. Je vous appellerai quand le dîner sera prêt.

Sarah ferma vivement la porte derrière la gouvernante, s'y adossa et regarda autour d'elle avec curiosité. La pièce était décorée dans des tons bleu pâle. Les rideaux et le dessus-de-lit étaient assortis au papier peint et de gros coussins délicatement fleuris dans des tonalités en harmonie étaient disséminés partout dans la pièce. Devant la cheminée, sur une minuscule table, des fleurs d'automne aux couleurs éclatantes étaient disposées dans un vase ventru. La pièce plut d'emblée à Sarah. Elle posa son sac sur un fauteuil en rotin et ouvrit la porte donnant sur la salle de bains. Des carreaux bleu tendre, une frise de fleurs pastel, des verres à dents, un peigne et une brosse à cheveux en métal argenté. Un assortiment de crèmes, une lotion pour le corps, une huile de bain et du bain moussant se trouvaient sur un guéridon en marbre. Il y avait là tout ce dont on pouvait avoir besoin. Un peignoir bleu pâle était suspendu à un cintre sur une patère. Sa mère devait avoir été une hôtesse parfaite.

Sarah passa rapidement la brosse dans ses cheveux. Elle se lava les mains puis regagna la chambre, se laissa tomber sur le lit et prit son portable. Michael répondit à la première sonnerie.

— Michael, je te rappelle parce que ça n'allait pas vraiment, tout à l'heure. Je suis désolée.

— Ne t'inquiète pas pour ça. Moi aussi je suis fatigué. La journée a été rude.

— Comment s'est passée l'audience ?

Cela ne l'intéressait pas, Sarah posait la question uniquement par politesse. Elle se sentait tellement loin de sa vie habituelle. N'était-elle réellement que depuis quelques heures en Normandie ?

— Mal. Le juge a proposé une conciliation que nous n'avons pas acceptée. Nous continuons, naturellement.

Il y avait de l'agacement et de la nervosité dans la voix de Michael.

— Je n'ai pas réussi à joindre ton père après l'audience. Il ne sait toujours pas que nous n'avons pas gagné.

Sarah se tut. Comment était-il possible qu'elle n'ait encore jamais remarqué combien Michael était dépendant de la reconnaissance de son futur beau-père ?

— Michael, on va m'appeler pour dîner d'un instant à l'autre et je voudrais avoir le temps de me rafraîchir un peu. Je suis en ce moment en Normandie, à la campagne, c'est là que ma mère a été inhumée. Une seconde cérémonie doit avoir lieu demain à Paris. Je vais y assister, puis je prendrai le dernier vol.

Michael ne l'écoutait pas, son procès perdu l'occupait tout entier. Sarah ravala sa déception. Elle avait besoin de parler avec lui des événements de l'après-midi, mais quand elle perçut son indifférence, elle lança un « bon, alors à demain ! » qui mit un terme à la conversation. Elle resta assise sur le lit et écouta le vent qui se transformait progressivement en tempête, qui secouait les volets, la pluie qui crépitait contre les vitres. Elle songea à sa mère, à présent seule dans sa tombe, là-bas dans le petit cimetière. Des rafales avaient peut-être balayé les couronnes, arraché les fleurs qui maintenant tourbillonnaient dans les allées.

Pour ne pas céder à la tristesse profonde qui l'envahissait, elle se releva, sortit discrètement de sa chambre, longea à pas de loup le couloir et s'arrêta devant la première porte. Elle demeura un instant immobile pour épier les bruits en provenance de la cuisine. Puis, d'un geste décidé, elle ouvrit la porte et chercha l'interrupteur. Une lumière agréable emplit la pièce. Sarah s'arrêta tout de même sur le seuil, hésitant à entrer. La chambre était vaste, l'aménagement uniformément blanc. Un jeté de lit en lin épais garni de dentelles et qui retombait jusqu'au parquet ciré recouvrait le lit en fer forgé. Des coussins houssés du même tissu blanc étaient répartis partout dans la pièce. Un chandelier en fer forgé garni de grosses bougies était disposé à côté d'un petit canapé en rotin équipé de coussins, blancs eux aussi. Le regard de Sarah s'arrêta sur un tableau : le portrait d'un homme.

Le front bombé était dégarni ; les yeux, bruns, profondément enfoncés dans les orbites, étaient soulignés par de petites lunettes rondes ; les lèvres, minces, paraissaient ne s'être arraché un sourire que pour le peintre. C'étaient toutefois les mains, belles, fines et cependant puissantes, qui étaient au centre du tableau. Sarah contempla longuement le portrait. Cet homme la fascinait et en même temps éveillait en elle un sentiment de rejet. Qui était-il ? Sa mère l'avait-elle aimé ? Sarah observa le tableau jusqu'à ce qu'elle entende des pas au rez-de-chaussée, dans le vestibule. Elle éteignit vivement la lumière et referma la porte sans faire de bruit, mais eut encore le temps de remarquer les brassées de lys blancs disposées dans de grands vases. Des lys blancs comme dans la chapelle. Cette pièce était-elle la chambre de sa mère ?

Elle s'arrêta un instant sur le palier, se pencha par-dessus la rambarde pour écouter. Mme Schneider s'affairait au milieu de bruits d'assiettes et de couverts en fredonnant une chanson triste. Elle avait apparemment regagné la cuisine.

Trois autres portes attiraient la curiosité de Sarah. Elle les ouvrit les unes après les autres, balaya l'intérieur du regard. Deux chambres paraissaient également destinées aux invités de passage, mais lui plurent moins que celle où elle passerait la nuit. Dans la troisième, plus petite, Sarah découvrit une planche à repasser et deux grandes corbeilles à linge en osier remplies à ras bord de draps et de serviettes. Des tabliers à fleurs qui appartenaient certainement à Mme Schneider étaient posés sur le dessus. Trois délicats chemisiers en soie blanche étaient suspendus à des cintres sur un portant. Appartenaient-ils à sa mère ? Sarah referma la porte en hâte et retourna vers l'escalier.

Son cœur battait à grands coups, presque comme si elle avait été surprise à faire quelque chose d'interdit. Elle n'en était pas moins fermement décidée à poursuivre ses explorations. Elle voulait tout savoir sur sa mère. Ce qu'avait été sa vie, le genre de femme qu'elle avait été. Et il fallait qu'elle revoie la photo de sa grand-mère. Qu'elle découvre qui était l'homme qui l'accompagnait. Elle ne pensait qu'à cela. Elle avait l'impression de le connaître, il lui paraissait presque familier, son attitude, sa taille, sa silhouette longiligne, la forme de sa tête.

Mais au pied de l'escalier, elle tomba sur Mme Schneider.

— J'allais justement monter vous chercher. Le dîner est prêt. Je vous ai mis la table dans la cuisine, votre maman y prenait souvent ses repas quand elle était seule.

Le couvert était dressé sur une grande table rectangulaire en bois. Sarah y prit place et Mme Schneider servit le rôti, de petites pommes de terre et des carottes glacées. Elle déboucha une bouteille de vin blanc qu'elle posa sur la table devant Sarah puis s'excusa, son mari ayant hâte lui aussi de passer à table, de ne pas pouvoir lui tenir compagnie.

— A moins que vous ayez encore besoin de moi ?

Elle regardait interrogativement Sarah.

— Non, non, je vous en prie, allez-y.

Sarah se réjouissait de ne plus devoir se sentir observée par la gouvernante. Avant de disparaître complètement, Mme Schneider expliqua encore qu'elle et son mari vivaient dans la petite annexe adossée à l'arrière de la maison et qu'il était possible de les joindre à tout moment en composant le 3 sur le téléphone.

Lorsque la porte de la maison se referma derrière elle, Sarah poussa un soupir de soulagement et se versa un verre de vin. Le contenu de son assiette avait une odeur appétissante. Sarah, qui n'avait encore rien pris depuis le matin, se sentit brusquement affamée et mangea avec appétit. Son repas terminé, elle débarrassa la table et explora la cuisine, vaste et fonctionnelle. Elle ouvrit une porte étroite derrière laquelle se dissimulait un garde-manger abondamment garni ; une seconde porte donnait sur une salle à manger meublée d'une table ronde et d'un buffet, avec de jolis tableaux aux murs. L'ameublement et la décoration étaient, là aussi, élégants et raffinés, mais dénués du luxe que l'on pouvait trouver dans la villa des Schröder.

A l'évidence, sa mère s'était sentie bien dans cette maison, peut-être même y avait-elle été heureuse. Et Sarah pouvait le comprendre, il n'y avait rien ici qui ne lui ait immédiatement plu. Elle revint sur ses pas, prit la bouteille de vin et un verre et quitta la cuisine. Elle s'immobilisa au milieu du vestibule. Elle était désormais seule dans la maison et pouvait explorer les lieux sans que Mme Schneider l'observe du coin de l'œil. Puis elle fut prise de scrupules. Etait-ce correct de fouiner partout dans la maison de sa mère ? Elle décida que oui. En fin de compte, c'était précisément pour cette raison, parce qu'elle voulait savoir, qu'elle était venue jusqu'ici.

Elle aurait dû poser des questions à Mme Schneider. Pourquoi fallait-il que sa timidité l'en ait empêchée ? Avait-elle peur de ce que la gouvernante, empressée à communiquer comme elle l'était, lui aurait certainement volontiers raconté ? Elle eut une nouvelle hésitation avant de pousser la porte entrouverte d'une pièce qui jouxtait le bureau de sa mère. C'était une bibliothèque. Les seuls meubles, hormis de hauts rayonnages de livres, étaient une petite table et deux fauteuils Biedermeier. Sarah regarda avec curiosité les titres des livres ; la plupart étaient en français ; les autres principalement en anglais. Une étagère entière était consacrée à des ouvrages traitant de soins de la peau. Rester jeune, toujours séduisante, prévenir les rides... De nombreux ouvrages de médecine s'y trouvaient également, des études sur les propriétés de la peau, le vieillissement cutané, les pathologies de la peau. Sarah était stupéfaite. Sa mère avait-elle eu à ce point peur de vieillir ?

Une autre étagère contenait les œuvres reliées en cuir de grands auteurs français : Victor Hugo, Zola, Stendhal... A la différence des ouvrages de médecine ou des traités de cosmétique, celles-ci ne semblaient pas avoir été souvent sorties des rayonnages. Sarah fit le tour de la pièce en effleurant pensivement le dos des livres jusqu'à ce qu'un gros volume en langue allemande arrête son regard : *Les Mille et Une Nuits*. Sa main tremblait quand elle le sortit du rayon, si bien qu'il faillit lui échapper. Comme elle avait aimé ces contes quand elle était enfant ! Elle n'en était jamais rassasiée. Il n'était pas fréquent que sa mère lui en lise des pages, mais les soirs où elle le faisait étaient pour la petite Sarah les plus beaux d'entre tous. Pelotonnée dans son lit, elle écoutait. La lumière de la lampe faisait briller les cheveux noirs de sa mère et posait sur ses joues des reflets de nacre rose pâle. Jamais elle ne l'avait autant aimée qu'en ces rares et merveilleux soirs de lecture.

*Les Mille et Une Nuits.* L'enchantement, la découverte d'un monde palpitant, des récits de femmes voilées, de mystères, les couleurs chatoyantes de l'Orient, ses épices étranges, la senteur des roses et les nuits chaudes. Des histoires qui avaient exercé le même charme sur elle et sur sa mère.

Sarah serra le livre contre elle et les larmes qu'elle avait retenues toute la journée coulèrent, coulèrent encore. Elle ne pouvait plus brider ses sentiments. Elle monta dans sa chambre en courant, se jeta sur le lit et sanglota jusqu'à ce que sa respiration s'apaise et que ses larmes se tarissent.

— Maman, murmura-t-elle. Maman...

Et les larmes jaillirent à nouveau.

Pourquoi son père n'avait-il jamais entretenu de relations avec sa mère ? Ignorait-il vraiment qu'elle vivait à Paris ? Pourquoi Sarah n'avait-elle jamais pu la revoir ? Son père s'y était-il opposé ou bien était-ce sa mère qui avait refusé ?

Sarah demeura longtemps ainsi, étendue sur le ventre, le livre dur sous elle, les bras écartés. Lorsque le froid l'envahit, elle ramassa son corps, se leva, prit une douche chaude, puis regagna la chambre et se mit au lit. Elle voulait lire, retrouver les passages qu'elle et sa mère avaient particulièrement aimés. Mais elle était rompue de fatigue, au point d'en avoir les yeux douloureux, et elle dut se résoudre à éteindre la lumière. Demain, je pourrai encore le lire, songea-t-elle.

En dépit de son épuisement, le sommeil auquel elle aspirait refusa de s'installer. Les souvenirs affluaient, l'assaillaient sans répit. Elle se tournait et se retournait sous les couvertures sans réussir à trouver la bonne position pour s'endormir.

Dehors, la tempête s'apaisait et la rumeur de la mer ne parvenait plus que de très loin. Tous les quarts d'heure, Sarah sursautait en entendant sonner l'horloge. Elle se répétait qu'elle devait se détendre, mais c'était plus facile à dire qu'à faire. Puis la photo de sa grand-mère lui revint à l'esprit. Puisqu'elle ne dormait pas, elle pouvait aussi bien se lever pour aller la regarder de près. Elle percerait peut-être le mystère de l'identité de l'homme qui souriait à la jeune Rebecca. Car elle avait beau se creuser la tête, elle ne voyait personne susceptible de correspondre. Elle fit des calculs. Cet homme devait avoir aujourd'hui quatre-vingts ans passés. Et sa grand-mère ? Etait-elle seulement encore en vie ?

Sarah décrocha le peignoir bleu, l'enfila et sortit dans le couloir. Elle ne parvint pas à trouver l'interrupteur dans l'obscurité et entreprit donc de descendre prudemment dans le noir. Il y avait d'autres interrupteurs en bas, juste à côté de l'escalier, elle s'en souvenait.

Elle posait le pied sur la dernière marche quand elle s'arrêta net. Elle avait entendu un bruit. Sa main se crispa sur le pommeau de la rampe. Elle n'avait pas rêvé, quelqu'un essayait de forcer la porte d'entrée.

La lumière ! Il faut que tu allumes ! s'intima-t-elle. Elle tâtonna à la recherche des interrupteurs, mit la main dessus et d'un coup tout s'éclaira, la salle de séjour, au rez-de-chaussée, et le premier étage. Le cœur de Sarah battait à cent à l'heure, elle restait figée sur place, incapable de bouger. Que devait-elle faire ? Prévenir les Schneider ? Quel était le numéro pour les joindre ? Le 3 ou le 2 ? Sarah tendait l'oreille, aux aguets, mais plus aucun bruit ne lui parvint. Elle avait dû se tromper. Si quelqu'un voulait cambrioler la maison, il n'aurait pas l'idée saugrenue d'essayer de passer par la porte.

Elle osait à peine respirer. Puis elle entendit un moteur démarrer, devant le portail, et une voiture s'en aller. Sarah était inondée de sueur, tremblait de tous ses membres. Elle mit un moment à recouvrer son calme. Pourtant, il pouvait s'agir simplement de quelqu'un qui avait garé sa voiture au bord de la route, un invité d'une maison voisine. Mais, en arrivant, Sarah n'avait vu aucune autre maison, elle n'avait pas l'impression qu'il y eût des voisins à proximité immédiate.

Elle avait froid, et le manque de sommeil lui donnait la nausée. L'horloge sonna quatre fois, quatre coups rassurants car ils annonçaient que l'aube approchait. Sarah fit demi-tour, remonta en courant dans sa chambre, tourna la clé dans la serrure et coinça une chaise sous la poignée pour qu'il ne soit pas possible d'ouvrir la porte de l'extérieur. Elle n'enleva pas son peignoir, garda ses chaussures aux pieds et réfléchit à la possibilité de sauter de sa fenêtre du premier étage au cas où un cambrioleur pénétrerait dans la maison. Incapable de se détendre, elle attendit un moment, tous les sens en éveil, assise droite sur son lit, puis elle s'affaissa sur ses oreillers et sombra dans un demi-sommeil agité. Elle fit des rêves confus, rêva d'avion, du jeune homme qui l'avait regardée avec tant de haine au cimetière, et de son père qui se tenait sur leur ponton, au bord du lac, et se tournait vers quelqu'un qui était à côté de lui.

D'un seul coup, Sarah fut complètement réveillée. Elle s'assit droite comme un I dans son lit puis se leva d'un bond, retira la chaise qui bloquait la porte, tourna la clé et se précipita au rez-de-chaussée dans le bureau de sa mère. Elle saisit la photo et la tint sous la lumière de la lampe.

C'était lui ! Elle en était maintenant tout à fait sûre. La façon de se tenir, la forme de la tête, jusqu'à la coupe de cheveux qui était la même qu'aujourd'hui.

L'évidence crevait les yeux, il n'y avait pas d'erreur possible. Sarah sentit la chaleur quitter son corps, ses genoux s'affaisser et le sol se dérober sous ses pieds. Elle se laissa lentement glisser à terre en se retenant au bureau. Puis elle se recroquevilla sur le tapis, la photo serrée contre elle, et ne bougea plus.

— Comment, murmura-t-elle, comment est-ce possible ? Ce n'est pas possible. Ça ne peut pas être possible !

Elle entendit alors Mme Schneider entrer dans la maison. Elle cria son nom pour s'annoncer avant d'apparaître sur le seuil du bureau et de s'immobiliser, ébahie, en découvrant Sarah assise par terre.

— Bonjour, madame von Schröder. Vous êtes déjà debout ? Que se passe-t-il ? Vous êtes souffrante ?

Elle entra dans la pièce. Sarah ne répondit pas, ne bougea pas. Elle sentait sa vie se désagréger. Le regard attiré malgré elle vers l'horloge qui venait de commencer à sonner sept coups, elle laissa Mme Schneider l'aider à se relever et lui prendre le cadre des mains. Elle la regarda le reposer à sa place sans réagir.

— Quel beau couple, n'est-ce pas ?

La gouvernante guetta une réaction sur le visage de Sarah qui la regardait, pâle, les traits défaits, les cheveux en désordre.

— Un beau couple, insista-t-elle dans l'espoir de tirer Sarah de son hébétude. Mais comme je vous le disais hier, je ne sais pas qui est l'homme avec votre grand-mère.

— Cet homme, murmura Sarah dans un état second, cet homme est mon père.

Sans prêter attention à l'exclamation d'étonnement de Mme Schneider, elle reprit la photo sur le bureau, l'ôta délicatement de son cadre argenté et la retourna.

*Rolf, ma vie, mon aimé*, était-il écrit au verso, où couraient des lignes d'une écriture serrée.

*Te souviens-tu de ce jour ? Le photographe de la Marienplatz a déclaré que nous étions « son plus beau couple de l'année » et nous a souhaité beaucoup de bonheur. Alors tu m'as prise dans tes bras en riant et tu m'as tendrement chuchoté à l'oreille que nous raconterions cette journée à nos petits-enfants, cette belle journée où tu m'as demandé de t'épouser. Je n'ai jamais été aussi heureuse que ce jour-là ; aujourd'hui, alors que nous allons chez tes parents, j'ai un peu peur. Mais tu es avec moi et tu serreras ma main quand je me trouverai en face d'eux. Rolf, mon aimé, je t'aimerai toujours.*

*Rebecca*

Tout en bas de la photo, Sarah découvrit une date : *20 septembre 1932.*

La main de Sarah retomba. Il n'y avait plus aucun doute, l'homme de la photo était son père, et il avait aimé cette femme.

Septembre 1932. C'était quelques mois avant la prise du pouvoir par Hitler, une période d'agitation politique, terreau du racisme qui allait se répandre, une époque qui n'avait peut-être donné aucune chance à cet amour. « Elle ressemble au nazi comme deux gouttes d'eau », avait dit en parlant d'elle la vieille dame lors de l'enterrement. Distinctement, d'une voix forte, et d'un ton haineux. Son père bien-aimé serait-il l'un des responsables de la mort de millions de Juifs ? Un partisan du nazisme ? Etait-ce un autre des secrets de son père ? Un chapitre sombre de l'histoire familiale dont on ne parlait pas chez les Schröder ?

Il avait dû se passer beaucoup de choses, à cette époque... quand son père avait aimé Rebecca.

# 2

## *Rebecca*

A quarante-sept ans, Ruth croyait avoir dépassé l'âge de donner la vie. Pourtant, quand elle commença à prendre du poids et manifesta des envies irrépressibles de mets étranges en même temps qu'elle fondait perpétuellement en larmes, Bruno Kreisberger s'inquiéta sérieusement pour sa femme. Au terme d'âpres discussions, il parvint à la convaincre de consulter un médecin. Lorsque le Dr Heinemann posa le diagnostic d'une grossesse de cinq mois, Ruth et son mari n'osèrent croire en leur bonheur. Alors qu'ils Le priaient chaque jour depuis des décennies, Dieu semblait enfin les avoir entendus, et ce à un moment où il y avait longtemps qu'ils ne croyaient plus que leur vœu le plus cher pût être exaucé. Car enfin, à près de soixante ans, Bruno Kreisberger n'était pas non plus de la première jeunesse, même s'il se sentait vigoureux comme au premier jour.

Leur fille, à laquelle ils donnèrent le prénom de Rebecca, naquit le 14 mai 1914.

Quand Bruno la vit pour la première fois, elle fronça son minuscule nez et ouvrit grande sa petite bouche pour bâiller. Bruno Kreisberger tomba à l'instant et définitivement sous le charme de sa fille.

Bien que Rebecca fût née peu avant qu'éclate la Première Guerre mondiale et que son père ne fût qu'un petit marchand de fruits et légumes, elle ne manqua de rien. En dépit des difficultés des années de guerre et d'après-guerre, son vieux père trouvait toujours moyen de se procurer pour sa fille de précieuses poupées de porcelaine, une dînette miniature ou un magasin de marchande. Des parents de confession juive qui vivaient en Suisse lui envoyaient des métrages de batiste arachnéenne et de dentelles délicates, de sorte que sa fille trônait comme une petite princesse dans son landau. Bruno était si entiché d'elle qu'il la mena, âgée d'à peine trois ans, chez un photographe qui, avant guerre, avait fait poser et photographié messieurs et dames de l'aristocratie ou de la riche bourgeoisie, mais qui en ces temps difficiles peinait à décrocher des commandes. Il avait en vitrine des portraits de riches élégantes, la taille étranglée dans des corsets, de somptueux sautoirs de perles sur le buste, certaines portant d'immenses chapeaux ornés de plumes. Tandis que les dames posaient assises sur le petit sofa du photographe, les messieurs se tenaient debout derrière elles, la main droite sur l'épaule de leur épouse, le regard, grave et sérieux, rivé sur l'objectif. Des témoignages d'un temps révolu. En ces années de privation où la plupart des gens avaient faim, leur commerce de fruits et légumes permettait aux Kreisberger d'être un peu mieux lotis que beaucoup de leurs concitoyens ; aussi Bruno proposa-t-il au photographe une pleine charrette de légumes en échange de photos de sa fille. Le photographe accepta l'offre avec joie. La plus belle photo prise cet après-midi-là orna le mur du salon des Kreisberger jusqu'à leur mort ; quand, des années plus tard, Rebecca la revit, elle se souvint parfaitement du vieux photographe à la petite barbe en pointe qui l'avait gentiment soulevée de terre et posée sur le sofa à rayures de son studio qui sentait le renfermé. Ce jour-là, Rebecca avait dû revêtir une robe de dentelle blanche, et sa mère lui avait mis aux pieds les bottines vernies à lacets avec lesquelles elle avait tant de mal à marcher sans trébucher. C'était un cadeau d'une de ses tantes de Suisse. La femme du photographe arrangea les boucles de Rebecca avec un peigne, puis l'artiste disparut derrière un appareil géant et se mit un tissu noir sur la tête. Rebecca regardait dans sa direction, captivée et impatiente car le petit oiseau promis s'obstinait à ne pas vouloir sortir de l'appareil.

Rebecca grandissait et Bruno Kreisberger la cajolait et la choyait. Il ne savait que faire pour voir sa fillette heureuse. Lorsqu'elle eut dix ans, une de ses professeurs remarqua le grand sens musical de Rebecca. Bruno en fut si enthousiasmé qu'il lui fit donner de coûteuses leçons de piano et lui offrit même un piano pour son douzième anniversaire.

Quand sa fille se transforma en une remarquable beauté, il en fut terminé de la paix intérieure du père éperdu. Il était fier d'elle mais observait avec la plus grande méfiance les hommes qui se retournaient sur elle dans la rue, l'œil admiratif, et les jeunes gaillards qui se relayaient chez lui pour acheter des fruits quand Rebecca aidait au magasin l'après-midi après l'école. Le tour que prenaient les choses inquiétait Bruno au plus haut point et son amour paternel s'exprima dès lors essentiellement par la sévérité. Ruth, sa femme, surveillait elle aussi la virginité de Rebecca comme le lait sur le feu. Une chance que Rebecca ne s'intéressât pas aux hommes et n'eût guère conscience de l'admiration qu'elle suscitait. Elle préférait jouer du piano à la maison ou aller au concert, toujours accompagnée de son père, qui la plupart du temps devait lutter pour ne pas s'endormir et appréciait essentiellement l'instant où résonnait l'accord final. Il n'y avait qu'à l'opéra que Rebecca avait le droit d'aller seule. Les places assises y étaient très chères et l'abnégation de Bruno Kreisberger ne serait pas allée jusqu'à suivre toute une représentation debout. Toutefois, Rebecca n'assistait pas à une soirée à l'opéra sans que son père ne vienne la chercher à la sortie. Il arrivait parfois qu'un jeune homme lui offre son fauteuil, mais ça, elle préférait ne pas en souffler mot à ses parents.

La grande fierté d'avoir une fille musicienne s'émoussa progressivement puis céda la place à une vive inquiétude, car le vœu le plus cher de Rebecca était désormais de devenir une pianiste célèbre et de donner des récitals partout dans le monde. « Une jeune fille doit épouser un bon mari qui pourvoit aux besoins du ménage. La destinée d'une femme est le mariage et la maternité, expliqua Bruno Kreisberger à sa femme. Ainsi que l'ont toujours dit les Saintes Ecritures. »

Ruth partageait l'opinion de son mari. Il n'était pas bon pour une femme d'exercer un métier, et l'idée que sa fille s'asseye devant des gens qui la regarderaient bouche bée et leur joue quelque chose au piano ne lui plaisait pas, mais alors pas du tout. S'ajoutait à cela le fait que Bruno allait sur ses quatre-vingts ans et qu'il ne souhaitait rien tant que goûter au bonheur d'être grand-père. Mais où trouver un mari adéquat pour la capricieuse enfant ? Leur famille vivait à l'étranger et ici, à Munich, le vieux couple connaissait peu de monde. Des petits commerçants, comme Bruno, et les Kreisberger souhaitaient une vie meilleure pour leur fille.

Le destin de Rebecca fut scellé presque fortuitement un jour de mai 1932 quand, en fin d'après-midi, le célèbre pianiste Eli Moses entra dans le magasin pour acheter des fraises, les premières, pour sa sœur. Lorsque Bruno le vit, il ne douta pas un instant que Dieu avait entendu ses prières et lui envoyait cet homme pour mettre les choses en bon ordre. Si une personne qui habitait une villa du beau quartier de Bogenhausen poussait la porte d'un petit marchand de quatre-saisons de la Wiener Platz, il ne pouvait pas s'agir d'un hasard. Bruno reconnut l'artiste dont la photo était en vitrine des grands magasins de musique. De plus, Rebecca et lui avaient assisté quelques semaines auparavant au récital qu'il avait donné à l'Odeon. A cette occasion, Bruno avait lu sa biographie dans le programme et il savait qu'à quarante-trois ans Eli était encore célibataire. Le pianiste jouissait d'une renommée internationale, il était très fortuné, et cependant menait une vie discrète. Lui aussi était juif, comme la famille Kreisberger, et ainsi Bruno décida-t-il en quelques secondes qu'Eli Moses était celui qu'il fallait à sa fille.

Eli Moses était malheureusement très pressé. Il se montra désagréable et impatient lorsque Bruno pesa consciencieusement les fraises, en ajouta quelques-unes pour à nouveau en ôter deux ou trois.

Enfin la porte s'ouvrit d'un coup et Rebecca s'engouffra dans le magasin. Fidèle à son habitude, elle était en retard et comme, emportée par son élan, elle ne put s'arrêter à temps, elle heurta le dos d'Eli Moses.

Le pianiste se retourna, indigné, mais quand il vit la belle jeune fille brune aux joues empourprées et aux boucles noires échevelées, un sourire apparut sur son visage et son regard se promena lentement sur la gracieuse silhouette de Rebecca.

— Ma fille Rebecca, expliqua Bruno au comble de la fierté en repoussant vers le milieu du magasin sa fille qui s'était réfugiée derrière le comptoir. Elle étudie le piano et aimerait se présenter au concours d'entrée du conservatoire l'automne prochain, poursuivit-il. Bien que ma femme et moi-même n'en soyons pas enchantés, car, n'est-ce pas, une jeune fille doit se marier et...

— Papa, tais-toi, s'il te plaît ! chuchota Rebecca, embarrassée.

Elle avait tout de suite reconnu Eli Moses et avait honte de l'insistance de son père.

Eli Moses rajusta ses lunettes et, sans quitter des yeux Rebecca, répondit au marchand de quatre-saisons :

— Avec votre autorisation, j'aimerais entendre jouer votre fille. Je pourrais ainsi juger de ses capacités. En ce moment, je dispose de temps. Si vous le souhaitez, je pourrai lui donner quelques leçons avant le concours.

Rebecca se figea. Le célèbre, le grand Eli Moses qu'elle avait encore écouté, subjuguée, lors d'un concert quelques semaines auparavant, proposait de la prendre comme élève.

— Merci, bégaya-t-elle. Merci beaucoup...

— Alors à demain après-midi chez moi ?

— Demain, c'est mon anniversaire. Je vais avoir dix-huit ans, bafouilla Rebecca.

Eli Moses sourit.

— Eh bien dans ce cas, disons à après-demain seize heures.

Sans attendre sa réponse, il plaqua sa carte de visite dans la main de Rebecca et prit la direction de la porte. Sur le point de sortir, il se retourna une dernière fois. A nouveau, son regard glissa du visage de Rebecca à la modeste échancrure de son corsage qui dévoilait la naissance de sa poitrine. Puis il quitta le magasin sur un bref salut.

Rebecca était si heureuse qu'elle esquissa quelques pas de valse à travers le magasin en chantant.

Les regards d'Eli Moses n'avaient cependant pas échappé à son père. Il était encore tout songeur lorsque, la journée terminée, il quitta le magasin derrière sa fille, et il faillit oublier de verrouiller la porte, ce qui ne lui était jamais arrivé en toutes ces années.

— Qu'est-ce que tu as fait ?

Ruth ne pouvait pas le croire.

— Tu veux marier notre enfant à un inconnu ?

— Rebecca n'est plus une enfant, se défendit Bruno. Et tu penses toi aussi que le meilleur pour elle serait de se marier rapidement. Qui veux-tu donc, sinon, que nous lui permettions de rencontrer ? Nous vivons seuls, notre commerce est bien modeste. Eli Moses est juif, et il est riche et très estimé. De plus, étant lui-même pianiste, il comprendra la passion de Rebecca pour la musique. En même temps, c'est un homme qui s'opposera certainement à ce que sa femme exerce un métier. Nous avons pourtant décidé ensemble que le mariage était la meilleure solution pour notre enfant.

— Mais elle est encore si jeune ! se lamenta Ruth. Elle va peut-être rencontrer d'ici quelques années un homme dont elle tombera amoureuse et qu'elle voudra épouser.

— C'est ridicule, décréta Bruno. Les meilleurs mariages sont ceux conclus par l'entremise des parents. L'amour vient ensuite de lui-même.

Il enlaça tendrement la taille de sa femme.

— Souviens-toi, ce sont tes parents qui ont arrangé notre mariage, et nous avons toujours été très heureux. Ou bien n'es-tu pas d'accord avec moi ? Sans compter qu'il est tout à fait possible que Rebecca tombe amoureuse d'Eli Moses.

— Bien sûr, Bruno.

Ruth se dégagea.

— Mais les temps ont changé, et notre petite a certainement l'intention de choisir elle-même son mari.

— Balivernes, rétorqua Bruno d'un ton impatient et définitif.

Il soupira et se laissa tomber sur une chaise de cuisine, puis se pencha en avant en gémissant pour enfiler les talons de ses chaussons et marmonna qu'il n'allait plus pouvoir tenir le magasin encore bien longtemps. Le regard avec lequel le pianiste avait littéralement déshabillé sa fille lui revint à l'esprit.

Il prit peur. Rebecca avait plu à cet homme, cela avait crevé les yeux. Et Bruno avait tout de suite compris que le rendez-vous pour l'écouter jouer était un prétexte pour faire sa connaissance. Mais les intentions d'Eli Moses étaient-elles honorables ?

— Ruth, tu accompagneras Rebecca à ce rendez-vous, décida-t-il. Ensuite, on verra.

— Mon enfant, ma petite fille devient adulte et il faut qu'elle se marie, geignit sa femme en se dirigeant à petits pas vers le cagibi attenant à la cuisine.

Pour calmer ses nerfs, elle sortit le lourd balai à lustrer et s'employa à redonner un peu d'éclat au vieux parquet ciré.

— Qu'elles sont belles, vos roses.

Rebecca descendit de sa bicyclette et se planta, admirative, devant un étal de superbes roses. Elle regarda la vieille marchande ranger les fleurs selon leur couleur et leur taille dans de grands seaux. La grosse femme jeta un coup d'œil à la jeune fille et, à sa simple robe bleue. Encore une qui admirait ses roses mais n'achèterait rien. C'était déjà l'après-midi, les affaires marchaient mal et, avec la chaleur qu'il faisait ce jour-là, les roses précoces se fanaient vite. La mine renfrognée, elle se tourna vers le jeune homme qui venait de s'arrêter devant son étal. Et voilà qu'il était plus intéressé par la fille que par ce qu'elle avait à vendre.

Rebecca, qui pouvait à peine détacher ses yeux des fleurs, ne remarqua pas le jeune homme qui acheta une rose d'un jaune délicat et la lui tendit. Ce n'est qu'en en sentant le parfum qu'elle tourna la tête.

— J'aimerais vous l'offrir, je peux ?

Elle avait déjà un « Non » sur la langue quand ses yeux se posèrent sur lui.

Leurs regards se rencontrèrent, s'accrochèrent l'un à l'autre, purent dès lors à peine se lâcher. Comme dans un rêve, Rebecca prenait conscience du visage aux traits bien dessinés, de la bouche qui lui souriait.

Troublée, elle détourna les yeux.

— Merci, merci beaucoup, bégaya-t-elle avant d'ajouter : J'accepte avec plaisir parce que c'est mon anniversaire.

Puis, intimidée, elle enfouit son nez dans la délicate corolle. Si elle n'y prenait garde, elle n'allait dire que des bêtises et le jeune homme croirait qu'elle n'était qu'une petite cruche.

— Oh... dans ce cas : bon anniversaire !

Il souriait.

— Mais comment se fait-il que vous soyez seule, que vous ne soyez pas en train de fêter l'événement avec votre famille, vos amies ou...

Il marqua une petite pause.

— ... votre fiancé ?

— Je ne suis pas fiancée, répondit vivement Rebecca, un peu trop vivement, jugea-t-elle.

Elle hésita à lui dire qu'elle avait déjà eu droit à son cadeau et à une grande tarte meringuée ce matin. Ses parents avaient dû ensuite aller au magasin, mais ce soir un dîner de fête était prévu dans un petit restaurant qui appartenait à un ami de son père. Il avait fait un prix à Bruno Kreisberger. Esther, sa meilleure amie, était invitée. Elle réussirait peut-être à s'isoler avec elle un instant ; aujourd'hui Rebecca aurait enfin elle aussi quelque chose à raconter.

Subitement, elle eut envie de partir en courant, mais en même temps, elle avait peur de ne plus le revoir. Elle sentait qu'il l'observait et lorsqu'elle leva les yeux, il lui sourit à nouveau. Il avait des cheveux blonds qui lui retombaient sur le front. Rebecca se dit qu'elle n'avait jamais vu de garçon aussi beau.

— Et vous avez quel âge ?

— Dix-huit ans.

— Alors je vais vous offrir dix-huit roses, décida le jeune homme en se tournant vers la marchande de fleurs, qui entreprit aussitôt de sortir les roses d'un seau.

— Non ! Surtout pas ! l'arrêta Rebecca, affolée.

Elle imaginait la réaction de ses parents si elle rentrait à la maison avec une pleine brassée de roses.

— Non, je vous en prie. Une toute seule est beaucoup plus belle.

— D'accord, je renonce, dit le jeune homme avec un sourire.

La marchande, furieuse, remit les roses dans le seau.

— Si vous n'avez pas l'intention d'acheter autre chose, n'encombrez pas mon éventaire !

Elle agita les mains pour les chasser.

Le jeune homme fit un clin d'œil à Rebecca et l'entraîna à l'écart ; ils firent quelques pas, puis s'arrêtèrent de nouveau. Rebecca, qui sentait que lui non plus n'avait pas envie de s'en aller, faisait des efforts désespérés pour trouver quoi dire. Toutes les filles savaient comment gentiment flirter dans une situation comme celle-là. Il n'y avait qu'elle pour être aussi empruntée. Pourquoi aucune phrase intelligente ou un peu spirituelle ne voulait-elle lui venir à l'esprit ?

— La marchande de fleurs n'avait pas besoin de s'énerver comme ça, finit-elle par dire.

Son compagnon ne put s'empêcher de rire.

— C'est bien compréhensible. Elle est vieille et laide, et vous êtes jeune et incroyablement belle.

Rebecca se sentit rougir. Elle piqua du nez et tripota la sonnette de sa bicyclette sans savoir quoi répondre.

Le jeune homme décida de prendre l'initiative.

— Si vous n'avez rien de prévu, je vous inviterais avec plaisir à prendre un café. Là, juste en face.

Le cœur de Rebecca commença à tambouriner et elle sentit de nouveau le rouge lui monter aux joues. Il ne se passait pas de jour sans que ses parents lui répètent qu'elle ne devait jamais répondre aux inconnus qui l'abordaient dans la rue ou, pire, accepter une invitation. Parce que ce genre d'individus n'avaient que de mauvaises intentions et qu'elle le regretterait à coup sûr. Rebecca n'en rejeta pas moins ses cheveux en arrière et accepta.

— D'accord, avec plaisir, dit-elle.

Car que pouvait-il y avoir de bien méchant à prendre un café en plein après-midi avec un jeune homme ? Et après tout, elle avait dix-huit ans, sans compter que ses parents n'étaient pas obligés de l'apprendre.

Le jeune homme poussa sa bicyclette jusqu'au café, où il la plaça dans un support. Puis il chercha une petite table en terrasse et aida Rebecca à prendre place avant de s'asseoir à son tour.

— J'ai une idée, déclara-t-il en hélant le serveur. Buvons plutôt du champagne pour fêter ce jour.

Rebecca n'osa pas dire qu'elle ne savait pas ce qu'était du champagne. Elle se sentait embarrassée et maladroite. Son regard tomba sur le journal qu'il avait posé sur la table, le *Völkischer Beobachter*[1]. La photo d'un homme figurait en première page.

— Qui est-ce ? demanda-t-elle pour dissimuler son manque d'assurance.

Le jeune homme regarda Rebecca avec étonnement.

— Vous ne le connaissez pas ? C'est Adolf Hitler. Mes parents sont convaincus qu'il sera notre prochain chancelier.

— Je ne m'intéresse pas à la politique, expliqua précipitamment Rebecca.

Le jeune homme rit.

— Moi non plus. Le journal est pour ma mère. Elle est emballée par le bonhomme, et mes parents le connaissent personnellement.

Le serveur apporta une bouteille dans un seau à glace argenté. Fascinée, Rebecca le regarda envelopper la bouteille dans une serviette puis l'ouvrir en faisant sauter le bouchon avec un léger *plop*. Il emplit ensuite deux longs verres à pied.

Le jeune homme leva son verre.

— Je m'appelle Rolf.

— Moi, Rebecca, dit-elle à mi-voix avant de lever elle aussi son verre et de trinquer avec lui.

Elle buvait à gorgées rapides le champagne frappé et se sentait merveilleusement légère. Elle riait sans savoir pourquoi et

1. *L'Observateur populaire*, quotidien d'extrême droite, organe du parti national-socialiste. (*N.d.T.*)

ne détourna pas la tête lorsque Rolf se pencha au travers de la table et déposa un baiser sur sa joue.

— Encore bon anniversaire, mais peut-être devriez-vous cesser de boire, sinon vous n'allez pas réussir à tenir sur votre bicyclette pour rentrer chez vous.

Il lui sourit et releva une boucle noire qui tombait sur son front.

Rebecca acquiesça docilement mais ne renonça pas à la dernière gorgée du merveilleux liquide pétillant qui exacerbait ses sens d'une étrange façon. Ou bien était-ce le baiser sur la joue ? Elle soupira. La vie était merveilleuse. Elle regarda autour d'elle, il n'y avait aux autres tables que des gens qui riaient et bavardaient, le visage offert au chaud soleil de mai.

Rebecca était heureuse.

Lorsqu'elle arriva chez elle, en nage et essoufflée, ses parents, déjà prêts, l'attendaient. Rebecca cacha la rose jaune sous sa robe. Avant de courir dans sa chambre se changer pour le dîner, elle se retourna et demanda rapidement à son père :

— C'est qui, Adolf Hitler ?

Bruno Kreisberger regarda sa fille.

— Un criminel. Un criminel à tout le peuple allemand. Pourquoi poses-tu la question ?

— Pour rien... répondit sa fille.

Ruth Kreisberger était perturbée de devoir accompagner sa fille à son audition chez Eli Moses. Elle lissait sa robe, triturait ses cheveux. Puis le maître apparut, lui fit le baisemain et la traita comme une dame. Ruth fut très impressionnée par le luxe de la villa. De sa vie entière, elle n'avait rien vu d'aussi beau que les murs tendus de soie, les tapis précieux et les lustres en cristal des plafonds.

Le maître la conduisit à un sofa recouvert de soie brochée et lui fit servir du thé anglais et des pâtisseries par la petite domestique qui leur avait ouvert la porte.

Avant que Rebecca s'asseye au piano, il glissa brièvement dans la conversation que, hormis la petite domestique et une cuisinière, son secrétaire travaillait également à plein temps à la villa. Sa chère jeune sœur Lea, qui n'avait que vingt et un ans, vivait en outre près de lui depuis que leurs parents avaient perdu la vie dans un accident de voiture.

Ruth enragea contre son mari qui l'avait mise dans cette situation embarrassante. Eli Moses laissait entrevoir qu'il avait percé à jour les craintes du couple et s'en amusait. Ruth aurait voulu disparaître sous terre.

Quant à Rebecca, pour sa part, l'audition avait perdu de son importance, précisément depuis l'instant où elle avait croisé le regard bleu outremer d'un beau jeune homme. Son jeu déconcentré restait gauche, ses doigts se déplaçaient sur les touches sans fluidité. Elle était tellement absente qu'elle remarqua à peine les doigts d'Eli Moses qui frôlaient sa main, apparemment par inadvertance, et son genou pressé contre sa cuisse. Plus par réflexe que dans un geste conscient, elle s'écarta, pensant qu'il s'agissait d'un contact fortuit. La proximité physique de cet homme qu'elle vénérait en tant qu'artiste lui était désagréable.

Au terme d'une petite heure de récital, Eli Moses se leva et, au grand étonnement de Rebecca, lui reconnut un talent exceptionnel. Toutefois, son jeu manquait assurément de la passion, de la personnalité, de ce quelque chose qui lui permettrait d'accéder à la grande, à la véritable réussite. Il se tourna vers Ruth et lui proposa de donner des leçons à sa fille, gracieusement, cela allait de soi. S'il le faisait, c'était uniquement parce qu'il était convaincu des dons remarquables de Rebecca.

Ruth était intelligente, elle comprit tout de suite que l'offre ne valait pas pour la talentueuse concertiste en herbe mais pour la ravissante jeune fille. Le soir, elle expliqua à son mari quel homme du monde était Eli Moses et combien son intérêt pour leur fille était immense ; elle ne tarit pas d'éloges sur le thé anglais et les délicieuses pâtisseries, et lui représenta combien il devait être agréable de vivre dans cette villa.

La nuit, Ruth rêva qu'elle portait une élégante robe en soie rose et qu'Eli Moses lui baisait la main en lui disant combien il s'estimait heureux d'avoir une vraie dame pour belle-mère.

Rebecca, elle, ne parvint pas à s'endormir. Elle se releva sans bruit et ouvrit son armoire en s'efforçant de ne pas la faire grincer pour prendre la rose jaune qu'elle y avait cachée la veille.

Elle saisit délicatement la fleur et la déposa entre les pages de la partition de piano du concerto de Mozart en *ut* mineur n° 24 pour la faire sécher.

C'était l'amour. L'évidence s'imposa à l'esprit de Rebecca.

A peine avait-elle goûté à cet indicible sentiment de bonheur qu'elle découvrait les affres du désespoir. Trois jours s'étaient écoulés depuis son anniversaire et Rolf n'était toujours pas réapparu, bien qu'il lui ait promis de l'attendre l'après-midi devant le magasin de son père.

Le lendemain, Rebecca arrangeait les paniers en devanture. Elle y disposa des fruits frais, noua un ruban autour d'une anse, tira impatiemment dessus jusqu'à ce qu'il se détache à nouveau. Elle scrutait sans relâche la Wiener Platz où, à cette heure avancée de l'après-midi, se pressaient des ménagères avec leurs cabas à provisions, des chiens et des enfants. Rolf n'avait peut-être pas remarqué le petit magasin situé légèrement à l'écart et il était reparti sans l'avoir trouvé. Ou bien, et à cette idée une peur bleue envahit Rebecca, il n'avait jamais eu l'intention de venir. Il l'avait trouvée trop naïve, trop ennuyeuse, pas suffisamment jolie. Il ne voulait peut-être pas du tout la revoir et n'avait dit cela le jour de son anniversaire que pour se débarrasser rapidement d'elle.

— Qu'est-ce que tu as ?

Son père avait surgi devant elle et la dévisageait, l'air soucieux. Elle avait une petite mine, n'était pas à son travail et c'est tout juste si elle avait accordé un regard aux clients qui avaient poussé leur porte au cours de l'après-midi. Il ne reconnaissait pas sa fille qui d'ordinaire disait bonjour avec gentillesse et discutait volontiers avec les clients.

— Et s'il te plaît, laisse enfin ces paniers tranquilles !

Bruno Kreisberger s'impatientait.

— Aide-moi plutôt à déballer dans l'arrière-boutique ! A moins que tu ne te sentes pas bien ?

Le vieil homme prit peur en remarquant l'expression désespérée et la pâleur de sa fille.

— Je vais très bien, se hâta-t-elle de répondre. Ne t'inquiète pas, ajouta-t-elle encore en se retenant de fondre en larmes.

Elle regardait douloureusement la rue lorsque Rolf apparut soudain devant elle, de l'autre côté de la devanture. Elle lui avait parlé de la sévérité de son père, aussi poursuivit-il rapidement son chemin, puis s'arrêta, revint sur ses pas et repartit enfin dans la direction opposée.

— A vrai dire, je ne me sens pas si bien que ça. J'ai un mal de tête épouvantable, déclara subitement Rebecca, les joues en feu, en se tournant vers son père.

— Mon Dieu, mais tu brûles littéralement de fièvre ! Rentre vite à la maison et mets-toi au lit !

— Merci, papa.

Elle l'embrassa rapidement et quitta le magasin, la conscience lourde. Elle avait abusé de la naïveté de son père ; pourtant, quand elle aperçut Rolf de loin, elle ne regretta pas son petit mensonge. Elle s'éloigna à pas lents en direction de l'appartement, jusqu'à ce qu'elle atteigne le coin de la rue et disparaisse du champ de vision de son père. Alors elle s'arrêta et attendit Rolf. Il ne mit pas longtemps à la rejoindre, fut là devant elle et sans un mot l'attira à lui. C'était la première fois que les bras d'un homme l'enlaçaient. Rebecca se laissa faire, posa timidement la tête contre sa poitrine. Elle osait à peine bouger, à peine respirer dans l'attente du premier baiser qui allait maintenant forcément arriver.

Elle pensa au soir de son anniversaire, quand Esther et elle avaient disparu aux toilettes, immédiatement après les hors-d'œuvre. Rebecca avait alors raconté à son amie tous les détails de sa rencontre avec Rolf. Le tendre et très excitant baiser sur la joue avait fait l'objet d'un traitement particulièrement enthousiaste.

« Quand vous vous reverrez, la première chose qu'il fera sera d'essayer de t'embrasser vraiment, sur la bouche et tout ça. Tu feras quoi à ce moment-là ? Il se rendra compte que tu n'as aucune expérience, avait fait remarquer Esther.

— Et alors ? C'est si important que cela ? avait répliqué Rebecca, troublée.

Esther, dubitative, avait haussé les épaules.

— Je ne sais pas, mais mon frère dit que les hommes n'aiment que les femmes qui savent embrasser et ont de l'expérience.

— Samuel n'a que seize ans, avait objecté Rebecca. D'où saurait-il tout ça ? »

Esther n'avait pu, là non plus, lui apporter de réponse satisfaisante.

Rebecca hésita puis se libéra des bras de Rolf. Il joua avec les boucles qui lui retombaient sur le visage, l'attira à nouveau à lui et murmura dans son oreille :

— Je n'ai pas cessé de penser à toi.

— Alors pourquoi n'es-tu venu qu'aujourd'hui ?

La question avait jailli. Rebecca le regardait fermement dans les yeux tandis que son cœur commençait à battre si fort qu'elle se dit que Rolf devait le voir à travers le léger coton de sa robe d'été.

— Le jour de ton anniversaire, je t'ai dit que je partais une semaine chez mes parents, sur le lac de Starnberg. Tu ne t'en souviens plus ?

Rebecca secoua la tête. Elle se rappelait confusément qu'il avait parlé de ses parents et de la maison sur le lac de Starnberg, mais elle n'avait eu d'yeux que pour lui, bu du champagne et joui de la délicieuse sensation d'être amoureuse.

— Mais je suis rentré cet après-midi, poursuivit Rolf. J'avais une telle envie de te voir. Et puis, j'ai eu peur que tu ne m'aies pas vraiment dit la vérité, que tu ne travailles pas dans le magasin de ton père, que même ce magasin n'existe pas du tout. Je ne connais que ton prénom. Comment t'aurais-je retrouvée ? Ça m'a tellement perturbé que je n'ai pas pu tenir plus longtemps. Il fallait que je vienne.

Rebecca avait peine à croire que Rolf ait connu les mêmes angoisses qu'elle. Elle leva les yeux. La douceur qu'elle lut dans le regard dont il l'enveloppait l'émut au point qu'elle se détourna, embarrassée, tandis que son visage virait au rouge incandescent. Il l'avait tutoyée, et elle l'avait tout naturellement imité ; au cours des trois jours passés, elle lui avait consacré l'essentiel de ses pensées, si bien qu'il lui était désormais aussi familier que si elle le connaissait depuis longtemps.

Rolf enlaça ses épaules et ils marchèrent le long des rues jusqu'à ce qu'ils se retrouvent au pied de la colonne de l'Ange de la paix, dont l'or resplendissait dans les derniers rayons du soleil. Ce n'est qu'à cet instant que Rebecca se rendit compte qu'elle aurait déjà dû être rentrée depuis au moins une demi-heure. Elle s'écarta précipitamment mais Rolf l'attira de nouveau à lui. Quand elle sentit ses lèvres se poser sur les siennes, elle fut submergée d'un sentiment d'amour si intense que des larmes brûlantes lui montèrent aux yeux.

Il était tard quand Rebecca grimpa en courant l'escalier de l'appartement familial. Elle se souvint alors qu'elle avait laissé sa bicyclette devant le magasin. Son père allait s'en étonner et il y avait des chances pour qu'il lui pose des questions embarrassantes, mais après tout, ce n'était pas anormal d'oublier sa bicyclette quand on avait soi-disant un mal de tête épouvantable.

Dans l'appartement, tout était silencieux. Rebecca appela timidement sa mère. Pas de réponse. Elle ouvrit la porte de la cuisine. Un grand faitout de soupe aux légumes qui embaumait bouillonnait à petit feu sur la gazinière. Sa mère devait avoir fait un saut chez leur nouvelle voisine, avec laquelle elle s'entendait si bien, et, à l'évidence, avait oublié l'heure. Rebecca déplaça le faitout et éteignit le gaz. Son père pouvait rentrer d'un instant à l'autre, elle gagna rapidement sa chambre, se déshabilla et se mit au lit, sans oublier le linge humide sur son front prétendument douloureux. Aujourd'hui, elle avait eu de la chance, mais cela durerait-il ? L'idée que cela puisse changer la contrariait ; elle rejeta sa couette et se releva. Elle prit la partition du concerto en *ut* mineur de Mozart qu'elle avait cachée parmi toutes ses autres partitions de piano et en sortit la rose jaune. Elle effleura ses joues avec la fleur, ferma les yeux et revit le doux visage de Rolf après qu'il l'avait embrassée. Elle s'emplit du parfum ténu de la rose pressée et se dit que jamais, de sa vie entière, elle n'oublierait le jour de ses dix-huit ans, car c'était le jour de sa première rencontre avec Rolf von Schröder, le grand et unique amour de sa vie.

Bruno Kreisberger était satisfait. Tout paraissait se dérouler comme prévu. Sa fille Rebecca se rendait chez Eli Moses deux fois par semaine, et deux fois par semaine elle rentrait à la maison les joues roses et les yeux brillants. Elle était heureuse, c'était visible. D'après le récit de Rebecca, la leçon s'étirait sur plusieurs heures, et parfois Eli l'invitait ensuite à prendre le thé. Pour finir, elle profitait souvent d'être à bicyclette pour aller de Bogenhausen à la porte de l'Isar où habitait Esther. Du moins était-ce ainsi que Rebecca décrivait à ses parents le déroulement des après-midi où elle allait chez Eli.

« Les filles ont sûrement beaucoup de choses à se raconter », disait Bruno avec un clin d'œil entendu à sa femme.

Il n'échappa pas non plus à Ruth combien Rebecca se transformait. Elle, cependant, était sceptique. Elle ne parvenait pas à croire que sa belle et rayonnante enfant puisse à dix-huit ans à peine être amoureuse d'un homme aucunement séduisant et âgé de vingt-cinq ans de plus qu'elle. Bruno Kreisberger trouva cependant une explication :

« Elle l'aime parce qu'il joue magnifiquement du piano. »

Il ne serait jamais venu à l'esprit du vieux couple que leur fille puisse dissimuler la vérité. Elle se rendait effectivement chez Eli Moses ; cependant c'est tout juste si elle ne comptait pas les minutes jusqu'à ce qu'elle puisse enfin s'échapper de la villa pour retrouver Rolf von Schröder. Durant les leçons dispensées par Eli, elle jouait mal, martelait mécaniquement le clavier, si bien qu'ils en arrivèrent à convenir tacitement qu'il serait préférable qu'elle se limite à l'écouter faire ses exercices quotidiens. Rebecca resta dès lors assise sur le sofa recouvert de soie brochée, dans le champ de vision d'Eli, et rêva à l'homme dont elle était si profondément amoureuse sur fond d'accords de Brahms, Chopin ou Mozart. Elle ne se rendait pas compte que, derrière ses petites lunettes, le maître ne cessait de l'observer, qu'il ne manquait pas une occasion de toucher son bras, sa main, qu'il faisait des allusions à sa beauté, au cadre parfait qu'offrirait sa villa à une jeune fille comme elle. La plupart du temps, Rebecca ne l'écoutait pas, l'homme ne l'intéressait pas. Elle ne soupçonnait pas avec quelle impatience Eli l'attendait, dissimulé derrière les rideaux de la salle de musique, guettant le moment où elle remonterait l'allée gravillonnée jusqu'au perron et où, grâce au soleil qui rendrait sa robe légère presque transparente, il pourrait contempler le contour de ses cuisses fuselées et la courbe de ses seins.

Il n'y avait pas que cela dont Rebecca ne se doutait pas ; elle ne savait pas qu'un jour, en fin de journée, Eli avait surgi sans prévenir dans le magasin de son père et convié Bruno Kreisberger à un entretien dans le petit café qui faisait l'angle avec la Wiener Platz.

Ce soir-là, Bruno s'assit dans la cuisine, regarda sa femme préparer un poulet et lui rapporta l'essentiel de cette conversation d'homme à homme, comme il disait. Eli Moses avait d'honorables intentions et souhaitait, par cet entretien avec son père, s'assurer que Rebecca n'était pas fiancée et était une jeune fille sans passé. Cela paraissait revêtir pour lui une importance majeure, ce que Bruno comprenait ; ce dernier put l'assurer de bonne foi que lui et sa femme avaient veillé sur la vertu de leur ravissante fille avec une intransigeance de chaque instant. Au cours de la conversation, Eli Moses avait également mentionné ses biens considérables et la richesse qu'un mariage avec lui apporterait un jour à Rebecca. Ainsi l'entretien s'était-il déroulé à la satisfaction des deux hommes. Une poignée de main avait alors scellé le sort de Rebecca.

— J'ai demandé à M. Moses de ne pas bousculer les choses, de lui laisser encore du temps avant de faire sa demande. Il n'y voit pas d'objection, poursuivit-il.

Puis il fut pris d'une brusque inquiétude.

— Et si malgré tout il ne voulait pas attendre ? Il est riche, célèbre, il va peut-être en choisir une autre.

Ruth secoua la tête.

— Il attendra. Une jeune fille belle et bien élevée comme Rebecca, il n'en trouvera pas une deuxième.

Et en pensée, elle ajouta : trop belle pour un vieux bonhomme aussi laid. Mais elle se tut, étant d'avis que c'était à

Rebecca de décider. Elle jugeait néanmoins étonnant que sa fille tînt à ne manquer aucun rendez-vous chez Eli Moses et qu'elle accordât ces jours-là un soin tout particulier à sa toilette. Elle se lavait les cheveux, se mettait quelques touches d'eau de lavande derrière les oreilles et dans le décolleté, essayait plusieurs tenues et passait beaucoup de temps devant la glace avant de quitter la maison. Autant de preuves tangibles que Rebecca était amoureuse, mais que ce soit de ce vieux pianiste, rien à faire, cela ne voulait pas entrer dans la tête de Ruth.

Un jour de juin où Ruth, dans la cuisine surchauffée, remplissait de confiture de fraises brûlante des pots de verre alignés devant elle, Rebecca apparut dans l'encadrement de la porte pour dire au revoir à sa mère. Ses cheveux fraîchement lavés formaient dans son dos une masse souple et soyeuse qui lui arrivait presque à la taille, et elle embaumait la lavande. Mais quand Ruth reposa vivement la louche et se retourna pour embrasser sa fille, elle fut consternée : Rebecca avait mis du rouge à lèvres.

— Ma petite fille, tu ne dois pas te maquiller comme... comme... une... De toute façon, quand on est jeune, on est toujours jolie. On n'a pas besoin de se maquiller. Une jeune fille bien ne le fait pas, crois-moi.

— Laisse donc, maman !

Rebecca lui plaqua un baiser sur la joue, ce qui eut pour effet de laisser l'essentiel du rouge sur le visage de Ruth, et quitta l'appartement sur une pirouette.

— A ce soir ! lança-t-elle du palier. Et n'oublie pas qu'après ma leçon chez Eli Moses, je vais à la piscine avec Esther !

Elle était partie. Ruth était en train de préparer les étiquettes à coller sur les pots de confiture quand elle se rappela n'avoir vu Rebecca qu'avec un petit sac. Elle doit avoir son maillot de bain sur elle, se dit-elle.

L'air chaud qui pénétrait dans la pièce par l'entrebâillement des fenêtres gonflait les légers voilages de linon tandis qu'Eli, au piano, jouait avec brio l'*Appassionata* de Beethoven. Le temps ne voulait pas s'écouler. Rebecca s'agitait, s'avançait jusqu'au bord du sofa et tendait le cou pour apercevoir la pendule posée sur la cheminée. Pourvu qu'il s'arrête, pourvu qu'il s'arrête bientôt ! suppliait-elle intérieurement. Rolf, toujours ponctuel, devait l'attendre depuis longtemps dans la rue d'à côté.

Enfin, Eli referma le couvercle du piano à queue. Il se dirigea vers le sofa et se pencha sur Rebecca en feignant de frôler son bras nu par inadvertance.

— Ne vous sauvez pas déjà ! Nous pourrions prendre le thé sur la terrasse, qu'en dites-vous ? Ma sœur s'est absentée pour l'après-midi, précisa-t-il en guettant sur le visage de Rebecca la façon dont elle réagirait à l'information.

Mais Rebecca secoua la tête et sauta vivement sur ses pieds.

— Je suis désolée, je dois y aller. Peut-être une autre fois, ajouta-t-elle poliment, car elle ne voulait pas risquer de froisser Eli Moses.

Avant qu'il ait pu la retenir, la porte de l'entrée retombait derrière elle et il entendait ses pas s'éloigner sur le gravier.

Tandis que le lourd portail tournait lentement sur ses gonds, Rebecca lança un regard derrière elle pour s'assurer qu'Eli ne la suivait pas. Elle enfourcha alors sa bicyclette et pédala jusqu'à la rue voisine où Rolf l'attendait déjà depuis une heure. Il était adossé à son cabriolet, dans un costume de lin blanc, et la regardait venir vers lui, de l'admiration plein les yeux. Les cheveux de Rebecca flottaient gracieusement sur ses épaules, le vent plaquait le fin tissu de sa robe sur ses cuisses. Lorsqu'elle mit pied à terre devant lui, il l'embrassa doucement sur la bouche, lui prit sa bicyclette des mains pour la ranger dans le coffre et lui ouvrit la portière.

— Ça te dit d'aller au lac ?

Rebecca acquiesça en souriant. Tout ce que Rolf lui proposait lui convenait.

— J'ai beaucoup de temps, aujourd'hui, en fait jusqu'à ce soir. J'ai dit à mes parents que j'allais à la piscine avec Esther, après le piano.

Rolf démarra et glissa un bras autour des épaules de Rebecca. Elle se blottit contre lui et regarda le ciel bleu au-dessus de leurs têtes, les petits nuages blancs qui filaient dans l'azur estival, tandis que le vent de la vitesse apaisait le feu de son visage. Ils se taisaient, chacun sentait que ce jour était particulier. Jusqu'à présent, ils avaient abrité leurs rencontres dans des petits cafés discrets ou dans l'Englischer Garten, où ils s'embrassaient, se parlaient, assis dans l'herbe, cachés derrière les buissons. Rebecca disait tout de sa vie à Rolf, parlait de tout ce qu'elle ressentait, alors qu'elle avait souvent l'impression qu'en contrepartie Rolf ne se livrait pas entièrement, qu'il taisait quelque chose, qu'il avait des secrets.

Mais Rebecca chassa ces pensées de son esprit. Elle ferma les yeux, respira l'odeur de l'eau de toilette de Rolf et ressentit quelque chose de nouveau, une émotion inédite.

Ils traversèrent des bois et des prairies en fleurs. Rebecca percevait le paysage comme dans un rêve. Ils n'avaient toujours pas échangé une parole lorsque, au lac de Starnberg, Rolf s'arrêta devant une immense villa.

— C'est la maison de mes parents, expliqua-t-il en l'aidant à descendre de voiture.

Rebecca était stupéfaite et la peur la saisit.

— Pourquoi ne m'as-tu-pas dit que j'allais rencontrer tes parents ?

— Mes parents sont en voyage.

Rolf la regardait en hésitant.

— Je voulais te montrer la maison, ma chambre, l'endroit au bord du lac où...

Il s'interrompit devant la réaction de Rebecca. Elle secouait la tête, ses yeux lançaient des éclairs.

— Non, Rolf, non ! Je n'entre pas dans cette maison si tes parents ne sont pas là.

Rolf l'observa pensivement.

— Je suis désolé, c'était très bête, comme idée.

Il l'attira doucement à lui.

— Tu viendras à l'automne, peut-être à l'occasion de l'anniversaire de mon père, quand mes parents donneront une grande réception, et je te présenterai à eux. Viens, maintenant, j'ai fait préparer un pique-nique, en bas, au bord du lac. Tu veux bien ?

Rebecca releva la tête, elle avait retrouvé son sourire. Ils descendirent étroitement enlacés vers le lac, jusqu'à un petit embarcadère où était amarré un magnifique bateau. Rolf aida

Rebecca à monter à bord et elle découvrit avec surprise qu'une table basse y avait été dressée avec une nappe blanche, un seau à glace et une bouteille de champagne, des assiettes, des couverts, des serviettes blanches, quelques grands plats sur lesquels étaient savamment disposés du rôti froid, du saumon, du fromage... Jamais elle n'avait vu quelque chose de semblable.

— Qui a préparé tout cela ?

— Notre bonne, je l'ai appelée ce matin. Et ici, c'est notre jetée. Elle nous appartient.

Rebecca ne se remettait pas de sa surprise. Il existait des gens qui non seulement possédaient une maison immense avec un parc, mais aussi un embarcadère privé et même un morceau de lac. En arrivant, ils étaient passés devant un panneau. *Propriété privée. Défense d'entrer.* Rolf von Schröder semblait appartenir au cercle des privilégiés, ainsi que son père avait un jour nommé les riches.

Rolf lui tendit la main et Rebecca, raide et maladroite, s'assit sur la couverture moelleuse étendue sur le fond du bateau. Tandis que Rolf débouchait le champagne et remplissait deux verres en cristal, Rebecca souleva avec curiosité le couvercle d'un plat creux en argent qui contenait une salade de fruits frais. Sous le terme pique-nique, Rebecca avait imaginé autre chose, par exemple un grand panier avec du pain, de la charcuterie et du fromage, peut-être une bouteille de vin, et une nappe à carreaux, le tout assis par terre sur des aiguilles de pin dans la forêt, avec des fourmis et des mouches en prime. C'est à cela qu'avait ressemblé le pique-nique auquel elle avait participé avec son école, quelques années auparavant. Ce que Rolf avait mis en scène surpassait de loin tout ce qu'elle aurait pu imaginer.

Ils burent du champagne, et aussitôt Rebecca ressentit l'effet de l'alcool. Elle ferma les yeux quand Rolf se pencha vers elle, lui prit son verre des mains et le posa sur la petite table. Il commença à l'embrasser lentement, avec beaucoup de douceur. Elle offrit ses lèvres et céda à son insistance avec un léger soupir.

— Tu es belle, murmura-t-il avec une voix qu'elle ne lui connaissait pas.

Elle aussi était excitée, elle laissa ses lèvres s'égarer dans le creux de son cou, ses mains glisser lentement sous son corsage. Elle sentit ses doigts caresser sa poitrine, elle sentit sa bouche jouer sur la pointe de ses seins. Jamais Rebecca n'avait connu un tel sentiment de volupté et de désir. Elle s'abandonna à la caresse des mains de Rolf, à sa voix qui murmurait des mots d'amour éternel à son oreille. Il lui ôta ses vêtements un à un jusqu'à ce qu'elle apparaisse nue devant lui dans la lumière déclinante de la fin d'après-midi. Elle osait à peine lever les yeux et croisa timidement les mains sur sa poitrine. Mais Rolf les écarta.

— Ne te cache pas ! Tu es tellement belle !

Il se déshabilla avec des gestes impatients. Elle n'avait encore jamais vu d'homme nu et détourna le regard, gênée. Puis, tout de même, elle osa le regarder, les paupières mi-closes, vit son beau corps, perçut la pression de ses cuisses, sentit ses mains.

— Je n'ai encore jamais... Je suis encore... bafouilla-t-elle.

— Je sais, fais-moi confiance.

— Tu jures que tu m'aimeras toujours ? chuchota-t-elle avant que le désir prenne possession de tout son corps, l'emporte et que seuls des soupirs franchissent encore ses lèvres.

— Je le jure, murmura-t-il.

Il était tard quand ils abandonnèrent le bateau et regagnèrent la ville. Dans la voiture, Rebecca posa la tête sur l'épaule de Rolf et contempla le ciel où les premières étoiles s'allumaient. Elle percevait la chaleur de l'homme assis à côté d'elle, elle respirait son odeur et un sentiment de bonheur intense l'emplissait.

— Je te ramène chez toi. Il est trop tard pour pédaler seule à travers la ville, dit Rolf, rompant le silence.

— Tu n'auras qu'à me laisser à la Wiener Platz. Ensuite, je continuerai seule, c'est tout près de chez nous.

Cependant, plus ils se rapprochaient de la ville, plus l'inquiétude de Rebecca grandissait. Ce qui lui était arrivé aujourd'hui devait sûrement se voir. Elle n'était plus la même, elle était devenue une femme, ce n'était pas rien. Elle observa le beau profil de Rolf qui se détachait sur le ciel bleu nuit. Elle n'osait pas lui demander combien de filles il y avait déjà eu dans sa vie. Rolf savait comment caresser une femme, l'embrasser, la rendre incroyablement heureuse.

Brusquement, les mises en garde de sa mère lui revinrent à l'esprit. Cela s'était passé un dimanche, dans la cuisine, un an auparavant. Ruth Kreisberger avait parlé à sa fille en lui tournant le dos, d'un ton maladroit et sans oser quitter la gazinière des yeux.

« Rebecca, tu es devenue une belle jeune fille, et les hommes sont maintenant après toi. Mais tu ne dois jamais laisser un homme t'approcher vraiment, parce qu'une fois obtenue la chose qu'il veut, il se moquera bien de toi et te laissera tomber. Tu dois te préserver pour ton mari ! »

A l'époque, Rebecca n'avait pas réellement pris au sérieux les conseils de sa vieille maman. Avec son amie Esther, elles en avaient même ri, car la mère d'Esther avait tenu des propos identiques à sa fille. Les deux amies devaient à la profession du père d'Esther de disposer d'un bel éventail de connaissances sur l'amour physique et l'anatomie, masculine comme féminine. Le père d'Esther était en effet médecin et, alors qu'elles avaient quatorze ans, les deux adolescentes s'étaient faufilées dans son bureau, avaient passé en revue sa bibliothèque et étudié à fond tout ce qui concernait le corps humain et la reproduction.

« Beurk ! s'était exclamée Esther. C'est dégoûtant ! »

Et Rebecca avait été du même avis.

La curiosité, cependant, s'était éveillée et le temps des passions innocentes avait commencé. Rebecca se souvenait encore de son premier emballement pour le jeune professeur de musique à la jolie moustache blonde qui profitait de ses cours pour chanter les grandes arias du répertoire à des jeunes filles blasées et raconter qu'il aurait aimé être chanteur d'opéra.

Un an plus tard, peu après son quinzième anniversaire, elle était tombée folle amoureuse du charmant petit vendeur blond de la pâtisserie où elle achetait la demi-tourte au chocolat que les Kreisberger s'autorisaient tous les dimanches.

Il s'appelait Otto et rougissait jusqu'à la racine des cheveux quand Rebecca entrait dans le magasin. Des semaines durant, ils avaient échangé des regards furtifs jusqu'à ce qu'il la suive un dimanche et lui plaque un baiser humide et maladroit qui, dans l'émoi de l'instant, manqua son but car Rebecca, brusquement dégoûtée, avait tourné la tête. De ce jour, elle avait évité la fréquentation dominicale de la pâtisserie. Depuis, trois années s'étaient écoulées sans que Rebecca s'intéresse à un garçon ou à un jeune homme.

Cela faisait longtemps qu'elle avait oublié ces amourettes ; pourtant, ce soir-là, en regardant Rolf qui conduisait, lui revinrent à l'esprit les deux hommes qui, les premiers, avaient éveillé en elle des sentiments, une langueur indéfinie qui ne se traduisait pas par un besoin de contact, mais par des rêveries romantiques.

Avec Rolf, ces tendres sentiments s'étaient transformés en désir intense. Les nuits où elle pensait à lui sans parvenir à s'endormir, elle laissait sa main effleurer en secret son visage, ses lèvres, ses seins, l'intérieur de ses cuisses, elle sentait la pointe de ses seins devenir dure sous ses doigts et ne souhaitait rien plus ardemment que Rolf la caresse à ces endroits. Et aujourd'hui, tout avait été encore plus beau, plus passionné que ce dont elle aurait pu rêver.

— Je me souviendrai toute ma vie de ce jour. Je t'aimerai toujours, et j'aurai envie de toi aussi longtemps que je vivrai, dit-elle à mi-voix.

Mais le bruit du moteur couvrait le son de sa voix. Rolf ne pouvait pas l'entendre, et alors même qu'elle sentait des larmes rouler sur ses joues parce qu'elle éprouvait un bonheur indicible, une peur panique la transperça. Rolf voulait-il se marier avec elle ou bien y avait-il du vrai dans les mises en garde de sa mère ? Elle leva la tête, mais n'osa pas lui demander s'il allait maintenant cesser de s'intéresser à elle.

Il parut deviner ses pensées car il la serra un peu plus fort contre lui.

— Je t'aime. Et je t'aimerai toujours, je te le promets.

Ses lèvres souriaient, tandis que ses yeux observaient gravement la belle jeune fille juive qui s'était aujourd'hui si complètement donnée à lui. Il songea avec inquiétude à sa mère. Depuis quelque temps, elle s'enthousiasmait pour les thèses racistes de cet Adolf Hitler ; ses parents finançaient sa campagne électorale dans des proportions considérables.

Chacun suivit ainsi le cours de ses pensées jusqu'à ce qu'ils arrivent en ville. Ils dépassèrent le Deutsches Museum et le Gasteig, puis montèrent vers la Wiener Platz. Ils roulaient désormais au pas, car ils s'étaient brusquement retrouvés encerclés par une masse de gens qui déambulaient au milieu de la chaussée en vociférant. Plusieurs hommes vêtus de brun des pieds à la tête surgirent devant le capot de la voiture. Ils tenaient une grande pancarte sur laquelle étaient peintes des croix gammées et, au milieu, une phrase en grosses lettres maladroites : *N'ACHETEZ PAS CHEZ LES JUIFS !*

Lorsqu'elle pensa à son vieux père et à son petit magasin, le cœur de Rebecca se mit à battre à grands coups. Ces gens paraissaient si haineux, les mots qu'ils criaient étaient d'une telle intolérance ! Que leur avaient fait les Juifs, que leur avaient fait les petits commerçants du quartier de la Wiener Platz ? Rebecca les connaissait presque tous, c'étaient des amis de son père. Ils étaient épiciers, marchands de chaussures ou de tissu. D'autres étaient prêteurs sur gage, quelques-uns étaient fripiers ou vendaient des meubles d'occasion. C'étaient des gens qui se bagarraient pour vivre au quotidien, qui se soutenaient, qui s'entraidaient.

Rolf se fraya avec peine un chemin à travers la foule tumultueuse puis continua à avancer en longeant prudemment le bord du trottoir.

— J'espère que d'habitude tu n'es pas dehors aussi tard ! C'est toujours l'enfer, dans ce quartier. Tu le savais ?

Rebecca hocha la tête. Elle regarda en direction de la Bürgerbräukeller ; des fenêtres éclairées provenaient de puissants éclats de voix et des bruits de verre.

Elle avait appris de son père que Hitler et ses nervis – c'est ainsi que Bruno Kreisberger les appelait – s'y réunissaient souvent. Elle avait également entendu parler de batailles rangées entre nazis et communistes.

— Il faut que tu rentres très vite chez toi !

Rolf ouvrit le coffre de la voiture et en sortit vivement sa bicyclette sans lui laisser le temps de le contredire.

— Viens, je t'accompagne !

Rebecca secoua vigoureusement la tête.

— Surtout pas ! Mon père ou un de ses amis pourrait nous voir.

Elle prit sa bicyclette et posa un rapide baiser sur les lèvres de Rolf.

— On se voit après-demain ? demanda-t-elle le cœur battant.

— Bien sûr !

Il écarta d'un geste plein de douceur les boucles folles qui lui mangeaient le visage, puis elle pivota sur les talons et s'engouffra dans une rue adjacente.

Elle poussait sa bicyclette à la main. Quand elle se retourna pour faire un dernier signe à Rolf, il n'était plus à côté de sa voiture. Ses yeux le cherchèrent parmi la foule, et son cœur s'arrêta quand elle le vit se diriger vers un groupe de jeunes gens qui sortaient à cet instant de la Bürgerbräukeller. Ils saluèrent Rolf en levant le bras droit, la main tendue. Rebecca connaissait ce geste, c'était le salut nazi. Son cœur se mit à cogner comme un fou contre ses côtes.

L'immeuble dans lequel vivaient les Kreisberger n'était situé qu'à quelques pas de la Wiener Platz. Rebecca ouvrit la grande porte sur la rue, entra et poussa sa bicyclette jusqu'à une deuxième porte qui donnait accès à une cour intérieure plongée dans l'obscurité. Elle rangea sa bicyclette. La cour était calme, paisible, les grondements de la foule ne parvenaient plus que de très loin. Elle leva la tête pour regarder le ciel ; une étoile filante apparut et traversa l'immensité de velours noir avant de s'éteindre. Alors Rebecca ferma les yeux, retint son souffle et fit le vœu que Rolf ne cesse jamais de l'aimer.

Quand elle ouvrit la porte de l'appartement, elle entendit des hommes discuter avec animation dans le salon. Son père ne passa que rapidement la tête dans l'entrée. Il était tout rouge.

— Dieu soit loué, te voilà enfin ! Ils sont fous furieux, sur la Wiener Platz ! Où étais-tu passée ? Tu as vu l'heure ? On s'est fait un sang d'encre.

Sa tête disparut avant que sa fille ait eu le temps de répondre.

Soulagée de ne pas avoir à subir un questionnement autrement inquisiteur, Rebecca prit la direction de sa chambre sans demander son reste. Elle entendit encore quelqu'un dire : « Nous autres Juifs devons quitter l'Allemagne, et le plus vite possible. La situation se dégrade. – Non, non, répliqua la voix posée d'Abraham Stein, l'ami de son père qui tenait une petite droguerie au fond de la Wiener Platz. Je suis certain que ces débordements racistes ne vont pas durer. D'ici quelques mois, tout sera rentré dans l'ordre. Nous devons seulement rester calmes. » Un brouhaha s'ensuivit et Rebecca se dépêcha d'entrer dans sa chambre. Elle s'adossa à la porte fermée et poussa un soupir de soulagement.

— Ma petite fille, qu'est-ce qui se passe ? Tu ne veux vraiment rien manger ?

La voix soucieuse de Ruth lui parvenait de derrière la porte.

— Non, maman, je n'ai pas faim, je t'assure. Je suis seulement très fatiguée.

— Alors bonne nuit, ma colombe !

Debout derrière la porte, Rebecca ne fit pas un geste jusqu'à ce que Ruth Kreisberger se soit éloignée. Sa naïve maman était partie, elle avait donc également échappé à la méfiance maternelle. Pour la première fois, elle eut mauvaise conscience. Ses parents n'avaient pas mérité d'être trompés. Elle mit du temps à s'endormir, ce soir-là. Allongée sur le dos, elle vit une lune argentée apparaître au-delà de la fenêtre puis poursuivre silencieusement son ascension, et remarqua les ombres curieuses que sa lumière projetait sur le plafond. Un sourire sur les lèvres, elle s'endormit enfin.

L'été était fini. Un automne froid et pluvieux lui succéda qui transforma le roux flamboyant des feuilles en un hideux brun foncé.

Rebecca pédalait à travers l'Englischer Garten pour aller à sa leçon de piano chez Eli Moses. Elle venait de Schwabing, où Rolf possédait une garçonnière dans laquelle ils s'étaient souvent rencontrés au cours des dernières semaines. C'était bon d'être avec lui là où il vivait, d'être à ses côtés dans son lit. Rebecca aimait les instants après l'amour, lorsqu'ils se parlaient tout bas, étroitement enlacés. Cependant, comme au début, elle ne parvenait pas à se défaire de l'impression diffuse que Rolf cachait quelque chose, qu'il ne lui disait pas tout. Elle savait qu'il faisait des études de droit, elle connaissait des bribes de son enfance, mais il s'agissait pour la plupart de menus faits sans importance.

Dans deux jours, elle ferait enfin la connaissance de M. et Mme von Schröder. Ensuite elle pourrait aller trouver ses parents et leur dire qu'elle aimait Rolf et qu'ils allaient bientôt se marier. Rebecca sourit en y pensant et pédala plus lentement. Cela n'avait plus d'importance qu'elle arrive en retard chez Eli Moses et qu'il s'en irrite, cela n'avait plus d'importance, ce qu'il pensait d'elle ou qu'elle ne puisse plus se rendre chez lui ; le temps du secret était enfin terminé.

Elle devait retrouver Rolf le surlendemain à trois heures devant la droguerie d'Abraham Stein pour partir avec lui au lac de Starnberg, partir vers un futur fait d'amour et de bonheur, vers un avenir radieux. Tout en tenant son guidon de la main droite, elle plongea la main gauche dans le petit sac qu'elle avait attaché à sa ceinture et en sortit la photo de Rolf et elle qu'un photographe ambulant avait prise quelques jours auparavant. Au moment où le photographe avait appuyé sur le déclencheur, Rolf l'avait regardée, si bien qu'on ne le voyait que de profil, mais c'était une photo réussie. Elle était allée la chercher aujourd'hui chez le photographe ; ce soir, elle écrirait quelque chose au dos. Et jeudi, quand ils iraient à Starnberg, elle glisserait la photo dans la poche du manteau de Rolf pour lui faire une surprise.

Rebecca était si absorbée dans ses pensées qu'elle faillit passer devant la villa d'Eli Moses sans s'arrêter. Elle freina brutalement, descendit de bicyclette, ouvrit le portail et se hâta vers le perron. En chemin, il avait commencé à pleuvoir et elle avait affreusement froid dans son corsage blanc.

— Excusez-moi d'être aussi en retard, mais il pleut et... s'exclama-t-elle dès qu'elle se trouva face à Eli Moses, puis elle s'interrompit.

Il ne l'écoutait pas, il regardait fixement sa poitrine. Troublée, elle suivit son regard. La pluie avait transpercé son corsage. Le léger tissu blanc plaqué sur ses seins en dessinait le contour et laissait transparaître le rose foncé des pointes. Rebecca croisa vivement les bras sur sa poitrine. Aussitôt, l'habituel sourire poli réapparut sur le visage d'Eli Moses en même temps que celui-ci prenait un gilet en tricot posé sur le sofa et le lui tendait. Tout en évitant désormais de la regarder afin de ne pas l'embarrasser, il lui proposa d'ôter son corsage mouillé et d'enfiler à la place le gilet pour ne pas prendre froid. Il paraissait seulement s'inquiéter pour elle, aussi Rebecca se détendit-elle ; elle descendit au rez-de-chaussée et se changea dans la salle de bains. Quand elle regagna le salon de musique, le doux et chaud gilet sur elle, elle constata que la table placée devant le grand sofa avait été dressée.

— Je crois qu'un thé chaud vous fera du bien.

Eli Moses lui souriait et Rebecca s'assit du bout des fesses sur le sofa. Le maître prit place à côté d'elle. Il croisa les jambes, se rapprocha de quelques centimètres et elle perçut l'odeur d'une eau de toilette de prix. Il lui servit du thé et lui tendit une petite coupelle de sucre candi en argent. Il était amical, souriait poliment, et après qu'il eut bu une gorgée de thé, il se tourna soudainement vers elle :

— Je souhaiterais aujourd'hui m'entretenir avec vous. Parlez-moi de ce que vous envisagez pour votre avenir, maintenant que vous avez renoncé à votre projet d'entrer au conservatoire.

Toutes les pensées de Rebecca allaient vers Rolf. Elle aspirait de toute son âme à être avec lui, vivre avec lui, l'aimer jusqu'à la fin des temps. Et peut-être aussi avoir un ou plusieurs enfants avec lui.

— A quoi pensez-vous ?

La voix d'Eli Moses la ramena à la réalité. Elle esquissa un haussement des épaules.

— Je ne sais pas encore...

Il lui prit la main et son visage se rapprocha du sien.

— Rebecca, commença-t-il en la transperçant du regard comme s'il voulait lui arracher ses pensées les plus intimes. Je vous en prie, écoutez-moi très posément. Vous n'êtes pas obligée de me répondre tout de suite, vous avez tout le temps pour réfléchir.

Rebecca le regarda sans comprendre.

— Réfléchir à quoi ?

Elle tenta subrepticement de retirer sa main, mais il la tenait fermement.

— Je pense que ce que j'éprouve pour vous ne vous a pas échappé. Comme vous le savez, je suis un artiste qui jouit, disons, d'une notoriété certaine. Je dispose en outre d'une belle fortune et si vous, Rebecca, pouviez accepter de m'épouser, je comblerais chacun de vos désirs. Naturellement, je subviendrais également aux besoins de vos parents de sorte qu'ils puissent enfin cesser de travailler.

Rebecca avait l'impression d'avoir reçu un coup sur la tête. Jamais, au grand jamais, elle n'avait un seul instant imaginé qu'Eli Moses puisse s'intéresser à elle. Sidérée, elle bondit sur ses pieds et repoussa sa main.

— Je crois que...

— Je vous en prie ! l'interrompit promptement Eli Moses qui lui aussi s'était levé. Ne répondez pas maintenant ! Je dois seulement vous dire par loyauté que j'ai déjà parlé à votre père et qu'il a donné son consentement.

Jamais je ne t'épouserai, criait Rebecca au fond d'elle-même, jamais... Mais les mots ne franchirent pas ses lèvres. Elle ne voulait pas blesser Eli Moses. Ce que son père avait fait dans son dos était cependant impardonnable. Elle voulait rentrer chez elle au plus vite et lui demander des explications. Peut-être Eli Moses mentait-il, peut-être n'y avait-il rien de vrai dans ce qu'il avait dit. Son père, son père bien-aimé ne pouvait pas l'avoir donnée en mariage à ce vieux type !

— Excusez-moi, je souhaiterais m'en aller, maintenant, dit-elle doucement.

Bouleversée, elle se précipita hors de la pièce et se hâta vers l'escalier quand elle entendit du bruit derrière elle. Elle se retourna. Eli Moses ne l'avait pas suivie, c'était Lea qui se tenait à côté de la porte du salon de musique et la fixait, les yeux pleins de haine. Rebecca comprit intuitivement que Lea avait écouté à la porte et qu'elle n'accepterait jamais qu'elle lui prenne son frère.

Ce n'est que sur sa bicyclette, lorsque la pluie eut rafraîchi son visage en feu, que Rebecca se calma et décida de ne pas parler le soir même à son père. Elle le ferait le surlendemain, quand elle reviendrait de Starnberg. Elle pourrait alors dire à ses parents que ce ne serait pas Eli Moses qu'elle épouserait, mais Rolf von Schröder, et que personne, mais alors personne ne l'en empêcherait.

Elle arriva chez elle trempée jusqu'aux os, se débarrassa du gilet d'Eli Moses à peine entrée dans sa chambre et se jeta sur son lit. Ses parents n'étaient pas là, son père devait être encore au magasin, et sa mère sûrement en train de bavarder chez la voisine. Quand son cœur eut retrouvé un rythme normal, elle se leva et alla dans la cuisine pour sécher ses cheveux avec une serviette. Tout en rêvant au jour où elle deviendrait la femme de Rolf. Elle repensa à leur rencontre de l'après-midi, qui avait été si belle, car jamais encore ils ne s'étaient aimés aussi longtemps et aussi tendrement, jamais leur étreinte ne les avait ainsi rapprochés.

La porte de la villa avait claqué derrière Rebecca, ses pas s'étaient éloignés. Lea entra dans le salon de musique et vit son frère debout devant la fenêtre.

— Tu ne peux pas l'épouser, dit-elle.

— Ah ? Et pourquoi ? Parce que ma petite sœur me l'interdit ?

Il y avait du mépris dans la voix d'Eli ; il se retourna lentement et la regarda. Lea était petite, replète, ses cheveux blonds étaient coupés court, et son propre frère ne lui trouvait aucune grâce.

— C'est une petite grue ! déclara Lea. Une rouée qui n'en a qu'après ton argent, qui ne t'aime pas et qui fera ton malheur. Je le sais.

En trois pas, Eli avait rejoint sa sœur. D'une main, il lui souleva le menton et la força à le regarder.

— Tu ne sais rien, tu entends ? Rien du tout... Et il faudra, en dépit de ta jalousie maladive, que tu supportes que Rebecca, en tant que mon épouse, s'installe dans cette maison, *ma* maison.

D'un geste brusque, il lâcha sa sœur qui, déséquilibrée, fit quelques pas en arrière. Des larmes de rage brillaient dans ses yeux ; les poings serrés, elle quitta la pièce sans un mot.

Eli regagna la fenêtre et regarda dehors. Rebecca ne revint pas, même s'il avait cru entendre à nouveau le crissement de ses pas rapides sur le gravier. Quand, au bout d'un moment, il se retourna, il vit sur le sofa le corsage que, dans sa panique, elle avait oublié d'emporter.

Il s'en empara vivement, y enfouit le visage et s'emplit de l'odeur de la jeune fille, un léger parfum de lavande mêlé à l'odeur de son corps.

Eli Moses voulait Rebecca, il voulait sa beauté, sa virginité, il voulait être le premier et le seul à posséder son corps, il voulait entendre ses halètements quand il l'aimerait.

Il la désirait comme il n'avait encore jamais désiré une femme.

C'était fini.

Le bonheur d'aimer Rolf s'était mué en souffrance de l'aimer vainement. Qu'étaient devenues ses promesses, que valaient ses mots d'amour éternel ? « Nous ne nous séparerons jamais », avait-il murmuré à son oreille. C'était la veille, et à présent tout était fini.

Elle avait vécu deux jours entiers dans l'impatience fébrile de ce jeudi où elle devait faire la connaissance des parents de Rolf. Mais quand ils s'étaient retrouvés devant la droguerie où ils avaient rendez-vous, puis étaient partis au lac, Rolf s'était montré très réservé. Il avait conduit en silence et, de tout le trajet, ne l'avait pas regardée une seule fois. Elle s'était sentie confusément inquiète, et le pressentiment que les choses ne se passeraient peut-être pas comme elle l'avait imaginé s'était fiché dans sa tête.

Son cœur commença à s'emballer dès qu'ils remontèrent l'allée vers la villa et qu'un valet en livrée se précipita pour ouvrir la portière de Rolf et le saluer respectueusement. Mal à l'aise, elle tenait à deux mains le petit sac du soir qu'elle pressait contre sa poitrine. Ce n'est pas ta place, disait une voix dans sa tête tandis qu'elle regardait timidement autour d'elle. D'autres voitures élégantes se rangèrent derrière le cabriolet de Rolf qui se tournait vers les invités de son père, disait bonjour, riait. Puis il prit le bras de Rebecca.

« Viens, entrons ! Mon père n'est toutefois pas encore là, il est retenu en ville par son travail. Il va arriver un peu plus tard, tu feras donc d'abord connaissance avec ma mère. »

Rolf tourna son visage vers elle, mais son sourire paraissait forcé et il y avait de l'appréhension dans ses yeux. Le sentiment de se rapprocher d'un danger s'insinua à nouveau dans la tête de Rebecca. Elle n'aurait pas dû venir. Elle en voulut presque à Rolf de l'avoir entraînée à cette réception quand il aurait dû savoir combien se trouver en présence d'inconnus l'intimidait et combien elle allait se sentir malheureuse dans sa modeste petite robe noire.

Elle se tut et ne regarda que furtivement autour d'elle quand ils franchirent la porte d'entrée et pénétrèrent dans le hall décoré de centaines de fleurs. Déjà une foule d'invités élégants se bousculaient, des serveurs faisaient adroitement circuler des plateaux de coupes de champagne.

Impressionnée, Rebecca suivit Rolf dans un immense salon dont les portes-fenêtres étaient grandes ouvertes, offrant la vue sur un parc magnifiquement entretenu.

Elle se retrouva alors face à la mère de Rolf qui, d'un regard, signifia à son fils de la laisser seule avec Rebecca. Une femme séduisante, grande, mince, ses cheveux blonds ramassés en un lourd chignon. Ses beaux yeux bleus, les yeux de Rolf, la considérèrent avec froideur et mépris quand elle lui annonça sans détours qu'elle n'était pas désirée dans cette famille.

« J'ai eu ce matin une conversation avec mon fils au cours de laquelle il m'a donné à comprendre qu'il aurait évoqué avec vous l'idée d'un mariage. Vous devez cependant vous rendre compte qu'un avenir avec Rolf est absolument hors de question. Ainsi que mon fils me l'a appris, vous êtes juive, et, dans votre propre intérêt, vous devriez rester parmi vos semblables. Je n'ai personnellement rien contre vous, cependant nous soutenons Hitler et partageons entièrement ses idées politiques. Un aryen et une Juive, cela ne peut rien donner de bon. Nous voulons préserver la pureté de notre sang allemand. Et je ne pourrais plus regarder notre ami Adolf Hitler en face si je devais lui apprendre que mon fils allemand souhaite épouser une Juive.

— Nous sommes nous aussi allemands », murmura Rebecca d'une voix dénuée d'intonation quand Gudrun von Schröder marqua une pause, le temps de porter une minuscule tasse à thé à ses lèvres délicates.

La mère de Rolf ne releva pas l'objection. Elle reposa sa tasse et poursuivit son discours :

« J'en suis désolée pour vous, mais les grandes idées politiques nécessitent des sacrifices. C'est ainsi. »

Désemparée, Rebecca chercha Rolf des yeux, souhaita de toutes ses forces qu'il se matérialise à ses côtés et réplique à cette horrible femme que c'était elle, Rebecca, qu'il épouserait, quoi qu'elle ou ce Hitler en pensent. Mais Rolf, adossé à la cheminée, s'entretenait avec une grande jeune fille blonde.

« Par ailleurs... »

La voix de la mère de Rolf lui parvenait de très loin.

« ... je ne peux imaginer que mon fils vous ait en quelque façon laisser espérer le mariage. Vous n'avez certainement pas tout compris. Vous le voyez précisément en train de s'entretenir avec sa fiancée, Cornelia Westphal. Le mariage aura lieu d'ici à la fin de l'année. Et maintenant, veuillez m'excuser. Naturellement, vous pouvez vous servir au buffet avant de partir. »

Gudrun von Schröder posa sa tasse, happa un homme qui passait à ce moment-là et se lança avec lui dans une conversation animée.

Rebecca resta seule au milieu de gens qu'elle ne connaissait pas, qui discutaient en riant et s'amusaient. Elle suivit des yeux Mme von Schröder qui prenait une coupe de champagne et se tournait avec un sourire radieux vers un nouvel invité.

Au début, Rebecca ne ressentit rien, absolument rien. Elle respirait, son cœur battait, le sang circulait dans son corps. Elle regarda autour d'elle, car Rolf n'était plus près de la cheminée et le fol espoir la traversa qu'il venait vers elle, qu'il allait la prendre dans ses bras et lui murmurer à l'oreille que tout s'arrangerait, que ce n'était qu'une terrible erreur. Quand elle le vit se diriger vers la terrasse avec cette Cornelia, elle sortit de sa torpeur, sentit la douleur lui broyer le cœur, et il n'y eut plus rien en elle que cette douleur et la conscience que tout était fini.

Elle se fraya un chemin jusqu'à la porte, s'arrêta sur le seuil et se retourna pour apercevoir Rolf une dernière fois. Elle partait, elle ne le reverrait plus.

Jamais Rebecca ne l'avait plus aimé qu'à cet instant.

Elle courut, courut, arriva hors d'haleine à un arrêt de bus où elle eut la chance d'en attraper un pour Munich.

Au cours des mois écoulés, le moteur de sa vie avait été son amour pour Rolf. Brusquement, plus rien n'avait de sens, elle était détruite, réduite en miettes. Rebecca, qui jusque-là n'avait rencontré que de l'amour, de l'affection et de la sympathie, s'était trouvée en une seconde précipitée du côté des exclus, des méprisés. Il n'y aurait jamais d'avenir commun pour elle et Rolf. Comment avait-elle pu être assez naïve pour y croire ?

« Dans votre propre intérêt, vous devriez rester parmi vos semblables », lui avait dit la mère de Rolf. Elle le ferait. Il lui fallait apprendre à oublier l'humiliation subie aujourd'hui et la trahison de Rolf, et il lui fallait apprendre à refouler sa jalousie pour la jeune aryenne aux cheveux blonds. Il lui fallait apprendre à survivre.

Alors ce soir-là, quand elle était rentrée chez elle, elle avait dit à ses parents ivres de bonheur qu'Eli Moses lui avait fait sa demande en mariage deux jours auparavant et qu'elle avait l'intention de l'accepter.

Eli fixa la date du mariage au 3 décembre. Il partait le lendemain en tournée à travers l'Europe et souhaitait que Rebecca l'accompagne. En tant qu'épouse.

Alors que les préparatifs démarraient tambour battant, Bruno Kreisberger se faisait beaucoup de souci pour sa fille. En cette fin d'après-midi, toutes ses pensées tournaient à nouveau autour de Rebecca. Il se pencha et souleva du sol un cageot de pommes qu'il posa en gémissant sur la table. Avec des gestes précis et rapides, il tria les fruits mûrs et les répartit dans de petites corbeilles. C'étaient les pommes préférées de ses clientes, la variété avec laquelle, selon elles, le gâteau aux pommes était le meilleur. De temps à autre, il levait la tête et regardait dehors à travers la vitrine. Il interrompit brusquement son tri et se précipita dans la rue. Il ne fut toutefois pas assez rapide pour revoir l'homme qui venait de passer devant le magasin. Il était néanmoins certain que c'était le jeune homme de l'autre jour.

Ce jeune homme avait surgi dans son magasin le lendemain du jour où Rebecca leur avait fait la surprise d'annoncer son mariage avec Eli Moses. Il voulait à tout prix parler à sa fille. Bruno Kreisberger s'était méfié. Il lui avait expliqué que Rebecca n'avait sûrement aucun désir de lui parler, car c'était, n'est-ce pas, une jeune fille désormais fiancée qui allait très prochainement épouser le célèbre pianiste Eli Moses. Et il avait caressé sa barbe, gonflé de fierté et de suffisance à l'idée d'avoir bientôt pour gendre un homme aussi remarquable.

Le jeune homme n'avait cessé de secouer la tête avec incrédulité.

« Je ne vous crois pas, ce n'est pas possible, pas Rebecca… »

Sa voix était pleine de désespoir quand il s'était planté tout près de Bruno Kreisberger et l'avait saisi par le bras.

« C'était votre idée, vous voulez forcer Rebecca à ce mariage et maintenant vous empêchez votre fille de me voir, n'est-ce pas ? Mais il faut que je lui parle, il faut que je lui explique pourquoi… »

Il s'était dressé de toute sa hauteur devant Bruno Kreisberger, mais celui-ci n'avait pas eu peur : quand il avait croisé le regard du jeune homme, il y avait lu de l'incrédulité et du désespoir. Il importait maintenant de ne pas s'embrouiller dans ses explications. Il avait repoussé la main qui agrippait sa blouse, fait, par précaution, un pas en arrière et avait déclaré, d'un ton qu'il s'était appliqué à rendre assuré :

« En voilà une idée saugrenue, ma parole ! Il y a longtemps que le mariage est décidé, et personne n'a forcé Rebecca, elle s'est fiancée à Eli Moses de son plein gré. »

Des larmes étaient apparues dans les yeux du jeune homme, il avait recommencé à secouer la tête, au désespoir. Puis il avait pivoté sur les talons et s'était précipité hors du magasin en répétant, hagard : « Non... non... »

Bruno poussa un profond soupir. Il avait préféré ne rien dire de l'incident à sa femme. Il était déjà suffisamment torturé par le doute quand il observait sa fille. Elle n'était pas une fiancée heureuse, il le sentait. Serait-ce possible qu'elle soit amoureuse de ce beau garçon blond ? Mais d'où le connaîtrait-elle ? Il était exclu que Rebecca ait noué des liens avec lui, ou avec n'importe quel autre jeune homme. Puis il vint brusquement à l'esprit de Bruno que parfois, lorsqu'elle était au magasin, sa fille laissait tout en plan pour aller chercher des bonbons à l'anis à la droguerie d'Abraham Stein. Petite, déjà, elle raffolait de ces bonbons jaunes rangés dans un grand bocal posé sur le comptoir, si bien qu'il ne s'était pas réellement interrogé quand elle avait commencé à quitter subitement le magasin pour faire un saut à la droguerie. Bruno réfléchit intensément, puis il se tranquillisa, car Rebecca ne s'absentait que quelques minutes et, quand elle revenait, il n'avait rien remarqué d'inhabituel. Sans compter que si elle avait été amoureuse, elle en aurait parlé à son papa. Sa fille savait bien qu'elle pouvait tout lui dire.

Le doute n'en tourmentait pas moins le vieil homme ; il ne lui avait pas échappé que les yeux de Rebecca avaient perdu leur éclat, et sa peau son délicat velouté. Avait-il bien fait d'arranger un mariage avec Eli Moses ?

Son accablement ne dura pas, il redressa ses maigres épaules. C'était la meilleure solution pour sa fille, Eli était l'époux qu'il lui fallait. Il était riche et la richesse, c'était du pouvoir et de l'influence. Eli était intouchable ; lui, en revanche, n'était qu'un petit commerçant juif insignifiant qui ne pouvait pas s'opposer à ce que, ces derniers temps, la nuit, son magasin et ceux de ses amis soient saccagés ; ils trouvaient au matin leurs devantures barbouillées de *N'ACHETEZ PAS CHEZ LES JUIFS !* ou *QUI ACHÈTE CHEZ LES JUIFS EST UN TRAÎTRE À LA PATRIE.* Ils avaient déjà perdu beaucoup de clients, même des clients fidèles dont Bruno n'aurait jamais cru qu'ils se laisseraient intimider par la propagande antisémite.

C'était cependant anodin en comparaison de ce qui lui était arrivé exactement une semaine auparavant. Il repensait avec effroi à ce soir où il était rentré blessé à la maison. Il avait glissé et fait une mauvaise chute, avait-il expliqué à Ruth, et même au médecin juif. Il avait tu ce qui s'était réellement passé après qu'une meute hurlante d'hommes en chemises brunes, pantalons bruns et bottes avait surgi du néant et envahi son magasin. L'un d'entre eux tenait à bout de bras une pancarte sur laquelle était écrit en grosses capitales : *ALLEMAGNE, RÉVEILLE-TOI ! CRÈVE, JUIF !* Ils avaient jeté les fruits dans le caniveau et s'étaient emparés de Bruno, qu'ils avaient projeté contre le mur, où il s'était effondré, la tête en sang. Puis ils avaient peint des croix gammées sur l'étroite devanture du magasin.

Ce fut un mariage fastueux. Les invités, avides de voir à quoi ressemblait la très jeune et ravissante épouse du célèbre pianiste, étaient venus en nombre.

Rebecca n'était pas à l'aise. Elle ne savait pas quoi dire, ni comment se comporter ou ce que l'on attendait d'elle. Elle avait l'impression que tout le monde voyait qu'elle n'aimait pas son mari. Son admiration et son respect pour Eli étaient grands, mais ils valaient pour l'artiste, pas pour l'homme.

Jusque-là, Rebecca avait cru que ces sentiments étaient une assise solide pour un mariage ; à présent elle n'en était plus aussi sûre.

Elle n'éprouvait plus que de l'angoisse en songeant à la nuit de noces, elle redoutait le moment où elle serait seule avec Eli dans la chambre à coucher. Car suffisait-il d'admirer et de respecter un homme pour devenir son amante, pour être son épouse, pour l'aimer et le chérir jusqu'à ce que la mort vous sépare, ainsi que le prêtre l'avait rappelé d'un ton insistant, quelques heures auparavant, lors de la célébration du mariage qui avait eu lieu sur place, à la villa ? A l'idée d'être liée à lui jusqu'à sa mort, Rebecca avait été prise de panique. Elle était rongée de culpabilité. Elle avait accepté d'épouser Eli par dépit, parce qu'elle était blessée dans son amour-propre, et en sachant qu'elle ne serait plus jamais capable d'aimer réellement un homme. Mais qu'en était-il d'Eli ? Se rendrait-il compte qu'elle feignait un amour qu'elle n'éprouvait pas ? Et comment réagirait-il quand il découvrirait qu'elle n'était plus vierge ? Elle songea aux embarrassantes recommandations de sa mère, la veille au soir, qui, rouge comme une pivoine, avait tenté de l'éclairer sur les humiliants devoirs de la nuit de noces d'une jeune épousée. La conversation avait appris une chose à Rebecca : ses parents croyaient dur comme fer à la virginité de leur fille. Mais tous deux étaient âgés et Eli connaissait la vie. Il comprendrait qu'il y avait eu un autre homme avant lui, Rebecca n'en doutait pas. Elle en avait parlé avec Esther, mais son amie n'avait pas su quoi répondre.

« Je ne sais pas, je crois que s'il t'aime, il comprendra. Tu dois lui promettre de ne plus jamais revoir Rolf, après...

— Jamais ! l'avait interrompue Rebecca avec fougue. Je ne le reverrai jamais ! Et je ferai mon possible pour être une bonne épouse.

— Alors tout va bien », avait répondu Esther d'un ton morne, car dans son for intérieur elle enviait son amie.

Cette dernière, pour commencer, vivait un grand amour comme dans les romans féminins, puis voilà qu'elle épousait un pianiste célèbre et allait vivre dans le luxe, faire de grands voyages et porter de beaux vêtements. La vie était injuste.

Elle-même n'avait pas un seul admirateur ; déjà, à l'école, Rebecca était la plus jolie de toutes les filles, celle que les garçons attendaient à la sortie pour lui parler ou la suivre de loin. Parfois, ils lui écrivaient des lettres d'amour qu'ils demandaient à Esther de lui transmettre. Esther qui devait se satisfaire d'être l'amie de Rebecca. Et aujourd'hui, elle, la meilleure amie, ne pouvait même pas assister au mariage, parce que Eli Moses n'avait invité que des personnes de haut rang et, du côté de Rebecca, uniquement ses parents.

Le jour tirait à sa fin. Rebecca était seule dans la salle à manger depuis que les invités s'étaient transportés dans le salon de musique, suivant Eli qui avait éprouvé la brusque envie de s'asseoir au piano et de jouer du Tchaïkovski. Ses invités l'en remercièrent par une écoute respectueuse. Quelques minutes auparavant, Rebecca avait lancé son bouquet de mariée, qu'une jeune fille avait attrapé en gloussant, puis le couple avait posé pour les nombreux photographes.

Lea, la sœur d'Eli, ne s'était pas jointe aux invités. Assise sur une petite chaise en bois doré, cachée derrière les lys blancs des somptueuses compositions florales, elle observait Rebecca qui se tenait devant la fenêtre, le front posé sur la vitre froide. Quand celle-ci sentit le regard de sa belle-sœur sur sa nuque, elle se retourna et tressaillit devant la haine qu'exprimaient ses yeux. Comme le jour où Eli lui avait fait sa demande. Depuis lors, Lea avait manifesté une franche hostilité à sa future belle-sœur et n'avait eu de cesse de lui faire sentir qu'elle n'était pas la bienvenue dans la maison.

Rebecca se tourna de nouveau vers la fenêtre, regarda le ciel pâle de décembre et se remémora le jour où, ici, dans la villa, assise sur le sofa du salon de musique, elle avait dû écouter, dévorée d'impatience, le même morceau de Tchaïkovski. C'était ce jour d'été où la chaleur faisait trembler l'air ; elle était ensuite allée au lac de Starnberg avec Rolf, ils s'étaient allongés sur le fond du bateau et les doigts délicats du jeune homme avaient tendrement ouvert les boutons de sa robe. Elle se souvint de son excitation, de l'ivresse qu'elle avait ressentie lorsque ses mains avaient pour la première fois caressé sa peau nue. Et elle se souvint de l'après-midi pluvieux de septembre où ils s'étaient aimés pour la dernière fois dans l'appartement de Rolf, avec un désir de l'autre intarissable, sans cesse renouvelé, infini. Tout n'avait-il été que mensonge ? Il lui avait juré que leur amour durerait toujours, pourtant il s'était fiancé avec une autre.

Les grandes idées politiques nécessitent des sacrifices. C'est Gudrun von Schröder qui le lui avait dit, elle se souvenait de la phrase. Mais elle n'était pas la seule victime des idées de cet Adolf Hitler. Quelques jours auparavant, elle avait compris combien la situation des Juifs s'était aggravée en Allemagne. Un soir, tard, Abraham Stein était venu chez eux pour supplier son ami Bruno de quitter le pays. Lui-même tournerait le dos à sa chère Allemagne, au pays de ses parents, la semaine suivante. Bruno Kreisberger, peiné, avait secoué la tête. Non, il ne partirait jamais, il aimait ce pays, il était déjà vieux, et un vieil arbre ne se transplante pas. De plus, il avait la conviction que la situation s'apaiserait, car la haine n'était pas dirigée contre les seuls Juifs mais également contre les communistes et – là, Bruno avait jeté un bref regard à sa femme – contre tous ceux qui étaient différents. Le vieil homme n'osait pas prononcer le mot « pédéraste » devant sa femme, mais son ami l'avait compris.

Rebecca n'avait pas attendu la fin de la conversation, elle était allée dans sa chambre, s'était jetée sur son lit et avait pleuré. Sur son amour, qu'elle avait cru éternel. Le bonheur s'était révélé illusoire, il n'avait duré qu'un été, quatre petits mois durant lesquels la naïve et déraisonnable Rebecca avait cru Rolf von Schröder.

« Je t'aime… Je t'aimerai toujours… »

Devant la fenêtre, Rebecca regardait le ciel dont la pâleur laissait la place à l'obscurité précoce de ce soir d'hiver. Elle respirait à peine, comme si la douleur qui lui broyait le cœur pouvait s'atténuer si elle retenait son souffle. Puis quelqu'un posa la main sur son épaule. Elle sursauta et se retourna. Quand elle vit ses parents, elle détourna vivement les yeux pour qu'ils ne remarquent pas sa souffrance.

Bruno Kreisberger et sa femme s'étaient tenus dans un coin du salon de musique d'où ils avaient vainement tenté de découvrir Rebecca. Leurs recherches les avaient ramenés dans cette pièce. Ils étaient là, empruntés et hésitants, mais les yeux pleins d'admiration pour leur fille qui était si merveilleusement belle dans sa robe en dentelle blanche, ajustée sur le buste puis s'évasant à partir de la taille, qu'un couturier de renom avait dessinée pour elle. Ni l'un ni l'autre ne se sentaient à l'aise dans cet environnement ; le banquet avait été pour eux une épreuve. Comme Rebecca, ils ne connaissaient même pas le nom des plats que les serveurs leur présentaient sur des plateaux d'argent, et les différents couverts et multiples verres les avaient déconcertés. En fin de compte, ils n'avaient rien mangé qu'ils ne connaissaient pas et étaient sortis de table aussi affamés que lorsqu'ils y avaient pris place. Le dédain avec lequel les invités les avaient regardés, eux et leur fille, ne leur avait pas échappé. De même que les chuchotements sur l'habile jeune personne que le célèbre pianiste s'était dénichée. Mais Ruth et Bruno Kreisberger se disaient que les racontars cesseraient d'eux-mêmes quand les gens se rendraient compte que Rebecca était une bonne épouse. Ce mariage avec un homme riche et respecté était plus qu'ils n'auraient osé espérer pour leur fille, qui apprendrait à aimer cet homme poli et cultivé qu'elle vénérait.

Ils demeurèrent un instant debout devant leur fille, ne sachant que dire, puis ils l'embrassèrent sur les joues, la prirent maladroitement dans leurs bras, avant de quitter la villa le cœur lourd. Quelques flocons de neige épars tombaient en tourbillonnant lentement, se posaient sur le col d'astrakan élimé du manteau de Ruth, s'accrochaient dans la barbe grise de Bruno. Les réverbères trouaient l'obscurité de halos lugubres et un vent désagréable se leva. Bruno Kreisberger pesait lourdement sur le bras de sa femme. A mesure qu'ils se rapprochaient de la Wiener Platz, leurs pas se faisaient plus lents ; l'un et l'autre redoutaient l'instant où ils pénétreraient dans un appartement où leur enfant ne serait plus.

Bruno Kreisberger pensait à la vitesse à laquelle sa petite fille avait grandi, était devenue une femme qu'il laissait aujourd'hui dans les bras d'un étranger. Subitement, la flèche acérée de la jalousie transperça le cœur du vieux père, il détesta de toute son âme l'homme qui lui prenait sa fille. En cet instant d'accablement, que ce soit lui qui ait arrangé le mariage importait peu. Seul comptait le résultat. Rebecca faisait désormais partie de la vie d'Eli, elle allait accompagner son mari en tournée à travers l'Europe et elle ne serait de retour à Munich qu'à la fin du mois de janvier.

Ils étaient toujours silencieux lorsqu'ils arrivèrent devant la grande porte de leur immeuble ; ils se tourmentaient en songeant combien leur enfant avait paru malheureuse. Ils gravirent en ahanant leurs quatre étages de marches usées. Une fois débarrassés de leurs manteaux, le poêle allumé et Ruth partie dans la cuisine pour mettre la soupe de pommes de terre à réchauffer, Bruno cria à sa femme depuis la salle de séjour :

— Si elle ne veut pas rester avec lui, s'il ne la traite pas correctement, elle peut revenir !

Ruth garda d'abord le silence et, malgré son embonpoint, grimpa sur une chaise, descendit la cruche de lait caillé du haut du placard, en versa un trait dans la soupe, hacha du persil frais qu'elle jeta ensuite dans la casserole posée sur la cuisinière. Alors seulement Bruno obtint une réponse :

— Revenir ! Et comment ça serait possible ? Eli t'a donné beaucoup d'argent, que tu as accepté. Et maintenant, si notre petite est malheureuse, elle ne peut pas revenir, parce que tu t'es laissé acheter.

Bruno se figea. Il était en train de glisser péniblement ses pieds enflés dans ses pantoufles, mais en entendant sa femme il se redressa d'un seul mouvement : il n'avait pas souvenir que Ruth l'ait jamais attaqué ainsi.

— Qu'est-ce qu'il y a de mal à ce qu'un homme veuille adoucir les vieux jours de ses beaux-parents ? Ce n'est pas pour autant, loin s'en faut, qu'on s'est fait acheter.

La colère le prit, il jeta ses pantoufles, marcha vers la cuisine en chaussettes, croisa les bras sur la poitrine et cria :

— J'ai pris l'argent pour *nous*, tu entends ? Pour *nous*, et tu le sais parfaitement. Tu as sans doute oublié combien tu étais enchantée au retour de la première audition de Rebecca à la villa. Moi, je me rappelle très bien que tu étais subjuguée par le thé anglais, la porcelaine fine, les beaux meubles.

Puis Bruno abattit son atout majeur :

— A l'époque, tu t'es même imaginé que tu pourrais toi aussi emménager dans la villa après le mariage. Il y a un temps où tu étais obsédée par l'idée de former une famille avec Eli.

— Former une famille, le singea Ruth.

Il lui était pourtant infiniment douloureux que son mari lui rappelle son grand rêve. Un grand rêve qui était bien fini car aujourd'hui, à la réception, Eli s'était montré distant et dédaigneux ; pour dire la vérité, il les avait traités avec plus de mépris qu'il n'en avait pour le personnel de service. Ruth servit la soupe dans les assiettes et Bruno s'assit à la table de la cuisine en réprimant un gémissement.

— Notre enfant sera heureuse, déclara-t-il après un silence têtu.

Ruth repensa à la première fois où elle était allée avec sa fille chez Eli, à la façon dont elle s'était laissé éblouir par la fortune du célèbre pianiste. Et quand elle songea combien aujourd'hui, alors que c'était le plus beau jour de sa vie, son enfant avait paru triste, elle ne put empêcher les larmes de rouler sur ses joues.

Bruno pensait aux hommes en chemises brunes et bottes de cuir et à la menace qu'ils faisaient planer.

— C'est une bonne chose qu'elle l'ait épousé, dit-il. Et maintenant, terminé. On n'en parle plus.

Le cœur battant la chamade, Rebecca observait la grande pièce qui serait désormais sa chambre et que Lea occupait encore quelques semaines auparavant. Sur ordre d'Eli, qui désirait faire rénover les lieux pour sa femme, sa sœur avait dû déménager pour s'installer dans un appartement du second étage. Rebecca frissonna, la pièce n'avait rien d'accueillant, rien de chaleureux ni d'intime. Un grand lit à baldaquin, sur le mur opposé une coiffeuse aux pieds galbés dorés et un miroir vénitien au-dessus. Posés sur la coiffeuse, une bouteille de champagne dans un seau à rafraîchir en métal argenté et deux verres attendaient sur un plateau. Un sofa recouvert de soie vert pâle et deux fauteuils assortis étaient disposés devant la cheminée, avec à côté, par terre, un luxueux grand vase de lys blancs.

Le regard de Rebecca s'arrêta sur la porte ouverte de la garde-robe. La veille, la bonne avait défait ses bagages et, un sourire moqueur sur les lèvres, avait banni ses vêtements dans le coin le plus reculé de la penderie. Au premier plan, un ensemble bleu nuit fait sur mesure pour elle et qu'elle devrait mettre le lendemain matin pour partir était suspendu. Tout le reste, Eli voulait le lui acheter à Paris, première étape de sa tournée. La porte donnant sur la salle de bains était elle aussi ouverte, la pièce était d'un luxe qui ce matin déjà avait intimidé Rebecca, lorsqu'elle avait ouvert le robinet doré à l'or fin et pris le savon parfumé pour se laver les mains.

Elle regardait autour d'elle, indécise. Que devait-elle faire, maintenant ? Qu'attendait Eli d'elle ? Elle ôta en hésitant sa robe de mariée, la laissa délicatement glisser à terre puis la ramassa et la suspendit sur l'un des cintres en satin de la garde-robe. Elle chercha des yeux puis découvrit sa chemise de nuit sur le lit. La courtepointe avait été rabattue, Rebecca effleura du bout des doigts, presque à la dérobée, la soie fraîche des oreillers et des draps. C'est donc ici qu'elle passerait sa première nuit avec Eli. Elle enfila la chemise de nuit en simple batiste rose brodée de fleurettes enfantines. Elle eut presque honte du goût de sa mère qui avait élu cette brave chemise de nuit parmi la soie troublante et les dentelles aguichantes des Dessous chics de Paris pour la femme élégante. Précisément la boutique devant laquelle Rolf l'avait parfois guettée quand elle aidait son père au magasin et ne pouvait pas le voir pendant plusieurs jours. Dès qu'elle l'apercevait, Rebecca était prise d'une irrépressible envie de bonbons à l'anis et se précipitait dehors. Elle remontait le trottoir en direction de la droguerie d'Abraham Stein et passait tout près de Rolf. Ils se dévoraient des yeux, se touchaient furtivement les mains. Parfois, elle lui glissait vivement un petit mot ou une lettre avant de poursuivre son chemin. Quand elle ressortait de la droguerie, Rolf avait disparu ; Rebecca avait trouvé ces moments fugaces follement romanesques.

Elle se laissa choir sur le petit tabouret rond de la coiffeuse en réprimant un sanglot et ôta de son doigt la bague qu'Eli lui avait offerte aujourd'hui. Elle ignorait tout des bijoux et de leur valeur, elle avait cependant compris aux regards admiratifs des invités et au sifflement approbateur de son père qu'Eli lui avait glissé une fortune au doigt. C'était un rubis rouge foncé qui, dans la lumière tamisée des lampes, prenait maintenant un éclat mystérieux. Il était beau, et pourtant Rebecca le posa négligemment sur la coiffeuse. Il ne représentait rien pour elle.

Au cours des semaines écoulées, elle n'avait que rarement vu Eli, totalement investi dans la préparation de sa tournée de concerts. Depuis deux mois, le calme estival de la villa avait cédé la place à l'effervescence. Une myriade de gens qui tous intervenaient dans l'organisation de la tournée s'affairaient en permanence autour du maître. De plus, il devait donner des interviews à la presse de sorte que, depuis le jour où Rebecca avait accepté sa demande en mariage, elle lui avait à peine parlé. Il s'était alors toujours montré courtois et prévenant, et Rebecca avait pensé, avec le temps, pouvoir également l'aimer, quand la souffrance qui lui broyait le cœur aurait disparu.

A cet instant, elle avait cependant très peur. Elle prit la brosse en argent posée devant elle sur la coiffeuse, mais elle lui échappa plusieurs fois tant sa main tremblait en essayant de dompter ses longs cheveux. La maison était silencieuse. Incapable de se détendre, Rebecca demeura assise devant sa coiffeuse et, le cœur battant, attendit Eli.

Puis elle vit, dans le miroir, la porte de communication avec sa chambre s'ouvrir, et il entra. Il portait une robe de chambre en soie grenat à motifs cachemire chamarrés. Alors qu'il s'avançait vers elle, le vêtement s'ouvrit et Rebecca constata qu'il ne portait rien dessous. Elle croisa involontairement les bras sur sa poitrine dans un geste défensif. L'instant qu'elle redoutait depuis longtemps était arrivé.

Eli se campa derrière elle et se pencha. Quand elle sentit son souffle chaud sur sa nuque, elle lutta contre la tentation de bondir sur ses pieds et de quitter la pièce en courant. Sa provocante nudité sous la robe de chambre la répugnait et, lorsque ses mains se posèrent sur ses épaules, elle essaya malgré elle de les esquiver.

Elle ne pouvait plus reculer. Elle devait lui dire la vérité sur Rolf, elle devait parler. Le silence qu'elle avait observé jusque-là équivalait peut-être déjà à un grave mensonge. Brusquement, elle n'était en effet plus très sûre qu'Eli fermerait généreusement les yeux sur le fait qu'il avait eu un prédécesseur.

— Comme tu es jolie, on dirait une petite fille, j'aime ça. Viens ! murmura Eli.

Il la fit lever du tabouret et d'un geste expérimenté tira sur sa chemise de nuit, qui glissa de ses épaules et tomba sur le sol. Elle détourna pudiquement les yeux quand elle se vit dans le miroir, nue et entièrement livrée à Eli. Le visage tourné de côté, elle supporta la caresse de ses mains sur ses épaules, sur ses seins, ses doigts qui jouaient sur les pointes de ses mamelons. C'était révulsant. Tout ce qui avec Rolf avait été vrai et merveilleux était avec Eli faux et laid.

— Comme tu es belle ! chuchota-t-il à son oreille. Viens, détends-toi, fais simplement ce que je te dis !

Il se pencha vers elle et pressa ses lèvres humides sur sa bouche en même temps qu'il prenait sa main et la guidait vers son entrecuisse. Rebecca se jeta en arrière en poussant un cri, ramassa sa chemise de nuit et en couvrit vivement sa nudité, mais Eli l'empoigna et ne la lâcha pas.

— Je sais que c'est la première fois pour toi, mais je crois que tu veux faire plaisir à ton mari, ma belle petite fille, tu vas faire ce qu'il veut, et tu verras, tu aimeras ça.

Il l'attira à lui. Quand elle sentit son érection, elle se libéra brutalement de son étreinte.

— Je... je dois te dire quelque chose, souffla-t-elle d'une voix rauque.

Mais sa gorge était nouée et aucun mot ne voulut franchir ses lèvres. Pourquoi n'avait-elle pas trouvé le courage de lui parler de son premier amour avant qu'ils se marient ? Quand il l'attira à nouveau à lui et lui murmura combien son innocence était excitante et combien, ces dernières semaines, il avait attendu avec impatience d'être le premier à la toucher, à découvrir son corps, elle prit conscience de toute la portée de son silence.

— J'ai soif, parvint-elle à articuler.

Eli éclata de rire, saisit la bouteille de champagne et Rebecca, tendue à l'extrême, le regarda remplir délicatement les deux flûtes.

Elle prit une longue inspiration. Il fallait qu'elle se lance, qu'elle trouve les mots justes. Son mariage avec Eli ne devait pas commencer par un mensonge.

— Eli... je... je dois te dire quelque chose, quelque chose dont j'aurais dû te parler depuis longtemps, mais je... je n'en ai pas eu le courage... murmura-t-elle avant que sa voix se brise, car il lui apparaissait avec une évidente clarté que sa confession aurait des suites autrement plus graves que celles qu'elle avait naïvement imaginées.

En l'entendant bafouiller son début de confession, Eli avait reposé les flûtes pleines sur la coiffeuse. Ses yeux s'étrécirent quand il se redressa et dit sans élever le ton :

— Vas-y. Je t'écoute...

Le cœur de Rebecca battait à se rompre, elle fit par précaution quelques pas en arrière, chercha appui sur l'un des montants dorés du baldaquin.

— Il... il y a eu un autre homme avant toi, je l'ai aimé et...

Le silence qui s'abattit sur la pièce était tel qu'elle crut entendre son propre cœur battre, mais elle était heureuse que ce soit enfin sorti. Elle observa anxieusement le visage d'Eli dont le regard, d'abord incrédule, devint menaçant.

— Et ?

Il parlait d'un ton calme lorsqu'il s'approcha d'elle et que ses mains saisirent ses épaules.

— Qu'avez-vous fait ? Vous avez un peu joué ? Un peu flirté, ou bien... Dis-le, dis-le-moi !

Il serra ses épaules avec plus de dureté.

— Eli, je... je suis tellement désolée, je sais, mais... c'était plus. Je l'ai aimé, vraiment aimé, mais depuis que j'ai accepté ta demande, je ne l'ai plus revu, je le jure...

Le visage déjà blanc d'Eli pâlit encore, mais il paraissait calme.

— Et que s'est-il passé ? Ton père m'a assuré que tu étais encore intacte. J'aimerais savoir. Je t'écoute.

Rebecca ne dit rien, mais apparemment, Eli ne se trompa pas sur le sens à donner à son silence. Il était maintenant tout près d'elle et, quand elle voulut s'écarter, il l'attrapa par les cheveux avec une telle brutalité qu'il tira sa tête en arrière. Rebecca poussa un cri de douleur.

D'une voix totalement dénuée d'expression, il lui demanda alors :

— Qui était le salaud ?

— Lâche-moi, je t'en prie ! murmura-t-elle en essayant de se libérer.

Eli ne la lâcha pas et elle se mit à pleurer doucement. Ce n'était pas seulement la douleur physique qui provoquait ses larmes, c'était la découverte d'une brutalité qu'elle n'aurait jamais soupçonnée chez cet homme qu'elle admirait tant. En même temps, elle se rendait compte qu'elle avait trompé la confiance de ses parents et par contrecoup également celle d'Eli. La réaction d'Eli transformait son amour profond pour Rolf en une vile liaison.

— Qui ?

Il la tenait par les cheveux pour l'attirer à lui, puis subitement serra ses mains autour de son cou.

— Tu ne le connais pas.

La pression autour du cou de Rebecca s'accentua, elle ouvrit désespérément la bouche pour aspirer de l'air.

— Ton père le sait ?

— Non, haleta Rebecca, bien sûr que non ! Personne ne l'a su. Nous nous voyions en cachette.

Il la lâcha brusquement et elle partit en arrière, déséquilibrée, tout en essayant de renfiler en hâte sa chemise de nuit. Mais Eli la suivit, la lui arracha des mains et la jeta par terre.

— Et ? Vous l'avez fait combien de fois ? Ça t'a plu ?

Rebecca recula d'un pas, mais il l'empoigna, la força à se mettre à genoux, enleva sa robe de chambre et, désormais nu devant elle, lui baissa d'une main la tête.

— Puisque tu as été sa maîtresse, tu sais comment on satisfait un homme.

Rebecca poussa un cri, tenta de lui échapper mais tomba par terre. Eli se pencha sur elle. Elle sentit son souffle sur son cou quand il murmura :

— Putain, sale petite putain !

Il relâcha un instant sa pression et Rebecca en profita pour fuir à quatre pattes vers la porte. Elle voulait descendre les escaliers, fuir la maison, fuir Eli qui lui inspirait une peur panique. Elle l'entendit rire au moment où il l'attrapa par les pieds et lui plaqua le visage au sol. Elle gémit de douleur. Quand elle essaya de tourner la tête, elle aperçut son teint livide, ses traits déformés.

— Eli, supplia-t-elle, je t'en prie, Eli, ne me fais pas de mal ! Je ne savais pas...

Elle se releva en trébuchant, mais avant qu'elle puisse continuer à parler, avant qu'elle comprenne son intention, il la frappa. Il la gifla du plat de la main avec une telle violence qu'elle perdit l'équilibre et retomba par terre. La douleur lui brouilla la vue, elle poussa un hurlement, mais Eli continua de frapper. Les coups suivants s'abattirent sur son cou, ses épaules, l'oreille droite, jusqu'à ce qu'elle ne puisse plus se relever et reste recroquevillée par terre, hébétée de douleur, et sanglote doucement.

Alors seulement Eli pivota sur ses talons et, sans un mot, quitta la pièce.

Rebecca resta par terre, pelotonnée sur elle-même. Elle n'osait pas bouger, elle avait peur, terriblement peur. Elle demeura ainsi longtemps sur le tapis, sans presque respirer, mais Eli ne revint pas.

Tout son visage l'élançait et elle était glacée quand elle réussit enfin, au prix de gros efforts, à se hisser le long de la coiffeuse et à regarder, horrifiée, son visage enflé et tuméfié dans le miroir. Tandis qu'elle observait fixement son reflet, l'idée absurde qu'ils n'avaient pas touché au champagne la traversa. Elle gagna à petits pas le lit à baldaquin, s'enveloppa en frissonnant dans la douce couverture, enfouit son visage dans l'oreiller et pleura. Son immense désillusion était pire encore que les coups. Eli qu'elle avait tant admiré. Elle ne parvenait pas à comprendre que cet homme courtois, délicat, presque timide, cet artiste de génie dont les mains pouvaient jouer sur les touches d'un piano avec tant de subtilité et de passion, ait pu aujourd'hui se servir de ces mêmes mains pour porter des coups d'une telle barbarie.

Son mariage était fini avant même d'avoir commencé. Rebecca en avait la conviction. Et au fond de son cœur, elle en était soulagée.

Pourtant, le lendemain matin, la bonne frappa à sa porte.

— Excusez-moi, madame Moses, mais vous devez vous dépêcher ! Monsieur votre mari est déjà prêt, il vous attend. Votre train part dans une heure.

Rebecca se leva, revêtit l'ensemble bleu et prit le train pour Paris avec son mari. Car, tandis qu'une aube grise se levait, elle avait réfléchi et s'était dit que grâce à Eli ses parents auraient désormais une vie meilleure et qu'elle leur infligerait une honte insupportable si elle revenait à la maison le lendemain de son mariage. Il n'y avait pas de retour possible pour elle.

Le dernier concert de la tournée eut lieu le 30 janvier à Prague. Au cours du voyage, Eli avait également donné des concerts en matinée, des récitals destinés à un public choisi où il interprétait seul au piano des pièces de Chopin ou Mozart. Pour ce dernier soir cependant, il jouait avec un orchestre et Rebecca savait que, lors des répétitions du premier concerto pour piano de Tchaïkovski, le chef ne lui avait pas plu.

La représentation débutait dans une heure. Rebecca était assise dans un coin de la grande loge que l'on avait mise à la disposition de l'artiste. Comme avant chaque concert, Eli était entouré d'une nuée de gens ; Hans Baum, son agent, ne cessait de refouler des personnes qui essayaient d'approcher le célèbre pianiste. L'ambiance était à la fois tendue et hyperactive. Rebecca observait la maquilleuse qui poudrait le visage d'Eli pendant qu'il accordait encore quelques minutes d'interview à une poignée de journalistes. De nouvelles fleurs étaient continuellement livrées. Tous les soirs avant le concert se ressemblaient, seules les villes et les langues changeaient. A l'écart dans son coin, Rebecca songeait aux semaines écoulées. La tournée avait été fatigante : de longs trajets en train et en voiture, des heures de tension avant les concerts, de grandes réceptions à leur issue, les séances de photos auxquelles Rebecca était tenue de participer, les regards curieux des journalistes, les questions qu'ils lui posaient dans toutes les langues possibles alors qu'elle n'en comprenait aucune. Eli, qui parlait couramment anglais, français et italien, répondait alors à la place de sa jeune épouse. Parfois les journalistes riaient de ses réponses et leurs regards pleins d'étonnement passaient d'Eli à Rebecca. Elle ne sut jamais ce qu'Eli disait d'elle aux journalistes, et au fond cela lui était égal.

Elle était devenue indifférente à tout.

Elle ne parlait pour ainsi dire jamais avec les personnes qui s'affairaient autour d'Eli et ne le laissaient que rarement seul. A Londres, elle avait entendu par hasard Hans Baum demander au directeur local de la tournée ce que les femmes pouvaient bien trouver à Eli, qui n'était ni beau ni jeune. Avant que les deux hommes s'éloignent, Rebecca avait pu entendre le directeur répondre qu'Eli était riche et célèbre et que ça les rendait toutes folles, à commencer par cette charmante petite chose qui avait si bien su embobiner le pianiste qu'il l'avait épousée.

Après cela, Rebecca s'était un peu plus repliée sur elle-même. Elle se réjouissait que l'on ne fasse pas attention à elle, comme maintenant où elle se tenait en arrière-plan et observait les gens.

Pas une fois au cours de la tournée, Eli n'avait fait allusion à ce qui s'était passé durant la nuit de noces, et il n'avait jamais essayé non plus de s'imposer dans sa chambre. Pourtant, et en dépit d'un comportement toujours courtois à son égard bien que froid, elle vivait dans la peur qu'il lui inspirait.

A Paris, première étape de leur voyage, il l'avait fait habiller chez Schiaparelli et Chanel et lui avait acheté un superbe triple rang de perles. Il se montrait partout avec sa belle et jeune femme, mais quand ils étaient seuls, il l'ignorait, ne lui adressait pas la parole. Rebecca, qui était peu avertie de la psychologie masculine, pensait que les bijoux et les vêtements luxueux qu'il lui avait offerts étaient le signe qu'il regrettait ce qu'il lui avait fait subir.

Dans les hôtels où ils descendaient, ils occupaient toujours une grande suite composée d'un salon et de deux chambres. Cette séparation physique permettait à Rebecca de se détendre un peu la nuit, mais la crainte de voir la porte s'ouvrir et Eli avancer vers son lit était solidement ancrée et elle ne parvenait jamais à s'en départir.

Aujourd'hui, à Prague, Rebecca envisageait le retour à Munich avec une inquiétude croissante. Elle se réjouissait de revoir ses parents, auxquels elle avait souvent écrit des lettres dans lesquelles elle décrivait les villes où ils faisaient étape et les élégants vêtements qu'elle portait. Elle s'était efforcée de donner un ton enjoué à ses récits, mais ses parents croiraient-ils à sa gaieté ? Ne voyait-on pas qu'elle était malheureuse ? Et comment la cohabitation dans la villa avec Eli et sa sœur se passerait-elle ? Jusqu'à présent, Rebecca avait refusé de penser à leur retour, mais la panique commençait à la gagner. Elle sentait le désespoir et un accablement paralysant l'envahir.

Elle regarda dans la direction d'Eli. Elle le vit faire un signe et tout le monde sortit de la loge. Dans la pièce brusquement silencieuse, il ne resta que Max, son physiothérapeute, qui lui massait précautionneusement les épaules afin de dénouer des points de crispation. En même temps, assis les yeux fermés sur une chaise, Eli faisait quelques exercices d'assouplissement des mains.

Sans que ni l'un ni l'autre y prêtent attention, Rebecca sortit à son tour de la loge. Alors qu'elle refermait doucement la porte derrière elle, elle se heurta à un coursier chargé d'un bouquet de roses à remettre à l'artiste. Rebecca savait qu'Eli recevait des fleurs et des lettres de femmes qui lui déclaraient leur admiration ou même lui faisaient des offres sans ambiguïté. Hans Baum et ce directeur londonien avaient raison quand ils évoquaient le grand pouvoir de séduction de la célébrité. Qu'Eli se prêtât complaisamment au jeu, elle avait été contrainte d'en faire le constat à Rome, troisième ville de la tournée, lorsqu'elle s'était réveillée une nuit et avait entendu des bruits dans le salon. Elle s'était levée et avait entrouvert la porte de sa chambre. Ce qu'elle avait vu l'avait glacée. Eli était à demi allongé sur le sofa et, penchée sur lui, une jeune femme, le haut du corps dévêtu, gémissait tandis que d'une main Eli triturait sa lourde poitrine et de l'autre s'affairait sous sa jupe.

Envahie de dégoût, Rebecca avait vivement refermé la porte, regagné son lit et tiré la couverture sur sa tête. Son cœur cognait dans sa poitrine quand elle imaginait ce qu'Eli faisait à quelques mètres d'elle, dans le salon, avec cette femme, sans même prendre la peine de disparaître dans sa chambre. Puis une idée lui traversa l'esprit, une vision fugitive qui lentement prit corps. Si Eli la trompait, s'il couchait avec d'autres femmes, il était probable qu'il la laisse désormais en paix. Et elle pourrait peut-être, avec le temps, devenir une compagne, une amie, quand le souvenir de la nuit de noces, des coups qu'elle avait reçus et des humiliations subies s'estomperait peu à peu.

Si Eli avait envie d'une femme, il pouvait se servir parmi celles qui ne demandaient qu'à coucher avec lui. Rassérénée, elle s'était endormie sur cette idée.

Pourtant, elle continua d'éprouver une peur diffuse. Même si elle était soulagée lorsque des fleurs accompagnées d'une enveloppe discrètement parfumée étaient livrées pour son mari. C'était la quasi-assurance qu'il inviterait l'une de ces femmes dans la suite après le concert.

Ce soir-là encore, avant le concert d'adieu, elle éprouva du soulagement. Elle fit signe au coursier qu'il pouvait entrer dans la loge puis elle se hâta dans l'étroit couloir qui permettait d'accéder à la scène. Elle était faiblement éclairée, et la salle encore vide. Elle avait le temps de gagner le foyer déjà fréquenté par quelques spectateurs. Elle commanda un verre de vin au buffet et le but presque d'un trait.

L'alcool l'aidait à surmonter sa timidité. Elle s'en fit servir un second et, son verre à la main, s'aventura plus avant dans le foyer. Devant un grand miroir, elle s'arrêta et regarda son reflet porter le verre à ses lèvres puis boire une gorgée. Le geste était élégant, en accord avec la femme qu'elle était devenue, avec sa nouvelle image. Depuis Paris, elle portait les cheveux relevés en chignon sur le haut de la tête, une coiffure qu'un coiffeur de renom avait créée pour elle. Elle mettait en valeur son visage et lui donnait un surcroît d'élégance. Ce soir-là, elle portait une robe verte de Schiaparelli dont le tissu souple et soyeux épousait sa silhouette. Trois mois plus tôt, Rebecca n'aurait même pas cru qu'une telle métamorphose fût possible. Brusquement, elle se demanda ce que Rolf penserait de sa transformation. Lui plairait-elle ?

La première sonnerie retentit. Rebecca posa son verre sur un guéridon de marbre et, légèrement ivre, se mêla au flot qui gagnait la salle. Sur la scène, Eli se mit à jouer, entraînant le public dans son sillage tandis qu'elle ne parvenait plus à chasser le souvenir de Rolf de son esprit. Elle ferma les yeux et essaya de se concentrer sur la musique. En vain. Plus elle prêtait attention aux thèmes familiers des morceaux de Tchaïkovski et Liszt qu'interprétait Eli, plus Rolf envahissait ses pensées : son visage, son odeur, ses premières timides caresses, l'après-midi sur le bateau, la première fois qu'ils s'étaient aimés, la parfaite communion amoureuse de leurs deux corps. Je dois l'oublier, je dois l'oublier, martelait une voix dans sa tête, mais Rebecca parvenait à peine à respirer. Elle commença à avoir des éblouissements, et ses mains qui se cramponnaient à son petit sac du soir doré tremblaient si fort qu'il finit par leur échapper et tomba bruyamment par terre dans le silence précédant un nouveau mouvement. Rebecca était assise au premier rang, néanmoins les têtes de ses voisins se tournèrent d'un seul coup vers elle. Les larmes lui montèrent aux yeux et elle eut tant de mal à réprimer un sanglot qu'elle se leva et sortit précipitamment de la salle. Elle alla s'enfermer dans les toilettes. Quand cesserait la souffrance qui la submergeait dès qu'elle pensait à Rolf ? Quand son cœur et son corps cesseraient-ils de le désirer de toutes leurs fibres, et quand la jalousie dévorante que lui inspirait Cornelia s'épuiserait-elle enfin ?

Rebecca demeura longtemps dans les toilettes. Elle n'en sortit que lorsqu'elle entendit les applaudissements et les bravos extatiques d'un public en délire. Quand elle entra dans la loge située derrière la scène, Eli lui jeta un regard froid, un regard qui la cloua sur place. Elle comprit qu'il avait remarqué sa sortie précipitée au milieu du concert. Il insista pour partir rapidement, se fit excuser auprès des organisateurs de la réception donnée en son honneur et poussa presque Rebecca hors de la loge. Ils quittèrent le bâtiment par une issue de secours située sur l'arrière. Eli ne voulait ni signer d'autographe ni croiser qui que ce fût.

Ils parcoururent à pied les quelques mètres qui séparaient la salle de concert de leur hôtel. Eli venait de réclamer la clé de leur suite à la réception quand un client allemand de l'hôtel leur barra l'accès à l'escalier. D'une voix sonore, il annonça à la cantonade qu'aujourd'hui, en Allemagne, Adolf Hitler avait été nommé chancelier du Reich et qu'à cet instant, tout Berlin fêtait l'événement par une gigantesque retraite aux flambeaux. L'homme leva son verre en invitant Eli à trinquer avec lui à Hitler. Eli le repoussa avec une telle force que celui-ci vacilla et dut se rattraper à la rampe de l'escalier. Le verre lui échappa des mains et vola en éclats en touchant le sol. Eli passa alors devant lui sans lui accorder un regard. Rebecca eut l'impression que toutes les personnes présentes dans le hall animé s'étaient tues et les regardaient monter l'escalier.

Eli se retira dans sa chambre sans dire bonsoir et Rebecca était elle-même si fatiguée qu'elle s'effondra sur son lit. Elle était presque endormie quand un bruit la fit se redresser. Debout au pied de son lit, Eli la regardait fixement. Dès que Rebecca le vit, immobile dans la pénombre, sa peur resurgit. Elle fit un mouvement pour s'éloigner du bord du lit, mais Eli fut plus rapide qu'elle. Il l'empoigna par les cheveux et la plaqua sur l'oreiller.

— Comment peux-tu t'autoriser à te lever et à sortir de la salle pendant que je donne un concert ! Tu te prends pour qui ? Tu es une petite putain, voilà ce que tu es. Je suis sûr que tu fricotais dehors avec un autre pendant que j'étais sur scène.

— Non, Eli, non ! Je ne ferais jamais une chose pareille, tu le sais ! Je t'en prie, Eli, lâche-moi ! bredouilla-t-elle, terrifiée.

— Non ?

Il se pencha sur elle et lâcha d'un ton sarcastique, mauvais :

— Mais je suis sûr que tu penses encore à ton petit nazi merdeux qui doit aujourd'hui se réjouir que son Hitler ait remporté les élections.

Rebecca fut incapable de crier, de bouger quand elle vit le regard froid d'Eli.

— Ça t'étonne, hein, que je sache avec qui tu fricotais ? Rolf von Schröder. Rejeton nazi plein aux as.

Eli ricana en la voyant si désemparée. Au même moment, il la frappa au visage et une douleur fulgurante la transperça. Elle sentit la chaleur du sang qui coulait de son nez sur son menton. Un gémissement franchit ses lèvres lorsque les mains d'Eli se refermèrent avidement sur ses seins. Elle essaya de se défendre, mais il la plaqua plus fermement sur le lit. Puis elle poussa un hurlement. Une douleur insoutenable lui déchira le bras qu'il venait de tordre dans son dos. Il était sur elle ; elle jetait la tête de droite et de gauche, criait. Elle l'entendit haleter tandis qu'il la pénétrait de force.

— Putain de nazis ! répétait-il entre ses dents. Sale petite putain de nazis !

Puis il l'empoigna, la fit passer sur lui et plaqua sa tête entre ses cuisses. Rebecca poussa un cri et, au comble du dégoût, essaya de tourner la tête de côté. Mais Eli recommença à frapper, encore et encore, jusqu'à ce qu'elle perde connaissance.

Quand la douleur atteignit sa conscience, elle se leva péniblement. Elle ne savait pas combien de temps elle était restée inconsciente, elle avait affreusement froid. Elle se traîna sur les genoux jusqu'à la salle de bains et vomit. Après un moment, elle s'observa dans le miroir. Son visage était boursouflé, sa lèvre inférieure fendue. Des marbrures violettes étaient apparues sur ses joues, son cou, tout son corps.

Le lendemain, ils étaient de retour à Munich. Eli déclara à sa sœur, à ses beaux-parents et même au médecin que sa femme, avec sa maladresse habituelle, était tombée dans un escalier. Rebecca garda le silence ; elle avait conscience des regards emplis d'inquiétude de ses parents, mais après ce qu'elle avait enduré durant la nuit, elle n'éprouvait plus rien.

Elle considérait qu'elle était responsable de son malheur. Elle avait épousé Eli sans l'aimer, elle avait menti, et tout cela, pour être l'amante d'un homme qui en avait choisi une autre depuis longtemps.

« Dans la vie, on récolte ce qu'on mérite. » C'était la phrase favorite de sa mère. Aujourd'hui, elle en comprenait tout le sens. Elle avait mérité ce qui lui arrivait. Elle en était persuadée.

Les semaines passèrent. Un matin, alors qu'elle était encore dans un demi-sommeil, elle fut prise de nausées. Elle ouvrit les yeux, pensa un instant qu'elle avait simplement rêvé qu'elle avait mal au cœur. Mais la nausée était toujours là, puis elle sentit de la sueur sur son front et son cœur qui battait irrégulièrement. Elle eut tout juste le temps d'atteindre la salle de bains avant de vomir. Elle s'assit ensuite sur le rebord de la baignoire, épuisée, puis elle se lava le visage et se regarda dans la glace. Elle était pâle, plus pâle que d'habitude, et elle avait des cernes mauves sous les yeux. Quand une nouvelle nausée survint, une peur panique la saisit. Elle venait de comprendre ce que cela signifiait : elle était enceinte.

— Je n'en veux pas, murmura-t-elle, désespérée, à son reflet dans la glace.

Elle ne voulait pas de cet enfant, l'enfant d'Eli, un enfant conçu dans un moment d'humiliation extrême et de souffrance.

— Je n'en veux pas, je n'en veux pas...

Les poings serrés, elle tapait sur la glace. Puis ses genoux cédèrent et elle se laissa glisser par terre en sanglotant.

Quand le médecin de famille confirma sa grossesse, elle se confia à son amie Esther qui lut dans un livre de son père que des bains bouillants et des exercices de gymnastique soutenus, par exemple de la barre fixe, des flexions des genoux ou de la corde à sauter, pouvaient provoquer une fausse couche. Mais rien n'y fit et quand elle franchit le cap du quatrième mois, elle renonça à ses efforts pour avorter spontanément.

De l'instant où Eli eut connaissance de la grossesse de Rebecca, il la traita avec égards et exigea de Lea qu'elle satisfasse le moindre des désirs de son épouse. Il advint ainsi que sa grossesse fut la meilleure période de son mariage, même si son rejet de la vie qu'elle abritait ne cessait de croître au fil des mois.

Le 15 octobre 1933, Rebecca donna naissance à une fille à laquelle Eli donna le prénom de sa défunte mère : Mirjam. Même à présent que son enfant était née, même quand on la lui mit dans les bras, Rebecca n'éprouva pas d'amour. Pour ne rien arranger, Mirjam pinçait sa mère au sang en tétant et pleurait la nuit sans discontinuer. Elle paraissait sentir que sa mère la rejetait. C'était un bébé nerveux, qui vomissait ses repas et semblait incapable de rester tranquillement dans son berceau. Rebecca ne parvenait tout simplement pas à éprouver d'amour pour sa fille, malgré tous ses efforts. Elle fut cependant profondément émue par la joie de son père lorsqu'il vit Mirjam pour la première fois. Son vieux visage ridé baigné de larmes, un sourire comblé sur les lèvres, il s'extasia sur la merveilleuse ressemblance de sa petite-fille avec Rebecca. Bruno Kreisberger était heureux. Il pouvait désormais mourir en paix car Dieu avait exaucé son vœu le plus cher.

Mirjam grandit et voua un amour sans mélange à son papa. Elle n'avait pas deux ans qu'elle pouvait rester des heures à l'écouter jouer du piano. Parfois, il la soulevait dans ses bras, l'asseyait sur ses genoux et la laissait taper sur les touches de son précieux Steinway de concert avec ses petits doigts potelés.

Au cours des deux années qui suivirent la naissance de sa fille, la culpabilité de Rebecca ne fit que grandir ; elle n'éprouvait pas le moindre sentiment maternel.

Elle pensait, avec effroi, qu'elle n'était pas normale. Elle vécut donc comme un soulagement que sa belle-sœur la supplante peu à peu dans son rôle de mère. Bien que Mirjam ressemblât beaucoup à sa mère, Lea s'était prise de passion pour sa nièce.

12 juin 1935. Ils étaient revenus. Bruno Kreisberger s'apprêtait à fermer son magasin, le soir, quand ils surgirent brusquement derrière lui dans l'obscurité.

Bruno se retourna lentement et vit leurs visages froids et vides. Il ne savait pas si c'étaient les mêmes que ceux qui l'avaient agressé trois ans auparavant. Il ne savait qu'une chose : c'étaient des hommes de la SA, ils le regardaient en ricanant avec mépris et l'encerclaient. Le premier coup de poing l'atteignit au visage, le second à l'estomac. Sa tête partit en arrière et heurta le volet de la porte du magasin avec un bruit sourd. Du sang gicla et avant que Bruno vacille, un autre coup l'atteignit à la gorge. « Sale Juif », entendit-il avant de s'effondrer.

A l'instant de sa mort, il pensa à Rebecca, sa chère enfant qui était aujourd'hui riche et heureuse, et il mourut avec un sourire sur les lèvres.

Ruth, sa femme, ne se consola pas de la disparition brutale et dramatique de l'homme avec lequel elle avait partagé cinquante années de sa vie. Un soir de décembre, quelques mois après son assassinat, son cœur cessa de battre.

Rebecca fut très affectée par la disparition des deux êtres qui lui avaient donné tant d'amour et de chaleur. Mais elle se rongeait aussi de culpabilité pour ne pas s'être suffisamment occupée de ses vieux parents depuis son mariage.

La mort était venue trop tôt, beaucoup de choses n'avaient jamais été exprimées, jamais dites. Rebecca avait souvent demandé à son père pourquoi il ne cédait pas son commerce de fruits et légumes et s'astreignait chaque jour à rester derrière son comptoir quand l'argent d'Eli lui aurait permis de prendre sa retraite. Invariablement, Bruno Kreisberger répondait que vendre des fruits et légumes était sa vie et qu'il ne pouvait pas passer ses journées assis sur un sofa à regarder les mouches voler.

Ce n'est qu'après la mort de ses parents que Rebecca apprit que son père n'avait jamais touché à l'argent d'Eli.

Un jour, quelque temps avant l'assassinat de son père, elle était retournée à la Wiener Platz. Elle s'y était fait conduire par le chauffeur d'Eli. Lorsqu'elle était descendue de voiture et avait regardé autour d'elle, elle avait été saisie d'épouvante. De nombreux magasins avaient disparu, dont Dessous chics de Paris pour la femme élégante, d'autres étaient fermés, leur vitrine barrée de planches clouées, leurs murs souillés d'inscriptions injurieuses, d'insultes et de croix gammées. Rebecca avait eu très peur quand elle avait vu des croix gammées et l'inscription *Juiverie = Pègre* sur le mur gris mitoyen du magasin familial. Elle avait jeté un regard à l'intérieur et vu son père assis sur un vieux cageot, fatigué, tassé sur lui-même, seul. Elle s'était enfuie. Elle savait qu'il n'aurait pas voulu que sa fille le voie ainsi, dans cet état de tristesse et d'absolu découragement.

Cet après-midi-là, elle s'était promis de venir voir ses parents plus souvent. Mais sa résolution en était restée à l'intention car elle craignait qu'un jour, à l'occasion d'une rencontre, ses parents ne comprennent combien elle était malheureuse. Lorsque les grands-parents voulaient voir leur petite-fille, ils venaient à Bogenhausen. Eli s'opposait en effet à ce que la petite Mirjam fréquente le vieil immeuble du quartier peu sûr de la Wiener Platz. Il avait accepté à contrecœur que ses beaux-parents viennent une fois par semaine passer deux heures avec leur petite-fille à la villa. Mirjam, qui était une enfant pleine de vie, sautait sur les genoux de ses grands-parents, tirait sur le long nez ou la barbe de Bruno, gambadait et tourbillonnait à travers la maison, de sorte que ses parents ne prêtaient pas réellement attention à Rebecca. Maintenant qu'ils étaient morts, la seule consolation de Rebecca était qu'ils aient pu connaître les deux premières années de Mirjam. Elle pleura cependant des nuits entières. Elle ne pouvait chasser de son esprit le bon visage de son vieux père et était hantée par l'horreur et la cruauté de sa mort solitaire.

Lui dont l'Allemagne était le cher pays, la patrie, avait été assassiné par des Allemands. Bruno Kreisberger, qui aurait été incapable de faire du mal à quelqu'un et pour qui tous les hommes étaient égaux devant Dieu.

Adolf Hitler avait détruit la vie de Rebecca. Il lui avait pris tous ceux qu'elle aimait : Rolf, il y avait trois ans, et maintenant ses parents.

L'assassinat de son père n'avait pas seulement attisé son désespoir et semé de la haine dans son cœur ; elle vivait aussi dans la peur de subir un jour le même sort. Et cette peur intense, primitive, grandit à mesure que des amis d'Eli rapportaient de nouveaux cas, toujours plus nombreux, d'arrestation de Juifs, en même temps qu'ils s'inquiétaient du sort d'autres qui disparaissaient du jour au lendemain.

Pour sa part, Eli prenait la situation plutôt à la légère. Il faisait partie de ceux qui pensaient qu'il s'agissait de rumeurs stupides et il estimait ne rien risquer personnellement, car la grande nation artistique qu'était l'Allemagne ne pouvait pas se passer de lui, quelle que soit sa race.

Trois années s'étaient écoulées depuis la mort de son père.

Trois années durant lesquelles Rebecca apprit à s'adapter à sa nouvelle vie, à converser avec des gens importants, à s'habiller de façon élégante, à choisir en toutes circonstances la bonne tenue. Elle savait à présent avec quels couverts on mangeait le poisson et quel était le verre assigné au vin blanc. Toutefois, pour les grandes soirées que donnait Eli, elle persistait à laisser à Lea le choix du menu et de la décoration. Sentant combien sa belle-sœur y attachait d'importance, elle préférait ne pas lui retirer la direction de la villa. Cependant, bien que Rebecca n'eût jamais envisagé de lui disputer sa place au sein de la maison, Lea lui témoignait la même hostilité qu'au premier jour.

Rebecca continuait à accompagner son mari en tournée. Eli pouvait se montrer charmant, courtois, serviable, prêt à mille attentions pour chacun, puis, d'une seconde à l'autre, humilier sa femme ou la frapper.

Peu à peu, Rebecca cessa de réagir, parut devenir insensible. Les grandes émotions, l'amour, la tristesse, la haine avaient déserté sa vie et laissé place à une absence de sentiments, au vide. Elle vivait ainsi aux côtés du célèbre pianiste, indifférente à tout, lointaine, détachée. Parfois, la nuit, il venait dans sa chambre. Elle avait compris qu'il ne pouvait avoir de relations sexuelles avec elle qu'après l'avoir humiliée verbalement ou physiquement. Et cela aussi, elle le supportait.

Un automne précoce succéda à l'été. Lentement, prudemment, Lea et Rebecca, qui partageaient les mêmes peurs, commencèrent à se rapprocher, réunies par la conscience d'appartenir à un peuple exposé aux pires persécutions. Rebecca n'avait plus d'amie depuis qu'un soir Esther avait surgi à l'improviste pour l'informer en hâte qu'elle quittait l'Allemagne la nuit même avec ses parents. Pour quel pays, Esther l'ignorait, car ses parents voulaient garder leur destination secrète. Ils devaient faire très vite, on avait laissé entendre à son père que son nom figurait sur la liste d'une prochaine rafle. Rebecca, en larmes, avait serré son amie dans ses bras. Du portail, Esther lui avait fait un dernier signe de la main.

Ce fut une période où les rumeurs enflèrent. On parlait de mises à sac de magasins juifs, d'agressions physiques, de tabassages en pleine rue. Par précaution, Lea fit désormais livrer toutes les provisions de la famille et n'alla plus à pied que chez leurs voisins immédiats, les Silber, avec lesquels elle était amie. Elle s'y rendait en empruntant la petite porte ménagée dans le mur mitoyen aux deux jardins.

Sinon, elle prenait la voiture d'Eli, accompagnée de son chauffeur. En ce qui concernait Mirjam, la peur de Lea confinait à l'hystérie et elle ne quittait pas sa nièce des yeux.

Début novembre, Rebecca se fit conduire à l'opéra avec sa fille. Les billets étaient initialement destinés à sa belle-sœur et Mirjam, mais, Lea étant souffrante, c'est sa mère qui accompagna Mirjam au National-Theater. Durant l'entracte, elles se rendirent au foyer. Eli avait su très tôt éveiller l'intérêt de sa fille pour la musique classique et il y avait plusieurs jours que Mirjam se faisait une fête de cette représentation de

*La Flûte enchantée* de Mozart. Elle lâcha la main de sa mère et se dressa sur la pointe des pieds afin de pouvoir mieux estimer les douceurs exposées sur le comptoir du buffet.

Le regard de Rebecca suivit sa fille et s'arrêta sur le dos d'un homme grand et mince. Un frisson d'effroi la traversa. Retourne-toi ! songeait-elle tandis que son cœur s'emballait. S'il te plaît, retourne-toi ! L'homme discutait avec plusieurs personnes, à quelques pas d'elle. Il dut sentir son regard peser sur sa nuque car il tourna la tête et ses yeux se posèrent sur elle. C'était Rolf.

Il marqua une hésitation puis vint vers elle.

— En voilà une surprise ! dit-il seulement.

Ils se regardèrent tandis que Mirjam pêchait de l'argent dans son petit sac en satin et s'achetait une bouchée au chocolat. Elle ne remarqua pas le grand monsieur qui parlait avec sa mère.

— C'est ta fille ? demanda Rolf d'une voix légèrement rauque en regardant Mirjam.

Rebecca ne put que hocher silencieusement la tête.

— Elle te ressemble beaucoup.

A nouveau ils se regardèrent. Rolf avait changé, ses épaules étaient plus larges, il avait perdu son expression enthousiaste, sa spontanéité de jeune homme heureux. Il était devenu un homme, son regard bleu était dur, ses lèvres, ses lèvres autrefois douces et délicatement ourlées, s'étaient amincies.

Rebecca aperçut derrière lui Cornelia Westphal qui parlait avec une jeune femme de leur petit groupe.

— Est-elle... Tu es marié avec elle ?

Rolf acquiesça.

— Oui. Quand ton père m'a expliqué que tu étais fiancée, j'ai essayé de t'oublier. Puis j'ai appris, par le journal, ton magnifique mariage avec le célèbre pianiste.

— Je n'ai fait que suivre le conseil de ta mère.

Rebecca fut effrayée par la dureté de sa propre voix quand elle poursuivit :

— Je suis restée parmi mes semblables. Et j'ai bien fait, puisque depuis trois ans les lois de Nuremberg interdisent à un aryen d'épouser une Juive.

Rolf secoua faiblement la tête. Il ouvrait la bouche pour répondre quand la sonnerie annonçant la fin de l'entracte retentit. Mirjam tira sa mère par la manche.

En même temps qu'il se retournait pour regagner la salle, Rolf lui demanda, précipitamment :

— Rebecca, s'il te plaît, ne pourrait-on pas se voir demain après-midi ? Devant la Theatinerkirche ? Disons à quatre heures ? S'il te plaît, Rebecca !

Rebecca hésita.

— Je ne sais pas. Peut-être.

Elle le regarda rejoindre Cornelia, vit la belle jeune femme blonde sourire tendrement à Rolf puis s'accrocher à son bras. Elle n'avait même pas remarqué Rebecca.

Le lendemain, le temps était à la pluie, des nuages bas et gris bouchaient le ciel et transformaient prématurément l'après-midi en crépuscule. Lea, en meilleure forme, se fit conduire avec Mirjam à une fête d'anniversaire par le chauffeur d'Eli. Rebecca put donc s'absenter de la maison sans avoir d'explications à fournir. Après le concert, elle était fermement résolue à ne pas donner suite au rendez-vous. Et le matin, elle avait encore hésité longtemps avant de se décider à revoir Rolf.

Elle mit un tailleur gris perle cintré, un délicat chemisier en crêpe de Chine, se coiffa avec soin, et mit du rouge à lèvres avant de sortir.

Lorsque son taxi s'arrêta place de l'Odeon, le crachin qui tombait depuis le matin s'était transformé en pluie battante. Comme elle avait oublié de prendre un parapluie, elle traversa la place en courant et atteignit le parvis de l'église essoufflée et trempée jusqu'aux os.

Rolf était déjà là. Le cœur de Rebecca cognait dans sa poitrine et ses genoux tremblaient quand elle le rejoignit.

— Bonjour.

Ils restèrent un instant plantés l'un en face de l'autre, gauches et embarrassés, puis Rolf lui sourit et, de l'index, caressa délicatement sa joue. Comme il le faisait autrefois.

— Viens, allons dans le café en face.

Rebecca ne put qu'acquiescer d'un hochement de la tête. Depuis qu'il l'avait touchée, son cœur battait encore plus vite et sa gorge était complètement nouée. Rolf l'abrita sous son grand parapluie et ils se dirigèrent d'un pas raide vers le café. Rolf choisit une table dissimulée dans un coin, l'aida à s'asseoir puis s'assit à son tour. Il commanda du thé et ils recommencèrent à se regarder en attendant le retour du serveur.

Aucun son ne voulait franchir les lèvres de Rebecca. Elle avait souvent imaginé ses retrouvailles avec Rolf. Mais dans sa tête, la scène se déroulait par une belle journée d'été, les roses embaumaient, elle portait une robe de soie rouge, ses cheveux brillaient dans le soleil, ils étaient au bord du lac, sur le ponton où ils s'étaient aimés la première fois. Et voilà qu'elle était assise en face de lui dans un petit café enfumé, les cheveux en désordre, un tailleur humide et froissé sur le dos, et elle grelottait de froid. Elle jeta un regard anxieux et apeuré au petit groupe qui occupait la table voisine. Deux jeunes femmes et un homme. La plupart des clients du café étant assis silencieux et mornes à leurs tables, Rebecca pouvait saisir des bribes de leur conversation. L'une des jeunes femmes expliquait que son mari croyait la guerre imminente. Les autres hochaient gravement la tête et évoquaient les produits de première nécessité qu'eux-mêmes et leurs familles avaient commencé à stocker.

Rolf saisit la main de Rebecca et la retint.

— Alors ? Es-tu heureuse avec ton pianiste ?

Rebecca le regarda.

— Non, répondit-elle d'un ton amer. Non, je ne le suis pas.

Le serveur apporta leur thé et Rebecca noua ses doigts gourds autour de la tasse chaude. Ils se regardaient et demeuraient muets, bien qu'ils aient tant de choses à se dire.

Enfin Rebecca osa poser la question qui lui brûlait les lèvres :

— Et toi ? Es-tu heureux avec Cornelia ?

Rolf haussa les épaules.

— Nous nous entendons bien.

A son ton évasif, Rebecca comprit qu'il ne voulait pas lui faire de peine.

— Je suis la plupart du temps ici, en ville. Cornelia vit à Starnberg. Comme elle doit s'entraîner plusieurs heures par jour, c'est plus simple. Elle est cavalière de compétition, ajouta-t-il en réponse au regard interrogateur de Rebecca.

— Tu as des enfants ?

— Non.

Rolf secoua la tête.

— Nous n'en voulons pas pour le moment. Après mon droit, je suis entré dans l'armée.

Rebecca baissa les yeux et fixa ses doigts glacés. L'air lui manquait, elle sentait le sang se retirer lentement de son visage, la pièce qui commençait à tourner ; Rolf, inquiet, se pencha sur la table et lui prit le bras. Elle croyait voir son père devant elle, elle voyait les hommes en chemises brunes qui le frappaient, le rouaient de coups, le tuaient.

Elle se leva si brusquement que sa chaise bascula en arrière et elle se précipita hors du café. Rolf, son Rolf bien-aimé, était du côté de Hitler, du côté de ceux qui avaient assassiné son père. Le souvenir de cet amour qu'elle avait gardé intact dans son cœur depuis toutes ces années, ce qu'il y avait eu de plus beau dans sa vie, était désormais entaché et détruit.

Complètement désemparée, elle s'arrêta devant le café, ferma les yeux et offrit son visage à la pluie. Elle sentit alors la main de Rolf sur son épaule.

— Rebecca, je t'en prie, écoute-moi !

Elle recula pour se dégager.

— Tu es avec Hitler, tu es avec ceux qui ont tué mon père.

— Non, Rebecca, non, j'appartiens à la Wehrmacht, je suis officier.

Rolf se défendait d'un ton pressant, presque suppliant.

— Je ne fais que servir mon pays.

— Ah oui ? Et lequel ?

Rebecca criait quand elle frappa Rolf de ses poings serrés.

— Le pays des Allemands ou le pays des nazis ?

Elle se tut, au désespoir, quand elle remarqua que quelques passants s'étaient arrêtés.

Elle mit un instant à comprendre que leur curiosité ne s'adressait pas à elle mais à un groupe d'hommes qui remontaient la Theatinerstrasse. Ils portaient des uniformes bruns et marchaient en scandant : « Les Juifs dehors ! L'Allemagne aux aryens ! »

Rebecca sentit la sueur ruisseler le long de sa colonne vertébrale, le sol s'ouvrir sous ses pieds, sa bouche devenir sèche.

C'étaient des SA, des assassins, des tueurs. Peut-être venaient-ils de s'immobiliser parce qu'ils voyaient qu'elle était juive, qu'elle était hors la loi. Ils allaient l'arrêter parce qu'elle ne portait pas son étoile, qu'elle avait rapidement fait disparaître dans son sac avant de courir vers Rolf.

— Viens !

Elle sentit qu'on la saisissait par le bras, la poussait dans une voiture. A travers le brouillard de sa peur, elle vit Rolf monter de l'autre côté et mettre le moteur en marche.

Il tint le volant de la main gauche et posa sa main droite sur celle de Rebecca. Mais Rebecca retira sa main. Elle respira à fond, elle était encore bouleversée quand d'une voix faible, prête à se briser, elle posa à Rolf la question qui lui brûlait les lèvres :

— Tu as prêté ton serment d'officier non à l'Allemagne mais à Hitler, n'est-ce pas ?

Rolf ne répondant pas, elle poursuivit :

— Il y a trois ans, mon père a été tué par des hommes de Hitler devant son magasin. Personne ne lui est venu en aide.

Les yeux de Rebecca s'emplirent de larmes.

— C'était l'être le meilleur de la terre. Il était tolérant, serviable, bienveillant. Jamais il n'aurait fait de mal à quelqu'un. Ils l'ont roué de coups, battu à mort, ils l'ont tué au nom de ton Hitler !

— Je ne le savais pas, je suis désolé.

Rolf ne put rien dire d'autre, il se sentait démuni devant la souffrance de Rebecca.

Ils demeurèrent silencieux jusqu'à ce que Rolf se range le long du trottoir, descende, fasse le tour de la voiture et ouvre la portière de Rebecca. Il s'était arrêté devant le bel immeuble où il vivait déjà lorsqu'il était étudiant.

Je ne dois pas, je ne dois pas, se répétait fiévreusement Rebecca ; pourtant elle accepta la main que lui tendait Rolf pour l'aider à sortir. Aucun mot de protestation ne franchit ses lèvres quand elle entra dans l'immeuble avec lui et monta dans l'ascenseur qui les mena au troisième étage.

Quand la porte de l'appartement se referma derrière eux et que le silence les enveloppa, ils demeurèrent l'un et l'autre immobiles à se regarder.

— Que veux-tu boire ?

La banale question de Rolf rompit le charme, Rebecca se détendit un peu.

— Du thé, répondit-elle en s'éloignant de la porte.

Rolf disparut dans la cuisine et Rebecca s'avança timidement dans le couloir de l'appartement où elle avait vécu les plus belles heures de sa vie.

— Viens, allons dans le séjour.

Rolf revenait avec un plateau sur lequel étaient posées la théière en argent qui lui avait tant plu six ans auparavant, deux tasses en porcelaine de Meissen et une petite coupe avec des biscuits. Rebecca le suivit, mais s'arrêta sur le seuil de la pièce.

— Viens, assieds-toi, voyons !

Elle n'accepta son invitation qu'avec hésitation. Elle ne comprenait pas comment Rolf pouvait être aussi détendu, aussi naturel. Elle se posa sur le bord du sofa, raide, crispée, et prit la tasse qu'il lui tendait.

— J'ai mis un peu de rhum dedans pour te réchauffer.

Rebecca ne put que hocher la tête. Elle regarda Rolf qui maintenant se levait et se dirigeait vers une petite table pour prendre une cigarette.

— Je peux ? demanda-t-il par-dessus son épaule.

Rebecca hocha de nouveau la tête et continua de l'observer. Il était habillé de façon élégante, la chevalière qu'il portait à la main droite brilla quand il alluma sa cigarette.

Elle pouvait à peine le croire, il était réellement là, l'homme auquel elle s'était donnée sans réserve et de toute son âme. L'homme qu'elle avait accueilli en elle avec une jouissance sans égale. Qui la connaissait, auquel elle s'était confiée et qui en savait plus sur elle que n'importe quel être au monde.

Rebecca écoutait la pluie qui giflait les carreaux en songeant à cet après-midi de l'automne 1932, lorsqu'ils s'étaient aimés pour la dernière fois dans cet appartement. Les larmes lui montèrent aux yeux.

— Pourquoi, demanda-t-elle d'une voix sans timbre, pourquoi ne m'as-tu pas dit, à l'époque, que tu étais fiancé, qu'il y avait une autre femme dans ta vie ?

— Ce n'était pas important, répondit posément Rolf. En fait, cela *a cessé de l'être* quand je t'ai rencontrée, précisa-t-il d'un ton insistant. Cornelia et moi étions amis depuis l'enfance, nos familles considéraient comme un fait acquis que nous nous marierions un jour. Cet été-là, Cornelia était dans un centre d'équitation, et, à l'instant où je t'ai vue devant l'étal de fleurs, si absorbée dans la contemplation des roses, d'un seul coup j'ai compris que je ne pourrais jamais épouser Cornelia. J'étais tombé fou amoureux de toi.

Rebecca se leva d'un bond.

— Mais tu l'as quand même épousée...

La voix lui manqua, se perdit dans un souffle.

— Et toi ? répliqua Rolf avec vivacité. Tu m'avais dit qu'Eli ne signifiait rien pour toi, que tu allais uniquement chez lui pour que nous ayons une possibilité de nous voir. Tu m'as menti, reconnais-le, il était manifestement autre chose pour toi que l'artiste que tu plaçais au pinacle. Je t'ai cherchée partout pour te dire que je t'aimais, que je me moquais de ce que ma mère voulait. Mais c'était comme si tu avais disparu de la surface de la terre. Quand deux jours plus tard je suis allé à votre magasin, ton père m'a appris que tu étais fiancée et allais bientôt te marier. Et moi, pauvre idiot, qui n'avais pas soupçonné un instant que tu me faisais marcher.

— Ce n'est pas vrai, tu ne peux pas me reprocher cela, surtout toi... bégaya Rebecca. Tu n'as tout de même pas cru une chose pareille. J'ai accepté la demande en mariage d'Eli parce que ta mère m'a expliqué que ton sang aryen ne devait pas se mêler au mien, et parce qu'elle m'a dit que tu étais sur le point de te marier avec Cornelia Westphal.

Rebecca s'approcha de Rolf, s'arrêta à quelques centimètres de lui puis leva les bras et martela sa poitrine de ses deux poings serrés en même temps qu'un sanglot s'échappait de sa gorge.

— Et toi, où étais-tu à cet instant ? poursuivit-elle. Tu n'étais pas avec moi, tu ne m'as pas défendue. Pendant que tu discourais brillamment avec ta fiancée, ta mère me parlait des grandes idées politiques de votre ami Hitler. Et me recommandait de rester parmi mes semblables. Eh bien, c'est ce que j'ai fait. Elle m'a jetée hors de chez vous, Rolf, voilà ce qui s'est passé, je pensais que tu le savais.

Rebecca n'était que haine et désespoir. Elle cria jusqu'à l'épuisement.

Rolf était demeuré immobile devant elle. Il avait blêmi, le visage tourné de côté, secouant silencieusement la tête. Elle voyait son beau profil régulier se découper dans la lumière grise de l'après-midi, son menton énergique, ses lèvres serrées.

— Rolf von Schröder, murmura-t-elle, enrouée d'avoir tant crié, Rolf von Schröder, je t'ai tout donné, mon cœur, mon âme, je t'ai aimé au-delà de tout.

Elle se sentait faible, sans espoir. Elle vit Rolf tourner enfin son visage vers elle et répondre d'une voix rauque, lointaine :

— Moi aussi, Rebecca. Moi aussi.

Elle sentit des larmes couler sur ses joues. Elle se détourna et se dirigea vers la porte.

— Ne pars pas !

Rolf la retint par la manche de son tailleur.

— Je t'en prie, ne pars pas, murmura-t-il.

Quelque part, les cloches d'une église sonnèrent et Rebecca songea fugitivement qu'elle aurait dû être rentrée depuis longtemps. Pourtant, elle se retourna lentement et quand Rolf l'attira à lui, elle se sentit étreinte par des bras dans lesquels elle était en sécurité, qui tenaient toutes les menaces à distance. Ils demeurèrent longtemps ainsi, immobiles, presque sans respirer, étroitement enlacés, jusqu'à ce que Rolf soulève Rebecca, la porte dans la chambre et la dépose doucement sur le lit.

— Nous n'avons pas le droit, bafouilla-t-elle.

Puis elle sentit ses mains sur son corps quand il la déshabilla, elle entendit les mots d'amour qu'il murmurait et quand il s'étendit nu à côté d'elle, elle répondit à son étreinte, perçut la chaleur de son corps, s'emplit de son odeur. Et tandis qu'ils s'aimaient, se caressaient, se disaient des mots d'amour, ils retrouvaient leurs gestes d'autrefois, se remémorant l'après-midi d'été où ils avaient fait l'amour pour la première fois. Ils ne se lassaient pas de se toucher, de se caresser, de redécouvrir et redécouvrir encore le corps de l'autre.

Lorsque Rolf se détacha de Rebecca, ils demeurèrent enlacés jusqu'à ce qu'il se penche sur elle et essuie délicatement les larmes inondant son visage. Elle ne s'était pas rendu compte qu'elle avait pleuré.

— Où est ton mari, en ce moment ? souffla Rolf à son oreille tandis que ses doigts jouaient avec ses longs cheveux. A Munich ?

Rebecca secoua la tête.

— Non, il est allé à Bruxelles pour régler des affaires. Mais arrête, je ne veux pas penser à Eli en ce moment, je t'en prie...

Rolf ignora sa requête.

— A Bruxelles ?

Il réfléchit.

— Il doit prendre des dispositions pour que vous partiez là-bas.

Rebecca se redressa d'un seul mouvement.

— Je ne partirai pas avec lui, déclara-t-elle avec fougue. Jamais. Je ne peux pas. Je ne peux plus. Plus depuis ce qui vient de nous arriver.

— Il a raison, crois-moi ! En Belgique, tu seras en sécurité, tu ne peux pas rester en Allemagne.

Rolf se tourna vers elle, la saisit par les épaules, insista. Mais Rebecca ne l'écoutait pas. Sa tête retomba sur l'oreiller et elle commença à parler à mi-voix de son mariage, des humiliations, des coups. Elle parla de sa belle-sœur qui lui avait si longtemps rendu la vie impossible et qui épiait le moindre de ses gestes, elle parla de sa fille qu'elle ne parvenait pas à aimer et de la culpabilité qu'elle éprouvait à son égard.

Ils demeurèrent longtemps accrochés l'un à l'autre à écouter en silence la rumeur de la pluie qui ne cessait de tomber. Puis Rolf se dégagea de son étreinte.

— Ma pauvre chérie.

Il releva doucement les cheveux qui lui tombaient sur le visage.

— Si seulement j'avais su ce que tu vivais.

Rebecca détourna la tête.

— Ça n'aurait rien changé, murmura-t-elle.

Rolf se leva sans rien répliquer, se dirigea vers la fenêtre et observa les gouttes qui ruisselaient sur les carreaux.

— Une chose est sûre, Rebecca : il faut que tu quittes l'Allemagne. Et vite. Il n'y a pas d'autre solution. L'Amérique. Oui, l'Amérique. C'est ce qu'il y aurait de plus sûr, réfléchit-il à haute voix.

— Aller en Amérique ? Jamais ! s'exclama Rebecca, atterrée.

Rolf poursuivit son idée sans tenir compte de son objection.

— Je vais m'occuper de tout. Il y a deux ans, j'ai aidé mon ami Joshua Erdmann. Il a pu émigrer aux Etats-Unis, il vit maintenant à New York. Il me doit un service en retour. Il s'occupera de toi à ton arrivée. Sans garant, on ne peut pas entrer dans le pays... Et tu emmèneras ta fille avec toi ! précisa-t-il d'un ton ferme.

Il se détacha de la fenêtre, revint vers le lit et se pencha vers Rebecca.

— Tu dois la soustraire à ce détraqué ! Rien ne dit qu'il ne va pas un jour s'en prendre aussi à elle et la frapper. Tu dois la protéger, même si elle n'est pas encore capable de le comprendre. De plus, un enfant doit vivre avec sa mère, et tu es responsable de Mirjam. Un jour, tu oublieras Eli Moses et tout ce qu'il t'a fait subir. Et tu apprendras alors à aimer ta fille.

Rolf chercha à tâtons dans la pénombre l'interrupteur de la lampe de chevet et la lumière jaillit. Ses yeux étaient pleins de tendresse quand il se pencha et couvrit son visage de petits baisers, comme il le faisait auparavant. Un profond désespoir gagna Rebecca. A l'instant où elle retrouvait Rolf, elle devait fuir seule dans un pays qu'elle ne connaissait pas et dont elle ne parlait même pas la langue. Seule avec sa fille mal-aimée.

Rolf s'étendit à nouveau à côté d'elle, elle se blottit contre lui, régla sa respiration sur la sienne. Quand les mains de Rolf effleurèrent ses seins, suivirent la douce courbe de son ventre, elle gémit doucement, l'attira sur elle, puis le prit en elle avec passion. Et tandis que les larmes roulaient sur ses joues, elle songeait que plus jamais elle ne pourrait éprouver un tel amour.

— Je t'aime, je t'aime tellement, répétait-elle entre ses larmes, qui devinrent bientôt des sanglots désespérés.

— Ne pleure pas. Je t'en prie, ne pleure pas. Tout va s'arranger, tu verras, tout va s'arranger.

— Oui, oui... murmurait-elle en retour, mais elle ne le croyait pas.

Ils demeurèrent longtemps enlacés, puis Rolf s'écarta doucement d'elle.

— Je vais m'occuper d'organiser votre départ. N'aie pas peur. Joshua prendra soin de toi. Et ne t'inquiète pas pour l'aspect financier. Je vais faire virer de l'argent pour toi sur un compte dans une banque américaine et prendre les dispositions nécessaires pour que tu y aies accès. Nous devons seulement faire très vite. De ton côté, tiens-toi prête. Je t'appellerai dans quelques jours, quand tout sera au point. Et surtout, ta belle-sœur ne doit se douter de rien.

Rolf se redressa et prit quelque chose dans le tiroir de la table de nuit. Rebecca constata avec épouvante qu'il s'agissait d'un revolver.

— Tiens, dit-il calmement. A partir de maintenant, tu ne dois pas t'en séparer, et en cas de danger, tu tires. Promets-le-moi ! insista-t-il en faisant glisser l'arme dans son sac à main. Pense seulement qu'à l'avenir tu n'auras plus à avoir peur, car tu vivras dans un pays libre ; même Eli Moses ne pourra plus rien contre toi.

— Etre libre, ne plus avoir peur, répéta Rebecca dans une sorte de transe.

Elle se leva avec des gestes lents, en proie à un désespoir infini, et s'habilla.

— Il faut que j'y aille.

Elle parlait d'une voix éteinte, dépourvue d'intonation. Elle ne pouvait pas, ne voulait pas comprendre qu'elle ne pouvait rester près de Rolf, le seul être qu'elle aimait, qu'elle devait retourner parmi des gens qu'elle haïssait et qui la haïssaient.

— Je t'appelle un taxi, il ne faut pas que je te raccompagne chez toi.

Rolf alla dans son bureau, alluma la lumière et décrocha le téléphone. Rebecca le suivit, mais s'arrêta sur le seuil de la pièce et s'appuya au chambranle. Elle l'observa, contempla sa tête inclinée, ses cheveux blonds coupés court, son beau profil, sa haute silhouette mince. Que se passerait-il s'il y avait la guerre ? Devrait-il, étant officier, partir au front ?

Elle brûlait de lui poser la question la plus importante, la question qui déciderait de tout, mais aucun mot ne parvint à franchir ses lèvres. Elle connaissait la réponse. Elle savait que jamais il ne partirait en Amérique avec elle. Elle savait déjà qu'il voulait rester en Allemagne.

Ils échangèrent une brève étreinte, en silence, puis Rebecca dévala l'escalier sans se retourner. Arrivée en bas, elle entendit la porte de l'appartement de Rolf se refermer.

Quand son taxi s'arrêta devant la villa, Rebecca vit que la lumière brillait encore au deuxième étage. Lea devait l'avoir attendue pour pouvoir dire à son frère qu'elle était rentrée à la maison en taxi et extrêmement tard. Si la peur avait rapproché les deux femmes, Lea nourrissait toujours l'espoir d'être un jour débarrassée d'une belle-sœur qu'elle détestait et d'avoir à nouveau son frère tout à elle.

— Ton rêve va bientôt être exaucé, murmura Rebecca en remontant lentement l'allée gravillonnée qui menait à la maison dont elle avait franchi la porte en étrangère six ans auparavant. Et qu'elle quitterait en étrangère.

Ce fut pour le soir du 9 novembre 1938.

Rebecca avait posé sa valise devant la porte de l'entrée. Elle voulait pouvoir partir dès que Rolf arriverait. Elle l'attendait, assise sur la dernière marche de l'escalier. Le revolver était dans la poche de son tailleur. La maison était silencieuse. Mirjam dormait et Lea était chez les Silber qui l'avaient invitée pour la soirée.

Rebecca avait peur. Depuis plusieurs heures, elle entendait dans le lointain des cris, des clameurs, le fracas de bris de verre. Elle se réjouissait que la villa soit cernée de hauts murs et invisible de la rue. Mais que se passait-il dehors ? Et pourquoi partait-elle ? Pourquoi quittait-elle l'Allemagne et le seul être qu'elle aimait ? Reverrait-elle jamais Rolf ? Comment Mirjam réagirait-elle quand elle la réveillerait pour l'emmener dans un pays lointain, loin de son père bien-aimé, de sa tante ?

Tu dois soustraire ta fille à ce détraqué... Tu dois la protéger, même si elle n'est pas encore capable de le comprendre... Les phrases de Rolf résonnaient dans sa tête.

Comment Lea surmonterait-elle le chagrin de l'absence de sa nièce ? Elle émigrerait en Belgique avec son frère, elle retrouverait la liberté, peut-être aurait-elle un jour elle-même des enfants et pourrait-elle oublier Mirjam. Rolf avait raison : Mirjam devait vivre avec elle, avec elle qui était sa mère.

Un bruit léger lui fit tendre l'oreille. Elle se leva et se précipita vers la porte. A cet instant, celle-ci s'ouvrit de l'extérieur et Rebecca se figea de stupeur devant Eli.

Lorsque son regard tomba sur la valise, il oublia de fermer la porte derrière lui.

— Tu t'apprêtes à partir ? Sans me le dire ?

Il parlait doucement, ses yeux s'étrécirent quand il avança vers elle et leva la main. Le premier coup atteignit Rebecca au visage, le second, à la poitrine, la déséquilibra. Elle sentit le sol se dérober sous ses pieds et elle heurta violemment le mur.

— Tu n'iras nulle part sans moi, est-ce bien compris ? Tu es à moi, à moi seul.

A nouveau il frappa. Rebecca essayait de se redresser, de protéger son visage des coups. Elle sentit le sang qui coulait sur son front, la douleur fulgurante qui lui déchira la poitrine quand elle reprit sa respiration, et la haine abyssale qu'elle éprouvait pour cet homme qui des années durant avait mortifié son corps et humilié son âme. Cet homme qui lui avait pris sa joie de vivre et ses espérances, lui avait interdit le bonheur et l'espoir.

Ce fut comme une explosion lorsque le coup partit ; la détonation résonna dans le grand vestibule. Rebecca vit son mari s'affaisser lentement. Avant que les yeux d'Eli se figent, avant que sa tête heurte le sol de marbre, à la seconde où il mourait, elle croisa son regard, empreint d'étonnement et d'incrédulité.

Les dalles se teintaient de rouge, il y avait du sang partout. Rebecca demeurait pétrifiée devant le corps de son mari. Percevant un bruit dans l'escalier, elle se retourna et vit Mirjam sur la plus haute marche, livide, qui fixait le corps sanglant sur le sol du vestibule.

— Papa, geignit Mirjam, papa, qu'est-ce que tu as...

Quand elle vit le visage bouleversé de sa fille qui descendait lentement, une marche après l'autre, Rebecca fut prise de panique.

— Mirjam, attends, je vais tout t'expliquer... bégaya-t-elle.

Rebecca fit un pas vers l'escalier pour barrer à sa fille la vue du corps de son père.

— Mirjam, attends, je t'en prie...

Celle-ci leva la tête et regarda quelque chose derrière sa mère, qui se retourna et comprit ce que l'enfant voyait : un homme en uniforme, une arme à la main, qui disparaissait vivement par la porte d'entrée.

Alors Rebecca saisit sa fille, décrocha le petit manteau de fourrure, le jeta sur son dos et courut sans réfléchir derrière Rolf von Schröder, son enfant dans les bras, jusqu'au portail ouvert de la propriété. Elle oublia de le fermer derrière elle, et dans son émoi elle avait également laissé la porte de la maison ouverte. Une grande voiture dans le coffre de laquelle Rolf von Schröder avait déjà rangé la valise stationnait le long du trottoir. Rebecca déposa sa fille sur la banquette arrière, lui ordonna de s'allonger et de garder la tête baissée. Mirjam obéit à sa mère. Elle ne bougea pas, pétrifiée de peur, le visage écrasé contre les coussins de la banquette.

Quand Lea Moses rentra et poussa la porte entrouverte de l'entrée, elle découvrit une villa dévastée.

Elle s'immobilisa. Avant qu'elle ait pu réagir, quatre hommes en uniformes bruns surgissaient, se précipitaient sur elle, la jetaient au sol et lui arrachaient ses vêtements en poussant des hurlements. Des mains la saisirent, la retinrent, on lui écarta les jambes brutalement, deux hommes les maintinrent fermement tandis qu'un troisième lui plaquait la tête au sol. Un homme se coucha sur elle, elle sentit son poids sur son corps, sa bouche s'ouvrit sur un seul et long cri strident tandis que la douleur lui déchirait le bas-ventre en même temps que les halètements de l'homme qui pesait sur elle bourdonnaient dans ses oreilles. Puis un autre homme se coucha sur elle, puis un autre encore, et enfin le dernier, qui la pénétra avec la même brutalité, la même sauvagerie, poussa un court gémissement, se laissa tomber sur elle, puis roula sur le côté.

Elle poussa un second cri quand un coup violent fit voler sa tête sur le côté et que son regard plongea directement dans les yeux fixes de son frère mort. Puis Lea Moses perdit connaissance. Les quatre hommes n'en avaient pas fini. Ils la traînèrent jusqu'à la rue, la jetèrent dans un camion et démarrèrent.

Il y avait des gens partout dans les rues, une meute déchaînée qui se défoulait, donnait libre cours à sa haine. Des vitrines de magasins volaient en éclats, des maisons étaient envahies, des carreaux brisés, et des hommes en rouaient d'autres de coups.

Lentement, la Mercedes se frayait un chemin vers la gare centrale. On s'écartait sur son passage quand on reconnaissait un officier de la Wehrmacht au volant.

Rebecca fermait convulsivement les yeux ; néanmoins l'image de son mari mourant, de son regard incrédule à l'instant de la mort, ne voulait pas s'effacer.

— Un jour, nous nous retrouverons, dit Rolf à voix basse, d'un ton douloureux.

— Oui, nous nous retrouverons, répondit Rebecca d'une voix atone.

Elle souffrait sans pouvoir verser de larmes. Quand elle rouvrit les yeux, elle vit par la vitre de sa portière un bâtiment en flammes.

C'était la synagogue.

# 3

## *Sarah*

Sarah poussa les antiques volets verts et regarda la mer que l'on apercevait au loin, au-delà des prairies. Le ciel était d'une luminosité presque estivale. Le temps triste et froid de la veille avait cédé la place à une matinée étonnamment belle. Seules les branches dénudées des arbres et les feuilles qui jonchaient l'herbe humide rappelaient la tempête de la nuit.

Elle se pencha au-dehors et respira à pleins poumons l'air vif et léger de la mer.

La lumière radieuse, la matinée transparente eurent un effet apaisant sur ses nerfs. Elle se rendit dans la salle de bains et demeura de longues minutes sous le jet revigorant de la douche.

A mesure que l'eau froide ruisselait sur son corps, les brumes de la nuit se dissipèrent et sa mémoire se réveilla lentement. Elle avait dit à la gouvernante que l'homme de la photo était son père et avant que Mme Schneider ait digéré l'information, Sarah s'était enfuie de la pièce et s'était réfugiée dans sa chambre. Pour être seule, pour réfléchir ; pourtant, à peine dans son lit, elle s'était rendormie.

Un coup d'œil à sa montre lui apprit qu'il était neuf heures passées. Pierre Rousseau était sûrement déjà là. Elle devait se dépêcher car, avant la cérémonie, elle devait s'entretenir avec Serge Delmas, l'avocat de sa mère. Il lui apprendrait tout ce qu'il y avait d'important à savoir, elle n'aurait plus besoin de fureter en cachette dans la maison ou d'essayer d'engager la conversation avec la gouvernante.

Cela fait, elle prendrait le dernier vol de la soirée pour Munich et rentrerait chez elle.

Là-bas, une grande explication avec son père l'attendait. Mais peut-être s'était-elle malgré tout trompée et avait-elle uniquement reconnu son père dans l'homme de la photo parce qu'elle avait rêvé de lui juste avant. Elle enfila rapidement le pull-over clair à col roulé qu'elle avait apporté comme unique alternative à son chemisier blanc. Puis elle passa son tailleur-pantalon et noua ses cheveux sur sa nuque. Elle était prête. Elle rangea ses quelques affaires dans son sac de voyage, ouvrit doucement la porte et tendit l'oreille. Elle ne voulait surtout pas être surprise en train de fouiner par Mme Schneider.

Avec ses chaussures plates, elle descendit au rez-de-chaussée presque sans bruit, ouvrit la porte du bureau de sa mère et retrouva une fois encore l'odeur familière de son enfance. Elle se tenait devant la table de travail de sa mère quand son regard fut attiré par une grande photo encadrée accrochée au-dessus de la cheminée et que, la veille, la lumière artificielle des lampes n'éclairait sans doute pas suffisamment pour qu'elle l'ait remarquée.

C'était le même homme que celui dont le portrait était dans la première chambre à côté de l'escalier. Et il était représenté dans la même pose que sur le tableau, le menton appuyé sur les mains.

— C'est Eli Moses, le père de votre mère. Vous l'avez sûrement reconnu.

Sarah fit un bond et se retourna. Mme Schneider se tenait juste derrière elle et l'observait avec curiosité.

— Mon Dieu, vous êtes obligée de surprendre toujours les gens comme ça ! s'exclama Sarah avec colère.

Mais quand elle vit Mme Schneider écarquiller les yeux, elle s'excusa.

— Je suis désolée, j'ai mal dormi. Je suis sur les nerfs.

— Ma foi, c'est bien compréhensible, votre mère est décédée il y a quelques jours à peine et vous ne semblez pas en savoir bien long sur votre famille, répliqua d'un ton aigre Mme Schneider.

— C'est vrai, reconnut Sarah.

Elle se retourna et réexamina la photo.

— Mon grand-père, donc ?

Elle savait qui était Eli Moses, mais jamais elle n'avait eu connaissance d'un lien entre le célèbre pianiste et la famille de sa mère. Ces dernières années, on avait justement beaucoup parlé de cet artiste juif de renommée internationale, victime de la barbarie nazie lors des émeutes de la nuit du 9 novembre 1938, la tristement célèbre Nuit de cristal. Les enregistrements de ses concerts du début des années 30 avaient été réédités en CD et s'étaient étonnamment bien vendus. Michael, qui aimait le piano, possédait une impressionnante collection de disques, mais Sarah n'avait jamais éprouvé d'attirance pour la musique classique. Enfant, déjà, devoir chanter devant ses camarades de classe la mettait au supplice, et les efforts de son père pour lui faire apprendre le piano avaient pitoyablement échoué.

— Oui, votre grand-père, entendit-elle Mme Schneider répondre alors qu'elle continuait à regarder fixement le portrait. Votre mère paraissait lui vouer un véritable culte. Dans sa chambre, il y a un portrait de lui réalisé en 1930 par un peintre célèbre. Le tableau appartenait à un Néerlandais dont votre mère a fait la connaissance il y a une quinzaine d'années et qui par la suite le lui a cédé.

Mme Schneider observa une nouvelle fois l'effet de ses paroles sur Sarah.

— Avez-vous un peu exploré la maison hier soir ?

Sarah ne répondit pas à la question de la gouvernante.

— Ne tardez pas à prendre votre petit déjeuner, enchaîna alors Mme Schneider d'un ton de reproche et en pivotant sur les talons pour quitter la pièce. Le jeune homme qui est venu vous chercher vous attend. Il boit un café dans la cuisine.

Sarah acquiesça d'un hochement de tête et lui assura qu'elle arrivait tout de suite. Elle bouillait de colère. Contre son père qui pendant toutes ces années s'était drapé dans le silence, contre elle-même qui n'avait jamais posé de questions. Son regard se porta de nouveau sur le portrait accroché au-dessus de la cheminée. Cet homme était donc son grand-père. Le visage lui restait néanmoins étranger et n'éveillait dans son cœur aucun sentiment. Au contraire de celui de sa grand-mère, qui l'avait complètement envoûtée.

Sarah se tourna alors vers la photo qui représentait Rebecca et son père. Sa grand-mère avait été incroyablement belle. C'était visible même sur ce modeste instantané.

Et son père, cet homme froid et distant qui ne montrait jamais ses sentiments, avait été, jeune homme, capable d'une grande passion. Rebecca lui en avait pourtant préféré un autre, le célèbre pianiste Eli Moses. Il avait été assassiné, mais elle, qu'était-elle devenue ?

Sa mère Mirjam les avait-elle quittés, elle et son père, parce qu'elle avait appris que sa propre mère avait été le grand amour de son mari ? Etait-ce là la raison de son départ ?

Sarah reposa la photo, et embrassa une dernière fois la pièce du regard avant de refermer la porte et de gagner la cuisine, où Pierre Rousseau l'attendait. Elle but rapidement une tasse de café noir, prit une bouchée de croissant et donna le signal du départ.

— Je suis désolée de vous avoir bousculée ainsi tout à l'heure, s'excusa-t-elle encore auprès de la gouvernante. Mais comme je vous le disais, je n'ai pas passé une bonne nuit, et...

Elle s'interrompit. Elle avait eu l'intention de lui parler des bruits suspects qu'elle avait entendus devant la porte, mais préféra se taire. Après tout, elle s'était peut-être trompée.

— Il n'y a pas de mal, assura Mme Schneider d'un ton conciliant. Je me doute bien de ce que vous devez ressentir.

Sarah se demanda si Mme Schneider le pouvait vraiment et jusqu'à quel point elle était au courant de l'histoire de sa famille. Elle regretta presque de ne pas lui avoir posé plus de questions. Elle lui aurait certainement volontiers raconté ce qu'elle savait.

Alors que Sarah était déjà assise dans la voiture et que Pierre Rousseau s'apprêtait à fermer sa portière, Mme Schneider se pencha vers elle.

— J'espère que vous tiendrez le coup. Il paraît que les cérémonies vont bien durer jusqu'à onze heures du soir.

Sarah ne pouvait plus lui répondre ; Pierre Rousseau écarta la gouvernante d'un geste ferme et claqua la portière. Sarah fit un dernier signe à Mme Schneider et la voiture descendit lentement l'allée qui menait au portail. La tempête de la nuit avait dévasté les rosiers qui à son arrivée portaient encore quelques fleurs, des pétales s'étaient collés sur le gravier mouillé et les branches nues se balançaient mollement dans la brise qui soufflait de la mer.

Sarah se retourna et jeta un dernier regard à la maison qui lui plaisait tant. D'emblée elle s'y était sentie chez elle ; sans doute en raison de la présence de ces meubles qui avaient accompagné sa petite enfance et qui se trouvaient désormais là. Il lui vint alors brusquement à l'esprit qu'elle avait oublié de prendre le livre des contes des *Mille et Une Nuits*.

Mme Schneider pourrait peut-être le lui envoyer à Munich. Elle tourna la tête de côté et ferma les yeux. Déjà avare de paroles à l'aller, Pierre Rousseau ne se montra guère plus loquace. Peu avant Paris, il fit halte à une station-service. En descendant de voiture, il jeta un rapide regard à Sarah qui avait toujours les yeux fermés et faisait semblant de dormir. Quand la portière retomba derrière lui, Sarah sortit son portable et appela Michael.

Il décrocha à la première sonnerie.

— Sarah chérie, comment vas-tu ? Sais-tu à quelle heure ton avion arrive ?

— Non, Michael, mais je viens d'apprendre que la réception durerait presque jusqu'à minuit. Je ne sais pas encore si je vais pouvoir rentrer ce soir ou seulement demain. Mais ce n'est pas très important, il faut que je te raconte quelque chose.

— Ah bon ? Quoi donc ?

— Figure-toi qu'Eli Moses, le grand pianiste, est mon grand-père ! dit-elle sans préambule.

Michael mit un certain temps à réagir.

— Quelle drôle d'idée ! Eli Moses était juif. Qui t'a raconté une chose pareille, et comment peux-tu le croire...

— Je le crois parce que c'est la vérité, l'interrompit Sarah avec vivacité. J'ai par ailleurs découvert que selon toute vraisemblance mon père a été l'amant de ma très belle grand-mère.

Voilà en résumé ce que j'ai appris depuis hier. Et pendant toutes ces années, mon père s'est muré dans le silence, ne m'a jamais rien dit.

— Ça m'a l'air tout de même très romanesque. De qui tiens-tu ces informations ? insista Michael d'un ton distant et froid.

— C'est la vérité. Crois-moi, un point c'est tout !

L'agacement de Sarah grandissait.

— Mon père ne m'en a jamais parlé. Je suis très en colère contre lui.

— Si tout cela est vrai, il doit avoir de bonnes raisons de n'avoir rien dit. Il a peut-être simplement voulu te protéger, comme il le fait toujours et comme il l'a toujours fait.

Le rire de Sarah parut anormalement perçant à ses propres oreilles.

— Arrête, à la fin ! Il faut continuellement que tu prennes sa défense. Tu n'es jamais de mon côté. Peut-être que tu ferais mieux d'épouser mon père !

Furieuse, elle coupa la communication et éteignit son portable.

Pierre Rousseau ouvrit la portière et se glissa derrière le volant.

— Alors, bien dormi ? interrogea-t-il d'un ton enjoué.

— Non, répondit Sarah comme si elle allait le mordre.

Elle appuya sa tête au dossier et essaya de se calmer. Pourquoi son père avait-il obstinément gardé le silence, pourquoi cherchait-il en toutes circonstances à la protéger, ainsi que le disait Michael ? Il avait tissé autour d'elle un cocon protecteur, mais ce cocon était devenu pour elle un carcan.

Sarah prit la décision de rester à Paris et de repousser son mariage de quelques semaines. Tant qu'elle ne saurait pas tout sur sa mère et ses grands-parents, tant qu'elle ne connaîtrait pas le passé, il n'y aurait pas de futur possible pour elle.

— Nous sommes arrivés.

Pierre Rousseau se gara dans une rue latérale à la rue de Rivoli. En descendant de voiture, Sarah considéra avec intérêt l'étroit immeuble XIXe qui abritait les bureaux de maître

Delmas et où, dans quelques instants, des informations essentielles sur sa mère lui seraient données.

Le jeune chauffeur prit son sac, lui tint la porte de l'immeuble ouverte et se dirigea vers un ascenseur antédiluvien à cabine vitrée. Quand il ouvrit la grille en fer forgé qui tremblait sur ses gonds, Sarah se découvrit une soudaine préférence pour l'escalier. Tous les ascenseurs la rendaient claustrophobe, mais cet engin vétuste lui inspirait encore moins confiance que les autres. Elle grimpa donc à pied et arriva hors d'haleine sur le palier du quatrième étage où Pierre Rousseau l'attendait stoïquement. Il actionna la gâche électrique de la porte du cabinet et ils pénétrèrent dans les bureaux. Pierre Rousseau posa son sac sur une des chaises alignées dans le couloir et la pria de patienter. Sarah regarda autour d'elle. Le parquet était usé, de vieux dossiers étaient empilés sur le dessus de la grande armoire qui faisait face à l'alignement de chaises. D'une pièce dont la porte était ouverte lui parvenaient les éclats de voix d'une discussion animée, d'une autre surgit un homme en bras de chemise, pipe à la bouche, qui la regarda avec curiosité avant de disparaître à nouveau.

— Madame von Schröder ? Entrez, je vous en prie !

Une jeune femme souriante l'invitait à entrer dans l'un des bureaux.

— Maître Delmas vous prie de l'excuser. Il sera là dans un instant. Je peux vous offrir un café ?

Sarah accepta l'offre et suivit des yeux la jeune femme en jupe moulante qui quittait la pièce en ondulant savamment des hanches sur ses hauts talons.

Elle compara l'endroit avec le cabinet de son père, situé dans les beaux quartiers de Munich. Les clients y étaient accueillis par un portier qui les accompagnait jusqu'à l'ascenseur. En haut, une grande coupole transparente donnait directement sur le ciel. Les portes étaient en verre et laiton poli, le mobilier, d'une élégance parfaite, portait la signature des meilleurs designers italiens. Et il y avait partout des fleurs fraîches dans des vases de prix. Tous les matins à neuf heures, les onze avocats associés du cabinet se rassemblaient dans la salle de réunion.

Il existait un règlement vestimentaire très strict pour les secrétaires : pas de jupes trop courtes, pas de pull-overs moulants et pas de pantalons serrés. Ainsi en avait décidé son père, et Sarah savait que Michael continuerait de diriger le cabinet dans l'esprit de Rolf von Schröder jusqu'au moindre détail.

La jeune femme revint avec du café et des gâteaux secs et la pria à nouveau de patienter. Sarah l'observa pendant qu'elle servait le café. Des lèvres rouge foncé, des ongles rouges, de longs cheveux décolorés qui pendaient librement dans son dos. Quand elle se penchait, on apercevait le creux de ses seins moulés dans des bonnets rembourrés. Sarah éclata de rire intérieurement en imaginant la tête que feraient Michael et son père devant ce tableau.

Quand la secrétaire ferma la porte derrière elle, Sarah sortit son portable de son sac et le ralluma. Michael avait essayé plusieurs fois de la joindre puis lui avait envoyé un SMS : *Ai fait réserver une suite pour toi au Plaza au cas où tu tiendrais vraiment à rester à Paris. Baisers. Michael.*

Sarah se sentit gagnée par la mauvaise humeur. Elle ne lui avait pas demandé de lui réserver une chambre. Avant qu'elle ait eu le temps de lui répondre dans ce sens, la porte s'ouvrit et un homme entra dans la pièce. Il était brun, avait un visage bien dessiné, des yeux sombres, un regard extraordinairement incisif, et au grand maximum quarante-deux ou quarante-trois ans. Une telle surprise se peignit sur le visage de Sarah qu'il rit en lui tendant la main.

— J'imagine que vous vous attendiez à voir mon père, Jacques Delmas. Lorsqu'il est parti à la retraite, il y a cinq ans, j'ai pris sa succession auprès de votre mère, qui est ainsi devenue ma cliente. Mais avant toute chose, je voudrais vous présenter mes sincères condoléances. La nouvelle nous a ici tous bouleversés. Soixante-cinq ans, elle était encore si jeune... Nous nous sommes parlé pour la dernière fois juste avant son hospitalisation. Quand elle m'a appris qu'elle avait un cancer, j'ai vraiment espéré qu'elle serait plus forte que la maladie.

Sarah demeura muette. Le cancer. Sa mère était morte d'un cancer. Elle ferma les yeux. Les éblouissements qui précédaient toujours une migraine venaient d'apparaître.

Tout en elle refusait brusquement d'en apprendre plus sur sa mère.

Les questions qu'elle avait préparées dans sa tête s'évaporèrent. Son cerveau était vide, la douleur devint insupportable. Elle frissonna, il faisait froid dans cette grande pièce haute de plafond.

Serge Delmas regarda discrètement l'heure.

— Nous n'avons que peu de temps. Nous sommes attendus au siège de la société de votre mère.

— Je suis désolée, nous avons pris du retard par ma faute.

Les éblouissements redoublèrent d'intensité. La voix de l'avocat ne lui parvenait plus qu'à travers un mur de verre.

— Vous ne vous sentez pas bien ?

Je ne tiens plus sur cette chaise, je vais tomber par terre, songea-t-elle. Elle entendit Serge Delmas repousser sa chaise, se lever et ouvrir une porte de placard qui grinçait.

— Je crois que vous avez besoin d'un cognac.

Quand il s'approcha d'elle et mit un verre dans ses mains glacées, elle perçut l'odeur d'une eau de toilette raffinée. Elle but prudemment une gorgée de cognac et sentit son visage reprendre couleur, son corps se réchauffer.

— Excusez-moi, murmura-t-elle. Je ne me sens effectivement pas très bien. Vous parliez d'une société qui aurait appartenu à ma mère ?

— Oui. MM Cosmetics, vous l'ignoriez ?

Sarah but une seconde gorgée de cognac, moins timidement cette fois. Une société de produits de beauté. Cela expliquait la présence dans la maison de sa mère des nombreux livres sur le vieillissement cutané et les soins de la peau.

— Je l'ignorais. Je ne sais rien, rien du tout. J'ai appris ce matin que le pianiste Eli Moses était mon grand-père, et que mon père a très vraisemblablement connu ma grand-mère. Je veux dire : je l'ai découvert par moi-même. Et je n'ose même pas penser à ce qui m'attend encore, ajouta-t-elle d'un ton amer.

Elle sentait de nouveau la colère l'envahir, non seulement contre son père, mais contre elle-même qui avait accepté pendant toutes ces années qu'il se taise.

Elle but une troisième gorgée de cognac. Lorsqu'elle leva les yeux de son verre, elle rencontra le regard grave de Serge Delmas debout à côté d'elle, la bouteille à la main. Il lui vint soudainement à l'esprit qu'elle ne s'était pas maquillée avant de partir. Elle devait avoir l'air d'un fantôme.

— Vous savez quoi ?

L'avocat retourna vers le placard et rangea la bouteille.

— Je propose que nous remettions notre entretien à demain après-midi. Vous aurez ainsi le temps de vous détendre le matin. Promenez-vous dans les rues, faites du shopping, du tourisme, ce qui vous tente ! Connaissez-vous Paris ?

Sarah secoua la tête.

— Paris est une ville magnifique. Profitez donc d'une matinée de liberté !

Serge Delmas prit ses clefs de voiture sur son bureau et une veste sombre qui était négligemment suspendue au dossier d'une chaise.

— Nous devons nous dépêcher, on doit déjà nous attendre, surtout vous. Les gens sont curieux, et je sais que l'on va essayer de vous convaincre de faire un petit discours.

Sarah bondit sur ses pieds.

— Non ! Jamais ! Il n'est pas question que je dise quoi que ce soit. Je ne sais rien de ma mère, je ne vais tout de même pas raconter qu'elle a disparu quand j'avais cinq ans ?

Serge Delmas et Sarah se regardèrent un instant sans rien dire. Elle savait qu'ils pensaient tous deux à la même chose.

— Je n'assisterai pas à la cérémonie. Je suis allée hier à l'enterrement, cela me suffit.

Maintenant que sa décision était prise, elle se sentait extraordinairement légère. Elle s'était libérée d'un grand poids.

— Vous avez raison, cela me semble une bonne solution, acquiesça Serge Delmas.

Ils sortirent ensemble de la pièce. Ce n'est que dans l'entrée, alors que l'avocat avait déjà ouvert la porte, que Sarah osa lui poser la question qu'elle gardait pour elle depuis le début.

— Est-ce que ma grand-mère, Rebecca Moses, est toujours en vie ?

— Oui. Et pour autant que je le sache, elle réside en Californie avec son mari. Nous lui avons adressé un courrier pour l'informer du décès de sa fille. Elle ne s'est malheureusement pas manifestée.

Le cœur de Sarah s'emballa. Sa grand-mère vivait toujours ! Dans son émoi, elle raconta à Serge Delmas que quelqu'un avait essayé d'entrer dans la maison de sa mère durant la nuit.

— Vous faites bien de me le dire. Je vais tout de suite prévenir les Schneider de verrouiller soigneusement les portes et les fenêtres ce soir. Et je vais faire le nécessaire pour que les serrures soient rapidement changées. Quant à nous, je propose que nous nous retrouvions demain au siège de la société. A seize heures, cela vous convient ?

Sarah acquiesça et prit la carte de visite de MM Cosmetics que l'avocat sortit de la poche de sa veste.

— Avez-vous pris des dispositions pour votre hébergement ? Je connais un petit hôtel très agréable tout près d'ici.

— Je vous remercie, mais on a déjà fait une réservation pour moi au Plaza Athénée.

— Ah, bien sûr, au Plaza.

Se trompait-elle ou un sourire ironique venait-il d'étirer les lèvres de l'avocat ?

— Dans ce cas, vous serez quasiment sur place pour notre rendez-vous de demain. La société de votre mère se trouve dans une rue perpendiculaire à l'avenue Montaigne. Je peux d'ailleurs vous déposer en passant.

Sarah refusa.

— Non, je vous remercie. Mon sac est léger et j'ai envie de marcher. Je trouverai bien mon chemin.

Lorsque l'ascenseur arriva, Sarah manifesta par un signe son intention de descendre à pied et prit rapidement congé avant que l'avocat entre dans la cabine.

— A demain !

Il lui adressa un sourire et les portes se refermèrent.

Quand Sarah arriva en bas, Serge Delmas avait disparu. Elle hésita, regarda autour d'elle, descendit la rue, tourna à droite dans la rue de Rivoli et se retrouva soudain place de la Concorde. Sarah était subjuguée, elle aspirait avidement l'air de cette ville bouillonnante, pleine de vie, la ville dans laquelle sa mère avait vécu. Mais y avait-elle seulement été heureuse ?

Le jour déclinait, un ciel limpide et sans nuages accueillait les premières étoiles. Sarah continua à marcher, au hasard des rues, sans notion du temps. Elle arriva ainsi place Vendôme, qu'elle reconnut pour l'avoir vue dans un vieux film américain. Elle en fit le tour, passa devant la monumentale entrée du Ritz, devant l'immeuble qui avait abrité les ateliers de couture où Elsa Schiaparelli avait imaginé de si singulières créations. Sa signature était encore visible sur la façade, témoin muet d'une grande époque de la mode.

A quelques pas de là, Sarah remarqua dans une vitrine un grand miroir devant lequel elle s'immobilisa. Elle pouvait être satisfaite de ce qu'elle voyait. Une belle jeune femme blonde, peut-être un peu trop pâle, un peu trop mince, les cheveux tirés trop sévèrement en arrière. Immobile devant la vitrine, elle observait son reflet. Comment était-il possible qu'il ne traduise pas le bouleversement qu'elle était en train de vivre ? Elle ne savait pas encore si elle en était heureuse, pourtant elle sourit à son image et s'élança vers le milieu de la place où, au même instant, les lampadaires s'allumèrent ; elle monta dans un taxi et se fit conduire à son hôtel.

Sarah avait passé une nuit agitée. Elle n'avait pas appelé son père et n'avait pas non plus donné signe de vie à Michael. Et avait-elle eu raison de ne pas assister à la cérémonie funèbre ? Quand elle se vit dans le miroir de la salle de bains, elle fut horrifiée. Elle était blême et de profonds cernes bleutés creusaient ses yeux.

Elle commanda un petit déjeuner et resta au lit jusqu'à ce que l'on frappe à la porte. Un chariot fut poussé à l'intérieur de la chambre ; un magnifique bouquet de fleurs d'automne était posé à côté de la théière en argent. Une petite enveloppe y était agrafée. Sarah la détacha, surprise car Michael ne lui offrait que des roses, et de surcroît jamais sans véritable raison.

Elle ouvrait l'enveloppe quand le téléphone sonna. C'était Michael.

— Bonjour, et merci pour les merveilleux asters ! Je viens juste de les recevoir, cela me fait très plaisir.

— Je ne t'ai pas fait envoyer de fleurs, observa Michael d'un ton prudent. Ce doit être un autre de tes admirateurs. Mais Sarah, pour en venir à l'objet de mon appel : ton père attend que tu lui téléphones. Tu ne devrais pas l'exclure comme ça simplement parce qu'il t'a caché deux ou trois petites choses.

La bonne humeur de Sarah s'évanouit d'un coup.

— Michael, je ne veux pas parler à mon père. Point final. Depuis hier, je pense à beaucoup de choses. Et j'ai pris une décision.

— Ah ? Et laquelle ?

— Je vais rester quelques jours ici. Le rendez-vous avec l'avocat de ma mère a été repoussé à cet après-midi. Et je n'ai aucune idée de ce dont il souhaite m'informer. Je voudrais donc te demander une chose, Michael : décalons le mariage. Disons d'un mois, tu veux bien ?

Le cœur de Sarah tambourinait, et le bourdonnement du sang derrière ses tempes annonçait une nouvelle migraine.

Michael accusa le coup.

— Tu sais, commença-t-il d'un ton qu'il s'efforçait de rendre naturel, je pensais que tu serais là ce soir. J'ai réservé une table chez ton Italien préféré.

— C'est gentil de ta part, Michael, mais je ne peux pas encore rentrer. Je t'en prie, comprends-moi.

— C'est ce que j'essaie de faire. Mais pourquoi ne peux-tu pas filer à l'aéroport après ce rendez-vous avec l'avocat ?

— Je ne veux pas, Michael. Je veux rester encore un peu ici. Faisons comme si je prenais quelques jours de vacances.

Sarah commençait à perdre patience.

— Des vacances à Paris ! Si tu veux te reposer, rentre et va quelques jours au soleil. Peut-être que je pourrais me libérer et…

— Michael, l'interrompit Sarah. Arrête ! Je veux rester ici, en France, et je voudrais que tu acceptes que nous repoussions notre mariage.

Michael se tut et Sarah comprit combien elle l'avait blessé. Elle se radoucit.

— Je t'en prie, Michael. J'ai besoin de temps, pour réfléchir, pour assimiler ce que j'ai appris, et tout ce que je vais peut-être encore apprendre aujourd'hui.

— Et tu ne veux vraiment pas appeler ton père ?

— Non, Michael, non ! Je ne veux pas. Il faut d'abord que je digère ma colère contre lui. Maintenant, laisse-moi raccrocher, il faut que je me prépare pour le rendez-vous avec Delmas.

Elle raccrocha. C'était fait. Elle s'était imposée, elle ferait ce qu'elle voulait, pas ce que son père ou Michael voulaient qu'elle fasse. Elle saisit la petite enveloppe qui accompagnait les fleurs et l'ouvrit avec curiosité.

*J'espère que vous allez mieux. A cet après-midi.*
*Amicalement.*

*Serge Delmas*

Sarah prolongeait sa réservation à la réception de l'hôtel avant de se rendre à son rendez-vous quand elle eut la brusque sensation d'être observée. Elle se retourna. Le jeune homme qui au cimetière l'avait regardée avec tant de haine était là, à quelques mètres d'elle. Se voyant découvert, il disparut derrière une colonne. Sarah fit quelques pas dans sa direction et fouilla le hall du regard, mais il s'était volatilisé. Il fallait qu'elle demande à Serge Delmas qui il était, ce qu'il lui voulait et pourquoi il la suivait. Car manifestement il la suivait. Quand elle sortit de l'hôtel, elle se retourna plusieurs fois mais ne le vit nulle part.

A seize heures précises, elle poussait la porte cochère d'un immeuble d'une rue étroite, perpendiculaire à l'avenue Montaigne. Une plaque de cuivre portant l'inscription MM Cosmetics était apposée sur l'entrée de l'immeuble proprement dite, dans la cour intérieure. Une photo en couleur surdimensionnée était accrochée dans le hall, face à l'entrée. Elle représentait une femme d'une cinquantaine d'années aux cheveux auburn coupés court, aux traits aigus, au regard perçant. Un crêpe noir était drapé sur le cadre. Sarah se figea sur place, fascinée. Elle ne reconnaissait pas dans cette femme la jeune mère aux cheveux noirs bouclés et aux grands yeux sombres qu'elle avait connue.

Elle fixait toujours la photo quand une jeune fille s'avança, la salua et la conduisit à une petite salle de réunion. Serge Delmas était assis à une table ronde sur laquelle attendaient déjà une cafetière en métal argenté et deux tasses en porcelaine. Il se leva pour l'accueillir. Quand elle lui tendit la main et le remercia pour les fleurs, il l'enveloppa d'un regard qui l'embarrassa presque.

— Allez-vous mieux ?

— Oui, je vais très bien, merci. Un peu trop de choses me sont tombées d'un coup sur la tête ces deux derniers jours, c'est tout.

Il écarta une chaise de la table mais Sarah resta debout, indécise.

— Je vous sers un café ? Ou préférez-vous à nouveau un cognac ?

Un petit éclair ironique s'alluma dans ses yeux, le même que la veille, lorsqu'il avait appris que Sarah avait une réservation dans un hôtel de luxe.

Elle rit pour masquer sa nervosité.

— Un café m'ira très bien, merci.

L'avocat servit le café et lui tendit une tasse tout en l'observant avec intérêt.

— Alors, comment s'est passée votre matinée ? Bien ?

Sarah haussa légèrement les épaules.

— Oui, très bien... répondit-elle succinctement.

Elle n'avait pas envie de raconter qu'elle était entrée dans un magasin de disques des Champs-Elysées et s'était renseignée, au rayon musique classique, sur les enregistrements des concerts de son grand-père. Ni qu'elle était tombée sur un vendeur particulièrement enthousiaste qui tenait Eli Moses pour le plus grand pianiste de tous les temps et parlait encore de son assassinat par les nazis comme d'une immense perte pour le monde de la musique. Sarah avait failli lui dire qu'elle était la petite-fille d'Eli Moses, puis elle s'était ravisée et quasiment enfuie du magasin, le cœur battant. Elle était la petite-fille d'un artiste juif assassiné, mais également, selon toute vraisemblance, la fille d'un nazi.

Ensuite, elle était entrée dans une parfumerie et avait demandé les produits MM Cosmetics. La vendeuse avait pris un air vague, haussé les épaules et déclaré qu'elle n'était même pas certaine que la société existe toujours. En tout cas, il y avait longtemps qu'ils ne vendaient plus rien de cette marque.

Puis Sarah s'était retrouvée devant l'entrée des Galeries Lafayette. Elle s'était laissé porter par le flot qui entrait dans le magasin et était ainsi arrivée au rayon parfumerie. Elle avait posé les mêmes questions que sur les Champs-Elysées, et obtenu des réponses similaires. On ne pouvait pas lui dire s'il y aurait à nouveau des produits MM Cosmetics à la vente, ni quand.

Sarah avait erré dans le magasin sans but précis, perdue dans ses pensées, puis avait soudainement décidé de se faire maquiller. Elle s'était ensuite acheté un petit flacon d'eau de toilette pour remplacer celui que, dans sa précipitation, elle avait oublié de glisser dans sa trousse de toilette avant de partir. Pour finir, elle s'était acheté de la lingerie ainsi qu'un chemisier blanc présenté sur un mannequin et qui lui avait tapé dans l'œil. Elle avait cependant fait tout cela l'esprit ailleurs, choisissant ce dont elle aurait besoin pour deux ou trois jours. Elle n'avait pas l'intention de rester plus longtemps.

Tôt en début d'après-midi, elle avait regagné son hôtel, s'était lavé les cheveux et étendue sur le lit. Elle avait essayé de mettre de l'ordre dans ses idées et de reprendre le contrôle de ses émotions. Vainement. Sa colère contre son père grandissait. Plusieurs fois, elle avait été sur le point de décrocher le téléphone, mais avait interrompu son geste. A la réflexion, elle préférait savoir ce que Serge Delmas avait à lui apprendre avant de demander des comptes à son père.

— Vous paraissez en forme, dit la voix de Serge Delmas, très loin.

— Pardon ? sursauta Sarah, puis elle sourit timidement. C'est le rouge à lèvres qui donne cette impression.

Un court instant, leurs regards se croisèrent et, quand ils s'assirent, elle sentit qu'il l'observait.

— J'ignore ce que vous savez déjà, et par où je dois...

— Je ne sais rien, absolument rien, l'interrompit Sarah d'un ton vif.

— Dans ce cas, commençons par le début.

L'avocat parlait d'un ton égal, sans paraître remarquer son agressivité.

— Il y a près de trente ans, votre mère, que nous ne connaissions pas, a pris rendez-vous avec mon père pour qu'il se charge du règlement de son divorce. Elle souhaitait également un conseil juridique. Elle est arrivée avec différentes sortes de crèmes pour la peau que sa tante Lea avait concoctées à partir de formules familiales. Il s'agissait de produits purement naturels à base d'huile d'avocat, d'amande douce, de germe de blé... Votre mère a expliqué à mon père, médusé, qu'elle voulait monter une société pour fabriquer et vendre ces produits. Mon père le lui a déconseillé. Il ne prenait pas cela très au sérieux et pensait de surcroît qu'elle n'avait aucune chance de trouver sa place dans l'industrie cosmétique avec ses petits pots et ses fabrications maison. Il dut cependant rapidement changer d'avis. Votre mère, qui s'était gardée de suivre ses conseils, avait mis sur pied un excellent réseau de vente. Dans une première phase de développement, elle avait sillonné la France au volant de sa voiture pour présenter ses produits. Et elle avait réussi à signer des contrats d'exclusivité avec nombre de petits salons de beauté de province. Elle traitait avec des femmes qui étaient séduites par la cosmétologie naturelle et achetaient ses produits pour les soins en cabine et la revente à leurs clientes. Ce concept commercial se révéla efficace et, à la surprise générale, les produits rencontrèrent un succès phénoménal.

— Ce devait être peu après son départ de la maison, réfléchit Sarah à haute voix. Mais d'où tenait-elle l'argent ? Il faut du capital pour monter une entreprise.

Il s'écoula un temps avant que Serge Delmas réponde prudemment :

— Votre mère avait de l'argent. A l'époque, notre cabinet avait travaillé sur les conditions d'un accord entre votre père et votre mère. Il s'agissait de vous. Vous aviez alors environ quatre ans. Selon cet accord, votre mère renonçait à son droit de garde, renonçait même à tout droit de visite, en contrepartie de quoi votre père lui versait une très importante indemnité forfaitaire. Votre mère était déchue de ses droits sur vous, mais elle possédait désormais le capital nécessaire à la création de son entreprise.

Sarah mit longtemps à comprendre. Ses parents avaient conclu un marché. De l'argent en échange de l'amour d'une petite fille à laquelle sa mère avait si cruellement manqué. Son père l'avait achetée à une femme qui ne voulait plus être sa mère et qui avait besoin d'argent pour monter une société de produits cosmétiques, ici, en France. Le bourdonnement derrière ses tempes s'accentua, devint réellement douloureux, elle eut un premier éblouissement. Elle ne distinguait plus rien, ne vit pas l'avocat se pencher au-dessus de la table, mais elle sentit sa main qui se posait sur ses doigts glacés.

— Je suis sincèrement désolé de ne pas pouvoir vous épargner la vérité. Mais si je ne vous avais rien dit, vous l'auriez de toute façon appris par un autre biais.

— Il n'y a pas de problème, marmonna faiblement Sarah.

La main de Serge Delmas resta posée sur la sienne quand il reprit :

— Ce mode de commercialisation fut étendu à toute l'Europe.

— Je n'ai jamais entendu parler de cette marque, dit Sarah à mi-voix.

— L'Allemagne était exclue du plan stratégique. A la demande expresse de Lea Moses, qui détient vingt-huit pour cent des parts de la société. Après la guerre, elle s'est juré de ne plus mettre un pied en Allemagne et de ne plus échanger un seul mot avec un Allemand. On peut la comprendre. Elle a été déportée à Dachau le 9 novembre 1938, le soir où son frère Eli, qu'elle aimait tant, a été assassiné par des nazis. Lea Moses ne parle jamais de cette période de sa vie. Nous savons juste qu'elle a miraculeusement survécu à l'Holocauste et a ensuite quitté l'Allemagne pour toujours. Ce même soir, votre mère, qui avait alors cinq ans, a vraisemblablement elle aussi vécu l'horreur. Elle a quitté l'Allemagne la nuit même avec sa mère, Rebecca, pour la France puis les Etats-Unis. De nombreuses années se sont écoulées avant que votre mère et Lea se retrouvent.

Sarah ne ressentait rien, elle écoutait, immobile sur sa chaise, comme anesthésiée, tandis que Serge Delmas poursuivait :

— Votre mère avait beaucoup d'ambition. Une fois la marque bien implantée en Europe, elle a décidé de conquérir l'Amérique et le Japon. Se frotter aux géants de l'industrie cosmétique ne lui faisait pas peur. Il y a quelques années, elle a convaincu son mari, Daniel Arnaux, d'investir un maximum de capitaux pour soutenir ses projets. Malheureusement, ses produits ne se sont jamais réellement imposés sur ces marchés, et le mode de commercialisation non plus. Les ambitieux projets de développement de votre mère ont néanmoins englouti des sommes astronomiques. Daniel Arnaux a fini ruiné. Il y a deux ans, il semble qu'il se soit tellement énervé après un entretien avec sa banque qu'il a fait un malaise cardiaque au volant, sur l'autoroute, et a perdu le contrôle de son véhicule, qui a heurté de plein fouet une glissière de sécurité. Il a été tué sur le coup. Votre mère a essayé de continuer en empruntant tout ce que les banques ont bien voulu lui prêter, mais les affaires n'étaient plus aussi florissantes. La situation s'est dramatiquement détériorée. Le chiffre d'affaires s'est effondré. Il semble que les produits ne correspondent plus aux exigences du marché actuel. Et depuis la mort de Daniel Arnaux, votre mère n'avait plus personne qui puisse la soutenir contre vents et marées, et son fils Simon n'a que vingt-deux ans...

— Simon, murmura Sarah. Simon, quel beau prénom !

Elle avait un frère. Le jeune homme qui, au cimetière, se tenait à côté du prêtre et l'avait regardée avec tant de haine. C'était lui. Elle comprit alors pourquoi elle avait eu l'impression de le connaître. Il ressemblait à sa mère. A sa mère telle qu'elle s'en souvenait. Fine et délicate, avec des cheveux noirs bouclés et de grands yeux sombres dans un visage doux. Mais pourquoi son demi-frère l'espionnait-il, pourquoi la guettait-il dans le hall de l'hôtel puis disparaissait sans lui parler ? N'avait-il pas le courage de l'aborder ?

— Votre mère était une battante, une femme qui ne renonçait pas. Nous ne l'avons jamais connue autrement. Et lorsque la situation l'exigeait, elle pouvait être impitoyable. C'est ce qui lui a permis de si bien réussir.

Sarah avait l'impression que Serge Delmas parlait d'une autre personne. Qu'était devenue la femme douce qui avait été une mère tendre et aimante avant de disparaître de la vie de son mari et de sa fille ? Ou bien s'était-elle inventé une mère selon ses désirs, l'avait-elle, dans son souvenir, idéalisée, magnifiée ? Mirjam était partie à Paris, avait créé de toutes pièces une entreprise, s'était remariée, avait eu un fils. Une deuxième vie. Et oublié la première ? Subitement, Sarah comprit qui était la vieille femme aux cheveux teints en blond qui avait lâché sur son passage qu'elle ressemblait au nazi. C'était Lea Moses, la sœur de son grand-père. La femme qui s'était juré de ne plus échanger un mot avec un Allemand, la grand-tante qui la considérait comme la fille d'un nazi et ne pourrait jamais l'accepter.

— Le notaire de votre mère n'a pas encore fixé la date d'ouverture de son testament ; toutefois, lorsque votre mère est venue au cabinet pour ce dernier entretien avant son hospitalisation, elle a confirmé les dispositions testamentaires qu'elle avait prises... Et nous a fait promettre, si elle venait à mourir, de vous informer sans délai du contenu du testament, notamment en ce qui concerne la société MM Cosmetics.

Serge Delmas retira délicatement sa main et ouvrit un petit dossier.

— Je ne me sens pas très bien. J'ai un mal de tête épouvantable.

Les mots franchissaient les lèvres de Sarah avec difficulté.

— Pourrions-nous faire une pause ?

— Bien sûr. Excusez-moi de n'avoir rien remarqué. Voulez-vous un peu de cognac ?

Sarah hocha la tête et un pâle sourire étira ses lèvres.

— Je vais en plus devenir alcoolique...

— Le cognac est un remède.

L'avocat se leva et lui fit un sourire d'encouragement, mais quand il posa le verre devant elle, c'est tout juste si elle put le distinguer à travers ses éblouissements.

— Attention ! Ne le renversez pas !

D'une main, l'avocat lui saisit doucement le menton et de l'autre posa le verre sur ses lèvres. La première gorgée déjà lui faisait du bien ; ses éblouissements refluèrent.

— Je suis désolée.

Elle leva les yeux sur Serge Delmas, qui la considérait en fronçant les sourcils.

— J'ai souvent des crises de migraine dans les situations de stress. C'est très embarrassant.

— Il n'y a pas de mal, il ne faut pas que cela vous gêne.

L'avocat reposa le verre sur la table.

— Cela fait assurément beaucoup de choses d'un coup. Continuons-nous ?

— Oui. Je me sens mieux. Et j'aimerais tout savoir. Ou plutôt : il faut maintenant que je sache tout.

— Bien.

L'avocat se rassit en face d'elle.

— La maison des environs de Deauville a été acquise par votre mère il y a vingt ans. L'achat a été financé par la vente d'un collier et d'une bague. Des bijoux de famille, a-t-elle expliqué à l'époque à mon père qui la représentait auprès du notaire. Le reste du produit de la vente des bijoux a été investi dans d'importants travaux de rénovation et les frais de gardiennage de la propriété par les Schneider. Votre mère aimait la maison, elle s'y retirait dès qu'elle en avait l'occasion. Elle n'a du reste jamais été hypothéquée, au contraire des biens immobiliers de son mari, tous saisis par la banque. Ce qui n'est sans doute pas étranger à l'infarctus de Daniel Arnaux, qui avait investi la totalité de ses avoirs dans l'entreprise de sa femme.

— Aimait-elle son mari ?

— Madame von Schröder, nous n'étions que les avocats de votre mère, je ne peux malheureusement rien vous apprendre sur sa vie sentimentale.

— Et sur Simon, que savez-vous ?

— Seulement que, enfant, il est allé d'un internat à un autre, qu'il n'a pas fait d'études dignes de ce nom et que depuis trois ans il vit dans le superbe appartement de la place des Vosges que sa grand-tante Lea lui a donné. Il y a de nombreuses années, Lea Moses a acheté deux appartements dans cet immeuble. L'un appartient aujourd'hui à Simon, l'autre, le plus grand, elle l'a conservé pour son usage personnel. C'est là qu'elle demeure. Votre grand-tante a un sens aigu des affaires. Elle a judicieusement placé l'argent que lui a rapporté la société pendant des années, de sorte qu'elle dispose de confortables revenus. Votre mère, en revanche, réinjectait tous ses bénéfices dans l'entreprise. Je crois que MM Cosmetics était ce qui comptait le plus dans sa vie. Et maintenant...

L'avocat jeta un regard mal assuré à Sarah avant de poursuivre.

— ... il est temps que j'en vienne à l'essentiel. Madame von Schröder, vous héritez de la maison de Normandie, y compris la totalité de son mobilier, et des parts de votre mère dans la société MM Cosmetics.

Sarah bondit sur ses pieds.

— Mais ce n'est pas possible ! s'exclama-t-elle. Qu'est-ce que vous voulez que je fasse de la société moribonde de ma mère ? En plus, je suis avocate, je ne connais rien aux produits de beauté. Ma vie est en Allemagne, je travaille dans le cabinet de mon père, je suis heureuse à Munich, j'y ai mes repères, je vais bientôt me...

Là, elle s'interrompit et retomba sur sa chaise, à bout de forces.

— Je ne peux pas. Je vous en prie, comprenez-moi !

Elle s'était un peu calmée.

— Vous n'avez pas à vous justifier. Faites simplement ce que vous jugez bon de faire. Je ne veux pas essayer de vous convaincre. Mais peut-être devriez-vous y réfléchir à tête reposée. Restez quelques jours à Paris, ou retournez voir la maison.

La maison. Elle héritait de la belle maison avec les meubles de son enfance dans laquelle elle s'était d'emblée sentie si bien. Des larmes lui montèrent aux yeux qu'elle ne put retenir qu'à grand-peine.

— Lundi matin, l'entendit-elle dire, aura lieu ici, au siège, une réunion avec les représentants des banques. Pour étudier la question du montant des crédits en cours. Notre cabinet prépare un état de la société et un bilan actualisé. Vous pourriez participer à la réunion, et d'ici là réfléchir à ce que je vous ai appris aujourd'hui. C'est-à-dire, s'il vous est possible professionnellement de vous absenter aussi longtemps de Munich.

— Cela ne pose aucun problème ; je ne traite que des dossiers simples qu'un stagiaire peut reprendre au pied levé.

Sarah tressaillit. Sans réfléchir, elle avait exprimé ce qui lui avait souvent traversé l'esprit ces derniers mois : les clients importants, les gros dossiers, c'étaient ses collègues masculins qui les suivaient, en premier lieu Michael, qui était brillant, ambitieux et représentait fidèlement l'esprit du cabinet tel que défini par son père.

Serge Delmas regarda sa montre et se leva précipitamment.

— Excusez mon impolitesse, mais je dois absolument prendre congé. J'ai encore un rendez-vous important. Mais si cela vous tente, nous pourrions dîner ensemble demain soir.

Le rythme cardiaque de Sarah s'accéléra.

— Volontiers, dit-elle sans réfléchir. Ce serait avec plaisir.

— Alors c'est entendu. Je passerai vous prendre à l'hôtel à huit heures. Ça vous va ?

Sarah hocha la tête.

— Oui, c'est parfait.

— Et gardez à l'esprit que votre mère vous a légué une maison qu'elle aimait énormément !

Serge Delmas cherchait à la consoler. Aussitôt sa gorge se noua et les larmes lui montèrent aux yeux.

Ils avaient déjà quitté la pièce et se dirigeaient vers le hall d'accueil quand une question vint à l'esprit de Sarah :

— Dans quelle rue ou quel arrondissement vivait ma mère ?

— Elle habitait un très bel appartement dans le XVI^e^ arrondissement, à Passy, mais elle n'en était que locataire. Elle a résilié son bail avant de se faire hospitaliser, vidé l'appartement et donné tous ses meubles. Elle m'a fait cadeau d'un très beau bureau ancien qui se trouve chez moi.

Serge Delmas partait déjà de son côté quand Sarah posa une main sur son bras pour le retenir.

— Excusez-moi… commença-t-elle d'une voix qui tremblait légèrement. Pourquoi suis-je la seule héritière ? Pourquoi mon… mon demi-frère Simon ne figure-t-il pas dans le testament ? Il n'hérite d'aucune part de la société et la maison me revient en totalité. Il est son fils, il est l'enfant qui a grandi auprès d'elle.

Serge Delmas haussa les épaules.

— Je ne peux pas répondre à cette question. Je crois que…

Il eut une courte hésitation et Sarah le regarda pleine d'espoir, guettant ses mots. Mais il ne reprit pas le fil de sa phrase. Il jeta un coup d'œil à sa montre et lança :

— Excusez-moi, mais il faut vraiment que j'y aille. Je suis en retard et je ne peux pas me permettre de manquer ce rendez-vous.

Un bref salut, un sourire et Serge Delmas disparut.

Quand, le lendemain matin, Sarah ouvrit les yeux, sa première pensée fut pour Serge Delmas. La seconde pour son invitation à dîner. Toute contente, elle entra sous la douche et réfléchit à la dernière fois où elle avait eu rendez-vous avec un autre homme que Michael. Cela remontait à des années. Depuis qu'ils étaient ensemble, elle n'avait plus eu de raison d'accepter d'invitation. Pourquoi, dans ce cas, le faisait-elle aujourd'hui ? Elle était toujours avec Michael, mieux, elle était sur le point de l'épouser.

Parce que ce n'est pas un rendez-vous amoureux, décida Sarah. Sur le coup, l'offre de l'avocat était apparue comme une invitation à poursuivre leur conversation sur la société de sa mère. Alors il n'y avait pas de raison pour que son cœur s'emballe, et pour qu'elle se demande si elle était son type de femme.

Elle sortit de la douche et, une fois séchée, se planta devant le grand miroir pour s'examiner d'un œil critique. Elle trouvait ses seins trop petits, sa taille trop mince, et ses hanches, en revanche, trop larges. Son corps musclé plaisait à Michael, mais un autre homme le trouverait-il aussi séduisant ?

— Tu es folle, murmura-t-elle, complètement folle.

Elle retourna dans la chambre et commença à s'habiller. Elle baissa les yeux sur ce qu'elle venait d'enfiler, prise de doute. Jamais jusque-là elle ne s'était posé de questions sur sa lingerie blanche et toute simple. Peut-être devrait-elle s'acheter quelque chose de différent, un body en dentelle noire, par exemple.

En saisissant son pantalon, elle repensa à Serge Delmas. Il était beau et avait énormément de charme, mais Sarah connaissait beaucoup d'hommes beaux qui ne lui mettaient pas pour autant la tête à l'envers. Subitement, elle comprit ce qui le rendait si séduisant. C'était sa voix, une voix grave et légèrement voilée qui pouvait se faire extraordinairement douce, comme lorsqu'il lui avait suggéré de prendre un cognac. A cela s'ajoutait la musique de la langue française. Dans sa bouche, chaque mot devenait troublant, même lorsqu'il ne proposait qu'une tasse de café. Je ne suis certainement pas la seule à qui il fait cette impression, songea Sarah en enfilant sa veste puis en brossant rapidement ses cheveux, et, de toute façon, il doit être marié, heureux en ménage et père de famille. Rideau. Terminé. Je ne pense plus à lui.

Elle voulait profiter de Paris, prendre un petit déjeuner quelque part, boire du café au lait, se promener au hasard des rues. Sans penser à sa mère, sans penser à la MM Cosmetics et aux problèmes qui allaient de pair. La veille, avant de s'endormir, elle avait pris la ferme résolution de s'accorder cette journée hors du temps, de faire une pause.

Quelques minutes plus tard, Sarah sortait de l'hôtel et découvrait un magnifique ciel bleu. Elle fit quelques pas sur l'avenue et s'assit au soleil à la terrasse d'un petit café, mais, quand sa commande arriva, le café était tiède et le croissant avait un goût rance.

Elle abandonna la terrasse sans s'attarder et entama un long périple à travers les rues. Que faire ? Devait-elle visiter Notre-Dame, marcher le long des quais ou aller voir les impressionnistes au musée d'Orsay ? En dépit de ses efforts, elle ne parvenait pas à se concentrer sur la ville. Au début, elle dut s'interdire de penser à Serge Delmas, ensuite ce fut l'image de sa mère qui s'obstina à la hanter. Sa mère qui avait vécu dans cette ville, qui y avait connu le succès. Quels lieux fréquentait-elle ? Avait-elle été heureuse à Paris ? Puis Sarah ne put s'ôter de la tête la question de MM Cosmetics et des raisons qui avaient incité sa mère à lui léguer ses parts. Avait-elle tablé sur la fortune de la famille von Schröder pour tirer sa société de l'ornière ? Serge Delmas avait souligné qu'il n'entretenait que des relations professionnelles avec sa mère et ne pouvait pas la renseigner sur sa vie privée ; elle ne pourrait donc pas compter sur lui pour le découvrir.

— Et tu en reviens à lui, murmura Sarah pour elle-même.

Tout en flânant, perdue dans ses pensées, elle finit par se rendre compte qu'elle ne cessait de croiser des femmes élégantes et prit la brusque décision de s'acheter des vêtements. Cela faisait tout de même quatre jours qu'elle portait les mêmes. Elle pourrait peut-être s'offrir un ensemble plus cintré, plus féminin, moins sévère que le noir qu'elle avait sur le dos.

Elle fit demi-tour, se hâta de regagner l'avenue Montaigne et poussa la porte de la boutique Dior. Une charmante vendeuse lui décrocha plusieurs vêtements et lui offrit une coupe de champagne, bien que Sarah ait insisté sur son intention de n'acheter qu'un ensemble sobre et classique.

— Oui, mais essayez tout de même cette robe, cela ne vous engage à rien, suggéra la vendeuse en souriant et en lui présentant une petite robe noire très décolletée.

Sarah se laissa faire, la robe était trop belle pour refuser d'emblée.

— Je peux ?

Avant que Sarah ait pu répondre, la vendeuse passait la tête dans la cabine d'essayage, poussait une exclamation ravie et invitait Sarah à se déplacer devant un miroir beaucoup plus grand. Quand celle-ci hasarda timidement que la robe était trop osée pour elle, la vendeuse protesta.

— Mais pas du tout, voyons ! Elle est parfaite et vous va à ravir. M. Ferré aurait pu dessiner cette merveille pour vous.

Quand Sarah quitta enfin la boutique, quelques coupes de champagne plus tard, outre la petite robe noire et divers articles, elle avait acheté un ensemble gris avec une veste près du corps et une jupe étroite, ainsi qu'un tailleur-pantalon clair et un pull-over assorti.

Tandis qu'elle attendait à la caisse, ses yeux étaient tombés sur un grand châle de pashmina extraordinairement fin auquel elle n'avait pas pu résister non plus. C'était exactement ce dont elle avait besoin pour affronter la fraîcheur automnale.

Elle n'était pas encore arrivée à l'hôtel qu'elle redescendait sur terre. Excepté le très classique tailleur-pantalon et le pashmina, elle ne porterait sans doute jamais les vêtements qu'elle avait achetés. Ni les sandales à brides et talons hauts, ni la lingerie fine en soie, ni le déshabillé en satin pâle incrusté de délicate dentelle noire, extraordinairement raffiné et sexy à la fois, au dire de la vendeuse.

De retour dans sa suite, elle déballa ses achats et les étala sur le canapé. Les vêtements étaient beaux, mais ce n'était pas son style. Qu'est-ce qui lui avait pris d'acheter cela ? Fatiguée par le champagne, elle s'étendit sur l'immense lit avec l'intention de se reposer quelques minutes. Tout à l'heure, elle ferait des essais devant le miroir en pied et choisirait ce qu'elle mettrait pour sortir. Elle s'était à peine étendue qu'elle s'endormit.

Il faisait nuit quand elle se réveilla. Un regard à sa montre lui confirma qu'elle n'avait plus le temps de faire des essais devant la glace.

Elle prit le tailleur-pantalon, puis le jeta négligemment sur le canapé et l'échangea contre la robe noire décolletée et enfila les chaussures à talons hauts. Puisque sa vie changeait, elle pouvait bien changer elle aussi. Choisir un nouveau look, et devenir ainsi une nouvelle femme, une femme assurée qui prenait ses décisions seule et sans se laisser influencer. Elle appliqua rapidement du mascara sur ses cils, du rouge sur ses lèvres. Avec vingt minutes de retard, elle s'engouffra dans le couloir qui menait à l'escalier, s'immobilisa un court instant devant un miroir. Il lui renvoya l'image d'une belle jeune femme élégante, même si sa robe était trop décolletée à son goût, et son maquillage trop appuyé.

J'ai l'air d'un clown, se dit-elle en se hâtant vers le rez-de-chaussée.

Bien qu'il ne fût pas particulièrement grand et qu'il lui tournât le dos, elle repéra tout de suite Serge Delmas parmi les personnes qui allaient et venaient dans le hall de la réception. Elle le reconnut à ses cheveux noirs et drus, et à sa façon de se tenir.

— Je suis désolée d'être aussi en retard.

Sarah effleura son épaule pour signaler sa présence. Il se retourna, surpris. Elle lut une telle admiration dans ses yeux quand son regard glissa de son visage à sa robe qu'elle se décontracta un peu.

Elle lui tendit la main. Il la retint dans la sienne et ils se regardèrent jusqu'à ce que Sarah la retire.

— Où aimeriez-vous aller ? Quelque chose vous tente en particulier ?

Sarah pensa à Michael qui ne serait jamais sorti de chez lui sans avoir réservé dans un restaurant trois étoiles. Elle haussa légèrement les épaules et déclara qu'elle préférait s'en remettre à lui, puisqu'elle ne connaissait pas Paris.

— Dans ce cas, je propose que nous nous mettions en route et que nous nous arrêtions quand nous trouverons un restaurant qui nous plaît. Ça vous va ?

Elle s'enveloppa dans son châle en pashmina tout neuf et ils quittèrent l'hôtel. Bras dessus bras dessous, ils marchèrent dans les rues de Paris à la lumière des réverbères et atterrirent dans un restaurant indien. Sarah était beaucoup trop habillée pour l'endroit, ce qui la déstabilisa encore un peu plus. C'est à peine si elle parvenait à échanger des banalités avec l'avocat, voire à flirter un peu avec lui, ce que d'autres femmes auraient certainement fait.

— C'est très agréable, ici, dit-elle d'une voix tendue en regardant autour d'elle.

La décoration manquait de charme. Des murs sombres, des tableaux représentant des danseuses traditionnelles, des chaises rouges et des banquettes étroites, des coussins brodés avec de petits miroirs et des étoiles scintillantes. Le restaurant se remplit vite, toutes les tables furent bientôt occupées. Serge Delmas lui expliqua que c'était plus pour sa cuisine que pour sa décoration que l'endroit était prisé des Parisiens.

La cuisine était de fait excellente. Sarah choisit des plats végétariens et du thé d'Assam. Serge prit du poulet à la menthe. Il parla de sa jeune sœur qui vivait depuis maintenant dix ans en Inde où elle était mariée à un attaché de l'ambassade de France.

— Elle revient une fois par an en France et m'apporte toutes sortes d'épices. J'aime bien cuisiner. Quand j'ai le temps...

Sarah songea qu'elle ne savait rien faire, hormis les spaghettis à la sauce tomate et au basilic. Quant à Michael, qui surveillait son poids, il se limitait généralement à préparer une petite salade ou commandait des sushis. Sinon, ils dînaient dehors.

La conversation de Serge Delmas, conjuguée aux délices culinaires, eut raison de la nervosité de Sarah. L'avocat semblait avoir résolu de ne pas parler de MM Cosmetics, ce qui lui convenait tout à fait. Ils avaient déjà payé et finissaient une liqueur de mangue quand il lui demanda à brûle-pourpoint :

— Allez-vous accepter l'héritage de votre mère ?

Sarah prit une longue inspiration. Elle s'était donc trompée. Il voulait s'entretenir avec elle de la société.

— Même si je le voulais, je me vois mal reprendre une société de ce genre, surtout en difficulté. Je pense donc que ce sera non.

— Pourquoi tant de timidité ? Il faut seulement que vous vous mettiez au courant. Ensuite, avec un bon directeur général pour vous seconder, ça marcherait sûrement. A condition de réinjecter les capitaux nécessaires.

Sarah était déçue. La soirée ne prenait pas une bonne tournure. Elle vida son verre et s'apprêtait à se lever quand Serge Delmas saisit sa main.

— Vous avez peur, n'est-ce pas ?

— Peur ?

Sarah se força à rire. C'était un rire mal assuré, pas du tout franc et impérial comme elle l'aurait voulu.

— Oui, peur, répéta Delmas. Peur d'un nouveau départ. Peur d'échouer. Peur de peiner des êtres chers.

Sarah se taisait. Les paroles de l'avocat la touchaient au plus profond d'elle-même.

— Qu'en dit votre père ?

— Je ne lui ai pas encore parlé.

Le ton de Sarah était froid, distant, mais ses yeux trahissaient son désarroi et sa déception.

— Nous devrions y aller.

Elle retira sa main et se leva brutalement. Serge Delmas se leva à son tour et, sans rien dire, l'aida à s'envelopper dans son châle avant de sortir dans la nuit froide et claire.

— Si vous avez froid, nous pouvons prendre un taxi, proposa-t-il.

Elle secoua la tête, elle ne voulait pas se séparer déjà de lui, même s'il l'avait bouleversée. Elle déclara que l'air frais leur ferait sûrement beaucoup de bien.

Alors qu'ils passaient devant un bar, Delmas proposa qu'ils entrent prendre un dernier verre. Sarah accepta sans hésiter et ils se frayèrent tant bien que mal un chemin à travers la petite salle bondée. Une fois au comptoir, le niveau sonore était tel que Delmas dut écarter les cheveux de Sarah et que sa bouche effleura son oreille lorsqu'il lui proposa de goûter au calvados. Il y avait de l'insistance et de la sensualité dans cet effleurement. Toutefois, quand Sarah tourna son visage vers Delmas, il s'entretenait déjà par signes avec le barman, et elle pensa qu'elle s'était trompée. Le bref contact de ses lèvres sur son oreille et l'odeur de son eau de toilette avaient néanmoins mis le feu à son corps.

Après plusieurs calvados, ils regagnèrent la rue et l'air libre. Serge passa un bras autour des épaules de Sarah et l'attira légèrement vers lui. Ils marchèrent ainsi en silence dans la nuit, chacun réglant son pas sur celui de l'autre. Le vent qui s'était levé faisait tourbillonner les feuilles mortes sur les trottoirs, s'engouffrait dans les cheveux de Sarah. La température avait fortement baissé, Sarah grelottait. De froid, mais aussi de nervosité. Serge essaierait-il de monter avec elle ? Plus ils approchaient de l'hôtel et moins elle se sentait sûre d'elle, alors elle commença à poser toutes les questions sur Paris qui lui venaient à l'esprit. Y avait-il en ce moment des expositions intéressantes qu'il ne fallait pas manquer, ou bien un spectacle à l'opéra qui...

Ils étaient devant l'hôtel. Avant qu'elle ait pu finir sa phrase, Serge prit son visage entre ses mains et lui ferma la bouche d'un long baiser. Puis il écarta tendrement les cheveux de son visage et pivota sur ses talons en murmurant un *à bientôt* aussi sensuel que s'il lui avait proposé de passer la nuit avec elle. Avant même qu'il disparaisse dans un taxi, Sarah, en pleine confusion, étourdie, s'engouffrait dans la porte tambour de l'hôtel en trébuchant sur ses hauts talons. Elle remarqua vaguement un homme qui attendait dans le hall, dernier et unique client à cette heure tardive. Quand elle se dirigea vers l'escalier, il se leva et marcha dans sa direction. C'était Michael.

Lentement, Sarah émergea d'un sommeil de plomb, puis elle comprit qu'on frappait énergiquement à la porte. Elle se redressa, s'assit, posa enfin prudemment les pieds par terre. Sans ouvrir les yeux, la tête douloureuse, elle tâtonna jusqu'à la porte dans la pénombre.

— Qui est là ?

— Service d'étage, madame. Votre petit déjeuner.

Sarah ouvrit. Ce n'est que lorsqu'elle vit le chariot entrer dans la chambre qu'elle se rappela qu'elle n'avait rien commandé. La porte fut doucement refermée. Sarah regardait toujours le chariot quand quelqu'un traversa la chambre et ouvrit les rideaux.

— Bonjour, ma chérie !

Michael se retourna et vint vers elle. Sarah recula.

— Je vais prendre une douche, dit-elle sur la défensive.

Elle s'enfuit dans la salle de bains et s'assit sur le rebord de la baignoire. La veille au soir, Michael et elle avaient eu leur première grosse dispute. Ils avaient crié très fort, jusqu'à ce qu'un discret appel de la réception leur signale que les chambres voisines commençaient à se plaindre. Michael lui avait reproché de l'avoir inquiété en n'étant jamais joignable. Il ne comprenait pas qu'elle n'ait toujours pas appelé son père et qu'elle n'ait rien trouvé de mieux à faire que de traîner en pleine nuit dans les rues de Paris, ivre et avec il ne savait qui.

Il l'avait traitée de pute, ou du moins hurlé que c'était ce dont elle avait l'air avec sa robe décolletée et ses cheveux détachés. Sur quoi Sarah avait hurlé en retour qu'il valait sans doute mieux renoncer au mariage, car elle s'en voudrait d'exiger qu'il épouse une pute. Par ailleurs, elle n'avait pas besoin de chaperon, et lui et son père devraient enfin se fourrer dans le crâne qu'elle n'était plus une gamine.

Sarah se releva en gémissant, s'aspergea le visage d'eau froide, se brossa les dents, noua ses cheveux sur la nuque et regagna la chambre. Une chose était sûre, elle avait indiscutablement bu trop de calvados dans ce charmant petit bar bondé.

Debout devant le chariot, Michael versait le café dans les tasses. Il lui tournait le dos, aussi ne pouvait-elle pas savoir s'il l'avait entendue. Ses muscles étaient crispés, tout dans son attitude révélait combien il était malheureux.

— Tu sais, commença-t-il, j'ai cru que la surprise te ferait plaisir. J'ai bien raté mon coup. Pauvre imbécile qui me figurais que tu avais besoin de mon aide. Quand tu es enfin rentrée à l'hôtel, cette nuit, tu avais l'air tellement différente... si... féminine, si douce.

Enfin il se retourna et fit face à Sarah. Il oublia de lui tendre une tasse, partit avec son café vers la fenêtre et regarda dehors.

— Tu ne veux rien manger ? Les viennoiseries sentent délicieusement bon, proposa Sarah en manière de trêve.

— Je prends toujours mon petit déjeuner à sept heures. Tu l'as déjà oublié ? répondit Michael d'un ton acerbe.

Sarah rejoignit le lit, empila les oreillers dans son dos et attira le chariot près d'elle. Elle prit un toast brioché et étala du beurre dessus.

Michael était nerveux, il abandonna son poste devant la fenêtre et s'assit dans un fauteuil face au lit.

— Excuse-moi pour cette nuit. Je regrette ce que je t'ai dit.

Sarah songea à sa réaction violente devant sa robe et ses cheveux dénoués. Et elle songea à Serge Delmas et à la façon dont il l'avait embrassée.

— Je suis désolé. J'étais jaloux, poursuivit Michael comme Sarah s'obstinait dans le silence. Parce que tu avais l'air si heureuse. Tout de même, je dois dire que j'ai du mal à comprendre. Tu viens pour l'enterrement de ta mère et tu sors le soir t'amuser.

Sarah mordit dans son toast. Elle savait que Michael attendait une explication.

— Etais-tu avec l'homme qui t'a envoyé ces fleurs ?

Michael désigna le magnifique bouquet d'asters d'un mouvement de la tête dédaigneux.

Sarah acquiesça en se sentant rougir.

— Oui. Et cet homme a un nom. Il s'appelle Serge Delmas et était l'avocat de ma mère. J'ai dîné avec lui pour qu'il me parle d'elle.

— Et tu as appris quelque chose ?

— Oui, je crois, répondit-elle évasivement. Après le restaurant, nous sommes allés dans un bar. C'est tout.

— Vous avez dîné où ?

— Dans un petit restaurant indien.

— Quoi ? Tu as mangé indien ?

Michael secoua la tête.

— Mais quand on est à Paris, on mange...

— Laisse tomber, l'interrompit Sarah. C'était excellent.

— Très bien, n'en parlons plus.

Michael se pencha en avant et reposa sa tasse sur le chariot.

— Nous pouvons tout de même essayer de passer un weekend agréable. Il n'y a malheureusement plus de places pour ce soir à l'opéra. Je me suis renseigné. Mais nous pourrions faire un tour de ville guidé à onze heures, cela nous donnerait un bon aperçu de Paris.

Michael sortit un guide de Paris de la poche de sa veste.

— Sûrement pas ! s'exclama Sarah en secouant vigoureusement la tête. Je déteste ça ! Et puis, il faut que je te parle, Michael.

Michael se laissa aller contre le dossier du fauteuil et croisa les jambes.

— Eh bien, vas-y. Je t'écoute.

Sarah ne se sentait pas encore en mesure de discuter avec lui.

— La salle de fitness de l'hôtel est paraît-il très agréable. Tu pourrais y aller, suggéra-t-elle. Pendant ce temps, je me repose un peu, et ce midi nous déjeunons ensemble quelque part et nous parlons.

Michael se leva instantanément. Il semblait soulagé de ne pas devoir renoncer à sa séance quotidienne de remise en forme. Sarah aurait parié qu'il était venu avec ses affaires de sport.

— D'accord, faisons comme ça. Le temps n'est de toute façon pas très engageant.

Il regarda sa montre.

— A une heure dans le hall, ça te va ?

C'est tout juste s'il attendit la réponse de Sarah avant de disparaître.

Se dépenser physiquement ne semblait guère avoir détendu Michael. Quand il apparut dans le hall à une heure tapante, il paraissait énervé. Il avait un sourire crispé et l'idée d'être à Paris ne semblait plus du tout l'amuser. La couverture nuageuse avait cédé du terrain mais il pleuvait toujours faiblement lorsqu'ils sortirent de l'hôtel.

— On pourrait faire un peu de lèche-vitrine sur l'avenue puis chercher un petit bistrot quelque part, proposa Sarah.

Michael secoua la tête.

— Je crois qu'on ferait mieux de déjeuner à l'hôtel. Le restaurant est parmi les meilleurs de Paris. J'ai faim, Sarah. J'ai fait beaucoup de sport. Je n'ai pas envie de traverser la moitié de la ville pour finir devant un mauvais steak et des frites trop grasses dans un bistrot quelconque.

Sarah ne répondit pas. Elle ne voulait pas envenimer la situation. Ils retournèrent à l'hôtel, s'installèrent à une table du restaurant et passèrent leur commande.

— Pourquoi ne veux-tu plus m'épouser ? demanda alors Michael sans préambule.

Surprise, Sarah reposa la carte.

— Je t'ai seulement demandé de repousser la date du mariage. Pas d'annuler. Mais je ne pense pas que le moment soit bien choisi pour parler de nous.

La réaction de Michael fut violente.

— Le moment est parfaitement bien choisi ! Tout au moins pour moi. Je suis venu jusqu'ici pour passer un week-end agréable avec toi, espérant que tu reprendrais l'avion demain soir avec moi. Et j'arrive pour te voir rentrer ivre à l'hôtel et...

— Arrête, tu veux ! l'interrompit Sarah d'un ton inhabituellement agressif. Ça suffit maintenant.

Mais Michael ne renonça pas.

— Tu ne veux plus m'épouser. Voilà ce qui se passe. Ni aujourd'hui, ni demain, ni dans dix ans. Depuis qu'on a fixé une date, tout t'énerve, tu invoques en permanence tes migraines pour me tenir à distance. Et tu veux que je te dise ? La mort de ta mère t'arrange bien. Elle tombe à pic pour faire capoter le mariage.

— Mais tu es fou !

Sarah avait parlé fort. Elle ne se rendit compte qu'au regard de Michael que dans la salle des têtes se tournaient vers eux.

— Je t'ai simplement demandé de le repousser.

A cet instant, un serveur apporta la bouteille de vin blanc qu'ils avaient commandée, et ils attendirent qu'il ait rempli leurs verres et s'éclipse discrètement avant de poursuivre leur conversation. Sarah leva son verre.

— Trinquons, Michael. A nous !

Michael eut un rire bref, sans joie, puis ils trinquèrent et parlèrent de la carte et du restaurant. Pendant le repas, Michael desserra à peine les lèvres. La nervosité de Sarah grandissait, elle but trop de vin blanc, et ce n'est que lorsqu'ils en furent au fromage et au vin rouge qu'elle commença à raconter.

— Ma mère s'est remariée. De ce deuxième mariage, elle a eu un fils. Simon. Mon demi-frère.

Michael leva le nez de son assiette, surpris.

— Ah ? Et quel âge a-t-il ?

— Vingt-deux ans.

— Vous vous êtes parlé ?

Sarah secoua la tête.

— Non ? Pourquoi ? Il pourrait sûrement t'en apprendre plus sur ta mère que cet avocat.

— Je ne veux pas, réagit Sarah d'un ton vif. Mon frère me déteste.

— Pourquoi te détesterait-il ? Tu te fais sûrement des idées.

— Il me déteste. Je le sais, s'énerva Sarah. Il me suit, et quand je me retourne, il se cache.

Elle vit à l'expression de Michael qu'il n'accordait aucun crédit à ce qu'elle disait.

— Par ailleurs, poursuivit Sarah en s'efforçant d'adopter un ton dépassionné, ma mère a monté, ici à Paris, une société de produits cosmétiques. Dont je suis l'héritière.

— Quoi ?

Michael posa ses couverts et repoussa son assiette. Il se pencha vers Sarah au-dessus de la table.

— Une société ? Pourquoi ne me le dis-tu que maintenant ?

Sarah haussa les épaules et rapporta ce qu'elle avait appris sur l'entreprise, ses produits et ses difficultés financières. Elle parla également de la maison de Normandie et de sa grand-tante Lea. Il n'y eut que la photo de sa grand-mère Rebecca et de son père qu'elle passa sous silence.

— Ça alors, ce sont de sacrées nouvelles ! Mais commençons par cette société. On est tout de même en droit de se demander pourquoi c'est précisément à toi que ta mère l'a léguée. Espérait-elle que tu injecterais l'argent de ton père dans la boîte ? Ne te frotte pas à ça, Sarah ! Je ne pense pas que tu aies les épaules assez solides pour une affaire aussi délicate.

Sarah prit sur elle pour dissimuler l'irritation qui la gagnait et poursuivit :

— Il y a un autre problème : vingt-huit pour cent des parts sont détenus par ma grand-tante Lea.

— Tout problème a une solution. On s'assied autour d'une table, on se parle, et on sort son carnet de chèques.

— L'argent ne règle pas tout, rétorqua Sarah d'une voix tremblante.

Michael haussa légèrement les sourcils.

— L'expérience m'a cependant enseigné le contraire. Tout dépend du montant.

— Il n'est pas question d'argent ici.

— De quoi, alors ?

Sarah ne put s'empêcher de penser à la photo de sa grand-mère et son père, à la haine que lui manifestait ouvertement Lea, et à son grand-père assassiné par des nazis.

— De sentiments, de souvenirs, et de blessures si profondes qu'elles ne pourront jamais se refermer.

Dépassée par ses émotions, Sarah se leva et se précipita hors du restaurant. Dans la rue, elle plaqua la main sur son cœur qui battait à grands coups. Pour la première fois, elle s'était sentie appartenir à la famille de sa mère.

Michael, qui l'avait suivie, lui prit le bras. Elle se dégagea d'un geste brusque et partit en courant droit devant elle, mais Michael la rattrapa en quelques pas et la retint.

— Arrête-toi, s'il te plaît, arrête-toi ! Si je t'ai blessée, j'en suis désolé et je te prie de m'excuser. Mais si tu veux bien m'en dire plus sur ta famille, je comprendrai peut-être. Tu as dit au téléphone qu'Eli Moses était ton grand-père. Tu en es sûre ? Je n'arrive pas à le croire. Ton père devait le savoir !

— Oui, et c'est précisément la raison pour laquelle je ne veux pas lui parler pour le moment. Il sait beaucoup de choses et il ne m'a jamais rien dit. Et s'il te plaît, ne répète pas qu'il voulait seulement me protéger !

— Il devait avoir ses raisons. C'est pour ça que tu devrais lui parler, Sarah, dès que possible. Rentrons ensemble demain, et tu pourras tirer les choses au clair.

Sarah secoua vigoureusement la tête.

— J'ai besoin de temps. Je veux d'abord tout savoir.

Puis elle eut une idée.

— Viens ! Je vais te montrer le siège de la société. C'est tout près d'ici.

Elle avait recouvré son calme. Ils remontèrent en silence l'avenue Montaigne, tournèrent dans la petite rue, et Sarah conduisit Michael dans la cour de l'immeuble où se trouvait l'entrée de MM Cosmetics. Ils passèrent devant une fontaine et regardèrent le hall d'accueil à travers la façade vitrée du rez-de-chaussée.

Michael hocha la tête, étonné.

— Ça fait plutôt bonne impression.

Il mit sa main en visière pour mieux voir à travers la vitre.

— La grande photo, en face de l'entrée, c'est ta mère ?

Sarah acquiesça en silence.

— Elle est belle. Quel âge avait-elle ?

— Soixante-cinq ans. Elle est morte d'un cancer, dit Sarah à voix basse. D'un cancer du poumon. Elle fumait beaucoup, d'après Serge Delmas.

— Et cette marque de produits, tu la connais ?

Sarah secoua la tête, puis parla de la réunion qui devait avoir lieu lundi matin.

— Si tu veux, je peux rester et assister au rendez-vous avec toi.

Sarah refusa.

— Ce n'est pas la peine. Serge Delmas sera là.

— Ah ! L'homme au bouquet de fleurs. Je comprends.

— Il n'y a rien à comprendre, répliqua sèchement Sarah. Delmas est l'avocat de MM Cosmetics. Et je n'ai pas besoin qu'on me tienne la main. Je m'en sortirai très bien toute seule.

— Si tu le dis. Je voulais seulement t'aider, répondit Michael avec raideur.

Le bref moment de complicité s'était évanoui et, n'ayant plus rien à se dire, ils regagnèrent la rue. Sarah réussit à convaincre Michael de marcher jusqu'aux Champs-Elysées, mais en dépit de ses efforts pour se montrer enthousiaste, elle sentit que la ville ne lui plaisait pas.

Ils tuèrent péniblement le temps et finirent par se laisser tenter par un petit cinéma qui programmait un film américain sous-titré en français, puis ils rentrèrent à l'hôtel.

— Je te rejoins dans une minute, d'accord ?

Sarah, bien qu'elle eût préféré dormir seule, acquiesça.

Elle fut un instant tentée de mettre le déshabillé en satin acheté la veille, mais se ravisa. Il y avait des chances pour que Michael soit plus agacé que séduit par une tenue aussi érotique ; mieux valait qu'elle s'en tienne à son tee-shirt rose.

Michael était revenu alors qu'elle était encore sous la douche. Il lui tendit une coupe de champagne quand elle sortit de la salle de bains.

— Je nous ai fait monter un petit en-cas. J'espère que tu vas aimer.

Sarah était fatiguée et avait seulement envie de dormir. Elle but un peu de champagne, mais quand Michael lui proposa du caviar et des blinis, elle refusa.

L'atmosphère était tendue et le champagne n'y put rien. Après une troisième coupe, Michael alla prendre une longue douche puis réapparut une serviette nouée autour des reins. Il était grand, mince, large d'épaules. Les regards que beaucoup de femmes lui avaient lancés tout au long de la journée n'avaient pas échappé à Sarah.

— Tu sais, j'ai réfléchi, dit-il dans un esprit de réconciliation. Si tu veux reprendre la société, nous pourrions embaucher un directeur général, trouver des investisseurs et piloter l'affaire depuis Munich.

— Michael, je ne sais pas encore ce que je veux. Je sais seulement que je vais rester ici jusqu'à lundi et participer à cette réunion avec la banque. Pour le moment, je n'en veux pas plus.

— Vraiment ? fit Michael d'un ton insinuant.

Sarah ne releva pas l'allusion à Serge Delmas et se glissa sous les couvertures.

— Je voudrais dormir, je suis fatiguée.

Elle craignait que Michael ne fût vexé quand il comprendrait qu'elle voulait rester seule. Au lieu de cela, il laissa tomber sa serviette par terre, vint s'étendre à côté d'elle, baissa la lumière et chercha une musique douce à la radio. Sarah était déjà presque endormie lorsqu'il se pencha sur elle.

— Ne laissons pas les disputes d'hier et aujourd'hui gâcher cette nuit.

— Pardi, le samedi soir, on fait toujours l'amour !

Elle aurait voulu se mordre la langue, mais il était trop tard. Michael se redressa d'un coup.

— C'est un reproche ? Parce que je bosse trop pendant la semaine pour jouer les séducteurs le soir ?

— Bien sûr que non, Michael. Mais notre vie doit-elle continuer indéfiniment comme ça ? Boulot pendant la semaine, le week-end, sport, visite à mon père, et le samedi soir, on couche ensemble. Où est l'imprévu dans tout ça ?

— Je suis désolé.

Sarah comprit à la voix de Michael qu'elle l'avait blessé.

— Que veux-tu, je ne suis pas quelqu'un de spontané. Et jusqu'à présent, ça ne t'a pas dérangée. Mais ce n'est pas forcément définitif. Je crois que quand on sera mariés et qu'on aura des enfants…

Sarah bondit hors du lit.

— Tu peux répéter ?

— Eh, ne t'énerve pas ! J'en ai parlé avec ton père. Quand nous aurons des enfants, tu pourras rester à la maison, tu n'auras plus besoin de venir au cabinet, mais tu feras toujours partie de la société en tant qu'actionnaire muet, cela va de soi.

Michael s'était levé à son tour. Il contourna le lit et se planta devant Sarah, après avoir pris soin de renouer la serviette autour de ses reins.

— Vous avez décidé ça dans mon dos, mon père et toi, hein ?

— Mais enfin, Sarah, qu'y a-t-il d'anormal à ça ? J'ai envie d'une grande famille.

— Mais pourquoi n'en as-tu pas parlé avec moi ?

— Je croyais que tu voyais les choses comme moi. Tu n'es pas une carriériste, ni une de ces féministes acharnées qu'on voit à la télévision.

Sarah n'ayant toujours pas fait un geste, Michael l'attira à lui.

— Viens, recouchons-nous…

Sa main glissa doucement le long de son dos, mais le corps de Sarah ne réagit pas. D'un mouvement brusque, elle se libéra de son étreinte et fit un pas en arrière. Michael la suivit. Il la retint, la prit dans ses bras, la serra, se montra insistant. Elle se débattit.

— Michael ! Non, lâche-moi ! enragea-t-elle. Bon sang, pourquoi les hommes croient-ils que le sexe va tout résoudre !

Quand Michael la lâcha, il y avait de la stupéfaction et de la colère dans ses yeux.

— Désolé de t'avoir importunée. Excuse-moi. Je ne savais pas à quel point tu me trouvais subitement repoussant. Parce que c'est bien de cela qu'il s'agit.

— Non, Michael, non. Il s'agit du fait que toi et mon père avez pris sans m'en parler des décisions qui me concernent. Par ailleurs, il y a tellement de choses qui sont en train de changer dans ma vie... J'ai besoin de temps.

Michael attrapa son pantalon et l'enfila, prit sa chemise et la passa en marchant vers la porte. Avant de sortir, il se retourna :

— Tu ne penses toujours qu'à *toi. Tu* as besoin de temps, *tu* dois réfléchir, *ta* vie est en train de changer. Tu sais quoi ? J'en ai marre !

A mesure qu'il parlait, son ton devenait dur et cassant.

— Il y a deux sortes de gens dans la vie : ceux qui donnent et ceux qui prennent. Tu appartiens à la deuxième catégorie.

Elle avait conscience qu'il cherchait à la blesser comme elle l'avait fait en le rejetant. Elle n'en tressaillit pas moins sous l'accusation. Lui, toujours prévenant et courtois, devait nourrir sa rancœur depuis longtemps. Sinon, il n'aurait pas explosé de cette façon. Quand elle vit son visage déformé, elle prit peur.

— Michael, murmura-t-elle, tu ne peux pas me jeter ces reproches à la figure et t'en aller. Reste, s'il te plaît.

Michael ne répondit pas. Il sortit et claqua la porte de la suite derrière lui. Sarah demeura immobile au milieu de la pièce jusqu'à ce qu'elle comprenne qu'il ne reviendrait pas. Elle se recoucha mais attendit encore. Elle se décida enfin à éteindre, sans trouver pour autant le sommeil. Quand le téléphone sonna, elle se jeta sur le combiné. Michael ne devait pas pouvoir s'endormir non plus sans qu'ils se soient réconciliés.

— Michael ? fit-elle, soulagée.

Pas de réponse.

— Allô ? Allô, qui est à l'appareil ?

Il y eut un déclic sur la ligne, la communication avait été coupée. Elle enfouit son visage dans l'oreiller et pleura.

Le lendemain matin, Sarah se réveilla rompue. Elle se leva et gagna la salle de bains. Sa dispute avec Michael lui avait laissé un sentiment de culpabilité, mais aussi de colère.

A onze heures, Michael ne s'étant toujours pas manifesté, elle se rendit à sa chambre, à l'étage au-dessus. Elle frappa doucement puis entra, mais hésita à s'avancer dans la pièce.

Michael faisait sa valise. Il leva à peine les yeux et se borna à la saluer de la tête.

— Tu fais tes bagages ? Je pensais que tu ne partais que ce soir.

Michael avait le teint blême et les traits tirés. Quand il se redressa et la regarda, elle lut de la tristesse et de la résignation dans ses yeux.

— C'est fini, n'est-ce pas ? dit-il doucement.

Sarah haussa les épaules dans un geste d'impuissance.

— Je ne sais pas.

Michael s'assit sur le lit et se cacha le visage dans les mains.

Sarah le rejoignit, se pencha et effleura ses cheveux. Elle devinait ce qu'il ressentait. Son père et elle étaient sa famille. Quand ils s'étaient connus, Michael avait perdu sa mère depuis quatre ans et n'avait aucun lien avec un père qu'il n'avait jamais fréquenté. Si Sarah le quittait, il la perdait, perdait sa famille et peut-être aussi sa position au sein du cabinet, qui représentait l'aboutissement de ses ambitions professionnelles.

Michael laissa tomber ses mains et releva la tête. Il avait visiblement passé lui aussi une nuit épouvantable. Comment se pouvait-il qu'en l'espace d'un jour et une nuit leur couple, que Sarah avait cru indestructible, soit près de voler en éclats ? Elle ne pouvait pas permettre cela, même si elle avait blessé Michael la veille. Et peut-être y avait-il du vrai dans ce qu'il lui reprochait, une vérité qu'elle n'avait jusque-là pas pu ou pas voulu voir.

Michael se leva, s'éclaircit la gorge et ferma sa valise.

— Je crois, dit Sarah, que même si on se sépare, mon père te transmettra le cabinet. Il pense que tu as toutes les qualités pour lui succéder.

Michael eut un rire amer.

— Tu sais quoi ? Je n'en ai rien à faire. Je peux prendre des parts dans n'importe quel autre cabinet.

Sa voix était ferme, son ton cassant. Il se détourna et s'immobilisa devant la fenêtre.

Elle était clouée sur place, incapable de le rejoindre et de le prendre dans ses bras. Il y eut un long silence, puis Michael prit sa valise et marcha vers la porte.

— Il faut que j'y aille. Mon avion décolle dans deux heures. Ça va être juste.

— Je t'en prie, reste jusqu'à ce soir. Je crois que nous devrions parler. Il n'y a que les relations agonisantes pour se terminer comme ça en deux jours. Ce n'est pas possible...

— C'est bien ce que je dis. C'est fini. Et tu dois avoir raison, c'est fini depuis longtemps. Du moins de ton côté.

Sarah éprouva une violente envie de hurler sa colère et son impuissance, de pousser un immense cri qui la libérerait de tous les sentiments qui depuis cinq jours la tourmentaient, ou bien de se jeter par terre, de trépigner. Puis, comme toujours, elle se ressaisit aussitôt, se glissa entre Michael et la porte et s'efforça d'argumenter.

— Michael, s'il te plaît, essaie de me comprendre. Je suis nerveusement épuisée. Il m'arrive tous les jours quelque chose de nouveau. Et j'ai peur de ce qui m'attend encore demain à cette réunion.

Michael ne répondit pas, la poussa de côté et ouvrit la porte. Ils sortirent ensemble et se dirigèrent vers l'ascenseur.

— Tu n'as pas besoin de m'accompagner. A vrai dire, je préfère que tu ne le fasses pas. Un dernier conseil : demain, demande une copie de tous les documents. Le cabinet pourra les étudier. En ce qui concerne la maison aussi, sois prudente. Ne signe rien, ne donne aucun accord, même verbal !

Sarah acquiesça. Elle avait une grosse boule dans la gorge et se demandait si elle devait mettre ses conseils sur le compte de la sollicitude ou de sa volonté de la placer sous tutelle.

L'ascenseur arriva. Quand les portes s'ouvrirent devant eux, Michael l'embrassa rapidement sur la joue. Ses lèvres étaient froides.

— Veux-tu que je transmette un message à ton père de ta part, ou bien penses-tu l'appeler d'ici ce soir ?

— Michael, s'il te plaît, n'insiste pas. Je lui parlerai quand le moment sera venu de lui parler.

— Comme tu voudras. Bon, eh bien... « salut ». C'est ce qu'on dit ici quand on se quitte, non ?

Sarah réussit à sourire avant que les portes de l'ascenseur se referment.

Elle passa le reste de la journée au fond de son lit.

Que lui arrivait-il ? Depuis qu'elle était à Paris, elle remettait en question tout ce qui jusque-là avait été sa vie. Et que se passait-il avec Michael ? Elle repassa dans sa tête chaque mot, chaque geste de son fiancé au cours des deux derniers jours. Sa réaction avait été excessive, à croire que cela le contrariait qu'elle suive sa propre voie. Oui, peut-être était-ce ce qui le troublait. A moins qu'il croie qu'elle était tombée amoureuse de Serge Delmas. Non, sûrement pas. Ce n'était pas le cas, il n'y avait donc aucune raison qu'il le croie. Mais alors comment pouvait-il affirmer que c'était fini entre eux ? Et par sa faute ? Il se trompait, voilà tout. Ou bien était-ce vrai ? Sarah ferma les yeux et, pour la première fois depuis le vendredi soir, s'autorisa à penser à Serge Delmas. A ses lèvres qui l'avaient effleurée dans le petit bar, au baiser passionné qu'ils avaient échangé devant l'hôtel. Jamais un baiser ne lui avait paru plus beau, et elle se prit à imaginer les mains de Serge sur son corps... Non ! Ça n'arriverait pas. Jamais. Elle ne savait même pas ce que ce geste avait représenté pour Serge, parce que, en fin de compte, il ne s'était pas manifesté une seule fois de tout le week-end. Le baiser n'avait été qu'une gentille façon de clore une soirée agréable. Rien de plus. Rideau.

Vers sept heures du soir, le ciel se déchira et Sarah eut envie de quitter l'abri de sa chambre. Dehors, la nuit était tombée, il faisait froid, l'air vif et transparent lui fit du bien. Elle marcha au hasard, entra dans un café, commanda une salade paysanne et un verre de sancerre.

Mais Paris semblait avoir perdu son éclat.

Elle rentra à l'hôtel tellement frigorifiée qu'elle se fit couler un bain pour se réchauffer. Immergée dans la mousse parfumée, elle songea à sa mère, à son brusque départ vingt-neuf ans plus tôt et au marché que Rolf von Schröder avait passé avec elle ; elle sentit la colère l'envahir tout entière. Colère contre son père qui organisait son avenir dans son dos, qui lui avait tu l'histoire de sa mère, qui la traitait comme une enfant irresponsable. Sa fureur grandit jusqu'à supplanter la tristesse d'une rupture annoncée avec Michael. Comme si cela ne suffisait pas, elle se rongeait d'inquiétude à l'idée de ce que les banquiers de sa mère allaient encore lui apprendre le lendemain matin.

Elle sortit de la baignoire, s'enveloppa dans le peignoir de bain et s'assit au bureau. Elle saisit une feuille de papier à en-tête de l'hôtel et écrivit :

*Papa,*

Ici, elle choisit d'employer une tournure un peu sèche pour marquer une certaine distance avec lui.

*Mardi dernier, j'ai demandé à Michael de t'informer du décès de ma mère et de mon départ précipité pour Paris. Je ne sais pas ce que ta femme a représenté pour toi ni dans quelle mesure la nouvelle de sa mort t'a affecté, et pour en venir à l'essentiel : je ne sais rien de toi et d'elle. Etant donné que tu t'es muré dans le silence pendant toutes ces années, je reste momentanément en France, le temps d'en apprendre un peu plus sur ma mère.*

*Michael était à Paris ce week-end. Il t'a entre-temps sûrement appris que j'avais suspendu notre projet de mariage.*

Cela contrarierait beaucoup son père, elle le savait.

*Pourquoi m'as-tu caché ton passé ? Peux-tu imaginer ce que j'ai ressenti lorsqu'à l'enterrement j'ai rencontré une femme qui m'a traitée de « fille de nazi » ? Je présume que cette femme est ma grand-tante Lea, la sœur du célèbre pianiste Eli Moses. Pourquoi ne m'as-tu jamais dit qu'il était mon grand-père ? Et ne prétends pas que tu ne le savais pas ! Je sais que tu as connu ma grand-mère Rebecca. J'ai vu la photo.*

Et elle conclut en ajoutant une phrase dont elle savait qu'elle décevrait beaucoup son père.

*Ma mère m'a instituée héritière de sa société MM Cosmetics. Je pense que je vais accepter.*

Voilà ! Sarah prit une longue inspiration. Savoir que l'information porterait un coup à son père lui fit du bien et atténua un peu, un tout petit peu, son immense et vaine colère. En réalité, elle était plutôt tentée de ne pas se charger de la société. Mais pour le moment son père n'avait pas besoin de le savoir.

Elle lui faxerait la lettre des bureaux de MM Cosmetics le lendemain matin.

Lorsque Sarah entra dans la salle de réunion de l'entreprise, quatre hommes se levèrent d'un même mouvement. Serge Delmas vint vers elle, la salua d'une façon neutre et la présenta aux représentants de la banque. De ces trois hommes en costume sombre que seules différenciaient les couleurs de leur cravate et la forme de leurs lunettes dépendait l'avenir de MM Cosmetics.

Sarah comprenait que la forte baisse du chiffre d'affaires ait alarmé la banque. Et le décès de Mirjam Moses, qui avait été à la fois le cœur et la tête de l'entreprise, n'avait guère contribué à les rassurer. Restait aujourd'hui à les convaincre que MM Cosmetics avait pris un virage prometteur et était sur le point de renouer avec les bénéfices.

Les présentations faites, Serge Delmas tira une chaise pour Sarah, et tous s'assirent. Quoique connaissant l'importance de l'enjeu, Sarah n'en avait pas moins espéré un regard ou un signe de Serge qui lui aurait donné à comprendre que lui aussi pensait à la soirée de vendredi. Mais il lui opposa une attitude strictement professionnelle et jamais son regard ne s'arrêta sur elle, bien qu'elle ait mis son nouveau tailleur gris dont la jupe étroite avait singulièrement tendance à remonter. Même les messieurs en costume sombre risquèrent des coups d'œil à ses jambes. Puis elle reconnut que Serge se comportait ainsi que l'exigeaient les intérêts de la société et que les sentiments personnels n'avaient pas leur place en cet instant.

— Pour être honnête, madame von Schröder, commença un des hommes en s'adressant directement à elle, nous sommes ici pour vous notifier l'échéancier de remboursement des crédits en cours. La situation financière de la société est catastrophique au point que le prochain paiement des intérêts de l'emprunt n'est même plus garanti. Et...

Il se tourna vers Serge Delmas.

— Et je suis surpris que Mme Lea Moses, l'autre actionnaire, ne soit pas présente. Y aurait-il un problème ?

L'avocat affichait un calme et une assurance sans faille.

— Elle nous prie de l'excuser. Le décès de sa nièce l'a beaucoup affectée. Ce qui est somme toute compréhensible.

Les trois banquiers échangèrent un regard.

— Bien. Venons-en à la question de la succession de Mme Moses à la tête de l'entreprise, poursuivit celui qui avait commencé. Quelle solution envisagez-vous ? Avez-vous l'intention d'embaucher un gérant ?

Tous les yeux se tournèrent vers Sarah. Mais que pouvait-elle leur dire, comment aurait-elle trouvé les mots justes ? Elle ne connaissait pas la société, elle ignorait tout des bilans et des prévisions. Elle ne connaissait même pas les produits. Elle appela du regard Serge Delmas à l'aide.

— Je vais temporairement assurer la direction de l'entreprise, déclara-t-il d'un ton posé et ferme. Jusqu'à ce que l'on ait trouvé le gérant adéquat. Ainsi que vous le savez, il y a des années que je suis de près les intérêts de la société. Personnellement, je suis d'avis que personne ne serait plus à même de prendre la succession de Mirjam Moses que sa fille, Sarah von Schröder. Mirjam Moses était du reste du même avis. Elle ne lui a pas légué par hasard ses parts de la société.

Des regards incrédules convergèrent vers Sarah.

— Pour en venir à l'essentiel, dit le porte-parole des banquiers, nous sommes disposés à vous accorder un report d'échéances de trois mois. En l'état actuel des choses, il n'est cependant en aucun cas envisageable d'augmenter le montant du crédit. Au terme du délai que nous vous accordons, vous voudrez bien nous fournir les pièces habituelles : situation des comptes, bilan prévisionnel, etc. Nous prendrons alors une décision définitive.

Un des deux hommes restés jusque-là silencieux s'adressa à Delmas.

— Maître Delmas, nous avons été très surpris d'apprendre que Simon Arnaux ait pu faire des prélèvements d'une telle importance sur deux des comptes de la société en utilisant un pouvoir de sa mère. Que savez-vous à ce sujet ?

Serge Delmas leva ses deux mains et les laissa retomber sur la table.

— Je ne peux malheureusement rien vous apprendre.

— Bon. Restons-en là pour le moment. En tout état de cause, nous ne souhaitons pas que Simon Arnaux soit à l'avenir autorisé à intervenir sur les comptes de la société. Nous avons pris les dispositions nécessaires. Vous recevrez d'ici à la fin de la semaine un avenant à la convention de prêt, que vous voudrez bien nous retourner signé.

Les trois hommes se levèrent et Serge Delmas les accompagna jusqu'au hall d'accueil avec Sarah. Ils avaient déjà pris congé lorsque l'un d'entre eux se retourna.

— Au fait, votre nouveau concept publicitaire nous plaît beaucoup !

Les trois représentants de la banque quittèrent le bâtiment sur un signe de tête amical en direction de Sarah.

— Nous avons eu chaud, mais ce n'est pas si mal !

De retour dans la salle de réunion, Serge se rassit à sa place, soulagé.

Malgré son indécision, Sarah se sentait elle aussi soulagée que le couperet ne soit pas tombé. Et elle ressentait comme un soulagement supplémentaire que l'on n'ait pas exigé d'elle qu'elle s'engage formellement à reprendre la société.

— Je n'en reviens pas que tout soit allé aussi vite et sans anicroche.

— Cela tient peut-être aux ravissantes jambes que vous n'avez pas précisément cachées, la taquina Serge.

Remarquant sa gêne, il se hâta d'enchaîner :

— En fait, la banque n'a aucun intérêt à une dénonciation avec effet immédiat de nos accords de crédit. Elle a déjà fait jouer ses garanties et il n'y a plus rien à tirer d'ici pour couvrir les crédits en cours. La banque peut se permettre d'attendre trois mois, pour elle c'est sans risque. Et pour la société, c'est une nouvelle chance. Ils vont toutefois nous avoir à l'œil. Cela ne m'étonnerait pas qu'ils sachent que vous êtes la fille de Rolf von Schröder, poursuivit-il en explorant ses poches à la recherche de cigarettes. A mon avis, ils veulent attendre de voir si vous êtes prête à investir une partie de votre fortune personnelle pour renflouer les comptes de la société.

Sarah pouvait comprendre la démarche de la banque ; en revanche, pourquoi Serge voulait-il assumer la charge de diriger l'entreprise dans un contexte aussi difficile ? Lorsqu'elle lui posa la question, il haussa distraitement les épaules.

— J'admirais votre mère, je veux tenter d'éviter que la société ne soit mise en faillite. Je le lui dois. Je vais donc essayer, durant une brève période, de mener de front la direction du cabinet et celle de l'entreprise.

Il redressa la tête et planta ses yeux dans les siens.

— Et j'espère vivement que vous prendrez rapidement une décision. Le temps presse.

— Je ne sais vraiment pas quoi faire, dit-elle.

Etait-il indispensable qu'il se montre aussi impersonnel maintenant qu'ils étaient seuls ?

— Je ne pense pas être à la hauteur de la tâche.

Serge se pencha en avant et la regarda avec insistance.

— Vous l'êtes, vous en avez les capacités. Je vous l'ai déjà dit.

Sarah recula sur sa chaise. Pourtant, pas un regard, pas un geste de sa part ne rappelait qu'ils s'étaient embrassés.

— Je ne connais rien au marché des cosmétiques, je n'ai même jamais essayé une seule crème de la marque. Et je n'ai pas la moindre notion du management d'entreprise.

— Vous apprendrez. Exactement comme votre mère a appris en arrivant à Paris.

Sarah sourit faiblement. Elle se demandait ce qui lui permettait d'être aussi affirmatif. Elle pensa à Michael qui lui avait proposé d'engager un gérant rompu aux affaires et de piloter la société depuis Munich. Etait-ce réaliste ? Elle compara mentalement les propositions de Serge et de Michael.

— Comment se fait-il que ma mère ait donné un pouvoir à Simon sur les comptes de la société ?

Serge haussa les épaules.

— Elle a peut-être voulu le mettre à l'épreuve.

— Mais qu'est-ce que Simon a fait de l'argent ?

— Ça ne m'étonnerait pas qu'il se soit acheté une Porsche, mais je n'en sais vraiment rien.

Vexée par la réserve de Serge, Sarah se leva brusquement. Maintenant que la réunion était terminée, à quoi bon s'éterniser s'il montrait aussi peu d'empressement à parler avec elle ? Il se leva à son tour.

— Le nouveau concept publicitaire ne vous intéresse pas ?

Son ton sarcastique agaça Sarah.

— Non, il ne m'intéresse pas, répondit-elle sèchement.

Serge sourit.

— Dommage. Il vous concerne directement.

Surprise, Sarah se rassit.

— Comment cela ?

— Catherine Leroux, la directrice de la publicité, propose une campagne axée sur vous.

— Sur moi ?

— Oui. Catherine a vu une photo de vous. Elle aimerait que la société vous choisisse comme ambassadrice de la marque. Vous êtes belle, vous avez un teint parfait, et votre qualité de fille de la fondatrice vous prédestine en quelque sorte à ce rôle, surtout si vous décidez de prendre la direction de la société.

— Mais une campagne publicitaire d'envergure coûte cher, et la banque ne veut plus rien prêter.

Serge tira sur sa cigarette.

— C'est un problème, je le reconnais. Pour toute action un peu ambitieuse, l'argent nous manque. Votre mère avait compris qu'il fallait innover. Mais elle était trop malade et trop fatiguée pour chercher de nouveaux investisseurs. Car si nous devons rajeunir notre image, nous avons surtout besoin de nouveaux…

— Produits ? l'interrompit Sarah.

Un coup discret frappé à la porte empêcha Serge de répondre. Ils attendirent que la secrétaire qui apportait un pli ait quitté la pièce avant de poursuivre.

Serge secoua alors la tête.

— Non, non, pas de nouveaux produits. Les dernières années, votre mère a investi des sommes astronomiques dans le développement de nouvelles crèmes. En pure perte. Il n'y a que la première ligne de soins qui se vende réellement bien, celle créée à partir de vos vieilles recettes de famille. Tous les autres produits restent sur les rayons.

Serge lut le document qui venait de lui être transmis. Le pli qui barrait son front se creusa.

— Un problème ?

— C'est une lettre de l'avocat de Lea Moses qui...

— Elle veut qu'on lui rachète ses parts ? le coupa Sarah, qui avait déjà réfléchi à cette éventualité.

Serge secoua la tête.

— Non. Votre mère avait pris des dispositions pour empêcher cela. Il y a six mois, elle a fait signer une déclaration à Lea par laquelle celle-ci renonce à exiger le rachat de ses parts pendant au moins vingt-quatre mois et, au terme de ce délai, renonce, au cas où elle souhaiterait vendre, à exiger d'être payée en une seule fois. Votre mère voulait ainsi protéger l'entreprise. Eu égard aux difficultés de la société, le rachat des parts de Lea lui aurait porté le coup de grâce. Lea a signé. A l'époque, elle ignorait que sa nièce était gravement malade. Nous l'ignorions tous.

Serge marqua une courte pause, fit le tour de la table, puis s'immobilisa.

— Il y a cependant une chose à laquelle votre mère n'a pas pensé, et c'est là-dessus que joue Lea.

Il laissa retomber la main qui tenait la lettre.

— Elle assigne la société en référé pour demander l'interruption immédiate de la production. Les produits concernés par cet arrêt de fabrication sont ceux élaborés à partir de ses formules. Autant dire la quasi-totalité de la ligne qui marche.

— Quels motifs invoque-t-elle ?

— Elle explique ici qu'elle a donné à sa nièce, il y a des années de cela, l'autorisation d'utiliser les formules de sa famille, mais que cette autorisation était liée à la personne de Mirjam et strictement incessible à un tiers. Etant entendu que les formules elles-mêmes sont toujours restées sa propriété personnelle. Sa nièce étant aujourd'hui décédée, elle estime que personne n'a le droit de les exploiter sans son autorisation expresse. Elle fonde sa requête sur l'autorisation donnée autrefois. Mais je sais que celle-ci a été rendue caduque par une donation notariée à votre mère. L'acte doit être quelque part. Il n'y a rien qui ressemble à cela ici dans le coffre de l'entreprise, et nous n'en avons pas trace non plus au cabinet. Mais je sais qu'il existe.

Serge frappa la table du plat de la main dans un geste d'impatience.

— Si nous ne parvenons pas à prouver que Lea Moses n'a plus aucun droit sur les formules, nous sommes mal partis. Et pour cela il nous faut impérativement produire l'acte de donation.

— Mais quel intérêt aurait ma grand-tante à faire arrêter la production et risquer ainsi de provoquer la faillite de la société ?

Sarah ne comprenait pas.

— Durant les premières années, ses parts ont rapporté à Lea Moses beaucoup d'argent, qu'elle a très intelligemment placé. Elle est largement pourvue et n'a pas besoin de plus. C'est peut-être cela. Mais il est également possible qu'elle veuille vendre les formules.

Serge ne cessait de secouer la tête.

— Je ne comprends pas ce qu'elle cherche. Elle pourrait à la rigueur avoir des raisons personnelles. Mais lesquelles, et pourquoi ?

— C'est peut-être à cause de moi, dit Sarah d'un ton découragé. Je crois qu'elle me hait. Le jour de l'enterrement, elle m'a traitée de « fille de nazi ». Du moins je présume que c'était Lea. Cela dit, je ne sais pas au juste ce que l'insulte signifie. Je n'en sais pas suffisamment sur l'histoire de ma famille pour comprendre.

Serge et Sarah se regardèrent en silence. Puis Serge dit prudemment :

— Le ressentiment de Lea est donc tel qu'elle préfère voir MM Cosmetics faire faillite plutôt que tomber entre vos mains... Difficile, dans ces conditions, de miser sur une réconciliation.

Sarah éprouvait un profond malaise. Jamais personne ne lui avait témoigné une telle haine. Ignorant combien elle paraissait désemparée, elle fut surprise quand Serge glissa un bras autour de ses épaules et la serra légèrement contre lui. Il la libéra cependant presque aussitôt et regagna sa place.

— Nous devons trouver cet acte, et vite. Il est possible qu'il soit dans le coffre de la maison de Mirjam.

Il se tourna vers Sarah.

— Vous devez tout de suite aller là-bas pour essayer de mettre la main dessus.

Sarah hésita. L'idée de fouiller dans les affaires personnelles de sa mère l'effrayait.

Serge perçut son hésitation. Il prit son bras et la poussa vers la porte.

— Venez ! Allons chercher la combinaison du coffre, elle est dans une enveloppe.

Le cœur de Sarah battait à grands coups quand elle pénétra dans le bureau parisien de sa mère. Les murs étaient lambrissés de bois sombre, une moquette épaisse étouffait les bruits. De luxuriants bouquets de fleurs dans d'immenses vases étaient disposés partout dans la pièce et un portrait du haut duquel sa mère souriait aux visiteurs était barré d'un crêpe noir. Le silence parut oppressant à Sarah. Tandis que Serge décrochait du mur un tableau au cadre doré pour accéder au coffre placé derrière, elle s'approcha du grand bureau.

Des photos dans de précieux cadres en argent étaient posées sur le plateau, parmi lesquelles une photo ancienne de Rebecca avec un bébé dans les bras et une photo de mariage de Rebecca et Eli Moses. Sarah fut une nouvelle fois fascinée par l'extraordinaire beauté de sa grand-mère.

Le regard de Sarah passait d'un cadre à l'autre puis brusquement s'arrêta.

— Mais c'est moi ! s'exclama-t-elle. Comment ma mère possédait-elle cette photo ? Et qui l'a prise ?

— Il y a de cela quelques mois, votre mère a fait prendre des renseignements sur vous, et quelqu'un a alors fait cette photo. C'est celle qui a donné à Catherine l'idée de la nouvelle campagne de publicité.

Avant que Sarah ait pu réagir, Serge poussa une exclamation de rage.

— Merde !

Il se tenait devant le coffre ouvert et retournait les dossiers. Il les sortit, les secoua les uns après les autres.

— La petite enveloppe rouge contenant la combinaison du coffre de la maison de votre mère a disparu. Elle a dû la ranger ailleurs. Maintenant, il faut que nous commencions par chercher cette enveloppe.

Sarah prit peur. Qu'est-ce que Serge allait encore exiger d'elle ? Il était déjà suffisamment déplaisant de devoir aller à Deauville pour fouiller dans les papiers de sa mère et voilà que maintenant il fallait qu'elle trouve une petite enveloppe rouge pour seulement pouvoir ouvrir le coffre.

— Où se trouve le coffre ? demanda-t-elle timidement.

— Dans la bibliothèque, derrière les œuvres complètes de Shakespeare.

Sarah s'adossa au bureau et observa Serge qui remettait les dossiers dans le coffre et le refermait d'un geste rageur. Sa mère paraissait avoir eu en cet homme une confiance sans limites. Non seulement il connaissait la combinaison de ce coffre-ci, mais il savait également où se trouvait celle de celui de Deauville.

Devant la porte du bureau, Sarah s'arrêta et attendit que Serge la rejoigne. Elle lui sourit par-dessus son épaule, alors il l'embrassa doucement dans le cou. L'espace d'une seconde, ils demeurèrent immobiles, puis ils sortirent ensemble de la pièce.

Sarah se hâta de rentrer à l'hôtel, demanda qu'on lui prépare sa note et fit réserver une voiture de location. Elle fourra nerveusement ses affaires dans son sac de voyage et remit les vêtements et chaussures neufs dans les sacs qu'elle n'avait pas encore jetés.

Quelques instants plus tard, elle rangeait ses bagages dans le coffre de la voiture de location garée dans la contre-allée de l'hôtel quand une BMW s'arrêta à sa hauteur, d'où Serge surgit.

— Je suis content que vous ne soyez pas encore partie.

Il prit une grande enveloppe marron posée sur le siège passager et la lui tendit.

— Je suis désolé d'avoir oublié de vous la donner. Votre mère me l'a confiée pour vous la remettre en main propre après son décès.

La main de Sarah tremblait légèrement quand elle prit l'enveloppe.

— Qu'est-ce que c'est ?

Serge haussa les épaules.

— Je l'ignore. Elle m'a simplement dit que vous y trouveriez beaucoup de réponses.

— Et si je n'étais pas venue à l'enterrement ?

— Je serais allé à Munich. Je l'avais promis à votre mère. Et j'ai failli oublier de vous la donner, c'est impardo...

— C'est bon, l'interrompit Sarah en l'embrassant rapidement sur la joue.

Il paraissait si désemparé, si exténué qu'elle n'avait pu s'en empêcher. Puis elle pivota sur les talons et monta dans sa voiture.

Avant même de sortir de Paris, elle s'était trompée plusieurs fois de chemin, en dépit du plan de Serge étalé sur le siège passager. Il lui avait assuré qu'en suivant ses indications il lui serait pratiquement impossible de se perdre. Pourtant, elle s'égara et mit une éternité à trouver l'autoroute. Elle conduisit très vite pour rattraper le temps perdu, mais rata la sortie de Deauville car elle pensait à Serge, au baiser qu'ils avaient échangé la nuit devant l'hôtel, au doux contact de ses lèvres sur son cou. Elle songeait combien il avait paru fatigué et surmené. Et il voulait diriger la société ?

Quand elle s'engagea sur la petite route puis tourna dans l'allée gravillonnée qui menait à la maison de sa mère, elle se rappela que sa lettre à son père était restée à l'hôtel. Elle était partie tellement vite qu'elle l'avait oubliée. Son père qui l'avait trompée alors qu'elle avait une confiance absolue en lui. A sa colère s'ajoutait désormais la tristesse.

Devait-elle la réécrire ? Lui envoyer un simple SMS ? Au fond de son cœur, elle aimait son père et, en dépit de tout, ne voulait pas lui faire de peine. En même temps, c'était le moment ou jamais qu'elle laisse, pour une fois, parler ses propres sentiments. Elle décida donc de lui écrire.

Sarah ouvrait à peine sa portière pour descendre de voiture que Mme Schneider apparut sur le seuil de la maison.

— Mais où étiez-vous passée ? bougonna-t-elle. Il y a des heures que je vous attends. Je voulais aller au cinéma avec mon amie, mais il va être trop tard.

Elle prit les sacs de Sarah et rentra en hâte dans la maison.

— Je vous ai préparé une ratatouille. J'espère que ça vous va. Votre mère m'en réclamait souvent, lança-t-elle de la cuisine. Le dîner est prêt. Autant vous mettre tout de suite à table.

Sarah monta ses bagages à l'étage, se lava les mains et redescendit.

Elle prit place à la table ovale de la salle à manger, où Mme Schneider avait mis le couvert pour elle. Pendant que la gouvernante apportait la ratatouille, Sarah regarda autour d'elle avec curiosité et découvrit une porte qu'elle n'avait pas remarquée lors de son premier séjour.

— Ça donne directement chez nous, dans l'annexe, expliqua la gouvernante qui ne perdait ni un geste ni un regard de Sarah. Mais la porte de communication reste toujours fermée, ainsi que le souhaitait votre mère. Vous voulez voir ?

Avant que Sarah ait pu répondre, elle tournait la clé dans la serrure et ouvrait la porte. Sarah jeta un bref coup d'œil tandis que Mme Schneider repartait en hâte dans la cuisine. Elle en revint avec une bouteille de vin et une corbeille de pain frais.

— Il faut vraiment que j'y aille. Mon mari est déjà parti jouer aux cartes, et moi, je vais finir par être en retard si je ne me dépêche pas.

Mme Schneider disparut dans le vestibule tout en continuant à parler.

— Tout va bien, madame Schneider, partez vite, lui lança Sarah de la salle à manger. Et passez une bonne soirée !

La porte d'entrée retomba derrière elle. Un silence bienfaisant emplit la maison. Sarah mangea quelques fourchetées de ratatouille, but un peu de vin et prit un morceau de baguette. Elle était pressée. Elle devait trouver la fameuse enveloppe rouge et ouvrir le coffre. Ensuite seulement, elle se consacrerait à la grande enveloppe que Serge lui avait remise de la part de sa mère.

Elle entra dans la bibliothèque, chercha les œuvres de Shakespeare et sortit *Le Marchand de Venise* du rayonnage. Le coffre-fort qui apparut derrière se fondait dans le rouge sombre du papier peint. Le précieux document était donc là. Mais où se trouvait la combinaison ? Et par où commencer ses recherches ?

Elle alla dans le bureau de sa mère et ouvrit tous les tiroirs sans trouver de petite enveloppe rouge, pas même de notes personnelles, seulement du papier à lettres à en-tête, un stylo, quelques cartes de visite...

Sarah fouilla le rez-de-chaussée dans ses moindres recoins, jusqu'aux tiroirs de la cuisine où régnait un fouillis invraisemblable : des bons de réduction qui devaient être périmés depuis longtemps, des petits savons emballés, divers échantillons publicitaires, quelques clés...

Quand neuf heures sonnèrent, elle se hâta de débarrasser la table et de ranger la cuisine, puis elle monta au premier. Devant la chambre de sa mère, elle hésita, ouvrit lentement la porte et alluma la lumière. Les lys n'avaient rien perdu de leur splendeur et un ordre méticuleux régnait dans la pièce.

Sarah s'en voulut de ne pas avoir tout simplement interrogé Mme Schneider. Elle savait peut-être où se trouvait l'enveloppe rouge. Le coffre dissimulé derrière les livres de la bibliothèque n'avait sûrement pas échappé à sa curiosité. Sarah sentit la migraine la gagner, le sang battre plus fort derrière ses tempes. Elle s'avança jusqu'à une armoire qu'elle ouvrit doucement. Quand elle perçut les effluves d'un délicat parfum, elle referma en tremblant. Non. Elle ne pouvait pas fouiller dans les affaires de sa mère, ce n'était pas possible. Elle demanderait le lendemain matin à Mme Schneider d'explorer la maison avec elle. Pourquoi n'y avait-elle pas pensé plus tôt ? Bon, et maintenant, l'enveloppe marron.

Sarah était subitement très pressée de regagner sa chambre pour l'ouvrir. Elle la prit, commença à la décacheter, puis sa main retomba. Son cœur cognait contre ses côtes. A quoi bon ? Elle n'y trouverait que les justifications d'une femme qui avait abandonné son enfant puis l'avait vendue au prix fort pour créer une entreprise.

— En fait, je ne veux pas savoir ce que tu as imaginé pour éveiller ma pitié après ta mort, murmura Sarah. Et je ne veux pas de ton entreprise, je ne chercherai plus la combinaison du coffre. Je me moque de ce que ta société va devenir.

Elle se laissa tomber sur le lit, brusquement libérée d'un poids. Terminé. Elle allait tourner le dos à tout ça et rentrer à Munich.

Oui, mais... Etait-ce bien ce dont elle avait envie, après tout ce qu'elle avait appris et vécu ici depuis son arrivée ? Elle ne trouverait de réponse à cette question qu'en sachant où elle en était, et elle ne le saurait qu'en lisant ce que sa mère avait souhaité lui dire. Alors seulement elle prendrait sa décision.

Elle ramassa l'enveloppe qui lui avait échappé des mains, l'ouvrit et en sortit un paquet de feuilles couvertes d'une écriture serrée qu'un gros trombone maintenait ensemble. Dehors, la pluie tombait. Sarah se glissa dans le lit, remonta les couvertures et coinça les oreillers dans son dos de manière à lire assise. Sa main tremblait si fort qu'elle parvint à peine à tirer sur la première feuille pour la dégager du trombone.

## 4

## *Mirjam*

Comme toutes les petites filles, j'adorais mon père, le célèbre pianiste Eli Moses. Durant les périodes où il était à la maison avec nous, il s'asseyait à son piano et jouait chaque jour pendant de longues heures. Souvent, je me faufilais dans le salon de musique, m'asseyais dans un coin du sofa, me faisais toute petite et osais à peine respirer tant la musique et son jeu m'impressionnaient.

Quand bien même il feignait de ne pas me voir, tout à coup il se retournait, me faisait signe d'approcher, me prenait sur ses genoux et continuait à jouer. A jouer seulement pour moi. La *Lettre à Elise* était mon morceau préféré. Je ne me lassais jamais de l'entendre.

J'étais une enfant et je croyais à la permanence des choses. A l'époque, je ne savais pas que cela ne durerait pas éternellement, que souvent ce que Dieu donne aux hommes de bon et beau, il le reprend de façon cruelle. J'étais heureuse, entourée d'amour, de beauté et d'affection.

Car si mon père ne reculait devant rien pour me faire plaisir, ma tante Lea me chérissait et me gâtait tout autant. Même notre cuisinière Alina m'entourait de sa sollicitude, elle faisait les plats et les gâteaux que j'aimais et avait toujours quelques douceurs en réserve pour moi dans la cuisine.

Mon père bien-aimé donnait souvent de magnifiques fêtes ou bien des dîners plus intimes auxquels étaient conviées des personnes qui l'admiraient sans réserve. Lorsque, tard le soir, je me glissais hors de ma chambre pour m'asseoir sur le palier et écouter, j'entendais que l'on parlait de lui comme s'il était un saint. « Le plus grand pianiste du siècle » était l'une des phrases qui parvenaient régulièrement jusqu'à moi, la petite espionne assise en haut des marches. Même si je ne comprenais pas tout à fait le sens des mots, j'étais très fière de mon père.

Mais d'autres phrases me parvenaient aussi. « Quelle beauté exceptionnelle. Pas étonnant qu'elle l'ait embobiné. Tout lui est tombé dans le bec avec ce mariage. Cela crève les yeux qu'elle ne l'aime pas. »

J'avais beau n'avoir que quatre ans, je comprenais de qui les gens parlaient. Ils parlaient de Rebecca, ma mère.

Je me souviens d'une énième réception. Il était tard, j'étais presque endormie quand la porte de ma chambre s'est ouverte doucement et la fine silhouette de ma mère, qui ce soir-là portait une longue robe blanche, est apparue. Elle s'est approchée en hésitant de mon lit, s'est penchée et a déposé un baiser froid sur ma joue.

J'ai détourné brutalement la tête car je détestais son parfum. Il était lourd, sucré et me soulevait le cœur. J'étais en outre embarrassée par cette manifestation inédite de tendresse. J'avais en effet toujours eu conscience qu'elle n'éprouvait pour moi, sa fille, que du rejet. Je me tournai. Je voulais me protéger de ma mère qui ne m'aimait pas et dont l'amour, du reste, ne me manquait nullement. Je possédais le père le plus tendre, le plus aimant de la terre et une tante qui me chérissait sans retenue. J'étais heureuse bien que ma mère ne m'aimât pas.

Elle demeura un instant à mon chevet, puis elle se tourna vers la porte et, après une courte hésitation, quitta la pièce. Cependant, lorsque je la vis dans la lumière du couloir, il me revint soudain en mémoire une pièce de théâtre à laquelle j'avais assisté quelques mois plus tôt avec ma tante : *La Reine des neiges*. Je contemplais ma mère, toute de blanc vêtue, si belle et en même temps si froide, et alors je compris qui elle était en réalité : elle était la reine des neiges.

Durant de longues années, j'ai regretté que le temps ne se soit pas arrêté à cette époque. J'aurais voulu ne jamais vivre le jour où tout s'est effondré, où le rêve s'est transformé en un cauchemar qui ne voulait plus finir. Le bonheur dans lequel j'avais vécu n'était pas authentique, et des années plus tard je dus apprendre que mon père n'était pas l'homme pour lequel je l'avais tenu.

Il me semble que c'est au début de l'année 1938 que le malheur s'est mis en marche. Lentement, insidieusement. Pourtant, même moi qui n'avais que cinq ans et ne pouvais pas les comprendre, j'en reconnus les signes.

Cela a commencé par l'absence, un matin, d'Alina, notre cuisinière.

Comme d'habitude, j'avais descendu l'escalier en sautillant, toute contente à l'idée de prendre mon petit déjeuner, puis l'étonnement m'avait arrêtée en bas des marches. Je reniflai en direction de la cuisine. Il manquait l'odeur du matin, l'odeur du café et des gaufres d'Alina. Prise d'un vague sentiment de malaise, j'ouvris doucement la porte de la salle à manger qui était contiguë à la cuisine.

Ma tante Lea, défaite, se tenait devant l'armoire à vaisselle. Elle sortait des tasses et des assiettes, puis les remettait à leur place. Quand elle me vit, elle vint rapidement vers moi, me prit dans ses bras et m'annonça qu'Alina ne viendrait plus chez nous. Je n'étais qu'une enfant, mais je compris tout de suite à son ton faussement calme qu'elle ne me disait pas la vérité.

« Pourquoi est-elle partie ? Il est arrivé quelque chose ? »

Je pris peur, je pensai qu'Alina était peut-être morte. Mais tante Lea secoua la tête. La cuisinière allait très bien, je ne devais pas m'inquiéter. Je fus cependant triste et blessée qu'Alina ne m'ait même pas dit au revoir. Je ne le comprenais pas, car combien de fois ne m'avait-elle pas assuré qu'elle m'aimait de tout son cœur, presque comme si j'étais sa propre fille, et qu'elle resterait toujours chez nous ?

Tante Lea me regarda, puis me serra violemment contre sa poitrine.

« Son mari ne voulait plus qu'elle fasse la cuisine pour des étrangers. Il voulait l'avoir pour lui tout seul. »

Je sentis à nouveau qu'elle mentait, qu'elle me dissimulait la vérité. Mais pourquoi ? Que ne pouvait-elle me dire ?

Je ne m'étais pas encore remise de l'absence inattendue d'Alina que je dus affronter une nouvelle grosse déception. Je guettais avec impatience mon amie Klara au portail du jardin. Il faisait chaud, c'était une belle journée d'été ensoleillée et je me réjouissais de jouer tout l'après-midi dans la piscine avec elle. J'attendis longtemps, mais Klara ne vint pas. La rue demeura déserte. Klara n'apparut pas comme d'habitude au carrefour, tenant la main de sa mère et me faisant signe de loin. J'attendis à la grille, les yeux rivés sur la rue, jusqu'à ce que j'entende derrière moi les pas de tante Lea sur le gravier de l'allée. Elle venait lentement vers moi. Quand elle m'eut rejointe, elle m'annonça en butant sur les mots que Klara ne viendrait plus.

« Plus jamais ? » demandai-je à voix basse.

Tante Lea me prit dans ses bras, et je vis qu'elle pleurait.

Nous demeurâmes un moment à la grille du jardin, puis je me libérai de ses bras. Des remarques que j'avais saisies lors de conversations entre adultes me revinrent à l'esprit et je lui demandai :

« Elle n'a plus le droit de jouer avec moi parce que nous sommes juifs, n'est-ce pas ? »

Tante Lea hocha simplement la tête. Je la sentis touchée de compassion pour moi, petite fille bouleversée par la perte de sa meilleure amie. Elle me prit par la main et nous retournâmes vers la maison. Elle me promit un gâteau aux fraises avec beaucoup, beaucoup de crème Chantilly dessus. Je secouai rageusement la tête. Un gâteau était impuissant à remplacer une amie, impuissant à me faire oublier que nous étions juifs et que, désormais, on nous évitait.

« Est-ce que grand-père est mort parce qu'il était juif ? »

Je me souvenais que ma mère m'avait dit que mon grand-père avait été tué par des personnes méchantes.

Tante Lea hocha silencieusement la tête.

Mais qui étaient ces personnes méchantes, et à quoi les reconnaissait-on ? Je songeai à mon père, à Lea, à ma mère aussi. Pourquoi n'avait-on pas le droit de nous rendre visite, de faire la cuisine pour nous, de jouer avec nous ? Ou bien... était-il possible que les méchants fussent les Juifs ?

La grand-mère de Klara me revint en mémoire. Quelques semaines auparavant, elle était entrée dans la chambre de sa petite-fille alors que nous jouions à la marchande.

« Tes parents sont juifs, n'est-ce pas ? »

J'étais embarrassée et ne savais quoi répondre.

« Nous sommes allemands », avais-je répliqué d'un ton ferme.

La grand-mère de Klara avait levé les deux mains et s'était exclamée d'une voix forte :

« Vous n'êtes pas allemands ! Vous êtes juifs, et vous avez cloué Jésus sur la croix. Sa mort retombera sur vous et vos enfants jusqu'à la dernière génération ! Ainsi qu'il est écrit dans la Bible. »

Puis elle avait pivoté sur les talons et était sortie de la pièce en boitillant.

Mon amie Klara avait pouffé, piqué son index sur sa tempe et déclaré que sa mamie n'avait plus toute sa tête.

J'avais eu néanmoins très peur.

« Klara ne vient plus chez nous parce que nous avons tué Jésus-Christ sur la croix ? » demandai-je à tante Lea.

Elle me regarda sans comprendre et secoua la tête.

« Non. Non, ce sont des bêtises, cela n'a rien à voir avec cette histoire.

— Avec quoi, alors ? insistai-je.

— Avec un homme qui s'appelle Hitler, et avec ses partisans. Mais tu es trop petite pour comprendre. »

Ma tante ne voulut pas en dire plus. Je levai la tête et la regardai. Je perçus chez elle une peur, une colère qui m'inquiétèrent et je cessai de poser des questions.

Lorsque peu à peu les fêtes magnifiques qui avaient lieu chez nous se firent plus rares, puis disparurent complètement, je compris que même mon père bien-aimé était évité, que lui aussi avait perdu beaucoup d'amis et d'admirateurs. Seules quelques rares personnes nous rendaient désormais visite, et toutes étaient juives comme nous.

Un soir, mon parrain vint chez nous. Il resta longtemps, s'opposa à mon père, discuta pendant des heures avec lui.

« Je m'installe en Belgique, déclara-t-il avec force, et tu devrais faire la même chose. Là-bas, tu seras toujours au cœur de l'Europe, au centre de la vie culturelle. Je vais à Bruxelles la semaine prochaine pour voir comment ça se passe et transférer de l'argent. Viens donc avec moi ! »

Mon père se moqua de lui, soutint, confiant et sûr de lui, qu'en sa qualité d'artiste reconnu et apprécié, il était trop important pour qu'il puisse lui arriver quelque chose.

Mon parrain le fixa des yeux.

« Et s'il y a la guerre ? » interrogea-t-il d'une voix calme.

Mon père secoua énergiquement la tête.

« Il n'y aura pas la guerre, se buta-t-il. Et le rejet des Juifs n'est qu'un courant politique temporaire. Je te le garantis ! »

Bien que mon père ne nourrît apparemment aucune inquiétude, une peur croissante gagna Lea. Plutôt que d'aller elle-même faire les courses, elle se faisait désormais livrer à la maison par des commerçants juifs. Elle ne se rendait plus en ville que lorsque notre chauffeur pouvait l'y conduire en voiture et l'attendre devant les magasins le temps qu'elle fasse ses achats. Nous entendions de plus en plus souvent parler de Juifs agressés et molestés en pleine rue ou emmenés dans des camps.

Un journaliste connu, ami de mon père, qui avait signé un article courageux contre les nazis dans un grand quotidien, fut arrêté le lendemain dans les locaux de sa rédaction. Personne ne sut où il fut emmené. Et à chaque nouvelle histoire que nous apprenions, à la maison, la peur grandissait.

Fin octobre, mon père partit en voyage. Je l'accompagnai jusqu'à la grille où il me souleva dans ses bras, me serra contre lui et m'embrassa pour me dire adieu.

« Je vais à Bruxelles, ma petite princesse, mais je ne serai pas longtemps absent. »

Puis il expliqua doucement :

« Il est possible que nous devions quitter l'Allemagne. Mais nous irons dans un pays où il ne pourra rien nous arriver, où nous circulerons librement et où tu auras de nouvelles petites camarades. »

Je demeurai silencieuse tandis que mes yeux se brouillaient de larmes. Mon père me reposa à terre.

« Mais tu ne dis rien à ta mère ! Que nous partons dans un autre pays doit rester un secret, ma petite princesse. Promets-le-moi ! »

Je hochai bravement la tête bien qu'une grosse boule me serrât la gorge.

Il partit. Je le regardai monter dans sa voiture et lui fis signe jusqu'à ce qu'il ait disparu au coin de la rue. Je remontai alors lentement vers la maison. Il fallait partir ? Quitter la maison, le jardin, la piscine, le grand tilleul dans le coin, près de la grille, sur lequel je grimpais toujours pour guetter mon père ? Quitter le pommier que j'avais planté avec notre jardinier quand j'avais trois ans et qui cet automne portait ses premiers fruits rouges ?

Je passai à côté des rosiers qui bordaient l'allée et qui en été sentaient si merveilleusement bon, entrai dans l'immense hall et gagnai la grande cuisine que jouxtait le garde-manger où étaient rangées les délicieuses gelées et confitures d'Alina, les conserves de potiron, de coings et de cornichons. Et bien sûr la boîte en fer-blanc décorée d'angelots dans laquelle la cuisinière conservait ses gâteaux secs au chocolat.

Le départ d'Alina ne suffisait pas. D'abord elle, puis Klara, et à présent la maison.

Je me laissai choir sur mon petit tabouret. La maison était insupportablement silencieuse. Je restai longtemps assise dans la cuisine, seule, emplie de crainte. Si ma mère ne devait pas apprendre que nous allions bientôt partir, ma tante le savait-elle ?

Je descendis de mon tabouret et me mis à la recherche de Lea.

Quelques jours plus tard, tante Lea se rendit un soir chez les Silber, nos voisins. Elle prit le raccourci par le portillon en fer forgé qui fermait le passage entre nos deux jardins, et le silence inhabituel qui me terrifiait enveloppa de nouveau la maison. Je ne parvenais pas à m'endormir et sursautai violemment lorsque soudain la porte de ma chambre s'ouvrit. Ma mère, la reine des neiges, entra sans faire de bruit.

Entre-temps, j'avais compris qu'il n'existait de reine des neiges que dans le conte, mais je persistais à appeler secrètement ma mère ainsi. Quand elle s'approcha doucement de mon lit, je fis semblant de dormir mais ouvris ensuite à demi les paupières et la vis sortir en hâte des vêtements de mon armoire, puis prendre quelques jouets au hasard et quitter la pièce sur la pointe des pieds.

Le moment était-il venu ? Etait-ce maintenant que nous devions partir ? Mon cœur cognait contre mes côtes et j'osais à peine respirer. Paralysée dans mon lit, je priais le bon Dieu pour que mon père rentre vite à la maison. Et que tout redevienne comme avant. Des bruits en bas dans le vestibule me mirent aux aguets. Puis j'entendis la voix de mon père. Il parlait si fort et d'un ton si dur que je ne le reconnus pas immédiatement.

Mais c'était bien lui, et je ris de joie et de soulagement car désormais tout allait s'arranger, j'en étais intimement convaincue. Je sortis de mon lit pour vite descendre l'embrasser. A l'instant où j'ouvrais la porte, une détonation déchira le silence de la nuit. Ma main qui tenait la poignée retomba. La peur m'étreignit le cœur. Je m'avançai néanmoins jusqu'à l'escalier et me penchai au-dessus de la rambarde.

Dans un premier temps, je ne vis que le visage de mon père, sa bouche démesurément ouverte, ses yeux rivés sur ma mère. Puis un frisson parcourut son corps et il s'affaissa lentement. Je vis alors le trou dans sa tête, je vis le sang qui maintenant coulait sur son visage et s'étalait en une flaque rouge sombre sur le marbre blanc.

Mes genoux cédèrent, je ne pouvais plus respirer, plus penser, à peine parler.

« Papa… bafouillai-je, papa, qu'est-ce que tu as ? »

En effleurant le mur du bout des doigts, sans réellement en attendre de soutien, je descendis marche après marche vers mon père, vers l'être que j'aimais le plus au monde et que je ne cesserai jamais d'aimer. Puis je vis ma mère, horrifiée, qui me regardait descendre, qui fit un pas vers moi, qui s'arrêta. Il y avait aussi une autre personne, quelqu'un qui se tenait en retrait dans la pénombre, juste derrière ma mère : un homme de grande taille, en uniforme, une arme à la main. Et à cette main, il portait une chevalière étincelante.

Cet homme venait de tuer mon père.

Mais pourquoi ? Parce qu'il était juif ? Et pourquoi ma mère ne secourait-elle pas son mari ? Pourquoi se tenait-elle si près du meurtrier ? Pourquoi n'avait-elle pas retenu mon père quand il s'était affaissé ? Pourquoi était-elle muette ? Pourquoi ne le pleurait-elle pas ?

J'avais beau n'être qu'une enfant, je compris à cet instant que ma mère n'était pas de mon côté, ni de celui de mon père et de tante Lea, mais du côté de cet inconnu, cet homme assassin. Et pour cette raison je commençai alors à la haïr, et je l'ai haïe ma vie entière comme je n'ai jamais haï personne sur cette terre.

## 5

## *Sarah*

Elle lut, incapable de s'arrêter, jusqu'à ce qu'elle ne puisse plus garder les yeux ouverts et s'affaisse contre les oreillers. Quelque part, un téléphone sonna sans qu'elle y prête attention. Elle voulut respirer à fond mais ne parvint qu'à haleter. Elle ressentait quasi physiquement la solitude de la petite fille que sa mère avait été autrefois, une solitude qu'elle-même connaissait si bien. Ses tempes palpitaient douloureusement, son pouls battait trop vite.

Quand son souffle se fut apaisé, elle posa les feuilles qu'elle avait lues par terre, à côté du lit, et prit le reste du paquet. De nouveau, un téléphone sonna. Elle se rendit compte seulement à cet instant que la sonnerie provenait du vestibule, au rez-de-chaussée. Elle essaya de prendre la communication en appuyant sur différentes touches du poste de sa chambre, sans résultat.

Elle avait promis à Serge de l'appeler, mais cela lui était sorti de la tête. Elle balança ses jambes hors du lit et fouilla son sac à la recherche de son portable, dans lequel était enregistré le numéro de l'avocat. Elle ne le trouva pas. Sarah se rappela qu'elle l'avait posé sur la table au moment de dîner. Il devait toujours y être. Elle se dirigea vers la porte, l'ouvrit et se figea. En bas, le parquet venait de craquer. Elle écouta, les sens en alerte, mais rien ne troubla le silence. Sans doute ses nerfs lui jouaient-ils des tours. Il lui revint à l'esprit que la porte de communication avec l'annexe était restée ouverte. Si elle commençait par la fermer, elle se sentirait plus en sécurité.

En dépit du sentiment de malaise qui la gagnait, elle s'avança jusqu'à l'escalier. Là, elle s'immobilisa et attendit. Hormis le murmure régulier de la pluie, tout était silencieux. Elle tremblait de tous ses membres, mais elle devait descendre, elle devait fermer la porte de communication et trouver son portable.

La lumière qui provenait de sa chambre éclairait l'escalier. Sarah commença à descendre, comme une marionnette mue par des fils invisibles, toutes ses pensées focalisées sur la tentative d'effraction lors de sa première nuit dans la maison. Parvenue à la dernière marche, elle s'immobilisa. Le rez-de-chaussée était plongé dans le noir. Brusquement paniquée, elle ne se rappela plus de quel côté se trouvait l'interrupteur. Un peu plus tôt, elle avait fugitivement enregistré la présence d'une lampe torche sur la commode à droite de l'escalier. Elle tâtonna à sa recherche en s'efforçant de ne pas faire de bruit. Sa main rencontra la lampe, elle s'en saisit puis se faufila en direction de la bibliothèque, dont la porte était ouverte. Une fois dans la pièce, elle alluma la lampe et fouilla l'obscurité. Le pinceau lumineux balaya le sofa, le fauteuil, la cheminée, les murs de livres. Elle se figea. Dans le rond de lumière, un vide était apparu entre les livres. Le coffre était ouvert. Il lui fallut de longues secondes pour comprendre ce que cela signifiait. Elle n'était pas seule dans la maison.

Elle perçut comme un souffle dans son dos. Rapide comme l'éclair, elle fit volte-face. Une ombre jaillit du néant, deux yeux écarquillés surgirent dans le pinceau lumineux de sa lampe, puis un coup violent l'atteignit à la tête. Elle fit un écart, glissa sur le carrelage avant de s'effondrer. Une douleur intense envahit son crâne ; Sarah sombra dans la nuit et ne ressentit plus rien.

Serge Delmas descendit l'avenue Montaigne à pleine vitesse puis s'engagea sur le rond-point des Champs-Elysées en faisant gémir ses pneus.

Il était fatigué et énervé. Sans réfléchir et sans en mesurer la portée, il avait le matin pris une responsabilité qui paraissait impossible à assumer. Comment un simple juriste pourrait-il diriger une entreprise qui pour l'heure avait surtout besoin d'un manager sacrément doué pour éviter la chute libre ? Il l'avait fait par devoir envers Mirjam Moses. Il ne se passait pas un jour sans qu'il pense à elle. Maintenant qu'elle était morte, il mesurait combien elle avait compté pour lui. Il l'avait admirée et avait pris un plaisir infini à discuter avec elle. Les liens qui les avaient unis allaient bien au-delà de la simple relation professionnelle. Il n'avait que peu connu son mari, Daniel Arnaux, un homme insignifiant, petit, avec le crâne dégarni et des lunettes, qui passait le plus souvent inaperçu. Il ne connaissait pas davantage son fils, Simon. Qui l'intéressait aussi peu que son père. Mirjam, en revanche, l'avait fasciné. Par son ambition, sa discipline, sa volonté de fer. Il se prenait parfois à rêver de posséder la même ambition dévorante. Depuis que son père, cinq ans auparavant, s'était retiré du cabinet, beaucoup de clients les avaient quittés et peu de nouveaux les avaient remplacés.

Serge extirpa nerveusement une cigarette de sa poche et l'alluma. Sa main tremblait. La mort de Mirjam Moses continuait à l'affecter. Il avait vécu l'une des pires heures de sa vie lorsqu'elle lui avait froidement annoncé, la dernière fois qu'ils s'étaient vus, qu'elle était perdue et entrait dans une clinique spécialisée dans les soins palliatifs. Elle était assise en face de lui, très calme, quand lui ne savait ni quoi dire ni comment se comporter. Il avait bien objecté en bafouillant qu'il ne fallait pas qu'elle renonce, qu'elle pouvait encore s'en sortir, qu'on ne cessait d'entendre parler de guérisons quasi miraculeuses. Elle n'avait pas relevé. Elle lui avait exposé les dispositions qu'elle avait prises et l'avait expressément prié d'informer Sarah von Schröder avant l'ouverture officielle du testament que sa mère l'avait instituée héritière de ses parts de MM Cosmetics. Puis elle s'était levée et avait gagné son bureau. Il l'avait observée, son corps menu et souple était très amaigri, osseux. Elle respirait avec difficulté et dut prendre appui sur la table pour se déplacer. En même temps, elle le regarda en souriant tristement et lui caressa légèrement la joue.

« J'en ai pris mon parti », dit-elle comme si elle voulait le consoler, lui le bien-portant.

Elle sortit une grande enveloppe brune d'un tiroir de son bureau et la lui tendit en lui enjoignant de la remettre en main propre à sa fille.

Elle l'avait ensuite prié de partir, et il était parti. Il s'était esquivé, honteux, incapable de trouver un mot de consolation.

Sarah pourrait-elle poursuivre l'œuvre de sa mère ? Serge savait que, quelques mois avant sa disparition, Mirjam avait pris des renseignements sur sa fille. Mais qu'est-ce qui lui permettait de penser qu'elle serait capable d'éviter la mise en liquidation de la société ? Sarah avait peut-être raison de supposer que Mirjam avait uniquement spéculé sur l'argent de la famille von Schröder. Il était certain en tout cas qu'elle tenait à assurer la pérennité d'une société qui avait tout représenté pour elle.

Serge avait été surpris lorsqu'il avait fait la connaissance de Sarah. Il s'était imaginé que la fille d'un avocat presque légendaire comme Rolf von Schröder serait une sorte de superwoman des affaires, pas une jeune femme douce, timide et plutôt réservée. Quelque chose chez elle l'avait touché, peut-être sa capacité à se surpasser, à s'impliquer pour autrui sans chercher à obtenir quelque chose pour elle-même.

Sarah était belle, même si elle n'en avait pas conscience. Combien de fois n'avait-il pu s'empêcher de penser à elle ces derniers jours, bien qu'il ait essayé d'effacer de sa mémoire le soir où il l'avait embrassée ! Sa vie était assez compliquée comme ça.

Elle ressemblait au nazi. Subitement les mots de Lea lui vinrent à l'esprit. Qu'avait-elle voulu dire ? Quel secret pesait sur cette famille ? Lea qui ne voulait plus mettre un pied sur le sol allemand, Mirjam qui des années auparavant avait froidement rayé sa fille de sa vie, et l'énigmatique Rebecca qui vivait aux Etats-Unis et n'avait toujours pas été prévenue de la disparition de sa fille, car personne n'était parvenu à la joindre.

Serge se gara devant l'immeuble où il habitait. Il était fatigué et de mauvaise humeur. Il repensa à Sarah qu'il avait envoyée en Normandie chercher un acte de donation vital pour la survie de MM Cosmetics. Il regarda sa montre. Il était un peu plus de neuf heures. Avait-elle trouvé l'enveloppe avec la combinaison du coffre ? Il sortit son portable en même temps qu'il descendait de voiture et l'appela. Dans la maison de Normandie, personne ne décrocha. Il laissa sonner longtemps, puis essaya de joindre Sarah sur son portable. Il n'obtint que sa boîte vocale. Il laissa un message demandant qu'elle le rappelle dès que possible. Puis il composa le numéro des Schneider, sans plus de succès. Ce n'était pas alarmant. Serge savait que M. Schneider fréquentait assidûment l'unique café du village et que sa femme se mettait du coton dans les oreilles pour ne pas être réveillée quand il rentrait au milieu de la nuit plus ou moins éméché.

Mais pourquoi Sarah ne répondait-elle pas ?

Il commença à être inquiet. N'avait-il pas commis une faute, cet après-midi, laissé passer quelque chose ?

— Merde, lâcha-t-il à mi-voix en se frappant le front du plat de la main.

La combinaison du coffre avait disparu, mais pourquoi Mirjam aurait-elle pris l'enveloppe ? Elle la connaissait, la combinaison. Lea, en revanche, ne la connaissait pas. Si elle préférait précipiter la ruine de l'entreprise avant qu'elle tombe entre les mains de Sarah, elle ferait tout pour récupérer l'acte de donation avant le jugement de référé. Par ailleurs, Lea devait elle aussi supposer que le précieux papier qu'elle avait signé autrefois se trouvait dans le coffre de la maison de Mirjam.

Il avait vu Lea en fin d'après-midi. Et il y avait peu de chances que la vieille dame ait depuis filé ventre à terre à Deauville. Mais si elle avait chargé quelqu'un de la besogne à sa place ? Il fut pris d'une brusque angoisse. D'un seul coup, sa fatigue s'envola. Il remonta en voiture et refit en trombe le chemin en sens inverse, laissa l'Arc de triomphe derrière lui puis continua jusqu'à l'autoroute dc l'Ouest. Car il y avait une chose que Serge Delmas avait comprise au fil des années : quand il s'agissait d'atteindre les objectifs qu'elles s'étaient fixés, les femmes de la famille Moses ne reculaient devant rien. Tout en roulant, il essayait régulièrement de joindre Sarah au téléphone. Sans résultat.

A mi-chemin, il songea qu'il aurait mieux fait de demander à la police de Deauville d'aller s'assurer sur place qu'il n'y avait pas de problème plutôt que de rouler pied au plancher sur l'autoroute au milieu de la nuit.

Puis il comprit brusquement pourquoi il agissait ainsi. Il était tombé amoureux de Sarah. A l'instant où il avait doucement embrassé sa nuque, cet après-midi, lorsqu'elle l'avait attendu, dans l'encadrement de la porte.

Un mauvais pressentiment l'envahit dès que la maison apparut en haut de l'allée. Elle était plongée dans l'obscurité et paraissait presque hostile. Le ciel était d'un noir d'encre et la pluie lui gifla le visage lorsqu'il ouvrit sa portière. Il enfonça le bouton de la sonnette, inquiet, jusqu'à ce qu'il remarque que la porte n'était pas fermée. Il la poussa prudemment. A l'intérieur, le silence était absolu.

— Il y a quelqu'un ? Sarah ? appela-t-il à voix basse.

Rien ne bougea. Il avança dans le noir en longeant les murs, s'attendant à tout moment à se faire agresser. Son pied heurta quelque chose de mou. Sa main chercha un interrupteur. La lumière jaillit et il fit un bond. Sarah gisait sur le carrelage, en travers de la porte de la bibliothèque. Elle était sans connaissance et le sang qui gouttait de sa tempe formait une petite flaque sombre sur le sol clair.

— Sarah, mon Dieu, Sarah !

Il s'agenouilla à côté d'elle, atterré, et souleva délicatement sa tête. Une onde parcourut alors son corps. Elle ouvrit la bouche pour aspirer de l'air, regarda fixement Serge. Un murmure franchit ses lèvres.

— Simon. Le coffre… Simon.

Puis elle perdit de nouveau connaissance.

Sarah perçut la douleur avant même d'ouvrir les yeux. Etonnée, elle tâta sa tête et découvrit une grosse bosse sur son front, puis un épais pansement sur sa tempe droite. Elle se redressa avec peine et regarda autour d'elle. Elle occupait un lit placé près d'une fenêtre, dans une pièce uniformément blanche. Il y avait un autre lit, vide.

Lentement, par bribes, alors qu'elle retombait sur son oreiller, la mémoire lui revint, et avec elle sa peur de la nuit précédente, lorsqu'elle s'était retrouvée face à deux yeux et avait pris un coup sur la tête. Elle n'avait en revanche aucun souvenir d'avoir été transportée quelque part, pourtant elle se trouvait manifestement à l'hôpital.

Lorsqu'on frappa à la porte, elle tenta de se redresser, mais elle eut un vertige et se laissa retomber en retenant un gémissement. La porte s'ouvrit doucement et Sarah crut rêver lorsqu'elle vit apparaître Serge. Il était pâle, pas rasé et ses cheveux retombaient en désordre sur son front. En hésitant, un peu gêné, il traversa la pièce, s'arrêta au pied de son lit, puis s'approcha lorsqu'elle lui tendit la main.

— Bonjour, Sarah. Comment vous sentez-vous ?

— Pitoyable, marmonna-t-elle. Je dois avoir une tête épouvantable.

Serge rit.

— Pas du tout ! Vous êtes ravissante, comme toujours.

Il s'éclaircit la gorge et reprit aussitôt :

— Réjouissez-vous de vous en sortir aussi bien. Parce que cette nuit, on pouvait en douter.

— Que s'est-il passé ? Et comment se fait-il que vous soyez là ?

Serge haussa distraitement les épaules et grimaça un sourire.

— Une intuition. Cela m'a beaucoup inquiété que vous ne répondiez pas au téléphone, hier soir, et que vous n'appeliez pas non plus. Alors je suis venu et je vous ai trouvée dans la maison de votre mère, par terre, sans connaissance. Je dois dire que vous m'avez flanqué une peur bleue. Le Samu est arrivé dix minutes après et, comme je le disais, au début vous paraissiez très mal en point.

— Où avez-vous passé la nuit ?

Sarah se tenait la tête. Comment était-il possible qu'elle ne se rappelle rien ?

— Je vous ai accompagnée ici en ambulance. Puis je suis retourné à la maison, où la police souhaitait me poser des questions. Et au petit jour, j'ai essayé de dormir un peu.

— A voir votre tête, vous n'avez pas dû réussir...

Serge eut un rire bref puis redevint sérieux.

— Vous souvenez-vous de ce qui s'est passé hier soir ? Quand je vous ai trouvée, vous avez mentionné votre demi-frère.

Sarah réfléchit intensément.

— Je crois que toute la soirée j'ai confusément entendu le téléphone sonner quelque part dans la maison sans réagir. Ah oui, j'ai fini par chercher mon portable pour vous appeler. Je pensais qu'il était en bas dans la salle à manger et j'ai donc décidé de descendre. Dans l'escalier, j'ai entendu du bruit. Je me suis glissée avec une lampe de poche dans la bibliothèque et là j'ai vu que le coffre était ouvert. Je me suis retournée... et quelqu'un m'a assommée avec quelque chose de lourd. Je suis presque sûre que c'était Simon. Je n'ai pas vu son visage, mais c'était quelqu'un de petit, murmura Sarah. Tout s'est passé tellement vite...

Elle prit la main de Serge.

— La police ne doit surtout pas se douter que je soupçonne mon frère...

Sarah réfléchit intensément.

— Si la police découvre le coffre, qui apparemment semble avoir été ouvert tout à fait normalement, elle soupçonnera de toute façon les personnes qui connaissent la combinaison.

Serge se tenait à présent à quelques centimètres d'elle. Il posa une main apaisante sur son front, où s'était formée une fine pellicule de sueur, et lui sourit.

— Allons, Sarah, tout va bien. Nous n'avons aucune raison de nous inquiéter. Pendant que le médecin s'occupait de vous, hier soir, j'ai discrètement fermé le coffre et remis les livres devant.

— Vous y avez pensé ? murmura Sarah. Merci, merci beaucoup. Mais...

Elle fronça les sourcils.

— Mais que peut découvrir la police ?

— Probablement pas grand-chose. L'un des inspecteurs pense qu'il pourrait s'agir d'un simple cambrioleur qui, la porte n'étant pas verrouillée, se serait introduit sans difficulté dans la maison, puis, lorsque vous l'avez surpris, vous aurait assommée avant de prendre la fuite par le même chemin. Quoi qu'il en soit, l'acte a disparu. Et ce n'est pas de bon augure pour nous.

— En supposant qu'il se trouvait dans le coffre, objecta Sarah sans trop y croire.

— Je pense que le document se trouvait dans le coffre et que votre demi-frère l'a pris.

Avant que Sarah ait pu répondre, la porte s'ouvrit et deux médecins entrèrent.

Serge prit congé.

— Il est grand temps que je retourne à Paris. J'ai des rendez-vous que je ne peux pas annuler.

— Merci, merci pour tout, dit Sarah alors que la porte se refermait derrière lui.

L'un des deux médecins vint vers elle.

— Comment vous sentez-vous ?

Il poursuivit sans attendre sa réponse.

— Votre traumatisme crânien provient de votre chute sur le carrelage. Vous avez probablement glissé après que l'on vous a assené un coup sur la tête. C'est moins grave que cela en avait l'air. Une semaine de vrai repos, puis vous repasserez un scanner de contrôle, et ce ne sera plus qu'un mauvais souvenir !

— Suis-je obligée de rester ici ? demanda Sarah. J'aimerais rentrer chez moi.

Elle se rendit compte qu'en disant « chez moi » elle avait pensé à la maison de sa mère.

— Eh bien, si vous me promettez d'être raisonnable et signez une décharge, nous pouvons vous laisser rentrer chez vous cet après-midi. Mais avec obligation de rester allongée. Et surtout : calme absolu, pas d'agitation !

Sarah promit.

Les médecins partis, une infirmière entra avec un gros bouquet de tournesols.

— De la part du monsieur qui était là tout à l'heure, dit-elle en mettant de l'eau dans un grand vase en verre puis en posant le tout sur la table de chevet.

Sarah effleura les pétales jaunes.

— Ce sont mes fleurs préférées, dit-elle doucement.

— C'est vraiment gentil de la part de votre fiancé, remarqua l'infirmière en souriant.

— Ce n'est pas mon fiancé, protesta faiblement Sarah.

L'infirmière continua sur sa lancée sans paraître avoir entendu.

— Je reviens dans une minute pour vous descendre en salle d'examen.

Elle adressa un sourire d'encouragement à Sarah et quitta la pièce.

Parler avait fatigué Sarah. Elle ferma les yeux. Mais à l'instant où sa tête retombait sur l'oreiller, le brouillard qui obscurcissait sa mémoire se déchira et l'image d'une enfant surgit devant ses yeux. La fillette descendait marche après marche un escalier en regardant son père agoniser sur un sol de marbre blanc. Sarah poussa un cri et se redressa. Sa mère ! Le récit de sa mère ! Comment avait-elle pu oublier qu'elle l'avait lu, la veille, avant de partir à la recherche de son portable ? Un gémissement lui échappa. Elle devait immédiatement rentrer. Elle était sur le point de se lever quand l'infirmière pénétra dans la chambre en poussant un fauteuil roulant pour la conduire à l'entresol du bâtiment où se trouvaient les salles d'examen.

La nuit tombait quand l'ambulance la ramena chez sa mère. Le dernier examen n'ayant rien révélé de particulier, le médecin avait simplement réitéré sa prescription de repos absolu avant de la laisser partir. En début d'après-midi, elle avait eu droit à la visite de la police, à laquelle elle avait déclaré sans ciller ne se souvenir de rien. Le brancardier l'avait à peine accompagnée à l'intérieur que Mme Schneider déversa sur elle un flot ininterrompu de paroles. Elle était désolée d'être rentrée si tard, et affreusement désolée d'avoir oublié de fermer correctement les portes.

— Mais normalement, par ici, ce n'est pas nécessaire. Il n'y a encore jamais eu de cambriolage ! assura-t-elle.

Visiblement, elle ne se pardonnait pas ce qui était arrivé.

Sarah lui fourra le bouquet de Serge dans les mains en la priant de le mettre dans un vase. Elle était inquiète. Elle voulut monter sans attendre au premier étage, mais dans l'escalier elle fut prise d'un tel vertige qu'elle dut s'agripper à la rambarde. Une fois dans sa chambre, elle constata que le paquet de feuilles de sa mère était par terre au pied de son lit, à l'endroit exact où elle l'avait posé la veille.

Mme Schneider, qui l'avait suivie avec un vase, lui dit qu'un traumatisme crânien était une affaire sérieuse avec laquelle il ne fallait pas plaisanter. Sarah opina docilement. Puis elle se rendit dans la salle de bains et se lava sans gestes brusques, revêtit sa nouvelle chemise de nuit en soie et, la tête douloureuse, se mit au lit, où la gouvernante lui apporta une soupe de légumes.

— Au fait, ce matin, toutes les serrures ont été changées à la demande de maître Delmas, et des verrous supplémentaires ont été posés.

Serge, décidément, veillait à sa sécurité.

— Et il nous a demandé, à mon mari et moi, de bien vouloir dormir dans l'une des chambres d'amis pendant quelque temps, poursuivit Mme Schneider sans reprendre sa respiration. Comme ça, on ne sera pas loin de vous.

Sarah fut soulagée et reconnaissante à Serge d'avoir pris ces dispositions. Depuis sa sortie de l'hôpital, l'appréhension ne l'avait pas quittée. Sa peur était plus profonde qu'elle ne l'avait cru.

— La police est restée longtemps, hier soir. Ils ont passé la maison au peigne fin, relevé des empreintes. Je leur ai naturellement dit que rien ne manquait.

Sarah hocha silencieusement la tête. Il n'y aurait rien d'anormal à ce que la police identifie les empreintes de son frère ; après tout, il était le fils de la propriétaire.

— Est-ce que Simon, mon frère, venait souvent ici ? demanda-t-elle en s'efforçant de prendre un ton anodin.

— Simon ?

Mme Schneider secoua vigoureusement la tête.

— Oh non, alors. Il y a déjà quatre ans qu'il n'a plus le droit de mettre les pieds ici. Et à l'époque, il a dû rendre ses clés à votre mère.

Mme Schneider, qui avait déjà la main sur la poignée de la porte, revint sur ses pas, mais Sarah, sans appétit et souhaitant dormir, la pria simplement de reprendre la soupe. Vexée, la gouvernante saisit le plateau. Comme la tête de Sarah retombait sur l'oreiller et que ses yeux se fermaient, elle quitta la chambre sur la pointe des pieds.

Les médicaments que Sarah avait dû prendre à l'hôpital faisaient leur effet. Elle glissa dans le sommeil sans avoir le courage de ramasser les feuilles qu'elle n'avait pas encore lues.

Lorsque la sonnerie de son portable la réveilla, la chambre était plongée dans le noir total. C'était Serge. Il appelait de Paris.

— J'ai parlé avec Lea Moses.

Il paraissait hors de lui.

— Je suis désolé de vous embêter avec ça, mais il faut que je vous tienne au courant. J'ai essayé – sans succès – de coincer votre grand-tante. Je lui ai dit que vous aviez clairement reconnu Simon, la nuit dernière, ce à quoi elle a rétorqué que son petit-neveu a passé toute la soirée avec elle et que vous cherchez à lui mettre un cambriolage sur le dos. Mais que vous n'y parviendrez pas. Je suis chargé de vous le dire. Et autre chose…

— Oui ? fit Sarah d'une voix ensommeillée.

— Elle retirera sa demande de référé si vous renoncez à reprendre la société. Et elle voudrait que vous cédiez vos parts à Simon. Elle part du principe qu'il est peu probable que vous vous intéressiez vraiment à MM Cosmetics après avoir été si longtemps coupée de votre mère.

Sarah se redressa difficilement, alluma sa lampe de chevet, retomba sur son oreiller et ferma les yeux. Elle était venue en France pour assister à l'enterrement de sa mère, avec l'intention de repartir quelques heures plus tard pour se marier. Mais, depuis son arrivée à Paris, tous ses repères étaient chamboulés. Du jour au lendemain, sa mère, bien que morte, faisait indirectement pression sur elle pour qu'elle reprenne une société au bord du dépôt de bilan et occupait tout l'espace dans sa vie. Sa mère qui à l'évidence souhaitait aussi que lui revienne cette maison qu'elle avait tout de suite aimée, avant même d'y découvrir les meubles de son enfance.

Et qu'en était-il de Serge ? Elle pensait sans cesse à la sensualité des mots qu'il avait murmurés à son oreille, dans le petit bar, alors qu'il lui demandait simplement si elle voulait boire un calvados. Et au baiser passionné qu'ils avaient échangé devant l'hôtel, qu'il devait regretter, à en juger par le mutisme complet qu'il observait à ce sujet.

Et Michael ? Il avait paru si désemparé, si seul quand il avait quitté l'hôtel. Que ressentait-il ? Parlait-il d'elle avec son père ? Ils s'étaient tous les deux entendus pour lui organiser une vie tranquille de mère et de femme au foyer, et voilà que le petit animal docile ruait dans les brancards.

— Allô, allô... Vous êtes encore là ? fit la voix de Serge dans l'écouteur. J'espère que je ne vous ai pas trop perturbée. Mais j'ai vraiment besoin de connaître votre décision.

Sarah était rompue de fatigue, ses pensées s'embrouillaient. Lorsqu'elle répondit enfin, ce fut d'un ton las.

— Je n'ai pas pris de décision. Je ne veux pas répondre maintenant, ni céder à la pression. Nous devrions essayer de gagner du temps. Excusez-moi, murmura-t-elle. Je suis encore abrutie par les médicaments. Je crois que je vais me rendormir...

— Je comprends, dit Serge. Mais pour la société, est-ce une décision définitive ? Sarah, j'ai besoin de le savoir.

— Je n'en sais rien, murmura-t-elle avant de mettre un terme à la conversation.

Son téléphone faillit lui glisser des mains, et quand elle voulut se pencher pour ramasser les feuilles qui lui restaient à lire, elle ne parvint qu'à s'affaisser dans ses oreillers, sans force, avant de sombrer dans le sommeil.

Sarah ouvrit les yeux en sursaut. Le clair de lune qui inondait la chambre de lumière l'avait réveillée. Elle soupira et referma les yeux. Sa tête était douloureuse et elle transpirait. Puis son rêve lui revint en mémoire et elle se sentit rougir. Elle avait rêvé de Serge, de sa main qui se glissait sous sa chemise de nuit et caressait ses seins. Elle avait senti son corps, senti son excitation lorsqu'il s'était pressé contre elle et qu'elle s'ouvrait à lui. Elle n'avait pas souvenir d'avoir jamais fait de rêve érotique, de rêve qui l'ait mise dans cet état de disponibilité presque douloureux. Elle était étendue dans son lit, complètement abandonnée à un homme qui n'était pas là.

Elle s'assit, releva lentement les genoux pour descendre du lit. Elle avait la tête qui tournait, les médicaments l'engourdissaient. Il fallait qu'elle change de chemise de nuit, la sienne était humide de sueur et se plaquait sur sa peau moite. Quand ses pieds touchèrent le sol, ils rencontrèrent le paquet de feuilles éparses.

La sourde fatigue qui lui embrumait l'esprit s'envola aussitôt et son cerveau se mit en marche. Il lui restait encore les deux tiers à lire.

Elle jeta sa chemise de nuit par terre, s'enveloppa dans le peignoir que Mme Schneider avait soigneusement plié sur le dossier d'une chaise, puis glissa deux oreillers dans son dos avant de reprendre sa lecture.

# 6

## *Mirjam*

J'étais dans le noir. Et le noir était empli de la détonation d'un coup de feu, de la chute d'un homme, de son sang sur le sol où il gisait, le crâne fracassé, empli du regard de ses yeux qui s'éteignaient. Je me réveillai en sursaut, baignée de sueur, d'une main j'écartai de mon front mes cheveux humides.

— Frank ?

Quand je me découvris seule dans le noir, la panique me saisit. Je tâtonnai à la recherche de la petite lampe posée sur la table de chevet et quand la lumière jaillit, je vis que la place à côté de moi dans le lit était vide. Je me levai, enfilai en hâte ma robe de chambre et gagnai le salon à la recherche de Frank.

Frank Johnson, le jeune homme avec lequel j'étais mariée depuis trois ans. A dix-neuf ans, je m'étais convaincue que j'étais amoureuse de ce charmant garçon au sourire éclatant et au beau corps musclé. Quand il m'ouvrait les bras et que je posais ma tête contre sa poitrine, je me sentais en sécurité. Alors je l'avais épousé. Il étudiait le droit et avait l'ambition de devenir un avocat célèbre. Quand il n'était pas à l'université, il travaillait à la maison, dans la salle de séjour. Il avait un objectif précis, alors que je ne savais pas quoi faire de ma vie. Je ne me sentais douée pour rien en particulier et j'étais incapable de me projeter dans un métier qui m'aurait satisfaite. C'est ainsi que j'acceptai l'offre qu'une femme élégante me fit un jour au comptoir d'un salon de thé.

Elle me proposa d'être l'un des mannequins de son atelier de couture et je commençai donc à présenter des vêtements chics à ses riches clientes. Le métier me plaisait et je gagnais confortablement ma vie.

Lorsque ce soir-là je vis Frank assis à son bureau, je m'arrêtai sur le seuil, indécise. Bien que nous vivions depuis trois ans ensemble, nous étions encore des étrangers l'un pour l'autre. Etait-ce ma faute ? Etais-je incapable de construire une relation ? Etaient-ce les cauchemars récurrents, était-ce le souvenir de mon père ou le rejet de la Juive, que, méfiante et hypersensible, je croyais discerner chez tous les hommes ? Je paraissais inapte à la vie de couple. J'étais une solitaire : timide, lointaine, mélancolique, prisonnière de mes cauchemars et de mes peurs. Frank ignorait l'étendue de mes angoisses, il ne savait rien de l'assassinat de mon père, rien de cette dramatique nuit de novembre où ma mère et moi avions fui l'Allemagne.

Je me tenais dans l'encadrement de la porte, décidée à confier cette page de mon enfance à mon mari. J'aspirais à son aide, à sa compassion. Je voulais briser son indifférence. Mais à peine avais-je bafouillé une phrase qu'il se leva avec impatience et, sans s'éloigner de son bureau, croisa les bras sur sa poitrine.

« Tu as les nerfs à vif, déclara-t-il d'un ton uni. Ma mère pense que tu es hystérique et que tu ne cherches qu'à attirer l'attention sur toi. Le problème, c'est que plus on accorde d'attention à tes humeurs, plus tu vas mal. Je sais que vous avez dû fuir l'Allemagne, mais cela fait maintenant dix-sept ans et, depuis que vous êtes aux Etats-Unis, vous n'avez jamais eu à vous plaindre, non ? »

Je le regardai, lus du refus et de l'incompréhension dans ses yeux. Alors la rage me prit. Je me jetai sur lui, hors de moi, et le frappai, encore et encore. Je ne me rendis pas compte qu'il se défendait, qu'il m'empoignait et me projetait contre le fauteuil. C'est seulement lorsque je sentis la douleur qui me transperçait la joue que je compris que Frank avait répliqué avec toute la force dont il était capable.

A la colère noire, immense, succéda la chute dans le néant. Le froid se répandit lentement dans mon corps, mon visage était douloureux, je tremblais. Je me relevai péniblement, passai devant Frank pour regagner la chambre et enfiler un pull-over et un jean.

Frank m'avait suivie, il s'arrêta cependant sur le seuil de la chambre.

« Je suis désolé, bégaya-t-il. Je te demande pardon. Je suis sincèrement désolé, mais tu étais une vraie furie, je n'ai pas pu faire autrement. Il fallait que je me défende. »

Je ne répondis pas. Je pris du linge et des pulls dans ma commode et les fourrai dans un grand sac de voyage. Je sentais mon visage enfler, pourtant je n'en voulais pas à Frank. Tandis que je rassemblais en hâte mes affaires, je me disais que notre mariage avait été une énorme erreur et qu'il était temps que j'y mette un terme.

J'allai chez ma mère, qui m'ouvrit la porte sans faire de commentaires, mit une poche de glace sur ma joue et ne posa pas de questions.

Nous étions dans la salle de bains, moi assise dans le vieux fauteuil en osier, et je la regardais ouvrir la petite pharmacie familiale et prendre une boîte de sparadrap, de la crème et une paire de ciseaux. Quand elle se tenait face au mur, son visage était à demi dans l'ombre, mais quand elle se tournait vers moi, il entrait dans la lumière des deux lampes Tiffany qui encadraient le miroir vénitien.

J'avais vingt-deux ans, elle quarante et un. Pourtant, je me sentais vieille ; chaque année qui passait la rendait plus belle. Je savais que je lui ressemblais, mais je n'étais que jolie ; elle, en revanche, était belle. Elle se mouvait avec une grâce naturelle qui me faisait totalement défaut. Ses mains étaient fines et délicates. Quand elle écarta les cheveux de mon visage pour rafraîchir mon front, je fus prise du désir intense qu'elle me caresse et me console. Je voulais être aimée, je voulais être maternée. Peut-être était-ce ce que j'avais toujours voulu, peut-être les choses auraient-elles évolué différemment si j'avais eu le sentiment qu'elle m'aimait, peut-être n'aurais-je jamais épousé Frank. Et peut-être ne l'aurais-je pas haïe comme je l'ai haïe.

Ma mère releva la tête et me lança un regard incertain, comme si elle avait lu dans mes pensées. Mais je détournai les yeux et l'intimité qui nous avait fugitivement rapprochées s'évanouit.

« La maison est calme », réussis-je à dire.

Elle hocha la tête.

« Oui. Beaucoup de choses ont changé depuis que tu t'es mariée. »

Le silence retomba. Je gardais les yeux baissés et l'observais à travers mes cils. Elle découpa un pansement dans un grand morceau de sparadrap.

Etait-ce la proximité de ma mère ou bien la pénible scène qui m'avait opposée à Frank qui faisait que tout se télescopait dans ma tête, le passé et mon avenir dont je ne savais que faire ? Dix-sept années s'étaient écoulées depuis que, malades et désespérées, nous étions descendues du transatlantique, terrifiées à l'idée que dans ce pays aussi les Juifs puissent être pourchassés, ou que l'on nous expulse et nous renvoie dans l'Allemagne de Hitler. Nous avions eu de la chance de quitter l'Europe in extremis avant que la guerre éclate. Ce n'est cependant que beaucoup plus tard que nous prîmes toute la mesure de cette chance, lorsque nous parvinrent des nouvelles selon lesquelles la plupart des amis de mon père étaient morts dans des camps de concentration.

Durant mes années américaines, j'ai vécu dans la crainte permanente de ne pas pouvoir rester aux Etats-Unis, et la peur de perdre une amie parce que j'étais juive ne me quittait pas. Je n'avais pu oublier ma douloureuse expérience avec Klara, et à l'école je me repliai sur moi-même.

C'est à la sollicitude de Joshua Erdmann que nous devions de nous être acclimatées à New York et d'avoir peu à peu retrouvé la paix. A notre arrivée, Joshua s'était occupé de régler toutes les formalités et s'était porté garant pour nous ; il nous avait accueillies dans la belle maison dont il occupait le rez-de-chaussée avec sa mère et ses trois fils, Mark, Daniel et Aaron, tandis que nous vivions au premier étage, dans un très agréable appartement de trois pièces. Joshua était tombé amoureux de ma mère au premier regard et il lui avait permis de se construire une nouvelle vie.

Lorsque nous étions arrivées aux Etats-Unis, il vivait depuis déjà deux ans à New York, où il était devenu l'un des compositeurs les plus en vue de Broadway. Alors que nous étions là depuis peu, il avait intégré un petit solo de piano pour ma mère dans sa dernière composition. Le public avait été fasciné par la belle immigrée au mari sauvagement assassiné sous ses yeux par des nazis et qui avait fui avec sa fillette outre-Atlantique pour repartir de zéro. C'était une histoire comme l'Amérique les aime. Et c'est ainsi que notre douloureux passé contribua à nous assurer un avenir sans soucis, tout au moins financiers.

Ma mère, qui durant les deux premières années de notre séjour avait pris des leçons de piano quotidiennes, donna bientôt ses propres concerts et accompagna assez régulièrement les récitals de lieder d'un célèbre baryton du Metropolitan Opéra. Cependant elle devait son succès plus à sa beauté qu'à ses qualités très moyennes d'interprète.

J'étais heureuse d'habiter dans la même maison que la famille de Joshua. Je m'y sentais bien, presque à l'abri, auprès de sa mère qui dès notre arrivée m'avait serrée contre sa généreuse poitrine en m'appelant affectueusement « pauvre petite colombe ». Je l'appelais grand-mère Joshua et l'aimais autant que si elle avait été ma véritable grand-mère. Sa vaste cuisine était pour moi un foyer, un repère, une île en terre étrangère. Elle m'y avait aménagé un espace où je traînais tous mes jouets. Je jouais près d'elle quand elle faisait la cuisine, je la regardais préparer son merveilleux gâteau aux pommes, monter ses crèmes au fouet ou glisser un rôti dans le four. Pendant toute ma scolarité, c'est là que j'ai fait mes devoirs, et, des années plus tard, lorsque je travaillais dans le salon de couture, je venais encore m'asseoir près d'elle pour lui raconter mes journées, lui décrire les riches New-Yorkaises auxquelles je présentais de superbes vêtements hors de prix. Seulement, il m'était désormais interdit de toucher à son légendaire gâteau aux pommes afin de préserver ma ligne.

J'aimais beaucoup Daniel, le second fils de Joshua. Il avait appris l'anglais à la petite fille que j'étais avec une infinie patience, de sorte que je le parlais presque couramment lorsque j'entrai à l'école.

Peu avant mon dix-neuvième anniversaire, grand-mère Joshua mourut subitement d'une défaillance cardiaque et ma famille d'adoption se dispersa aux quatre vents. Daniel partit faire ses études à Boston, Mark s'installa à Chicago avec son amie et Aaron eut le courage de rentrer en Allemagne. Dès lors, quitter à mon tour la maison, m'éloigner de ma mère et épouser Frank ne fut pas une décision bien difficile à prendre.

Et voilà que le soir où j'avais quitté mon mari, j'étais à nouveau chez ma mère alors que j'aurais voulu ne plus jamais la voir.

— Tu vas divorcer ? Il t'a tout de même frappée.

Sa voix sèche et le regard inquisiteur de ses yeux noirs me ramenèrent à la réalité.

— C'était ma faute, articulai-je difficilement.

J'avais honte, j'évitais de croiser son regard, certaine qu'un souvenir revenait à l'esprit de ma mère comme il était revenu au mien, le souvenir d'un jour que je voulais oublier, que je voulais rayer de ma vie. Sans y être jamais parvenue. Quand cela s'était-il passé ? Quelques semaines après notre arrivée aux Etats-Unis ? Ou bien était-ce quelques mois plus tard ? La veille, des hommes avaient sué sang et eau dans l'étroit escalier pour monter des meubles chez nous, dont un piano.

Alors que dans la cuisine je regardais, fascinée, grand-mère Joshua travailler à deux mains une montagne de pâte levée, la pétrir et la battre énergiquement sur la table, le son étouffé d'un piano nous parvint du premier étage. Nous tendîmes toutes deux l'oreille. Lorsque la musique enfla, je reconnus les notes de la *Lettre à Elise*. Vœu, rêve et réalité se confondirent. Je me précipitai comme une folle au premier étage. Papa était arrivé. Enfin ! Il était là. Tout n'avait été qu'un affreux cauchemar. J'ouvris la porte à la volée en poussant un cri de victoire. Ce n'était pas mon père qui était assis au piano, c'était ma mère. Je m'immobilisai, pétrifiée, puis je sentis monter en moi une colère qui malgré moi, petite marionnette dans les mains de forces malfaisantes, me poussa à me ruer sur ma mère et à la frapper. Je voulais la blesser, je criais, je n'étais plus moi-même. Je la frappai encore et encore, jusqu'à ce que quelqu'un me saisisse par-derrière. C'était Joshua.

Ma mère ne s'était pas défendue, elle était restée assise sur le tabouret du piano, immobile, telle une statue de sel. Je vis du sang couler de son nez, et je n'oublierai jamais son regard, un regard plein d'aversion et de haine lorsqu'elle dit doucement : « Tu es comme ton père. »

Puis elle s'était levée et était passée devant moi, le sang coulant toujours sur son visage. Elle m'avait laissée où j'étais, avec ma honte, ma culpabilité et ce mystérieux reproche : j'étais comme mon père.

Ma mère avait prononcé un jugement destructeur. Je compris alors que, si elle ne pouvait pas m'aimer, c'était parce que j'étais comme mon père. Quoi que cela puisse signifier.

L'événement remontait à dix-sept ans, mais je portais fichée dans le cœur la phrase destructrice de ma mère. A présent, elle mettait de la glace sur mon front, puis de la pommade, enfin elle colla délicatement un pansement sur la plaie.

« Il faut que tu déménages, dit-elle doucement. Tu ne peux pas rester auprès d'un homme qui te bat. Il finira par tout te prendre, ta force, ton amour-propre, et jusqu'à ta dernière parcelle de joie de vivre. Tu sombreras dans l'indifférence et l'apathie et tu ne cesseras de te demander ce que tu as fait de mal. »

Je ne voulais pas me trouver en situation de devoir lui expliquer que c'était moi qui avais frappé Frank, car je redoutais de l'entendre dire que j'étais comme mon père. Je répondis laconiquement :

« Oui, je vais déménager. »

Ma mère referma lentement le couvercle de la boîte à pharmacie, se tourna vers moi et dit à voix basse :

« Je vais me marier. »

Je demeurai un instant muette de stupéfaction, puis répondis, en me forçant à rire :

« Il était temps. Cela fait tout de même dix-sept ans que Joshua attend. »

Ma mère secoua la tête.

« Ce n'est pas Joshua, c'est David Keller. Et je vais m'installer avec lui en Californie. »

Je savais qui était David Keller. C'était un ami de Joshua. Il était souvent venu le voir ici, à New York. C'était un bel homme d'une cinquantaine d'années, grand, blond, et un brillant scénariste très apprécié à Hollywood.

« Tu peux naturellement venir avec nous », poursuivit-elle, mais son regard glissa sur moi puis se fixa sur un point imaginaire.

Un frisson nerveux me parcourut.

« Mais tu l'aimes ? »

Je dus rassembler tout mon courage pour poser à ma mère cette question personnelle.

« Je suis fatiguée, tellement fatiguée. Et j'ai attendu pour rien. J'aurais dû le savoir.

— Attendu quoi, qui ? »

Je ne comprenais pas. Mais elle ne dit rien de plus. Elle me tourna le dos et disparut dans sa chambre.

Je restai assise, rivée au fauteuil. Pourquoi ma mère épousait-elle cet homme ? Ma mère, la belle et froide reine des neiges, éprouvait-elle l'angoisse du temps qui passe ?

Je ne m'étais jamais demandé si ma mère était heureuse. Elle avait subvenu à nos besoins à toutes les deux, elle donnait des concerts, se rendait à des soirées et était constamment entourée d'hommes amoureux qui lui envoyaient des fleurs et lui faisaient la cour. Elle était néanmoins restée seule dix-sept ans. Qu'est-ce qui l'incitait aujourd'hui à se marier aussi soudainement ? Avec un homme qu'elle connaissait à peine ? Et pourquoi était-elle en même temps si triste ?

Lorsque je me levai enfin, très troublée, je me souvins d'une lettre que j'avais vue sur le bureau de ma mère et allai la chercher. Quelle ne fut pas ma surprise lorsque je découvris qu'elle était de Joshua.

*Chère Rebecca,*

*Sans doute sais-tu ce que j'éprouve pour toi depuis des années, même si je n'ai jamais osé le dire.*

*Je t'ai aimée dès l'instant où je me suis trouvé en face de toi, il y a dix-sept ans, dans le port de New York. Ta réserve m'a cependant toujours retenu de t'avouer mon amour. Comment aurais-tu pu m'aimer, moi, un homme insignifiant, père de trois garçons, toi la beauté parfaite, digne d'adoration ? Il ne m'a guère fallu de temps pour découvrir à qui ton cœur appartenait et j'ai haï mon ami, qui possédait ton amour. Même lorsque, deux ans après la fin de la guerre, je t'ai dit que j'avais appris de source sûre combien ses liens avec sa femme s'étaient resserrés et qu'il ne songeait plus à rompre avec elle, j'ai senti que tu l'aimais encore.*

*J'aimerais ne pas te faire de peine, mais je pense que tu dois le savoir : l'épouse de l'homme que tu aimes depuis des années attend aujourd'hui un enfant. Un ami en qui j'ai toute confiance me l'a écrit il y a quelques jours et j'estime de mon devoir de te dire la vérité, si douloureuse puisse-t-elle être pour toi. Je pense que le temps est venu de renoncer à tout espoir de le revoir.*

*Depuis notre dîner d'hier soir, où j'ai pu prendre ta main et où tu as posé un baiser sur ma joue, je crois, oui, je suis presque sûr que je peux espérer. Je suis infiniment maladroit et dénué d'expérience autant avec les mots qu'avec les femmes, aussi ai-je choisi le biais de cette lettre pour te faire part de mes sentiments. Je sais que tu ne m'aimeras jamais autant que tu l'as aimé, mais je t'aime tant que je crois que mon amour suffira pour nous deux.*

*Je t'en prie, ne me fais plus attendre. C'est si long, dix-sept ans.*

*Joshua*

Je me sentis coupable, punie de ma curiosité, car je devinai que cette lettre avait quelque chose à voir avec la brusque décision de ma mère d'épouser David Keller. Pauvre Joshua.

Pauvre amoureux transi. Et c'était cet homme délicieux que ma mère allait briser ?

Mes mains tremblaient. Je voulus reposer la lettre où je l'avais trouvée, mais elle m'échappa et tomba sur le parquet. En me baissant pour la ramasser, je vis une rose séchée dans la corbeille à papier, une rose jaune que je saisis délicatement par la tige. Un parfum ténu s'en dégageait encore. Qui l'avait offerte à ma mère ? Qui avait-elle donc tant aimé qu'elle avait fait sécher cette fleur pour la conserver ? Et pourquoi l'avait-elle jetée aujourd'hui, après avoir reçu la lettre de Joshua ? Et brusquement je compris. L'homme dont Joshua parlait dans sa lettre était celui que j'avais vu, autrefois, dans la pénombre. L'homme qui avait tué mon père. L'homme près duquel ma mère se tenait quand j'étais arrivée en haut des marches et avais vu mourir mon père.

Je jetai la fleur par terre et la piétinai, aveuglée par la colère.

Le divorce fut réglé plus rapidement que je ne m'y attendais. Je crois que Frank était soulagé d'être débarrassé de moi.

Ma mère était sur le point de s'installer en Californie, mais je n'avais aucune envie de vivre là-bas avec elle et son futur mari. En même temps, je ne me voyais pas non plus rester à New York.

J'avais beau avoir vingt-trois ans, je ne savais pas quoi faire de ma vie. Puis, un matin, le facteur me mit dans la main une lettre en provenance d'Europe, et en quelques minutes mon avenir se décida. Je retournai l'enveloppe, intriguée, et déchiffrai le nom de l'expéditeur. Je me mis alors à trembler, un voile noir obscurcit ma vue et le sol se déroba sous mes pieds. La lettre venait de ma tante Lea.

Toutes les lettres que nous lui avions écrites étaient restées sans réponse, puis un jour nous avions appris par des amis des Silber, nos anciens voisins, que Lea avait été tuée par les nazis au cours de la fameuse nuit du 9 novembre 1938. Seul le corps d'Eli Moses avait été trouvé dans la maison, mais sa sœur, qui avait été violée, avait elle aussi été tuée. Et voilà qu'il apparaissait que Lea Moses, ma tante bien-aimée, était en vie.

Je regardai le cachet de la poste. La lettre avait été expédiée par avion de Paris quelques jours plus tôt. Je déchirai l'enveloppe en tremblant d'émotion et d'impatience.

*Ma petite Mirjam chérie,*

*Je ne peux pas le croire et j'ai affreusement peur de me faire de faux espoirs. Il y a une demi-heure, les Mann m'ont dit que tu vivais à New York avec ta mère où tu habitais chez un certain Joshua Erdmann.*

*Les Mann rentrent en Europe après avoir séjourné aux Etats-Unis. Ils font actuellement étape chez ma cousine Hilary, chez laquelle j'habite, avant de partir pour Francfort. Ils m'ont transmis ton adresse et appris que ta mère donnait des concerts et que tu étais mannequin dans un atelier de couture, et aussi que tu venais de divorcer. Ils tiennent ces informations de multiples amis juifs établis là-bas.*

*Pendant toutes ces années, il ne s'est pas passé un jour sans que je pense à toi. Je te verrai toujours, petite fille, avec ton regard grave, et je sens encore ta main se glisser, confiante, dans la mienne. Tu étais comme ma propre fille et, depuis que nous sommes séparées, je n'ai cessé de me reprocher de ne pas t'avoir mieux protégée.*

*Lorsque cette nuit-là je suis rentrée de chez les Silber, des brutes nazies avaient dévasté la maison. J'ai été déportée au camp de concentration de Dachau après avoir subi d'effroyables traitements. Quand j'ai vu mon frère mort dans le vestibule, j'ai pensé que toi et ta mère aviez été surprises dans votre sommeil et tuées vous aussi par ces nazis.*

*Alors je n'ose croire à mon bonheur, je n'ose croire que tu es réellement en vie.*

*Je t'en prie, écris-moi vite, envoie-moi des photos, ou si tu le peux, viens me voir à Paris !*

*Je peux à peine attendre d'avoir de tes nouvelles et de te prendre dans mes bras.*

*Je t'embrasse et te serre très fort contre mon cœur,*

*Tante Lea*

Quand j'eus achevé la lecture de la lettre, je m'entendis sangloter et sentis les larmes rouler sur mes joues. Je me mouchai et me levai, pleine d'une énergie et d'un courage nouveaux, car j'avais désormais un but, j'avais une idée de ce à quoi ma vie allait ressembler. Ma décision était prise. Deux mois plus tard, je la mettais en œuvre. Je quittais les Etats-Unis et rentrais en Europe près de tante Lea.

Je fus surprise que ma mère veuille m'accompagner à l'aéroport. Nous fîmes le trajet en taxi, murées dans un silence crispé.

Je la regardai à la dérobée. Le soleil déclinant de cette fin de journée éclairait son beau profil. Comme de coutume, la parfaite régularité de ses traits ne laissait transparaître aucune émotion. Regrettait-elle mon départ ? Comment avions-nous pu ne jamais surmonter notre haine, ne jamais oublier ? Nous parûmes toutes deux soulagées d'arriver en retard à l'aéroport, ce qui rendait impossibles les effusions. Ma mère tendit pourtant la main et, surmontant une hésitation, effleura ma joue :

« Prends soin de toi », murmura-t-elle.

J'eus un mouvement de recul et esquivai le contact si peu familier.

« Les mères juives aiment leurs enfants, m'écriai-je avec véhémence, pourquoi pas toi ? »

Ma mère blêmit, vacilla presque, et quand elle me répondit, son regard m'évitait.

« Pardonne-moi, pardonne-moi tout ce que je t'ai fait. »

Mais elle savait que je ne pouvais pas lui pardonner, ni à cet instant ni jamais. Je pivotai et partis en courant. Aussi vite que possible. Mais au bout de quelques mètres, je ralentis, m'arrêtai et jetai un coup d'œil en arrière. Ma mère, la reine des neiges, pleurait.

Bien que cette image me touchât au cœur, je détournai le regard et m'éloignai.

Je ne voulais plus la voir. Elle était restée une étrangère, une femme qui n'était pas de mon côté, ni de celui de Lea, mais du côté de l'homme dans la pénombre. Car, même après dix-sept années, je n'avais pu effacer de ma mémoire ce soir terrifiant où mon père avait été assassiné.

Quand l'avion décolla et prit son ascension, la nuit était tombée. Je regardai par le hublot New York qui scintillait dans l'obscurité, cette ville où je ne m'étais jamais sentie chez moi et où je ne voulais pas revenir. J'ai peur en avion, aussi ouvris-je mon sac de voyage pour prendre un comprimé. Ma main rencontra un petit paquet. Je le sortis et découvris, stupéfaite, un écrin entouré d'un ruban sous lequel était glissé un mot de ma mère.

*La bague m'a été offerte par ton père pour notre mariage, le collier pour ta naissance. Ils t'appartiennent. Je n'ai aucun droit sur ces bijoux, je n'ai jamais voulu les avoir. Je les ai emportés lorsque nous nous sommes enfuies, avec l'intention de les garder pour toi. Le moment me semble venu de te les remettre.*

J'ouvris l'écrin. Une bague sertie d'un énorme rubis était posée au centre d'un étincelant collier de diamants. Je pris le collier dans ma main, il était froid et lourd. Jamais ma mère n'avait porté ces bijoux, et elle ne me les avait jamais montrés. Je compris que c'était un cadeau d'adieu, d'adieu à moi, la fille mal-aimée, l'enfant d'un époux mal-aimé. Et que ce don signifiait qu'elle se séparait définitivement de moi et voulait oublier enfin son passé.

Il me vint alors à l'esprit que je n'avais jamais eu le courage de demander à ma mère en quoi j'étais comme mon père.

Malgré mon bonheur de vivre à Paris, je regrettais d'être retournée auprès de tante Lea. Dans mon souvenir, elle était une jeune femme, la tante bien-aimée de ma petite enfance, pleine de vivacité, d'énergie et de tendresse. Quand je l'embrassai à l'aéroport, j'en eus presque le cœur brisé. Je serrais dans mes bras une femme déjà âgée, fragile, aux cheveux trop blonds et au visage marqué par les privations et les souffrances. Au bout de quelques jours, je remarquai qu'elle n'entendait pas de l'oreille droite, sans doute à cause des mauvais traitements qu'elle avait endurés. Son calvaire s'était prolongé jusqu'à la libération du camp de Dachau par les forces américaines. Lea n'a à ce jour jamais parlé de ses années de détention, et de mon côté, je ne lui ai pas posé de questions.

Car moi non plus je ne voulais pas parler de cette nuit de novembre, de la mort atroce de mon père et de notre fuite en Amérique. Ainsi le passé resta-t-il un sujet que nous n'abordâmes jamais, quelque chose que nous gardâmes l'une et l'autre soigneusement enfermé dans notre mémoire.

Durant les quatre années que je passai à Paris, je vécus avec Lea chez Hilary, la riche cousine qui lui avait ouvert sa maison après la guerre.

Le matin, je suivais les cours d'une école de langues, mais l'après-midi et le soir, j'avais beaucoup de temps libre et je fréquentais assidûment les cafés et caves de Saint-Germain-des-Prés où se retrouvaient les jeunes de mon âge. C'était le Paris excitant et plein de vie des années 50, nous discutions politique, religion, mode, et des nouveaux venus sur la scène littéraire comme Albert Camus, Simone de Beauvoir et Jean-Paul Sartre. J'avais mauvaise conscience vis-à-vis de Lea, car je commençais à apprécier la vie alors qu'elle restait prisonnière de son malheur.

Elle avait survécu à Dachau et la guerre était finie depuis plus de dix ans, mais elle restait animée par le ressentiment et l'amertume. De ses parents eux-mêmes, elle parlait avec colère et mépris, leur reprochant d'avoir embrassé la foi catholique afin d'être plus allemands que les Allemands eux-mêmes, alors que depuis des siècles la foi était indissociable du destin du peuple juif et avait contribué à unir les Juifs du monde entier. Lea avait donc quitté l'Eglise catholique pour adhérer de nouveau à la foi de ses ancêtres. Il ne se passait pour ainsi dire pas un jour sans qu'elle tente de me convaincre de l'accompagner à la synagogue et de cesser de nier mes origines.

Je n'ai jamais été réellement croyante et, au fond, appartenir à une religion ou une autre m'indifférait ; cependant je défendais bec et ongles mon éducation catholique. Ne serait-ce que pour résister à Lea, qui essayait avec la dernière énergie de me ligoter à elle et de diriger mon existence. Elle me laissait à peine respirer. A New York, j'avais suivi les cours de religion catholique dispensés par l'école et avais fait ma communion solennelle. Mon père avait en effet exigé que ma mère se convertisse au catholicisme avant qu'ils se marient, et que je sois baptisée. Pour autant que je m'en souvienne, le jour de ma communion fut le plus heureux de mes années américaines. La petite église de notre rue était entièrement décorée de fleurs blanches. Ma mère m'avait fait faire une merveilleuse robe longue en taffetas de soie. Elle avait des manches bouffantes et un col rond avec de délicates applications de fleurs en organdi.

Bien que Juifs pratiquants, les Erdmann étaient venus en formation serrée à l'église et s'étaient joints à la réception qui avait eu lieu à l'issue de la cérémonie. Grand-mère Joshua, rayonnante, ne cessait de me serrer contre sa poitrine et de s'extasier sur la jolie princesse que j'étais, sur ma robe, plus belle que toutes les autres. Ce jour-là, je fus aussi heureuse qu'autrefois à Munich.

Il arriva également à Lea d'évoquer ma mère, mais en des termes si durs que même moi j'en fus choquée. Elle la traitait de petite cruche, de gamine calculatrice, sans culture ni éducation, de fille de marchand de légumes qui avait réussi à embobiner le célèbre pianiste qu'était son frère, mais qu'elle n'avait pas aimé. Lea n'était que haine et ressentiment. Et quand elle se rendit compte que je commençais à apprécier la vie, elle s'évertua à me donner mauvaise conscience.

Un soir où je rentrais très tard à la maison et refermais doucement la porte derrière moi, elle surgit de sa chambre, me saisit brutalement par le bras et attaqua aussitôt, sans même un bonsoir :

« Comment se fait-il que vous ayez réussi, ta mère et toi, à quitter saines et sauves la maison le soir du 9 novembre ? Quand je suis revenue de chez les Silber, Eli était mort et la maison était dévastée. Vous m'avez abandonnée, et c'est la faute de ta mère si j'ai été déportée ! »

Je demeurai muette. J'étais horrifiée, plus par sa haine que par ses mots. Mais elle n'attendait pas de réponse, elle poursuivit sa diatribe sur le même ton hystérique.

« Qui vous a aidées à partir ? Tout avait été soigneusement préparé. Qui a payé votre voyage, et d'ailleurs qui est ce Joshua Erdmann ? Comment se fait-il qu'il se soit porté garant pour vous ? »

Sa voix devenait de plus en plus aiguë et si forte que Hilary, en chemise de nuit et avec de gros bigoudis sur la tête, apparut dans l'encadrement de la porte de sa chambre, l'air effrayé.

« Arrête ! m'écriai-je en me libérant de la poigne de fer de Lea et en me bouchant les oreilles. Arrête, maintenant ! Tu ne pourras donc jamais oublier ! »

Toute vie se retira du visage de Lea, ses yeux me transpercèrent.

« Oublier ? Crois-tu vraiment qu'il soit possible d'oublier ? »

Je ne voulais plus l'entendre. Je voulais vivre, simplement vivre, être heureuse. Je me précipitai hors de l'appartement, dévalai les escaliers et courus droit devant moi dans la rue. Je marchai en sanglotant dans Paris, longeai les eaux noires de la Seine, des rues que je ne connaissais pas, et débouchai brusquement place de la Concorde. Des voitures arrivaient de toutes parts, me frôlaient. Je continuai jusqu'au rond-point des Champs-Elysées puis remontai l'avenue vers l'Arc de triomphe illuminé.

Pourquoi étais-je retournée près de Lea ? La lettre qu'elle m'avait adressée à New York exprimait tant d'amour, pourquoi réagissait-elle maintenant avec cette agressivité, cette amertume ? Cependant, le pire était qu'elle touchait au fond de moi quelque chose que je ne voulais pas laisser remonter à la surface. En effet, moi aussi je me demandais souvent qui, à l'époque, nous avait aidées. Je connaissais toutefois la réponse depuis longtemps. L'homme dans la pénombre, l'homme qui avait tué mon père, nous avait également aidées à fuir et nous avait sauvé la vie, tandis que nous abandonnions Lea à son sort.

Je compris que personne ne pourrait réparer les torts qui lui avaient été faits ; alors, je hélai un taxi et retournai auprès d'elle.

Je songeais souvent avec tristesse et nostalgie aux jours heureux de mon enfance à Munich, à la maison que j'avais tant aimée, et un matin je demandai à Lea ce qu'était devenue la villa de Bogenhausen. Elle réagit avec colère. Je dus insister longtemps pour qu'enfin elle me dise que son frère avait englouti la fortune de la famille Moses dans de mauvais investissements et les folles dépenses d'un train de vie outrageusement luxueux. Surtout lors des dernières années, après avoir épousé cette petite bécasse qu'était ma mère.

Je me figeai. Mon père aurait été un bon vivant sans scrupules qui aurait dilapidé les biens qu'on lui avait confiés, y compris ceux de la jeune sœur dont il était le tuteur ?

Voyant ma consternation, Lea tempéra ses accusations. Eli était un artiste de grand talent, et les artistes n'étaient pas doués pour les affaires, c'était bien connu. Elle ne voulait pas admettre qu'il avait trompé sa confiance, qu'il l'avait spoliée de sa part d'héritage, elle l'avait trop aimé pour cela. Mais je ne lâchai pas prise. Qu'était devenue notre maison ? Lea haussa les épaules.

Elle ne voulait plus rien avoir à faire avec l'Allemagne, le pays du nazisme. Un ancien ami de la famille lui avait dit que la propriété de la maison avait été transférée à une banque dès 1934, banque qui avait ensuite concédé un contrat de location de cinq ans à Eli. Elle n'était cependant pas certaine que ce soit exact, car Eli avait également fait transférer des fonds à Bruxelles en vue de leur départ.

Convaincue que Lea ne retournerait jamais en Allemagne, je décidai d'enquêter par moi-même. Je voulais, je devais revoir la ville de mon enfance, la maison dans laquelle j'avais vécu les années les plus heureuses de ma vie. Aller à Munich devint une obsession. Un jour, je déclarai à Lea et sa cousine qu'il fallait que je sache une fois pour toutes ce qu'était devenue la villa de Bogenhausen. Hilary proposa avec bon sens de téléphoner à son avocat. Elle lui donna pour mission de demander au meilleur cabinet d'avocats munichois de m'accueillir à mon arrivée et de m'apporter aide et soutien dans mes démarches.

Lea se déchaîna, voulut m'interdire de me rendre dans le pays où son frère avait été assassiné, et elle-même internée. Elle me saisit les deux bras, me secoua avec une force que l'on n'aurait pas soupçonnée chez une femme aussi frêle.

« Ce sont tous des nazis ! criait-elle. Tu peux me croire, je sais ce que je dis. Ils sont toujours persuadés d'être supérieurs aux autres ! »

Je ne me laissai pas influencer. Quelques jours plus tard, je montai dans le train de nuit qui quittait la gare de l'Est pour Munich.

Un ciel d'un magnifique bleu estival surplombait la ville quand tôt le lendemain matin le train entra lentement dans la gare centrale de Munich.

Je descendis sur le quai et regardai autour de moi. Mon cœur se mit à cogner contre mes côtes et je sentis le sol se dérober sous mes pieds. Le brouillard de mes souvenirs se déchirait. Je vis avec netteté des images oubliées depuis longtemps : le quai, des gens désespérés qui se bousculaient, qui criaient et s'interpellaient, le train plein à craquer, la foule qui en cette nuit d'épouvante voulait quitter le pays. Je perçus de nouveau le contact des bras forts qui m'avaient soulevée, je sentis de nouveau mon impuissance de petite fille, la peur qui me serrait le cœur. Je vis le visage blanc de ma mère sur le quai, les yeux levés vers moi, indifférente à ce qui se passait autour d'elle, qui aurait été emportée par la foule si les bras qui m'avaient soulevée ne l'avaient soulevée à son tour et placée dans le train. Puis se dessina le visage de mon père agonisant, l'expression de ses yeux, le sang sur le marbre blanc. Vingt années s'étaient-elles réellement écoulées depuis cette nuit de novembre ?

« Madame Moses ? »

J'entendis, très loin, une voix grave, sentis un bras qui me retenait. Etais-je dans mes souvenirs ou dans la réalité ?

Je m'accrochai à ce bras, respirai profondément, puis ouvris les yeux et regardai l'homme sans lequel j'aurais perdu connaissance et me serais effondrée. Etait-ce un hasard que l'avocat de Hilary ait été en relation précisément avec ce cabinet munichois ? Je crois pour ma part que c'est le destin qui a voulu que je suive mon idée jusqu'au bout et que, par un radieux matin d'été, sur un quai de gare, je croise le regard de Rolf von Schröder.

C'est arrivé malgré moi, je n'étais pas armée pour résister : je tombai instantanément amoureuse de cet homme et, quatre semaines après notre première rencontre, je devins sa femme. Mon mariage avec un Allemand me coûta l'amour de ma tante Lea. Je lui envoyai une photo prise lors de la cérémonie dans l'espoir que mon bonheur nous réconcilierait. Je lui écrivis que quinze ans après la fin de la guerre j'avais découvert une autre Allemagne, sans racisme, et l'informai que la propriété de Bogenhausen avait bien été transférée à une grande banque allemande en 1934. Toutes les lettres que je lui écrivis me revinrent sans avoir été ouvertes. Durant les huit années de mon mariage avec Rolf, elle refusa implacablement tout contact.

Au cours des quatre ans que j'avais passés en France près de tante Lea, j'avais été plutôt heureuse de mon sort ; à Munich cependant, je renouai avec la tristesse. Je m'enfonçai dans la dépression, et l'assassinat de mon père redevint un cauchemar permanent. Je ne sais pas qui a inventé cette fable qui voudrait que le temps soigne toutes les blessures, mais je sais que jamais, jamais je ne pourrai oublier la mort de mon père. Peut-être parce que cet assassinat, en me rendant pour toujours prisonnière d'images dramatiques, en m'enfermant dans la solitude et la dépression, a signifié pour moi la fin de la sécurité et du bonheur. Mes visites constantes à Bogenhausen, « chez moi », ainsi que j'appelais encore secrètement les lieux, ne firent qu'aggraver mon état. C'était plus fort que moi, je ne pouvais m'empêcher d'y aller et d'y aller encore, de demeurer longuement devant la maison, pour la contempler, me souvenir, observer les gens qui désormais l'habitaient. J'imaginais leur vie dans « notre » maison, me demandais s'ils étaient heureux, s'ils savaient que cette villa avait été celle du célèbre pianiste Eli Moses, s'ils avaient connaissance de sa fin tragique dans ces lieux mêmes. Malgré moi, je me collais au portail et dévorais le parc des yeux, le chemin gravillonné, les vieux rosiers.

Je n'aurais jamais dû y aller, car chaque fois je rentrais plus seule et plus désespérée à la maison. Et chaque fois je me jurais de ne pas y retourner.

Aujourd'hui, je sais que j'ai longtemps vécu dans un monde imaginaire, un monde d'angoisses et de désespoir. Sentiments qui s'accompagnaient de brusques suées, de tremblements et de palpitations. Peur panique d'être rejetée, peur du noir, peur de la souffrance. Mais j'entretenais aussi d'autres images dans ce monde rêvé, de belles images d'une journée d'été dans notre villa, quand un courant d'air ténu gonflait les légers voilages blancs des fenêtres entrouvertes tandis que mon père jouait du piano pour moi seule. Ou bien des images de jours d'hiver où se mêlaient l'odeur des biscuits de Noël et celle du sapin. Je me réjouissais que nous soyons des Juifs catholiques et qu'il y ait chez nous un grand sapin décoré et beaucoup de cadeaux. J'aimais ces jours de fête, empreints d'une chaleur particulière, d'intimité. Tandis que je comblais mes manques avec ces images de mes brèves années de bonheur, je me demandais de plus en plus souvent si Rolf m'aimait.

Nous étions mariés depuis quelques semaines à peine qu'il essayait déjà de faire de moi une autre femme. Alors que j'aimais porter des jeans et de grandes chemises d'homme, il m'imposa des vêtements d'une élégance qui ne me correspondait pas. Déstabilisée par ses critiques, je compris qu'il me serait impossible de satisfaire ses exigences. Je me sentais observée en permanence, mise sous pression, sans comprendre pourquoi il se comportait ainsi, sans comprendre ce qu'il cherchait en moi et que manifestement il ne trouvait pas. Ainsi, je demeurai une jeune femme solitaire et timide dont le manque d'assurance grandit à mesure que le temps passait, et je me repliai de plus en plus sur moi-même.

Pourquoi Rolf m'avait-il épousée ? Parce que j'étais jeune ? Je savais peu de choses de l'homme avec lequel je m'étais précipitée tête baissée dans le mariage. Il parlait peu et n'était pas expansif. Peut-être me doutais-je déjà à l'époque que son passé m'interdirait de l'aimer, aussi m'abstins-je de poser des questions, de peur d'apprendre des choses que je ne supporterais pas. Je m'interrogeais cependant sur son insistance à me sonder sur mon enfance, mes années en Amérique, et sur Lea. Je sentais confusément que ce n'était pas son amour pour moi qui l'incitait à porter un tel intérêt à mon passé. Je me souviens d'un soir d'été – nous devions être mariés depuis environ six semaines – où nous nous tenions sur la terrasse après le départ de nos invités. Il faisait chaud. Rolf était détendu, il avait passé une bonne soirée. Il se mit subitement à parler de sa première femme, Cornelia. Je la connaissais d'après une photo qui était toujours sur son bureau. Elle ressemblait un peu à Rolf, elle aussi était grande, mince et blonde. Rolf raconta qu'ils avaient été mariés plus de vingt ans, qu'ils se connaissaient depuis leur plus tendre enfance. De son côté, cela n'avait cependant jamais été le grand amour. Ils étaient restés amis, quoique Cornelia l'eût quitté pour un homme plus jeune.

Il parla ensuite de ses parents, avec lesquels il avait rompu tout lien avant même le début de la guerre et qui, à l'effondrement du IIIe Reich, avaient fui en Italie puis en Argentine, où ils avaient vécu jusqu'à leur décès. Son père avait perdu la vie dans l'accident de son avion privé, et sa mère avait succombé trois ans plus tard à un cancer. Il s'était réconcilié avec elle sur son lit de mort.

« Elle était malgré tout ma mère », murmura Rolf en se cachant le visage dans les mains.

Nous ne nous connaissions que depuis quelques semaines, et à l'époque je ne me doutais pas que cela resterait l'unique fois durant les huit années de notre mariage où Rolf livrerait ses sentiments devant moi. Je fus tellement gênée que je ne sus comment réagir et restai figée sur ma chaise jusqu'à ce qu'il se ressaisisse.

Il prit une cigarette dans son étui doré à l'or fin, l'alluma et croisa les jambes. Quand je le vis devant moi, dans son élégant costume, une cigarette à la main, à nouveau distant et maître de lui, la remarque haineuse de Lea me revint à l'esprit. « Ils sont toujours persuadés d'être supérieurs aux autres. » Et mon cœur s'emballa. Je savais que durant la guerre il avait été officier dans la Wehrmacht, j'hésitais cependant à l'interroger sur cette période, à lui demander s'il avait connaissance, à l'époque, de ce qui se passait dans les camps de concentration, et pourquoi il m'avait épousée, moi, une Juive.

Je voulais une fois, une seule fois, l'entendre me dire qu'il m'avait épousée par amour. Mon cœur le réclamait à grands cris, mais mes lèvres demeurèrent fermées. L'instant passa et, en même temps qu'il se levait de son fauteuil en rotin, Rolf rapporta d'un ton dégagé qu'avant la guerre il avait assisté à un concert de mon père.

« C'était, je crois, un récital de Tchaïkovski. Eli Moses était réellement un pianiste de grand talent. J'ai d'ailleurs également connu ta mère. Elle était extraordinairement belle », ajouta-t-il encore tout en m'observant d'un œil acéré.

Je me dressai, droite comme un I, les sens en alerte, une immense colère montant en moi. Mon propre mari, l'homme que j'avais épousé six semaines auparavant, s'extasiait sur ma mère. J'y étais habituée, ce n'était pas nouveau. Dès que ma mère apparaissait, les hommes ne me voyaient plus.

« Elle est morte ! criai-je. Morte ! »

Quand je vis Rolf devenir livide, je pris peur. Il se pencha légèrement vers moi et me regarda. Avant qu'il ait pu dire quelque chose, je revins sur mes paroles. Sa réaction était trop effrayante. J'expliquai qu'elle n'était pas réellement morte, qu'elle l'était seulement pour moi qui la haïssais autant qu'elle-même me haïssait. Je lui dis également que quatre ans auparavant, peu après mon départ pour l'Europe, elle avait quitté New York pour la Californie où elle avait épousé David Keller, un homme qu'elle connaissait à peine quelques semaines plus tôt.

Mes souvenirs de cette soirée ne sont pas très précis. J'étais fatiguée, j'avais déjà pris mes somnifères et bu du vin. Je me rappelle seulement combien Rolf parut affecté, puis il essaya de me faire dire s'il y avait eu, aux Etats-Unis, un autre homme dans la vie de ma mère. Etonnée par sa curiosité, je lui expliquai que ma mère était restée seule dix-huit ans et le vis, consternée, empoigner sa chaise et la lancer contre le mur. Je crus l'entendre maudire un ami sur lequel il s'était trompé, mais mes pensées commençaient à s'embrouiller. Je me levai, en ne souhaitant rien tant que Rolf me prenne dans ses bras. Je m'approchai de lui, m'appuyai contre sa poitrine. Je sentais la chaleur à laquelle j'aspirais tant, je fermai les yeux, mes lèvres cherchèrent les siennes mais sa bouche resta hermétiquement close et il me repoussa. Je me rappelle encore combien j'en fus blessée. Je lui assenai que David Keller était le grand amour de ma mère. Je ne sais pas pourquoi je dis cela, je devais confusément sentir que cela pouvait le toucher et, à cet instant, c'était bien ce que je cherchais. Mes pensées se troublaient de plus en plus. Je gagnai ma chambre d'un pas chancelant. Alors que je me dévisageai avec répulsion dans la glace, moi qui à l'évidence n'étais pas un être que l'on pouvait aimer, des scènes surgirent de très loin, des images que j'avais enfouies au fond de ma mémoire et que je croyais oubliées depuis longtemps.

Cette nuit du 9 novembre 1938, lorsque nous quittâmes en hâte la maison, on me coucha sur la banquette arrière de la voiture et on me demanda de garder impérativement la tête baissée. Terrorisée, j'enfouis mon visage dans les coussins. Quand on me sortit de la voiture, je demeurai muette, dans une sorte d'état second, tandis que quelqu'un me saisissait par la main et me traînait à travers la foule qui me bousculait sans ménagement. Puis... oui, puis le brouillard protecteur de l'oubli se déchira et soudainement un visage apparut derrière le mien dans le miroir. Le beau visage d'un homme jeune qui portait une casquette d'officier et qui me soulevait dans ses bras. Je poussai un hurlement et me retournai. C'est le visage de Rolf que je découvris. Rolf qui était entré dans la chambre sans que je m'en rende compte et se tenait à présent derrière moi.

Il me prit dans ses bras ; je tremblais, j'étais désespérée, en pleine confusion, mais quand il murmura des mots apaisants à mon oreille, me caressa doucement les cheveux et couvrit mon visage de baisers, toutes les images s'évanouirent.

Le lendemain matin, avec le retour de la lumière et d'un soleil radieux, je mis ces curieuses images sur le compte du somnifère que j'avais pris dans la soirée et les bannis de ma mémoire.

Après quatre années de mariage sans joie, tu es née, Sarah. J'étais sans force, je ne me sentais pas à la hauteur de mon rôle de mère. Je fondais souvent en larmes sans raison et te confiais la plupart du temps à la nurse. Je me sentais si misérable qu'il m'était même difficile de simplement me lever le matin et m'habiller.

Rolf était préoccupé par mon état, il insista pour que je consulte un médecin. Je tentai vainement de m'y opposer. Ma mère, à New York, m'avait plusieurs fois traînée chez des psychologues et des analystes. Ils s'étaient montrés incapables de m'aider à surmonter mes angoisses, à ne plus avoir peur de mes rêves, à oublier ce que j'avais vécu. Et il n'en alla pas autrement à Munich. Le médecin se voulut rassurant, affirma qu'il s'agissait d'une simple dépression post-partum due au bouleversement hormonal. Il me prescrivit des médicaments nouveaux, plus forts, et m'assura que mon état allait rapidement s'améliorer.

« Une si jolie petite femme et déjà une si vilaine dépression ! » dit-il, souriant, en me pinçant la joue et me tapotant la main. Il ne prit pas ma maladie au sérieux. Il n'avait pas décelé que j'étais profondément malheureuse.

Durant cette période, Rolf fut très attentionné. Il se donna beaucoup de mal pour me distraire, m'acheta des bijoux, m'invita dans les meilleurs restaurants, m'emmena à l'opéra. Mais les bijoux ne me plaisaient pas, au restaurant je devais me forcer à manger car je n'avais jamais faim, et les concerts à l'opéra me rappelaient les jours heureux près de mon père et Lea dans notre chère maison de Bogenhausen. Mon état dépressif ne fit qu'empirer. Je ne voulais pas de bijoux, je ne voulais pas de vêtements chers, et je ne parvins jamais à me sentir chez moi dans la grande villa du lac de Starnberg.

Je ne voulais qu'une chose : de l'amour et de la sécurité.

En grandissant, tu es devenue une ravissante petite fille. Blonde, avec de longs cheveux bouclés. Tout le monde s'extasiait sur la merveilleuse enfant que tu étais et qui ressemblait tant à son papa. Toi et ton père, vous vous aimiez, vous étiez comme les doigts de la main. La solitude dans laquelle j'étais enfermée et ma tristesse, qui se transformait lentement en indifférence, m'isolaient. Mon cœur n'éprouvait plus rien. Je vivais derrière un mur de verre que j'étais incapable de traverser. Je pensais souvent à ma mère, la reine des neiges. Quand je vous contemplais, toi et Rolf, mes pensées remontaient le temps, me ramenaient à mon père. J'avais compris depuis longtemps que Rolf ne m'aimait pas ; pour une raison que j'ignorais, il s'était trompé sur moi, je ne pouvais pas lui donner ce qu'il avait imaginé.

Puis, une nuit, ma vie bascula. Rolf se tenait sur le seuil de ma chambre. J'avais tant désiré son étreinte au cours des mois écoulés, sa tendresse m'avait tant manqué que ce soir-là, quand il vint vers moi, je m'accrochai à lui comme à une bouée de sauvetage et l'aimai avec une passion que je n'avais jamais éprouvée jusque-là. Or, au moment le plus fort de notre étreinte, un nom terrible franchit les lèvres de Rolf : il m'appela Rebecca. Sans même s'en rendre compte.

Il ne comprit pas pourquoi je le repoussai, pourquoi je lui criai, d'une voix tremblante, de sortir de mon lit et de ma chambre. Je ne dormis pas de la nuit, j'observai le lent déclin de la lune, je vis briller les dernières étoiles avant que le ciel blanchisse.

Je restai couchée jusqu'au milieu de l'après-midi puis me forçai à me lever. C'était une chaude journée d'automne. De la fenêtre de ma chambre, je te regardai ramasser des marrons avec enthousiasme et les mettre dans un panier. J'entendis la nurse dire qu'elle rentrait pour te préparer un chocolat chaud. Que tu ne devais pas te sauver ou descendre au lac. Tu as ri et énergiquement secoué la tête en guise de réponse. Puis tu m'as vue à la fenêtre, tu m'as fait signe, tu m'as appelée pour que je vienne voir les beaux marrons brillants que tu avais ramassés. Je t'ai fait signe à mon tour, j'ai acquiescé d'un hochement de la tête, puis je me suis regardée dans la glace.

J'étais pâle, j'avais les traits tirés par une nuit sans sommeil, je semblais porter le poids du monde. Je ne me supportais plus, je me détestais. Je penchai légèrement la tête de côté et relevai mes cheveux.

Rebecca. Il m'avait appelée Rebecca.

Huit années de mariage, huit années de mensonges et de cache-cache, et il s'était trahi. Rolf n'avait pas seulement connu ma mère, il l'avait aimée. Rebecca, ses longs cheveux soyeux et ses yeux noirs, l'élégante, gracieuse et belle Rebecca, la femme à laquelle aucun homme ne résistait, Rebecca, ma mère. Rolf von Schröder avait épousé la fille faute de pouvoir oublier la mère.

Il fallait désormais que j'en sache plus, si douloureuse que puisse être la vérité. Je montai à l'étage supérieur, ouvris doucement la porte du bureau de Rolf, où je ne pénétrais jamais, et me faufilai à l'intérieur. Je me faisais vaguement l'effet d'être une des femmes de Barbe-Bleue. Je fouillai la vaste pièce du regard, à la recherche d'un indice quelconque, mais ne pus rien découvrir. Je me dirigeai alors vers son bureau, sur lequel étaient posés des dossiers rapportés du cabinet. Le cœur battant à se rompre, j'ouvris les tiroirs les uns après les autres et, dans le dernier, découvris un petit compartiment secret muni d'une clé. Je la tournai en tremblant et sortis une vieille boîte de cigares. Le compartiment ne contenait rien d'autre. Je soulevai précautionneusement le couvercle de la boîte et la première chose que rencontra ma main fut une photo représentant un couple. La belle jeune fille était ma mère, elle s'accrochait au bras d'un jeune homme séduisant qui se tournait vers elle. Il avait beau se tenir de profil, je le reconnus instantanément. Rolf von Schröder. Ma mère lui souriait, irradiait d'amour, était toute à lui, et la façon dont Rolf la regardait révélait aussi combien il l'aimait. Je ne sais pas ce qui m'y a poussée, mais j'ai pris la photo et l'ai mise dans ma poche. Je l'ai toujours, elle est chez moi, en Normandie.

Puis je trouvai une lettre. Je n'avais alors plus aucun scrupule à fouiller le passé de Rolf, et la lus.

*Rolf, mon aimé,*

*Je peux à peine attendre de te revoir après-demain. Pourvu que tu n'aies pas d'empêchement. Je ne pourrais pas le supporter.*

*J'espère que mon ennuyeuse leçon de piano avec Eli Moses (quel affreux bonhomme) ne sera pas trop longue. J'ai tellement envie de te voir que je peux à peine prendre patience. Nous nous retrouvons vers quatre heures comme d'habitude ?*

*Je vais dire à mes parents que j'irai à la piscine avec Esther avant de rentrer. J'espère qu'il va continuer à faire beau, sinon ils ne croiront pas à mon histoire. Je t'aime tellement.*

*Rebecca*

Ma main retomba, mes genoux cédèrent, je me laissai lentement choir dans le fauteuil. Il me fallut du temps, mais je compris : mon mari avait été l'amant de ma mère. Et elle considérait que mon père était un affreux bonhomme, mais elle l'avait tout de même épousé. Brusquement, toutes les pièces du puzzle se mirent en place. Je me souvins de la lettre écrite par Joshua que j'avais trouvée, il y avait des années de cela, à New York, sur la table de ma mère. Ma mère avait subitement décidé d'épouser David Keller juste après en avoir pris connaissance. A cet instant, mes yeux se dessillèrent. L'homme dont Joshua parlait dans sa lettre n'était autre que Rolf. Mais qu'est-ce qui avait retenu Rolf de venir aux Etats-Unis après la guerre ? Le fait qu'il ait été marié ? Son union avec Cornelia avait-elle été malgré tout plus qu'une simple relation amicale ? Je continuai à fouiller fébrilement dans la boîte.

Je découvris un trèfle à quatre feuilles séché, qui tomba en poussière entre mes doigts, et quelques autres petits mots de ma mère qui avaient essentiellement pour sujet les jours et heures de leurs rendez-vous. Dans l'un d'eux, elle évoquait mon père, son talent, et son admiration pour l'artiste qu'il était.

*Aujourd'hui,* écrivait-elle, *j'ai eu presque l'impression qu'il s'intéressait à moi. Penses-tu que ce soit possible ? Il est drôlement vieux, tout de même, il doit avoir dans les quarante-cinq ans. Je l'admire énormément en tant qu'artiste, mais il ne me plaît vraiment pas en tant qu'homme.*

Je me sentis profondément humiliée, humiliée pour mon père qu'elle avait épousé alors qu'elle ne l'aimait pas.

Je trouvai une autre lettre que je dépliai avec circonspection. Elle était de Joshua Erdmann et adressée à Rolf. Joshua écrivait à son ami que Rebecca et sa fille allaient très bien, qu'elles vivaient chez eux, dans l'appartement du premier étage, et que Rebecca, notamment, était très heureuse avec un homme qu'elle désirait prochainement épouser.

Surprise, je regardai la date de la lettre : 11 août 1947, soit deux ans après la fin de la guerre. Je réfléchis fébrilement. Je savais qu'il n'y avait eu aucun homme dans la vie de ma mère aux Etats-Unis. Jusqu'à ce soir où elle avait décidé de s'installer en Californie avec David Keller. Je me souvenais parfaitement que Joshua était tombé amoureux de ma mère à peine étions-nous arrivées. Si je ne l'avais moi-même très vite compris, les allusions de grand-mère Joshua ne m'auraient pas permis de l'ignorer. Joshua l'avait aidée, avait fait beaucoup pour elle, assurément en espérant qu'elle accepterait un jour de l'épouser. Quand elle aurait cessé d'aimer Rolf. Et quand Rolf aurait oublié la belle Rebecca. La voie alors serait libre. Joshua ne s'était pas contenté d'attendre, il avait donné un sacré coup de pouce au destin.

Il avait menti à son ami Rolf dès la fin de la guerre, et parallèlement transmis à Rebecca de fausses informations sur Rolf, lui laissant croire qu'il était heureux en ménage, qu'il était plus proche de sa femme que jamais, et qu'en outre elle était enceinte, ce qui soudait encore un peu plus leur couple. Joshua avait donc réussi à séparer Rolf et Rebecca, il est vrai sans retirer de ses intrigues le résultat escompté, puisque ce ne fut pas vers lui que Rebecca se tourna, mais vers David Keller. Ni ma mère ni Rolf, qui avaient tous deux pleinement confiance en Joshua, n'avaient jamais douté de ses paroles.

Mais par quel détour Joshua Erdmann s'était-il trouvé en situation d'être notre garant à notre arrivée aux Etats-Unis ? Brusquement, je compris : notre fuite, l'absence de difficultés rencontrées lors de notre immigration, c'était Rolf, Rolf qui avait tout organisé pour sa maîtresse, pour la femme d'Eli Moses, qu'il n'avait jamais cessé d'aimer.

Mon cœur se mit à battre à une vitesse folle, mon estomac se crispa, je me levai, les jambes flageolantes. Je dus m'appuyer au bureau, puis au chambranle de la porte, et parvins enfin à gagner la salle de bains, où je vomis.

Je regagnai ma chambre en chancelant, fourrai quelques vêtements dans une valise, courus dans ta chambre, pris là aussi des affaires dans ton placard, puis je descendis au rez-de-chaussée. A l'instant où je pénétrai dans le vestibule, j'entendis Rolf rentrer. Je fus prise de panique. Je ne pouvais supporter l'idée de le rencontrer.

Je ne vis qu'une issue possible : le lac, partir en barque, contourner la petite baie et gagner la propriété des voisins, des amis, qui accepteraient certainement de m'appeler un taxi. Je n'avais qu'une idée en tête : fuir, rentrer à Paris, retrouver Lea. Je dévalai le petit chemin gravillonné, te saisis par la main pour te faire monter dans la barque avec moi.

Mais tu t'es plantée sur tes petites jambes, les pieds solidement ancrés dans les gravillons, tu as croisé les bras sur ta poitrine et crié, en colère :

« Je ne veux pas aller avec toi ! Je pars seulement avec mon papa ! »

Alors je t'ai laissée. Car à cet instant une autre image se superposa à la tienne : ma mère qui me saisissait et m'emmenait, et mon père, mourant, qui s'effondrait. Mon père que j'aimais tendrement et auquel on m'arrachait. Je compris que je n'avais pas le droit de te séparer du tien. Je me rendais compte que ce que je pouvais t'offrir ne comblerait jamais le manque créé par son absence. Je le détestais pour ce qu'il avait fait, mais je savais aussi qu'il serait toujours un père merveilleux pour toi. Ta place était auprès de lui. Alors je suis descendue seule au lac, puis je suis montée dans la barque et me suis éloignée de la rive.

Je n'ai regardé qu'une fois en arrière. Le soleil faisait paraître tes cheveux encore plus blonds. Tu portais la petite robe rouge avec un ourlet brodé. Tu as couru en criant « Maman ! Maman ! ». J'ai ramé plus vite et je ne me suis plus retournée.

Je suis partie, et j'ai fermé mon cœur pour ne plus jamais le rouvrir.

Je retrouvai ainsi Paris en 1968, huit ans après en être partie.

Lea m'accueillit sous son toit. Entre-temps, elle s'était fâchée avec Hilary et vivait seule depuis trois ans dans un petit appartement.

Un soir, je trouvai le courage de lui parler de Rolf. Rolf von Schröder qui m'avait épousée parce qu'il ne parvenait pas à oublier ma mère.

Je fis un long récit, entrecoupé de silences. Lea pâlit en m'écoutant et ne cessa de me caresser et de me tapoter la main jusqu'à ce que je me taise, épuisée. Alors elle se leva et alla chercher dans le tiroir de son petit secrétaire la photo que je lui avais envoyée peu après m'être mariée. Je paraissais heureuse sur cette photo de mariage, et même Rolf me souriait comme il ne devait plus me sourire par la suite. J'avais tant espéré, en l'envoyant à Lea, que l'évidence de mon bonheur vaincrait ses réticences.

Lea se rassit lentement et fixa la photo.

« Je n'étais au courant de rien, dit-elle en secouant la tête. Comment ce nazi a-t-il seulement pu te faire une chose pareille… »

Elle chuchotait d'un ton haineux sans quitter la photo des yeux. A cet instant, je regrettai de lui avoir parlé de mon mariage. D'un geste brusque, je lui arrachai la photo des mains mais elle continua à voix basse :

« On murmurait bien, à l'époque, que Rebecca avait eu avant son mariage une liaison avec le fils d'un industriel, un nazi ami de Hitler, mais je ne savais rien de plus. Du jour où elle est arrivée chez nous, Eli ne m'a plus fait participer à sa vie.

— Tu la détestais parce qu'elle t'avait pris ton frère, n'est-ce pas ? »

Lea eut un rire amer.

« Je sais bien que c'est ce que tout le monde a cru, mais ce n'est pas vrai. Je l'ai détestée parce qu'elle a fait d'Eli un possédé, un homme se consumant pour une femme qui n'avait que mépris pour lui et qui en même temps avait su se l'attacher. Elle avait le cœur sec, elle était dénuée de sentiments, elle était froide, elle était... »

Lea cherchait le mot juste.

« La reine des neiges », achevai-je, suspendue aux lèvres de Lea, qui, pour la première fois, parlait de mes parents.

Lea ne m'entendit pas, ne me voyait plus. La colère l'avait prise et elle ne pouvait plus s'arrêter.

« Dans les mois qui ont précédé son assassinat, Eli a dû annuler des concerts parce qu'il tremblait tellement qu'il ne pouvait plus jouer. Elle le détruisait, c'est pour cela que je comprenais qu'il ne puisse pas s'empêcher de... »

Lea s'interrompit et me jeta un regard hésitant. Ce n'est que lorsque je la pressai de continuer qu'elle acheva sa phrase, d'une voix dure :

« ... de la frapper. Je ne le sais pas avec certitude, mais il arrivait souvent que ta mère descende le matin avec le visage, les bras et les mains couverts de bleus. Et les lèvres fendues. Eli disait chaque fois qu'elle était si maladroite qu'elle était encore tombée. Je dois dire que les domestiques ne le croyaient pas, et moi non plus. »

Je poussai un cri et bondis sur mes pieds. Je me précipitai dans ma chambre sans rien voir, m'enfermai à double tour et me jetai sur mon lit. Maintenant que je savais, je comprenais combien ma mère avait dû haïr mon père. Elle ne pouvait pas m'aimer : j'étais la fille d'Eli, et moi aussi je l'avais frappée. Par faiblesse et par désespoir, parce que je souffrais de ne pouvoir gagner son amour. Je compris enfin en quoi j'étais comme mon père.

Je demeurai toute la nuit sur mon lit, couchée en chien de fusil, les genoux relevés, les bras noués autour de mon corps. Quand je m'éveillai le lendemain matin, les muscles endoloris, il m'apparut comme une évidence que je devais oublier le passé si je voulais avoir une chance de continuer à vivre.

Une idée germa dans mon esprit quand Lea m'apprit qu'elle améliorait sa retraite en vendant les crèmes de beauté qu'elle fabriquait selon de vieilles recettes familiales.

J'eus pour la première fois de ma vie une vision précise de ce que je voulais faire. J'échafaudai des plans pour Lea et pour moi. Ces crèmes allaient constituer les fondements d'une entreprise de cosmétiques.

Rolf accepta de divorcer. Seul lui importait de te garder, et il me proposa par l'intermédiaire de son avocat une importante indemnité forfaitaire pour que je renonce à tous mes droits sur toi. Je savais que je n'avais aucune chance d'obtenir ta garde, car je souffrais notoirement de dépression depuis des années, et de nombreuses personnes de notre entourage auraient pu témoigner que je m'occupais peu de mon enfant, que je n'étais pas une bonne mère. Me serais-je battue pour toi que j'aurais perdu la bataille, et même si je l'avais gagnée, aurais-tu été heureuse avec moi ? Je ne le crois pas.

Je sentais que tu appartenais à ton père comme j'avais appartenu au mien avant que la mort me l'arrache. Je renonçai à mes droits et acceptai l'argent. Je l'acceptai pour me construire une existence et parce que Lea avait droit à une réparation de la part de Rolf von Schröder, ton père.

Je pris contact avec le cabinet Delmas & Associés. Je souhaitais leur confier le règlement de mon divorce, et leur demander conseil pour la création de ma société. Jacques Delmas me regarda par-dessus ses lunettes sans dissimuler son amusement et m'expliqua que la grande société dont je rêvais serait très fragile.

Je le priai d'être plus explicite.

« Vous n'y arriverez pas, déclara-t-il avec une assurance tranquille. Vous n'y arriverez pas car vous n'êtes qu'une femme. »

Je crus tout d'abord qu'il ne parlait pas sérieusement, puis je vis son expression et me ravisai.

« Oui, c'est vraiment une tuile d'être une femme ! acquiesçai-je avec emphase. Mais avec votre aide, j'y arriverai. »

Et j'y suis arrivée. J'en suis très fière. Nous avons très bien réussi. Nos produits et notre concept de distribution étaient bons, et le marché était mûr pour les cosmétiques naturels. MM Cosmetics prit de l'importance et, au cours des années 70 et 80, s'implanta presque partout en Europe. A l'exception de l'Allemagne, où Lea refusait de voir notre marque représentée.

Un soir, elle me tendit une enveloppe brune, qui contenait l'acte de donation des formules de nos produits, dont elle me concédait le droit exclusif de commercialisation. J'étais très touchée. Je savais que par ce geste Lea voulait me prouver son affection et sa confiance. Lorsque j'étais revenue de Munich, brisée, j'avais retrouvé, avec son pardon, la tante Lea de mon enfance. Je l'ai connue tour à tour douce et affectueuse, puis triste et lasse, souffrant de tourments qu'elle ne pourrait jamais oublier. J'étais près d'elle quand ses angoisses la submergeaient, et elle me tenait la main, la nuit, lorsque mes cauchemars revenaient. Ainsi, je recommençai à aimer cette femme fragile et pourtant si forte, cet être à la fois plein de haine et d'amour, si dur et en même temps infiniment tendre.

J'entamai un nouveau chapitre de ma vie en me mariant une troisième fois. Ce n'était pas un mariage d'amour, mais Daniel et moi nous entendions bien. Du moins l'ai-je longtemps cru. Aujourd'hui, les doutes m'assaillent. Je crains d'avoir échoué aussi bien comme épouse que comme mère. Je me suis privée des joies d'une vie de famille, car j'étais pour ainsi dire obsédée par ma société et ma réussite. MM Cosmetics était devenue le centre de ma vie. Je crois que Simon hait la société au point d'avoir cherché à la ruiner, lorsqu'il s'est servi de la procuration qu'il détenait sur les comptes pour faire de gros prélèvements. Il voulait détruire l'entreprise qui l'avait spolié de l'amour de sa mère et qui à ses yeux était responsable de l'accident mortel de son père.

Je me trouve depuis quelques jours dans cette clinique de soins palliatifs des environs de Paris. Seule Lea sait où je suis et elle seule est autorisée à me rendre visite. Je pense souvent à Eli Moses, mon cher père. Je sais désormais qu'il n'était pas seulement un pianiste de génie et un père aimant, mais aussi un homme irascible. Sans doute était-il intimement malheureux. Sa vie était dominée par l'insécurité, et sa faiblesse le condamnait à la violence.

J'ai beaucoup pleuré quand j'ai appris, il y a quatre mois, que j'avais un cancer du poumon. Aujourd'hui cependant, j'accepte l'idée de mourir, j'ai achevé ma vie et je me suis réconciliée avec le passé. J'ai pu écrire une longue lettre à ma mère dans laquelle je lui ai dit qu'il y avait aujourd'hui beaucoup de choses que je comprenais mieux. Mais je lui ai aussi écrit que je ne voulais pas qu'elle vienne me voir. Puis j'ai compris qu'il n'y avait rien que je souhaitais plus et j'ai eu affreusement peur qu'elle puisse me refuser cette joie. Alors j'ai déchiré la lettre ; ainsi, je garde intact le petit espoir qu'elle serait venue si elle avait su.

Je ne souhaite plus qu'une chose : que tu puisses me pardonner, que tu réussisses à mettre un terme à la haine qui ronge notre famille et que tu te réconcilies avec Lea. Même si elle devait se montrer hostile et détestable, songe combien elle est blessée et que par la faute du nazisme elle n'a pas pu connaître le bonheur.

Trente années se sont écoulées depuis que je vous ai quittés, toi et ton père. Dans mon souvenir, ces huit années à Munich, mon mariage avec Rolf et ta naissance semblent appartenir à une autre vie, comme si ce temps ne me concernait pas, comme si c'était une autre femme, pas moi, qui avait vécu dans la villa du lac de Starnberg. Pourtant, durant toutes ces années, il ne s'est guère passé de jours sans que je pense à toi, Sarah, de même que je n'ai jamais cessé d'aimer ton père, Rolf von Schröder. Rolf qui aimait Rebecca, la belle jeune fille qu'il n'a pas pu épouser parce qu'elle était juive.

# 7

## *Sarah*

Ses mains retombèrent sur ses genoux et les feuillets glissèrent à terre.

Elle resta assise sans bouger jusqu'à ce qu'elle sente le froid remonter le long de ses jambes et lui enserrer le cœur. Le son étouffé de l'horloge rompit le silence. Sarah compta machinalement les coups à mesure qu'ils s'égrenaient : six heures. Elle avait la bouche sèche. Elle sortit de son lit, ouvrit doucement la porte de sa chambre et tendit l'oreille. Rien ne bougeait, on entendait seulement la rumeur monotone de la pluie qui se mêlait dans le lointain à celle de la mer. Sarah se dirigea vers l'escalier, s'arrêta un instant pour écouter les ronflements de M. Schneider. C'était bon de savoir qu'elle n'était pas seule, que deux portes plus loin quelqu'un dormait qui se réveillerait si elle appelait. Dans la cuisine, elle prépara du thé, fit griller deux tranches de pain, sortit le beurre et la marmelade d'orange du réfrigérateur, posa le tout sur un plateau et remonta au premier. Sa tête l'élançait, elle fut prise de vertige et ses mains tremblèrent ; sur le plateau, la vaisselle commença à s'entrechoquer dangereusement. Elle s'arrêta et s'appliqua à respirer à fond jusqu'à ce que la crise passe. De retour dans sa chambre, elle se recoucha en tenant prudemment le plateau en équilibre à deux mains.

Elle se laissa aller contre son oreiller, épuisée, avant même de commencer à manger. Son corps vibrait de nervosité. A cet instant seulement, elle osa penser à sa mère. Elle savait enfin pourquoi Mirjam Moses avait quitté son mari et son enfant, elle avait enfin percé le secret que son père avait gardé pendant tant d'années. Elle avait à présent une idée de ce qu'avait été la vie de sa mère après sa disparition, trente ans auparavant. Elle savait quels sentiments l'avaient animée, ce qu'avait été son enfance, quel traumatisme avait représenté pour elle la mort dramatique de son père. Et elle en connaissait enfin un peu plus sur sa très belle grand-mère Rebecca.

Lorsque Sarah saisit sa tasse, des larmes tombèrent sur sa main. Elle ne s'était pas rendu compte qu'elle pleurait. Sa tête bascula en avant contre sa poitrine et toutes les larmes qu'elle avait retenues pendant des années jaillirent. Elle songea à son père. Deux femmes l'avaient aimé et n'avaient jamais pu l'oublier.

Mais s'il avait épousé Mirjam, il n'avait aimé que Rebecca.

Il y avait eu beaucoup de femmes dans la vie de Rolf von Schröder après le départ de Mirjam. Sarah se rappelait très bien certaines d'entre elles. Elles essayaient de se servir de la fillette pour conquérir le père, d'exploiter l'affection que leur portait l'enfant pour inciter Rolf von Schröder à les épouser. Elle se souvenait de cadeaux et de bonbons, de femmes qui se penchaient vers elle, l'embrassaient, s'extasiaient sur la ravissante petite fille qu'elle était. Après le départ de sa mère, son père avait cependant promis à Sarah qu'il ne lui donnerait jamais de nouvelle maman, et c'était un engagement qu'il avait respecté.

Avait-elle fait preuve d'égoïsme en ne le déliant pas de sa promesse ? Elle voulait son papa pour elle, elle ne voulait pas le perdre comme elle avait perdu sa maman. Cette peur l'avait hantée pendant des années. Elle se souvenait de scènes où elle se laissait tomber par terre en sanglotant bruyamment et en simulant de violents maux de ventre jusqu'à ce que l'on prévienne son père qui rentrait en catastrophe à Starnberg et la prenait dans ses bras.

La perçait-il alors à jour ? Savait-il qu'il lui arrivait de faire semblant de tousser ou d'avoir de la fièvre pour qu'il reste près d'elle ? Avait-il renoncé à se remarier à cause d'elle ?

« Il y a deux sortes de gens dans la vie : ceux qui donnent et ceux qui prennent. Tu appartiens à la deuxième catégorie. » Ce reproche que lui avait adressé Michael l'avait profondément blessée. N'avait-il donc jamais compris qu'elle se pliait à ses désirs, qu'elle avait adopté son mode de vie, qu'elle s'efforçait en permanence de répondre à ses attentes ? Elle s'était coulée dans sa vie à lui au point de s'interdire tout désir personnel.

En se penchant pour ramasser l'enveloppe en papier kraft, Sarah remarqua qu'une autre enveloppe, plus petite, se trouvait à l'intérieur. Elle l'ouvrit et en sortit une première feuille. Elle constata avec étonnement qu'il s'agissait à nouveau d'une lettre de sa mère. L'écriture en était presque illisible, les mots avaient été griffonnés en hâte, ou bien écrits avec difficulté.

*Ma chère enfant,*

*Tu trouveras ci-joint l'acte de donation daté du 11 septembre 1974 de tante Lea. Il y est précisé que je peux à ma convenance transmettre les formules de la famille. Elles t'appartiennent donc et tu peux en faire ce qui te semble juste. J'ai fait authentifier cette transmission de donation devant notaire. Je t'en prie, essaye de te réconcilier avec Lea. C'est une vieille dame solitaire qui au bout du compte t'en sera reconnaissante, et, pour la société, elle représente un réel atout.*

*Sarah, ma chérie, pardonne-moi de t'avoir tant fait souffrir alors que tu n'avais pas encore cinq ans. Pourtant, je ne t'ai pas abandonnée, je t'ai laissée près de l'être qui pouvait te donner ce que je n'aurais jamais été capable de t'offrir : l'amour et la sécurité.*

*Choses que j'ai moi-même, toute ma vie, vainement cherchées...*

Sarah sortit une seconde feuille de l'enveloppe. C'était l'acte de donation, authentifié par un notaire parisien.

Elle pleurait encore quand les premiers bruits du matin résonnèrent dans la maison. Dans son désarroi, elle décrocha le téléphone et composa le numéro du domicile de Serge Delmas.

La sonnerie retentit longtemps puis une voix ensommeillée répondit. Elle sursauta, elle ne s'était pas rendu compte qu'il était si tôt.

— Excusez-moi...

Sa voix était voilée, presque rauque, si bien que Serge ne la reconnut pas immédiatement et faillit raccrocher.

— Je suis désolée...

Sarah s'éclaircit la gorge.

— Je suis vraiment désolée, répéta-t-elle.

Un sanglot lui nouait la gorge. En même temps, son cœur se libérait de l'étau glacé qui l'enserrait et ce qu'elle ressentait put enfin s'exprimer.

— Sarah, qu'y a-t-il ? Il s'est passé quelque chose ?

La voix de Serge était soucieuse, tendre, et Sarah s'effondra complètement.

A travers ses pleurs, elle entendit brusquement une voix de femme derrière celle de Serge. Le ton irrité la ramena à la réalité. Une nouvelle vague d'émotions la submergea. Elle ressentit la perte irréversible de sa mère, la souffrance de ne plus pouvoir admirer son père comme avant, et elle perçut l'excitation amoureuse que son interlocuteur, manifestement en compagnie, éveillait en elle depuis son rêve.

Presque en chuchotant, d'une voix entrecoupée de sanglots, elle parla à Serge du récit de sa mère et de sa découverte inattendue de l'acte de donation.

Serge parut en être très heureux. Il était à présent complètement réveillé et promit de la rappeler dans le courant de la matinée. Il espérait d'ici là avoir pu joindre l'avocat de Lea.

A l'instant où Sarah raccrochait, Mme Schneider frappa doucement à la porte. Sarah la regarda entrer avec un second plateau et lui servir du café.

— Qu'est-ce que c'est ? demanda-t-elle en désignant une sorte de petit pain odorant à la croûte sombre.

— Une spécialité d'ici, un pain aux pommes. Votre mère adorait ça. Je lui en faisais presque tous les jours après son opération. Pourtant, elle surveillait drôlement sa ligne, même si à mon avis elle était déjà beaucoup trop maigre.

— Quelle opération ?

— Oh, cela fait un petit bout de temps... Cela devait être en...

Mme Schneider réfléchit.

— Oui, cela fait huit ans. Je m'en souviens, maintenant. C'était au moment de la naissance de mon dernier petit-fils. Mais je ne devais parler de l'opération à personne. C'était top secret.

— Quelle opération ? répéta Sarah qui s'impatientait. Son cancer ?

— Non, non.

Mme Schneider baissa la voix.

— Votre mère s'était fait faire un lifting dans une clinique suisse et elle est restée ici jusqu'à ce qu'elle puisse à nouveau se montrer en public.

Sarah ne pouvait pas le croire. Sa mère dont le visage lisse et lumineux souriait aux visiteurs dans le hall d'accueil de MM Cosmetics devait son apparente jeunesse à la chirurgie !

— Personne ne devait le savoir, vous pensez bien, poursuivit Mme Schneider en chuchotant comme si toute la presse à scandale se trouvait dans la pièce voisine. A la fin, des gens de *Vogue* sont venus ici pour faire un reportage et votre mère a fait croire aux journalistes que c'était grâce à ses produits qu'elle avait si peu de rides. A ce propos, il faut que je vous dise que je n'ai jamais eu besoin de payer les produits de votre mère.

Mme Schneider fit une pause, pleine d'espoir.

— Rien ne changera, madame Schneider, naturellement, dit Sarah.

— Il n'y avait qu'une personne qui était au courant, pour l'opération, c'était son avocat, maître Delmas. Bon, maintenant je vous laisse, vous avez besoin de vous reposer.

Sarah fut soulagée que Mme Schneider s'en aille. Bavarder la fatiguait ; en outre, que sa mère ait berné tout le monde la laissait stupéfaite. Et pourquoi avait-elle confié son secret à Serge, Serge qui dès leur première conversation avait éprouvé le besoin de souligner le caractère purement professionnel de ses relations avec sa cliente ?

Serge la rappela vers onze heures.

— Mon confrère maître Passot, l'avocat de Lea, doute que notre acte de donation soit authentifié, il n'est donc aucunement disposé à suspendre la procédure de référé. Cela signifie que nous devons produire l'acte original au plus tard demain matin à dix heures.

Sarah garda le silence, pleine d'espoir. Après une courte pause, Serge proposa de venir chercher le document. Sarah raccrocha en souriant, Serge avait dit exactement ce qu'elle espérait : il venait.

Après le déjeuner, auquel Sarah toucha à peine, M. et Mme Schneider partirent chez leur fils.

— Nous risquons de rentrer tard, s'excusa à l'avance Mme Schneider.

Sarah la rassura. Serge serait là, elle lui avait proposé de passer la nuit sur place. C'eût été délicat de lui demander de regagner Paris à une heure aussi tardive.

Lorsqu'elle fut seule, Sarah ouvrit l'armoire dans laquelle Mme Schneider avait soigneusement suspendu ses vêtements. Après mûre réflexion, elle se décida pour le pantalon beige de son nouvel ensemble et un pull-over en cachemire assorti. Elle se maquilla soigneusement les yeux et mit du gloss incolore sur ses lèvres.

Nerveuse, elle se regarda fixement dans le miroir, perdue dans ses pensées. Puis elle se pencha en avant et posa le front contre le verre froid. Le souvenir du baiser de Serge, de ses mains qui avaient enfermé son visage quand sa bouche s'était posée sur ses lèvres, l'obsédait. Elle repassait dans sa tête chacune des phrases qu'il avait prononcées ce soir-là. Elle songea à son rêve de la nuit et les battements de son cœur s'accélérèrent, son embarras grandit.

Les heures s'écoulèrent au ralenti. Sarah rectifiait continuellement son maquillage, se mettait du rouge sur les lèvres, quelques gouttes de parfum derrière les oreilles et sur les cheveux. Elle arpentait la maison, se rendit finalement dans le bureau de sa mère, contempla la photo de son père avec Rebecca. Les mensonges d'un homme amoureux de sa grand-mère avaient empêché cet amour d'avoir une seconde chance. Mais que se serait-il passé si...

A cet instant, elle entendit une voiture remonter l'allée. C'était sûrement Serge. Elle se retint de se précipiter vers lui et attendit que la sonnette retentisse.

Quand elle ouvrit la porte, Serge sortait un sac de voyage du coffre de sa voiture, puis il releva la tête, la vit et lui sourit. Elle se sentit rougir. Déstabilisée par son rêve, elle ne pouvait plus se comporter de façon naturelle avec lui et elle tremblait lorsqu'il l'embrassa rapidement sur les deux joues. A peine entré, il demanda à jeter un coup d'œil à l'acte. Elle le conduisit dans le bureau de sa mère, puis se tint derrière lui pendant qu'il lisait. Elle l'observait par-dessus son épaule. Son visage était à quelques centimètres d'elle, la tension et la concentration lui conféraient une gravité qui le rendait encore plus séduisant. Ses cheveux noirs qui retombaient légèrement sur son front, son nez, fin et droit, son menton bien dessiné, ses lèvres parfaites – elle ne se lassait pas de le contempler.

Serge leva la tête.

— C'est exactement ce dont nous avions besoin. La procédure de référé n'a plus lieu d'être.

Il laissa retomber la main qui tenait le document et regarda Sarah comme s'il la voyait pour la première fois.

— Vous êtes très en beauté !

Il grimaça un sourire en désignant le sparadrap collé sur la grosse bosse qu'elle avait au front. Sarah rit du bout des lèvres et regarda Serge glisser l'acte dans un porte-documents.

— Je n'ai rien mangé de la journée, déclara-t-il. J'ai une faim de loup. Mme Schneider a préparé quelque chose ?

Sarah lui dit que les Schneider étaient absents et ne rentreraient que tard. Serge lui jeta un rapide coup d'œil.

— Mais je peux voir ce qu'il y a à la cuisine, proposa-t-elle.

Elle se serait giflée. Elle avait passé des heures à se maquiller, sans songer une seule seconde que Serge risquait d'avoir faim en arrivant.

— Pour autant que je le sache, le médecin vous a prescrit le repos absolu…

Il lui prit le bras et la conduisit dans la salle à manger.

— Reposez-vous, je m'en occupe, dit-il en l'obligeant à s'asseoir sur une chaise capitonnée.

Sarah voulut protester, puis elle le laissa se rendre dans la cuisine et inspecter placards et réfrigérateur.

— Un risotto à la milanaise, ça vous tente ? demanda-t-il depuis la porte. C'est très bon et facile à réchauffer.

Sarah se rendit compte qu'elle avait faim.

— Oui, volontiers. Ça semble appétissant, répondit-elle.

Serge fit plusieurs allers et retours entre la cuisine et la salle à manger, posa des assiettes et des verres sur la table, apporta des couverts et des serviettes, et alluma les bougies du chandelier. Il revint enfin avec un plat de risotto fumant et une bouteille de vin blanc coincée sous le bras.

— Est-ce que vous avez le droit de boire de l'alcool ?

— Un verre de vin ne peut pas me faire de mal.

Sarah était surprise que Serge connaisse aussi bien les lieux, mais avant qu'elle ait eu le temps de lui poser des questions, il prit place en face d'elle, râpa du parmesan sur le risotto et la servit généreusement.

Ils entamèrent bientôt une seconde bouteille de vin et, désinhibée par l'alcool, Sarah commença à parler. Elle parla de son enfance, de son père et des multiples femmes qu'il avait fréquentées, et aussi de son sentiment de culpabilité pour l'avoir empêché, enfant, de se remarier.

Une fois lancée, elle ne pouvait plus s'arrêter. Elle raconta ses études, les maux de tête constants dont elle souffrait déjà enfant, et l'intention de son père, alors qu'elle avait neuf ans, de lui faire suivre une thérapie. Mais elle était rentrée en larmes de son premier entretien avec la psychanalyste, et son père lui avait promis de ne plus l'envoyer chez aucun thérapeute. En revanche, elle parla très peu de Michael et répondit évasivement aux questions que lui posa Serge à son sujet. Elle n'aurait su dire pourquoi elle se livrait ainsi, peut-être parce qu'il était un auditeur attentif, à moins que ce ne fût parce qu'elle se sentait dépassée par un trop-plein d'émotions. Il était très tard et Serge venait de partager le fond de la seconde bouteille quand elle en vint à parler de la colère qu'elle ressentait envers son père. Puis elle fondit en larmes.

Ce fut ce moment que M. et Mme Schneider choisirent pour rentrer. Serge quitta la table pour aller les saluer et confirmer sa présence, afin qu'ils ne se sentent pas obligés de passer une nouvelle nuit dans la chambre d'amis. Sarah entendit Mme Schneider s'adresser à Serge comme à une vieille connaissance. Avant que la porte d'entrée se referme derrière eux, ils souhaitèrent une bonne nuit à Sarah, ainsi qu'un prompt rétablissement. Puis le silence se fit.

Sarah était seule avec Serge. Elle éteignit les bougies et laissa assiettes, verres et bouteilles vides sur la table. Elle gagna le vestibule d'un pas mal assuré. Les genoux tremblants et le cœur battant, elle regarda Serge mettre la chaîne de sûreté puis empoigner le sac de voyage qu'il avait posé à côté de l'escalier en arrivant.

— Viens !

Serge lui prit la main et ils grimpèrent les marches ensemble. Arrivés devant la porte de la chambre de Sarah, ils marquèrent la même hésitation, puis Serge l'attira à lui.

Elle se raidit et s'écarta.

— Nous ne devrions pas faire cela, chuchota-t-elle.

— Je sais.

Serge approcha ses lèvres des siennes, les força doucement à s'ouvrir, et il ne les lâcha plus tandis qu'ils se dirigeaient dans le noir vers le lit. Il laissa Sarah glisser sur les coussins, mais quand il tendit la main vers la lampe de chevet, elle l'arrêta.

— Non, n'allume pas...

Il la déshabilla lentement. Elle soupira quand il caressa ses seins, puis quand ses lèvres les effleurèrent. Ses yeux s'étaient habitués à la faible lueur que la fenêtre laissait pénétrer dans la pièce. Lorsque Serge posa les yeux sur elle, elle lut tant de douceur dans son regard que ses doutes et ses inquiétudes s'évanouirent. Dans la pénombre, elle le vit ôter rapidement ses vêtements et s'étendre nu à côté d'elle. Il explora son corps en le couvrant de petits baisers tout en murmurant des mots d'amour qu'elle ne pouvait toutefois que deviner, son vocabulaire érotique français étant inexistant. Elle s'en remettait à sa voix, à présent particulièrement douce et profonde.

Elle s'en remettait à ses mains qui la caressaient et l'effleuraient et quand elle l'accueillit en elle, elle sut qu'elle ne voulait rien d'autre que l'aimer et qu'il était ce à quoi elle avait toujours aspiré.

C'était une nuit d'automne sombre, sans étoiles et sans lune. La pluie qui tombait sans discontinuer tambourinait sur les vitres.

Sarah ne parvenait pas à s'endormir. Elle écoutait la pluie et fermait les yeux pour goûter pleinement l'incroyable sensation qui l'habitait, le sentiment de légèreté et de bonheur presque excessif qui la tenait éveillée, consciente qu'elle n'éprouverait peut-être plus jamais ce qu'elle était en train de vivre.

Elle se redressa en s'efforçant de ne pas faire de mouvements brusques, posa son menton dans une main et contempla Serge qui dormait tourné vers elle. De l'index elle effleura ses paupières closes, l'arête de son nez, sa bouche entrouverte. Elle caressa sa poitrine, son ventre ferme et, sentant le désir renaître, se coula contre lui.

— Serge, chuchota-t-elle. Serge, réveille-toi !

Il grommela une phrase dans son sommeil et l'attira plus près de lui.

Jusque-là, le bonheur avait été pour elle un concept abstrait.

— Je t'aime, murmura-t-elle à l'oreille de Serge endormi, en plongeant les doigts dans ses épais cheveux noirs et en couvrant son visage de petits baisers.

Combien de fois n'avait-elle pas soupiré cette phrase au cours de la nuit, en français, en allemand... Serge avait lui aussi beaucoup parlé, quoiqu'elle ne l'ait pas entendu une seule fois dire « je t'aime »...

Sarah se détourna d'un mouvement rapide. Plus tôt dans la soirée, peu avant qu'il ait fini de préparer le risotto, le portable de Serge avait sonné. Il avait répondu à voix basse et très vite, pour qu'elle ne puisse pas le comprendre. Et n'y avait-il pas eu cette voix de femme derrière lui, le matin, quand elle avait téléphoné pour l'informer qu'elle avait trouvé l'acte qu'ils cherchaient ?

Elle s'efforça de respirer posément. Pour la première fois de sa vie, elle ressentait la morsure de la jalousie. Un sentiment qui la désorientait et la rendait vulnérable.

Puis elle sentit que Serge se réveillait. Il s'étira et se dressa sur un coude. Sarah ne bougea pas, mais quand ses lèvres jouèrent avec le lobe de son oreille, quand sa main enveloppa son sein et qu'elle sentit son souffle sur sa nuque, son cœur se mit à cogner, et le sang à battre dans ses veines. Un sentiment d'amour si intense l'envahit que les larmes lui montèrent aux yeux.

Quelque chose l'avait réveillée. Elle se redressa, tendit l'oreille sans oser respirer, et elle se rendit compte que c'était simplement le portable de Serge qui sonnait dans la poche de sa veste. Elle le secoua jusqu'à ce qu'il se réveille avec un grognement de protestation. Le portable sonnait toujours. Serge bondit hors du lit, décrocha et parla ensuite si vite que Sarah ne chercha même pas à essayer de comprendre. La conversation terminée, il revint se coucher et attira Sarah contre lui.

— Il s'est passé quelque chose ? demanda-t-elle d'une voix inquiète.

Serge se pencha vers elle et, tout en couvrant son visage de baisers, lui apprit que maître Passot, après un dîner un peu trop arrosé, avait eu un léger accident vasculaire et devait rester vingt-quatre heures en observation à l'hôpital.

— En conséquence de quoi, notre rendez-vous avec lui et Lea Moses est reporté à demain.

Sarah s'éloigna de Serge et s'assit.

— N'est-ce pas une ruse pour retarder le dépôt de l'acte de donation et en profiter pour…

Serge secoua la tête.

— Non, je connais Passot, c'est quelqu'un de sérieux. Il n'y a pas lieu de s'inquiéter.

Soulagée, Sarah se blottit contre Serge.

— Alors nous pouvons encore rester ici aujourd'hui ?

— Oui, nous pouvons, acquiesça Serge à mi-voix en jouant avec ses cheveux. Non seulement nous pouvons, mais nous allons le faire.

Ils s'enlacèrent et se rendormirent.

Le soleil inondait la chambre de lumière lorsque Sarah, en fin de matinée, ouvrit les yeux.

— Serge ? appela-t-elle. Serge, tu es là ?

Elle sentit la panique la gagner à l'idée qu'il ait pu déjà reprendre la route de Paris. Il regrettait peut-être la nuit passée avec elle, il se sentait peut-être coupable vis-à-vis de la femme dont elle avait entendu la voix au téléphone...

Elle se leva d'un bond, mais son traumatisme crânien se rappela douloureusement à son souvenir et elle se saisit la tête à deux mains en poussant un gémissement.

— Serge ? appela-t-elle encore une fois en ouvrant la porte.

Elle faillit le heurter. Il se tenait juste derrière, un grand plateau dans les mains.

— Je voulais te réveiller avec le petit déjeuner. Viens te recoucher !

Serge posa le plateau sur le lit et ils se calèrent confortablement contre les oreillers. Sarah le regarda verser le café dans les tasses, soulagée et heureuse. Comment avait-elle pu imaginer qu'un homme comme Serge pouvait partir en cachette après la nuit qu'ils avaient partagée ? Comment pouvait-elle avoir si peu confiance en lui ? Ou bien était-ce en elle-même qu'elle manquait de confiance ? Elle but quelques gorgées de café noir brûlant, et Serge lui glissa un morceau de baguette tartiné de beurre et de confiture dans la bouche.

— Tu es réveillé depuis longtemps ? voulut savoir Sarah entre deux délicieuses bouchées de pain frais.

— Plutôt, oui. J'ai eu le temps de téléphoner au cabinet, et j'ai prévenu Mme Schneider qu'elle n'aurait pas besoin de venir aujourd'hui.

Un sourire s'épanouit sur le visage de Sarah. Une journée entière seule avec Serge ! Elle était déjà impatiente de parcourir la maison avec lui pour lui montrer tous les meubles qui se rattachaient à des souvenirs de sa petite enfance. Quand elle descendit après s'être habillée, Serge l'attendait au pied de l'escalier, prêt à l'accompagner dans le jardin. Il portait une grosse veste et aida Sarah, en dépit de ses protestations, à enfiler un hideux blouson matelassé gris que sa mère tenait à la disposition de ses invités « qui comme toi ne débarquaient en Normandie qu'avec des petites choses à la mode à se mettre sur le dos », la railla-t-il gentiment. Puis il lui prit la main et la conduisit à un grand verger auquel on accédait par la porte de service de la cuisine. Les branches des pommiers ployaient sous le poids des fruits. Sous les arbres, l'herbe était jonchée des pommes qui n'avaient pas résisté au vent de la nuit. Serge prit un panier posé contre le mur de la maison et commença à les ramasser.

— Viens, aide-moi !

Sarah ne l'écouta pas et courut à travers le verger jusqu'à une barrière basse peinte en blanc. Une haie de buissons encore pourvus de quelques feuilles jaunes et rousses qui accrochaient la lumière poussait devant. Serge lui cria qu'en été elle était couverte de cassis, de framboises et de mûres. Au-delà de la barrière s'étendait une immense prairie avec, au loin, des chevaux.

Sarah revint vers Serge, cueillit une pomme au passage et mordit dedans. Elle se laissa tomber dans l'herbe avec un soupir de bien-être et contempla le ciel bleu.

— C'est le plus bel endroit que j'aie jamais vu ! s'exclama-t-elle avec un enthousiasme qui fit sourire Serge.

Il jeta les dernières pommes dans le panier puis se pencha vers elle. Elle l'attrapa en riant pour qu'il s'allonge à ses côtés. Ils s'enlacèrent et roulèrent dans l'herbe. Sarah ébouriffa à deux mains les cheveux de Serge jusqu'à ce qu'ils se dressent dans tous les sens comme ceux d'un petit garçon.

Mais quand Serge l'embrassa et glissa sa main sous son pull-over, elle poussa un cri perçant. Serge interrompit son geste et se redressa.

— Tu as mal ? On aurait dû faire attention. On est loin du repos absolu que le médecin t'a prescrit !

— Mais non, ça n'a rien à voir. Aide-moi à me relever ! J'ai une crampe au mollet !

Sarah riait aux éclats quand Serge la releva et la prit dans ses bras.

Plus tard, dans la cuisine, Sarah regarda Serge nouer autour de sa taille un petit tablier à fleurs de Mme Schneider, sortir un saladier du placard et y fouetter du beurre fondu pour le faire mousser.

— Tu t'y connais en pâtisserie ? demanda-t-il.

Sarah haussa légèrement les épaules et pensa aux fonds de tarte tout prêts qu'elle achetait parfois en été chez son boulanger pour les garnir de fraises fraîches.

— Moyennement, répondit-elle sans s'engager.

— Alors c'est non, conclut Serge en riant. Tu vas donc éplucher les pommes et les couper en lamelles pendant que je prépare la pâte.

Sarah s'assit à la table et commença à éplucher maladroitement les pommes. Elle laissa plusieurs fois échapper le couteau, jusqu'à ce que Serge le lui prenne des mains, achève l'épluchage des pommes à sa place, les coupe adroitement en lamelles et les enrobe de sucre.

Avant de glisser le moule dans le four, il saupoudra encore la préparation de cannelle ; pendant que le tout cuisait, Sarah put enfin parcourir la maison avec lui et lui montrer les meubles de son enfance. Il l'écouta égrener ses souvenirs à mesure de la visite. Pour la première fois, elle lui parla du rêve dans lequel elle voyait sa mère partir en barque sur le lac. Du rêve qui en réalité était un souvenir.

Puis Serge sortit la tarte du four et dressa la petite table placée devant la cheminée. Sarah s'était étendue sur le canapé et ils mangèrent en se regardant dans les yeux, simplement heureux d'être ensemble.

Ils laissèrent le temps s'écouler. Ce n'est qu'en milieu d'après-midi que Serge s'isola dans la chambre d'amis du premier étage, où il avait laissé ses affaires, pour passer des coups de fil professionnels. Sarah commença alors à se torturer l'esprit de questions sur l'attitude de Serge, qui la laissait tout raconter d'elle-même mais ne livrait rien de lui.

La nuit était déjà tombée lorsqu'il redescendit et s'activa silencieusement dans la cuisine. Sarah distinguait à peine sa silhouette quand il apporta dans le salon des bougies qu'il alluma les unes après les autres. Les flammes vacillantes jetaient des ombres étranges sur les murs, les portes, les poutres du plafond. Se rendant compte que Sarah l'observait, il la rejoignit, se pencha vers elle et écarta les cheveux de son visage.

— Je croyais que tu dormais, dit-il.

Quand il l'embrassa, Sarah oublia toutes les questions qu'elle se posait sur les raisons de son mutisme.

Longtemps plus tard, alors qu'ils étaient couchés blottis l'un contre l'autre, Sarah prit la ferme résolution de ne jamais oublier ces deux nuits et cette journée dans le jardin. Au fond de son cœur, elle savait que c'étaient des moments précieux qui resteraient uniques. Jamais je ne les oublierai, songea-t-elle avant de sombrer dans le sommeil.

Le jour n'était pas encore levé lorsque la voiture de Serge descendit l'allée qui menait à la petite route de campagne longeant la propriété. Il était silencieux, concentré sur sa conduite, et ne dit toujours rien lorsqu'ils s'engagèrent sur l'autoroute en direction de Paris. Sarah était assise à côté de lui, en manque de sommeil et les traits tirés.

Elle avait insisté pour rentrer avec lui. Elle tenait à assister au rendez-vous avec Lea et son avocat, et elle voulait passer ensuite quelques jours à Paris. Serge avait cherché à l'en dissuader, notamment en lui rappelant les recommandations du médecin, mais elle avait objecté qu'elle pouvait tout autant se reposer à Paris où elle serait de surcroît plus facilement joignable. S'était-elle trompée ou bien était-ce du rejet qu'elle avait lu dans ses yeux ? Ne comprenait-il pas qu'elle voulait rentrer à Paris pour être près de lui ? Ne se rendait-il pas compte que pour elle tout avait changé ?

Sarah tourna la tête de côté. Une bande de ciel clair apparaissait à l'horizon. Elle observa le cheminement des gouttes de pluie qui fouettaient la vitre, se figeaient un instant, puis ruisselaient de biais en tremblotant. Elle s'enfonça dans son siège et jeta un bref regard à Serge. Il avait allumé une cigarette, fumait nerveusement. Il mit la radio en marche. Rien ne sembla dès lors avoir d'importance hormis la voix masculine qui donnait des informations sur les conditions de circulation en direction de Paris.

Sarah comprit le message : Serge n'avait pas envie de parler. Il retournait vers sa vie. Qu'elle rentre avec lui ne changeait pas la situation.

Elle aussi avait une vie à Munich. Simplement, à la différence de Serge, elle commençait à s'en détacher. Une migraine lancinante lui rappela bientôt qu'avec ce fichu traumatisme crânien elle aurait dû rester allongée.

— Tu ne pourrais pas arrêter de fumer ?

La voix de Sarah était tendue et agressive.

— Bien sûr, excuse-moi ! J'avais la tête ailleurs.

Elle observa Serge à la dérobée. Il avait l'air fatigué, il était pâle, et un pli creusait son front à la hauteur du nez. Elle repensa à leur soirée de la veille et à leur seconde nuit. Ils avaient bu du vin et mangé des figues et du fromage dans la cuisine, et ils s'étaient aimés comme s'ils ne voulaient plus jamais se séparer.

Jusque-là, Sarah avait ignoré ce qu'était l'abandon total. Jamais elle n'avait éprouvé un plaisir aussi grand que cette nuit avec Serge. Et jamais encore elle n'avait aimé un homme autant que lui.

A présent, ils regagnaient Paris sous la pluie, et Sarah sentait grandir en elle la peur que cet amour s'achève à leur arrivée.

Ils roulaient depuis un moment quand Serge ralentit.

— On va s'arrêter un peu pour prendre un café, annonça-t-il. Nous avons du temps devant nous.

Sarah se réjouit de faire une pause. Elle avait mal au cœur, se sentait vide et déçue. Elle n'aurait pas dû venir. Elle aurait dû rester au lit, fermer les yeux et rêver à Serge. Serge, qui à peine quelques heures auparavant l'enlaçait passionnément et lui murmurait des mots doux à l'oreille, Serge avec lequel elle avait passé deux nuits et une merveilleuse journée. Pas le Serge fatigué et de mauvaise humeur qui la prenait par le bras, l'entraînait vers une petite table du restoroute et commandait deux expressos.

— Je ne veux pas d'expresso, rectifia Sarah avec agacement. Pour moi, ce sera un thé.

Il faisait froid dans la salle. Serge remonta le col de son Burberry. Sarah se pelotonna dans sa veste et ne desserra pas les dents jusqu'à ce que le serveur revienne avec leur commande. Serge porta la petite tasse marron à ses lèvres, but une gorgée de café et, pour la première fois de la journée, regarda Sarah dans les yeux. Il tendit la main et emprisonna ses doigts glacés.

— Je t'en prie, ne sois pas triste ! Et ne m'en veux pas d'être aussi peu enclin à bavarder, mais je pense à tellement de choses.

— Ah oui ? Et à quoi ?

Sarah ne se contrôlait plus. Sa voix se brisa, ses yeux s'emplirent de larmes.

Serge se leva, s'assit à côté d'elle et glissa un bras autour de ses épaules.

— Ne pleure pas, murmura-t-il en caressant ses cheveux.

Mais quand elle voulut poser sa tête contre son épaule, il eut un léger mouvement de recul.

— Il faut que je te parle, commença-t-il.

Sarah releva la tête, alarmée. Ils y étaient. Il allait lui dire qu'il était marié et qu'il n'était pas possible qu'ils continuent à se voir.

— Je vais chercher un directeur général pour la société. Je pense que ce sera la meilleure solution pour nous deux. A la réflexion, je ne crois pas que je sois l'homme qu'il faut à MM Cosmetics, même temporairement. Je suis avocat, pas gérant de société. Je suis d'ailleurs étonné que la banque ait accepté ma proposition.

Sarah respira. Il s'agissait de la société, pas de leur relation.

Devant l'absence de réaction de la jeune femme, il poursuivit :

— Et toi, Sarah, tu ne devrais pas non plus te précipiter tête baissée dans une aventure qui peut-être te dépasse. Tu es toi aussi avocate, tu travailles dans le cabinet de ton père, dont tu peux un jour prendre la succession. Et tu as un fiancé. Tu ne penses pas pouvoir te réconcilier avec lui ?

Serge se tut et tourna les yeux vers elle. Il allait lui dire maintenant que c'était fini, qu'il fallait que ça en reste là, qu'il n'y avait rien eu d'autre entre eux qu'une simple histoire de sexe.

Sarah regarda autour d'elle. Elle se souviendrait toujours de cette hideuse cafétéria d'une station-service de l'autoroute de l'Ouest, entre Deauville et Paris, car c'était ici que se serait effondré son rêve d'une nouvelle vie aux côtés d'un homme dont elle était tombée éperdument amoureuse. Elle regrettait amèrement d'avoir déballé sa vie devant Serge qui maintenant l'encourageait à rentrer à Munich.

— Tu veux te débarrasser de moi, murmura-t-elle d'une voix sans timbre.

Serge, qui cherchait le serveur des yeux, ne dut pas l'entendre, car il poursuivit sur le même ton :

— Ne mets pas ta vie sens dessus dessous par devoir envers ta mère. Ne te fie pas aux apparences. Elle était déçue par son fils, Lea lui semblait trop âgée, alors elle a décidé que ce serait à toi qu'elle léguerait sa société. Elle ne l'a pas fait par amour mais par souci de choisir la meilleure solution pour l'entreprise. Sarah, ta mère a fait enquêter sur toi et elle a appris que ton père t'avait d'ores et déjà transmis une grosse partie de son patrimoine. Un patrimoine dont tu disposes librement...

Serge ne put en dire plus. Sarah s'était levée si brusquement que sa chaise bascula et tomba avec un grand bruit sur le carrelage.

— Ce n'est pas vrai !

Sa voix tremblait, ses yeux lançaient des éclairs. Comment Serge pouvait-il ainsi trahir sa confiance ? Comment avait-elle pu être assez stupide pour s'ouvrir à lui de son émotion à la lecture du récit de sa mère ? Elle avait cru alors que celle-ci l'avait laissée à son père par amour. Qu'elle avait pris cette décision parce que c'était la meilleure solution pour sa petite fille. Elle l'avait abandonnée par amour. C'était cela, la raison. Cela et rien d'autre. Et cette certitude l'avait rendue heureuse. Sa mère l'avait aimée.

— Je croyais que tu estimais Mirjam.

Sarah ne maîtrisait toujours pas sa voix. Elle resta debout et regarda Serge qui se baissait pour ramasser la chaise. Il saisit ensuite le bras de Sarah et la força à se rasseoir.

— Je l'estimais et j'admirais sa lucidité, son courage, sa force. Jamais elle ne baissait les bras. C'est un sacré exploit de construire une entreprise de cette taille sur quelques recettes et un mode de distribution intelligemment pensé. Ta mère pouvait cependant être parfaitement dénuée de scrupules quand il s'agissait de servir ses intérêts. Elle savait très bien manipuler les gens, les amener à faire ce qu'elle voulait. Et c'est exactement ce qu'elle fait, au-delà de la mort, avec toi. Elle t'utilise, Sarah, parce qu'elle a besoin de toi pour son entreprise, à défaut de pouvoir compter sur Simon. Ce n'est pas parce qu'elle a laissé un récit qui t'a émue que tu dois te laisser guider par tes sentiments. Elle a peut-être écrit tout cela dans un moment de solitude, de dépression. C'est normal que tu en sois touchée. Mon père et moi pensions qu'elle surmontait ses états dépressifs grâce à une volonté de fer et en serrant les dents. Je pense que c'est pour cela qu'elle travaillait autant. Son entreprise, la réussite lui donnaient le sentiment d'être vivante et lui permettaient peut-être d'oublier temporairement le passé. Mais elle ne parvenait pas à s'en détacher. Elle en était prisonnière, y revenait toujours. Et elle vénérait son père, lui vouait un véritable culte. Tu ne connais que la maison de Deauville ; dans son appartement parisien, Eli Moses était sur tous les murs. Elle écoutait des enregistrements de ses concerts quasi en boucle. Au point, pour dire la vérité, que j'en suis presque devenu allergique au piano.

Le serveur interrompit le récit animé de Serge en posant un deuxième expresso sur la table.

— Mais au fond, personne ne savait vraiment ce qu'elle pensait. Hormis peut-être Lea. Quand Rebecca est venue à Paris, il y a cinq ans…

— Ma grand-mère est venue à Paris ?

Sarah se mit à trembler si fort qu'elle dut s'accrocher au rebord de la table.

— Elle est venue pour se réconcilier avec sa fille. Mais le jour où elle est arrivée, Lea a été victime d'une crise cardiaque et a dû être hospitalisée. Mirjam n'a pas quitté une minute le chevet de sa tante et Rebecca est repartie sans avoir parlé à sa fille. Le message était clair : Lea comptait plus pour Mirjam que sa mère. Et Lea, qui de son côté voulait Mirjam pour elle seule, est elle aussi arrivée à ses fins.

Serge se tut et guetta la réaction de Sarah, qui gardait la tête baissée et triturait nerveusement le solitaire brillant à sa main gauche. La bague de fiançailles que Michael avait glissée à son doigt. Serge, cependant, n'en avait pas terminé.

— Sarah, je t'en prie, ne prends pas de décisions hâtives. Pense à ta vie à Munich, à ton fiancé, à ton travail. Et il faut que tu parles enfin avec ton père. Tu ne peux pas rester éternellement une enfant. Comporte-toi en adulte et confronte-toi à lui.

Sarah était furieuse et meurtrie.

— Quand nous avons dîné ensemble au restaurant indien, tu as essayé de me convaincre de reprendre la société, et maintenant...

— Non ! l'interrompit Serge. Je t'ai seulement dit que je pensais que tu en étais *capable*, pas que tu *devais* le faire. C'est une décision que toi seule peux prendre.

Comme Sarah tournait la tête et persistait dans un silence farouche, Serge se leva.

— On doit y aller.

Sarah sortit de la cafétéria derrière Serge. Il lui ouvrit la portière de la voiture et, quand il fut lui-même à l'intérieur, il l'attira brusquement à lui.

— Sarah, murmura-t-il. Mon Dieu, Sarah...

Elle sentait sa présence, sa chaleur, son odeur. Elle s'accrocha à lui avec un soupir de désespoir.

— Pourquoi me laisses-tu tomber ? Pourquoi ?

Serge lui saisit doucement le menton et la força à le regarder dans les yeux.

— Je ne te laisse pas tomber, Sarah. Je veux seulement t'empêcher de courir au désastre.

Quand Serge vit son visage pâle et défait, il lui caressa doucement la joue.

— Il est tout à fait possible que ta mère ait effectivement pensé, autrefois, que tu serais plus heureuse avec ton père qu'avec elle ; essaie néanmoins de ne pas te laisser manipuler. Elle n'a vécu que pour son entreprise. Imagine qu'elle a poussé son mari Daniel Arnaux à investir tous ses biens dans la société parce qu'elle croyait pouvoir rivaliser avec les grands groupes japonais et américains. Je crois que MM Cosmetics était l'enfant qu'elle a réellement aimé.

Sarah se dégagea des bras de Serge. Ses mots l'avaient si profondément blessée qu'elle voulut sur-le-champ sortir de la voiture. Partir, rentrer seule en stop à Paris, s'éloigner de lui. Il la retint.

— Pardonne-moi, Sarah ! Je ne voulais pas te faire de peine, je voulais simplement être franc, et t'empêcher de faire une grosse bêtise.

Ils demeurèrent silencieux, l'un à côté de l'autre. Serge hésitait à mettre le moteur en marche et Sarah regardait droit devant elle à travers le pare-brise comme s'il n'y avait rien de plus intéressant que ce parking d'une aire d'autoroute.

— Tu es marié ?

Il fallait qu'elle sache. Si douloureuse que puisse être la réponse.

Serge l'attira de nouveau à lui et rit silencieusement en plongeant le visage dans ses cheveux.

— Pourquoi n'as-tu pas posé la question plus tôt ? Il y a longtemps que ça te tracasse, hein ?

Et il recommença à rire.

Sarah se sentit rougir.

— Je ne suis pas marié.

Sa voix était posée et naturelle quand il poursuivit :

— Mais je suis engagé depuis six ans dans une relation stable.

— Tu es drôlement gonflé, dit Sarah d'une voix tremblante, tu as une compagne et tu couches avec moi !

— Et toi ? rétorqua Serge en la lâchant. Tu as beaucoup parlé de toi, de ton père, de ton enfance, de ton métier, mais peu de Michael, seulement que tu es, ou étais, peu importe, sur le point de te marier, qu'il se trouvait à Paris le week-end dernier et que vous vous êtes disputés. Mais tu n'as jamais parlé de séparation définitive. Tu crois que je le vis comment ? Tu es en manque, Sarah, affamée de sexe. Tu as trente-quatre ans et tu ne connais pas ton corps. Je pourrais dire que tu m'as utilisé parce que tu avais envie de moi physiquement avant de te lancer dans un mariage traditionnel tout ce qu'il y a d'ennuyeux.

Le rire que Sarah aurait voulu moqueur ne réussit qu'à être mal assuré. Comme elle ne savait pas quoi répondre, elle dit simplement :

— Tu n'as rien compris, rien du tout.

Serge lui lança un regard dont elle ne saisit pas le sens, puis il démarra mais freina brutalement quelques mètres plus loin et se tourna de nouveau vers elle.

— Sarah, tu ne penses qu'à *toi*, tu ramènes tout à *toi*. Ma relation ne t'intéresse que par rapport à *toi*. J'ai trompé une femme avec laquelle je vis depuis six ans. Tu pourrais peut-être penser à ce que *moi* je ressens, et combien *elle* sera blessée si je le lui dis. Quand je t'ai invitée à dîner, vendredi dernier, c'était par politesse, mais quelque chose s'est passé entre nous ce soir-là, et je sais que toi aussi tu l'as ressenti. Le baiser devant l'hôtel était déjà une erreur et j'avais pris la ferme résolution de l'oublier et de ne plus te considérer autrement que comme une cliente. Je ne voulais pas tomber amoureux de toi, Sarah, mais c'est tout de même arrivé. Et ça bouleverse toute ma vie. Pour toi, je mets mon emploi en jeu, je ne me suis pas montré au cabinet hier, j'ai annulé tous mes rendez-vous, et ce matin je vais encore m'occuper de MM Cosmetics au lieu de mes dossiers. J'ai menti, et trompé la femme qui m'aime. Et tu ne trouves rien de mieux à dire que « Tu n'as rien compris » ? Je pourrais te retourner la phrase, tu sais. Et je t'encourage vivement à prendre enfin une décision avant de briser ou pousser au désespoir tout le monde autour de toi.

Sarah se tourna vers lui. Elle fut à nouveau frappée par sa pâleur et par les cernes sombres qui creusaient ses yeux. Il lui revint alors à l'esprit qu'il s'était levé plusieurs fois au cours de la nuit, sans doute parce qu'il ne parvenait pas à dormir.

— Je suis sincèrement désolée, dit-elle à voix basse.

Serge redémarra en enfonçant rageusement la pédale de l'accélérateur.

A cette heure matinale, l'autoroute était presque déserte. Ils roulèrent à vive allure jusqu'aux abords de Paris, puis ils furent ralentis par les embouteillages et n'avancèrent plus qu'au pas. Serge se tourna enfin vers elle et prit sa main.

— Tu sais, il ne suffit pas de s'aimer.

— Pourquoi, Serge ? Pourquoi ?

Serge retira sa main, la posa sur le volant et roula encore un moment.

— Il faut aussi se rencontrer au bon moment. Au bout du compte, c'est ça qui importe.

— Alors c'est fini ? murmura-t-elle, rompant un long silence.

Elle se rendit compte que Michael lui avait posé exactement la même question quelques jours auparavant.

Serge ne répondit pas, et ils n'échangèrent plus une parole pendant le reste du trajet. Serge avait placé le CD de la *Tosca* dans le lecteur et ils firent tous les deux semblant d'être absorbés par la musique jusqu'à ce que la voiture s'engage dans l'avenue Montaigne.

— Je te dépose à ton hôtel, dit Serge. L'avocat de Lea doit être arrivé. Mais prends ton temps. Et réfléchis encore. Pour moi, je pense qu'il vaudrait mieux que tu ne viennes pas. Si Lea vient aussi, cela créera inutilement des tensions, et il n'y a rien de tel pour compromettre l'issue des discussions.

Il descendit pour lui ouvrir la portière et la serra brièvement contre lui en évitant de la regarder. Puis il tendit les bagages de Sarah au portier qui accourait, et remonta en voiture.

— Je vous rejoins ! lui cria Sarah d'un ton têtu.

Il n'entendit pas sa déclaration de guerre. Il mit le contact et démarra en trombe dans l'avenue Montaigne, que la circulation n'avait pas encore envahie.

Sarah s'attarda sur le trottoir et suivit des yeux l'homme qui l'avait rendue heureuse et la laissait maintenant malheureuse devant le Plaza Athénée.

« Je croyais à la permanence des choses. A l'époque, je ne savais pas encore que cela ne durerait pas éternellement, que, souvent, ce que Dieu donne aux hommes de bon et beau, il le reprend de façon cruelle. » C'était ce que sa mère avait écrit. Le cœur serré, Sarah se demandait si elle avait déjà perdu Serge.

Elle se dirigea vers l'entrée de l'hôtel. Sur le trottoir, la pointe de sa chaussure heurta un marron lisse et brillant. Elle se baissa pour le ramasser et, un sourire mélancolique sur les lèvres, le laissa lentement glisser dans son sac à main.

On lui donna la même suite que lors de son premier séjour. Elle appuya son front sur la vitre et regarda l'avenue qui luisait sous la pluie, les vénérables marronniers le long des contre-allées. Les feuilles rousses et mordorées qui jonchaient l'asphalte étaient collées par la pluie, mais n'avaient pas perdu leurs belles couleurs lumineuses.

S'était-il réellement écoulé si peu de jours depuis qu'elle s'était tenue pour la première fois devant cette même fenêtre ? Elle avait fait l'expérience du bonheur et de la souffrance, elle avait commencé à découvrir la vie de sa mère, dont elle ignorait encore tant de choses. Elle prit son sac, en sortit le gros marron luisant et songea à l'après-midi d'automne baigné de soleil où Mirjam était partie. Avait-elle été heureuse à Paris ? Son mariage avec Daniel Arnaux lui avait-il apporté ce qu'elle n'avait pas trouvé auprès de Frank, puis de Rolf ? L'amour, la confiance, la sincérité ? Ou bien, ainsi que Serge le disait, Mirjam von Schröder n'avait-elle vécu que pour son entreprise ? MM Cosmetics avait-elle été le seul « enfant » qu'elle ait aimé ? Avait-elle vraiment manipulé les gens, et avait-elle légué ses parts de l'entreprise à sa fille dans le seul but que Sarah la sauve de la faillite ?

Non. Bien sûr que non. Et elle allait essayer de sauver MM Cosmetics. Même la confrontation avec Lea Moses ne lui faisait plus peur, elle était prête à se battre.

Sarah se détacha de la fenêtre, prit son sac à main et sortit.

Quelques minutes plus tard, elle pénétrait dans les locaux de MM Cosmetics. Elle leva les yeux vers le portrait de sa mère qui dominait le hall. Sarah l'observait aujourd'hui avec d'autres yeux. Quand elle était arrivée à Paris, Mirjam von Schröder était une femme brisée qui ne voulait plus être la fille de la belle Rebecca Moses, ni la femme que Rolf avait épousée uniquement parce qu'elle lui rappelait sa mère. Elle voulait qu'on l'admire pour sa réussite.

Alors elle avait modifié son apparence, fait couper et teindre ses longs cheveux bouclés pour ne plus ressembler à sa mère.

Sarah resta devant l'immense photo, perdue dans ses pensées, jusqu'à ce qu'une hôtesse vienne vers elle.

— Madame von Schröder, voulez-vous que je vous conduise à la salle de réunion ?

Sarah acquiesça et suivit l'élégante jeune femme. L'épaisse moquette étouffait ses pas, puis une porte s'ouvrit sans bruit. Le cœur de Sarah battait à se rompre quand elle entra. L'instant de la confrontation avec Lea était venu. A sa grande surprise, l'entretien paraissait terminé. Serge prenait congé d'un homme déjà âgé et de petite taille, vraisemblablement l'avocat de Lea.

Lea Moses se tenait à côté de lui. C'était bien la femme qui l'avait traitée de fille de nazi au cimetière. Sa minuscule silhouette disparaissait dans le très large manteau de vison qu'elle portait déjà le jour de l'enterrement.

— Tout est réglé. La production peut reprendre, dit Serge en venant vivement vers elle.

Il paraissait contrarié de la voir. Elle s'immobilisa, indécise, tandis que la porte se refermait silencieusement derrière elle.

L'avocat de Lea la salua d'un bref signe de la tête mais il ne prit pas la main qu'elle lui tendit. Décontenancée, elle chercha Serge du regard. L'hostilité de Lea et de son avocat était palpable, mais également l'extrême nervosité de Serge.

Sarah sentait son sang battre derrière ses tempes quand, dans le silence qui s'était installé, elle s'adressa à Lea :

— Je crois que nous devrions parler.

Elle s'était exprimée en allemand, pourtant Lea répondit en français.

— Il n'y a rien dont j'aie à discuter avec toi. La seule chose qui m'intéresse est que tu disparaisses, de Paris et de cet endroit. Tu n'as rien à faire ici. Rien du tout.

Sarah respira à fond. Elle se sentait soudain très calme, sa nervosité et sa peur s'étaient envolées.

— Lea, le même sang coule dans nos veines. Je suis la fille de Mirjam, la nièce que vous avez tant aimée. Ma mère m'a légué ses parts et je vais faire tout ce qui est en mon pouvoir pour sauver l'entreprise.

Un silence menaçant s'abattit sur l'assemblée. Brusquement, Lea enleva son manteau et le jeta sur une chaise, comme s'il l'avait jusque-là empêchée de s'opposer à Sarah. Et il se produisit quelque chose que Serge n'aurait jamais cru possible : Lea, pour qui la langue de ses bourreaux n'existait plus depuis des décennies, parla allemand.

Elle redressa les épaules et répliqua d'une voix mauvaise :

— Tu n'es pas du même côté que nous, tu n'y seras jamais. Tu es la fille d'un nazi, d'un criminel...

— Lea, la coupa sèchement Sarah, j'ai trente-quatre ans, et je n'ai rien à voir avec le nazisme. J'appartiens à la seconde génération. Par ailleurs, du sang juif coule aussi dans mes veines, vous l'avez oublié ?

Elle fit un pas vers Lea, mais dès qu'elle recommença à parler, celle-ci recula.

— Je vous comprends, je comprends votre haine de l'Allemagne, mais vos yeux ne voient que votre propre souffrance, vos oreilles sont sourdes à la douleur des autres.

Lea était devenue livide. Les deux hommes, malgré eux, reculèrent vers le fond de la pièce.

Dehors, le ciel s'assombrit, un vent froid s'était levé qui projetait la pluie contre les vitres.

— Vous devez oublier, reprit Sarah.

— Oublier ?!

Le mot avait jailli comme un cri. Lea fit un pas vers Sarah.

— Je le répète : ton père est un criminel.

Sarah parvint à répondre d'une voix posée :

— Je ne suis au courant d'aucun crime.

Lea paraissant s'être calmée, elle poursuivit :

— Il n'aurait pas dû se marier avec ma mère. Il n'aurait jamais dû lui cacher qu'il l'avait épousée uniquement parce qu'elle...

Sarah n'acheva pas sa phrase car à cet instant, Lea partit d'un rire strident qui la glaça.

— Tu le sais, dit-elle alors. Tu dois bien savoir ce que ton père a fait, ce qu'il nous a fait, oui, à nous...

Elle saisit son sac à main et en sortit quelque chose qu'elle jeta sur la table.

— Tiens ! Mirjam l'a rapportée de Munich. Tu la reconnais ?

Sarah s'approcha de la table, vit la chevalière en or, une chevalière gravée aux armes des Schröder. Elle eut l'impression que le sol s'ouvrait sous ses pieds et ferma les yeux.

— C'est la chevalière de ton père, hein ? dit Lea d'un ton triomphant.

Une scène de son enfance depuis longtemps oubliée surgit devant ses yeux. C'était une belle journée d'été. Sa mère, ainsi qu'elle le faisait souvent, était partie en ville ; les fenêtres étaient ouvertes, et elle-même jouait dans le bureau de son père. Elle devait avoir à peine quatre ans. Son père parcourait des papiers professionnels. Il lui avait promis de descendre avec elle au lac dès qu'il aurait terminé. Elle s'ennuyait, avait fouillé dans un tiroir et ouvert avec curiosité une vieille boîte à cigares. Elle avait mis sens dessus dessous les photos jaunies qu'elle contenait, jusqu'à ce qu'elle découvre une bague en or qu'elle était allée agiter sous les yeux de son père. Elle voulait attirer son attention, qu'il s'occupe un peu d'elle. Il avait réagi avec une violence inhabituelle et lui avait arraché la bague des mains. « Je ne la porte plus, avait-il dit en la rejetant dans la boîte, elle ne m'a apporté que du malheur. »

Puis, en dépit de sa promesse, il lui avait ordonné d'aller dans sa chambre et d'y attendre sa nurse.

« Il y avait aussi une autre personne, quelqu'un qui se tenait en retrait dans la pénombre, juste derrière ma mère : un homme de grande taille, en uniforme, une arme à la main. Et à cette main, il portait une chevalière qui brillait. » Les phrases de sa mère...

Sarah dut se tenir à deux mains au bord de la table.

Lea Moses sentit qu'elle avait marqué un point.

— Le jour où ta mère vous a quittés, elle avait découvert qu'elle avait épousé non seulement le grand amour de sa propre mère, mais également le meurtrier de son cher père. Rolf von Schröder, ton père, s'est dissimulé pour surprendre Eli, qui n'était pas armé, il a tiré sur lui et il l'a tué.

Sarah réussit à répondre :

— Mon père n'est pas un meurtrier. Il a peut-être été obligé de le faire...

— Pardi ! Il a été obligé de le faire pour la même raison qu'il fallait tuer six millions de Juifs ! ironisa Lea. Je n'oublierai jamais ce qui s'est produit ensuite, poursuivit-elle sur un ton froid et dépassionné. Je vois encore les yeux morts de mon frère, je sens encore les mains des hommes qui se sont emparés de moi. Rien ne serait arrivé si ton père n'était pas venu chercher sa maîtresse. Après le meurtre, ils étaient pressés de partir. Ils ont tout laissé ouvert. Pour les SA, il a été facile d'entrer dans la maison. Ton père est responsable de tout ce que nous avons subi.

Lea se tut, prit son manteau et fit signe à son avocat de la rejoindre. Elle s'approcha de Sarah, s'arrêta à quelques centimètres d'elle et lui cracha au visage. Puis elle fit volte-face et quitta la pièce, maître Passot sur les talons.

Sarah était pétrifiée, bouleversée d'horreur et de dégoût. Jamais personne ne lui avait témoigné autant de haine et de mépris.

Lorsque Serge voulut lui essuyer le visage avec son mouchoir, elle se détourna brutalement.

— Laisse-moi, s'il te plaît ! dit-elle à voix basse.

Son père était un assassin. Il avait tué un homme sans défense.

— Tu n'aurais pas dû venir, je te l'avais dit, entendit-elle Serge murmurer tout près d'elle.

Elle eut un rire dur.

— Bien sûr, bien sûr...

Elle fit quelques pas vers la fenêtre. Elle voulait être seule.

Les événements des derniers jours l'avaient rendue vulnérable, bouleversée plus qu'elle ne l'aurait cru. Comment n'avait-elle pas compris, à la lecture du récit de sa mère, que son père avait tué Eli ? Qu'il était l'homme qui s'était tenu en retrait, dans la pénombre ? Sa mère ne l'écrivait pas en toutes lettres, certes, mais comment avait-elle pu ne pas comprendre ?

Elle entendit Serge téléphoner, sans saisir ce qu'il disait. Puis le silence se fit. Il devait attendre une réaction de sa part, mais elle ne se retourna que lorsqu'on frappa à la porte.

Une jeune femme entra, que Serge présenta comme étant Catherine Leroux, la directrice de la publicité. Elle était à peu près de l'âge de Sarah, petite et brune avec des cheveux courts et des yeux vifs. Leurs regards se rencontrèrent, puis Sarah lui offrit de s'asseoir et s'efforça de se concentrer sur ce qu'elle disait.

— Si nous leur achetons de l'espace, *Vogue* nous consacrera en retour un grand article, expliqua Catherine Leroux après avoir allumé une cigarette. Et nous aimerions pouvoir faire des photos avec vous dès la semaine prochaine, je veux dire, si votre blessure est guérie.

Elle sourit, mais Sarah ne lui rendit pas son sourire. Sa tête recommençait à lui faire mal. Elle finit par se lever.

— Excusez-moi, je ne me sens pas très bien.

Aussitôt, Catherine Leroux se leva elle aussi.

— C'est mon service qui prend tout en main. Vous n'aurez à vous occuper de rien.

La jeune femme partie, Serge prit la main de Sarah.

— Tu devrais te reposer.

Elle secoua la tête.

— Je n'en ai pas l'intention. Je voudrais voir les locaux, répliqua-t-elle d'un ton buté.

— Bien, comme tu voudras. Je vais demander à Laurent de te faire visiter.

— C'est elle, n'est-ce pas ? interrogea Sarah.

Lorsque Catherine avait commencé son exposé, Sarah avait remarqué le sourire qu'elle avait adressé à Serge, ainsi que le geste esquissé pour le toucher lorsqu'elle avait pris congé, le message que son corps lui avait envoyé quand elle s'était tournée une dernière fois vers lui.

Serge demeura silencieux. Il tâta ses poches à la recherche de cigarettes et répondit enfin, d'une voix tendue :

— Oui, Sarah, c'est elle.

— Et alors ? Et alors ? répéta-t-elle sur un ton suraigu. Tu lui as dit que tu avais couché avec moi ?

— Sarah, je t'en prie, laisse-moi du temps !

Elle lui tourna le dos tandis qu'il ouvrait la porte.

— Pourquoi ne me fais-tu pas confiance ? l'entendit-elle dire.

Il s'arrêta sur le seuil, attendit une réponse, mais Sarah s'obstinant à garder le silence, il lui lança un bref salut et finit par sortir.

Sarah se tenait toujours devant la fenêtre quand le dénommé Laurent vint la chercher pour lui faire visiter l'entreprise. Ils arrivèrent à la cantine à l'heure du déjeuner. L'endroit était aussi luxueux que le reste des locaux.

— Votre mère voulait que le personnel soit heureux, expliqua Laurent en l'entraînant vers un buffet opulent suivi d'un bar à salades essentiellement fréquenté par le personnel féminin.

Sarah s'assit à une table avec Laurent et avala quelques bouchées. L'amabilité du jeune homme faisait un peu passer au second plan l'épouvantable scène avec Lea, mais les pensées de Sarah la ramenaient sans cesse à son père. Elle songeait à ses années d'enfance, à l'amour qu'il lui portait, à sa disponibilité. Elle lui en voulait d'avoir tu son passé. Et sa colère avait cédé la place à l'horreur quand elle avait découvert qu'il était un assassin.

L'après-midi, elle passa un long moment dans le laboratoire. Elle y apprit que les formules originales avaient bénéficié des dernières avancées scientifiques, que les crèmes ne contenaient ni émulsifiants ni colorants artificiels et que leur parfum était neutre.

— C'est une excellente formule de soins, lui expliqua avec enthousiasme le directeur du laboratoire. Elle n'a cessé d'être améliorée au fil des années.

La nuit tombait quand Laurent la raccompagna jusqu'au hall. Au moment de prendre congé, il parut hésiter puis se lança :

— Vous savez sûrement que nous sommes tous inquiets pour nos emplois. Les rumeurs les plus folles circulent dans les couloirs. Savez-vous ce qui va se passer ? Serge Delmas a laissé entendre que vous pourriez peut-être...

— Non, je ne sais pas encore, je ne sais absolument pas.

Elle avait répondu plus sèchement qu'elle n'en avait eu l'intention et le jeune homme la dévisagea avec étonnement lorsqu'elle lui serra la main. Mais, avant qu'elle ait pu le rattraper pour s'excuser, il avait disparu derrière l'une des nombreuses portes.

Elle demeura un instant indécise au milieu du hall, puis elle rassembla son courage, prit la direction du bureau de sa mère et, surmontant ses hésitations, se décida à y entrer. La vaste pièce était silencieuse, la moquette étouffait le moindre bruit et à présent que la nuit tombait, les lambris rendaient l'atmosphère lugubre.

Les fleurs étaient encore plus nombreuses que lorsqu'elle était venue avec Serge pour ouvrir le coffre. Il en émanait un parfum lourd et sucré qui l'écœura. Elle s'arrêta devant le portrait peint de Mirjam Moses, fascinée. Les yeux sombres de sa mère donnaient presque l'impression de vouloir lui transmettre un message. Sarah frissonna et contempla craintivement la pièce silencieuse. Mais le portrait de sa mère ne cessait d'attirer son regard.

Mirjam Moses avait possédé une force extraordinaire. Mais cette force qui lui avait permis de réussir aussi brillamment, était-ce celle d'une égoïste dénuée de scrupules ou bien celle d'une femme malheureuse ?

Et Lea ? Mirjam avait aimé sa tante comme une mère. Quand Rebecca était venue à Paris pour voir sa fille et tenter de se réconcilier avec elle, elle était repartie sans même avoir pu lui parler. A l'époque, Mirjam avait définitivement et irrévocablement préféré Lea à sa mère. La vieille dame avait-elle simulé un malaise cardiaque pour ligoter Mirjam à son chevet ?

Sarah s'assit avec un peu d'hésitation derrière l'immense bureau ancien et se cala dans le fauteuil. La discrète sonnerie du téléphone l'arracha à ses pensées. Elle jeta un coup d'œil à sa montre en même temps qu'elle décrochait et vit qu'il était déjà huit heures.

— Allô ? fit la voix de Serge. Comment se fait-il que tu sois encore au siège à cette heure ?

— Je m'apprêtais à partir.

— Nous pourrions dîner ensemble, proposa-t-il d'un ton incertain. Et parler.

— D'accord.

— Je passe te prendre dans une demi-heure au Plaza.

Elle avait à peine raccroché que le téléphone sonna de nouveau. Serge avait-il changé d'avis ? Elle décrocha vivement.

— Serge ?

Personne ne répondit. La ligne demeura muette puis on raccrocha. Sarah resta paralysée devant le bureau, son cœur battait à grands coups. Les mains moites, elle composa le numéro du standard. Personne ne décrocha.

Sarah comprit ce que cela signifiait. La jeune femme de la réception devait être partie juste après lui avoir transmis l'appel de Serge. Elle était seule dans le bâtiment.

Elle saisit son sac à main et se tourna vers la porte. La peur était à nouveau là, peur d'être agressée, blessée, peut-être mortellement. Elle resta plantée au milieu de la pièce, incapable de bouger, son cerveau refusant de fonctionner normalement.

Quand on frappa, elle riva ses yeux sur la porte. Dans sa poitrine, son cœur faisait des bonds. Lentement, presque timidement, la porte s'ouvrit. Elle s'entrebâilla de quelques centimètres, puis une silhouette frêle se glissa dans la pièce. C'était Simon. Il ne dit rien, les épaules voûtées, les mains enfoncées dans les poches de son pantalon.

— Qu'est-ce que tu viens faire ici ? demanda Sarah. Je dois partir, Serge Delmas m'attend. S'il ne me voit pas arriver, il va se douter que quelque chose ne va pas et...

— Il faut qu'on parle, l'interrompit Simon sur un ton de défi.

Il sortit une main de l'une de ses poches et commença à jouer avec un couteau pliant.

— C'est toi qui viens d'appeler ?

Simon répondit à sa question par un petit hochement de tête. Il la regardait fixement et ne la quitta pas des yeux quand elle se glissa derrière le bureau de manière à s'éloigner de lui.

Elle soutint son regard. Quand elle perçut de la crainte dans ses yeux, elle se détendit et fit un pas vers lui, comme pour lui montrer qu'elle ne lui était pas hostile.

Elle lui offrit de s'asseoir, mais il secoua la tête et continua à la défier du regard.

— Bon. Je suis fatiguée, j'ai eu une journée difficile. Que me veux-tu ?

Simon lui fit signe avec son couteau de prendre place sur le canapé.

Sarah, qui ne voulait pas le contrarier, s'efforça de sourire. Reste calme ! s'intima-t-elle. Montre-lui que tu es la plus forte. Elle s'assit sur le canapé tendu de soie pâle tout en l'observant.

— Pourquoi m'as-tu suivie et pourquoi m'as-tu téléphoné au milieu de la nuit pour ne rien dire quand j'ai décroché ? demanda-t-elle.

Simon haussa les épaules et continua à la dévisager en mastiquant son chewing-gum.

— Je ne sais pas, comme ça, dit-il enfin. Je pensais qu'on aurait pu parler.

— De quoi ?

Simon haussa de nouveau les épaules sans répondre.

— Pourquoi m'as-tu assommée ?

Sarah soutint son regard jusqu'à ce qu'il détourne les yeux. Sa main retomba et le couteau glissa sur la moquette. Il le laissa par terre et se laissa choir dans un fauteuil où il ne parut pas plus grand qu'un enfant. Quand Sarah se baissa pour ramasser le couteau et le mettre dans sa poche, il ne fit pas un geste pour le reprendre.

— Pourquoi m'as-tu assommée ? insista-t-elle. Je sais que c'était toi. Mais n'aie pas peur, je n'ai rien dit aux policiers.

— Je m'en fiche, tu aurais pu le leur dire, répliqua Simon d'un ton provocant. Je m'en fiche complètement. De toute façon, tout m'est égal.

Un silence hostile s'installa entre eux. Sarah cherchait fébrilement un moyen d'établir un contact avec le jeune homme.

— Explique-moi pourquoi tu as fait cela, Simon.

Son ton compréhensif fit mouche. Simon lui jeta un bref coup d'œil avant de répondre à voix basse.

— Je devais récupérer l'acte de donation dans le coffre, le jour de l'enterrement. Lea pensait que les Schneider se rendraient au repas qu'elle avait organisé pour les gens du village. Elle disait que tu voulais détruire tout ce que maman avait construit et qu'il ne fallait en aucun cas que l'acte tombe entre tes mains. C'est pour ma mère que je devais le faire, je veux dire, entrer dans la maison et...

Sarah l'encouragea à poursuivre d'un signe de la tête.

— Alors j'y suis allé avec un ami et... euh...

— Et il a ouvert la porte avec un passe, c'est ça ?

Sarah avait parlé d'une voix très douce et sa nervosité ne transparaissait pas.

Simon acquiesça.

— Oui. Mais au moment où on a voulu ouvrir la porte, la lumière s'est allumée dans la maison. On est partis en vitesse et on est rentrés à Paris. Lea était furieuse contre moi et, il y a quelques jours, elle m'a forcé à y retourner. Fallait que je trouve un moyen d'entrer dans la maison. Je me suis caché derrière les rosiers et j'ai attendu jusqu'à ce que les Schneider s'en aillent. Et comment je suis entré, tu le sais. Mais j'avais une trouille bleue. Je me suis dépêché d'aller au coffre, je l'ai ouvert en m'éclairant avec ma torche... et j'ai découvert qu'il était vide. A ce moment-là, j'ai entendu du bruit au premier, sur le palier, et je me suis plaqué contre la grande armoire à l'entrée de la bibliothèque. Je voulais m'éclipser sans faire de bruit quand quelqu'un m'a flanqué sa lumière dans la figure. J'ai paniqué... et j'ai réagi en donnant un grand coup.

— Tu as donné un grand coup, répéta mécaniquement Sarah. Et si tu m'avais grièvement blessée ?

— Mais ce n'est pas le cas.

Il avait répondu du tac au tac.

— Si tu veux porter plainte, fais-le ! ajouta-t-il en recommençant à la défier.

— Que s'est-il passé ensuite ?

— Quand j'ai entendu un véhicule remonter l'allée, j'ai filé et sauté dans ma voiture. Lea m'a intimé l'ordre de me taire et promis, au cas où, de me fournir un alibi. Elle était extrêmement en colère que je sois rentré sans le document. Le lendemain matin, elle a appelé les Schneider sous un prétexte quelconque et a appris que c'était toi que j'avais assommée, mais que tu t'en sortais relativement bien.

Sarah ne dit rien, elle regardait les mains du jeune homme, qu'il avait croisées pour cacher leur tremblement.

— Et… comment vas-tu, aujourd'hui ? demanda-t-il en rompant le silence.

— Jusque-là, plutôt bien, répondit-elle d'un ton évasif.

Elle s'était détendue. Elle aurait presque ri. A cause de ce gamin fluet et influençable, toutes les serrures de la maison de sa mère avaient été changées et les Schneider avaient dormi à quelques mètres d'elle pour qu'elle ne soit pas seule la nuit.

Elle se pencha en avant et le regarda sans ciller. Il n'y avait plus trace de haine dans les yeux de Simon.

— Malgré l'obscurité, je t'ai reconnu. Et je crois que nous devrions dire la vérité à la police.

Simon se tassa un peu plus dans son fauteuil.

— Quelle vérité ? bafouilla-t-il. Je ne pense pas que Lea serait d'accord pour que…

Sarah eut un geste d'impatience.

— Pour le moment, il ne s'agit pas de Lea, mais de nous. De nous deux. Et j'aimerais que nous allions au commissariat pour clarifier les choses. En fin de compte, ce n'était pas une effraction, puisque la porte n'était pas verrouillée, et dans ton affolement, tu m'as donné un coup sur la tête sans savoir qui j'étais. Oui, ajouta-t-elle après une courte réflexion, c'est ce que nous allons dire. Et tu ne risqueras pas grand-chose.

— Tu crois ?

Sarah lut dans ses yeux de l'incertitude, mais aussi du soulagement.

— Je ne comprends pas pourquoi vous n'avez pas simplement dit aux Schneider qu'il y avait dans le coffre d'importants documents que vous vouliez récupérer.

Simon secoua la tête.

— Personne n'a le droit de pénétrer dans la maison sans l'autorisation de maman. Et les Schneider s'en tiennent strictement à la règle. Il n'y a que Serge Delmas qui peut aller et venir à sa guise.

— Une chose encore : pourquoi as-tu fait ces prélèvements sur les comptes de la société ? Tu savais bien que cela se retournerait contre notre mère.

Simon réagit violemment.

— Je voulais l'aider ! Je savais que la société allait très mal, je savais aussi que les grands projets de maman avaient échoué. Après la mort de mon père, elle était encore plus nerveuse et plus déprimée. Puis, brusquement, elle a pris du recul, et alors que je ne m'y attendais pas du tout, elle m'a fait des procurations sur deux comptes de la société. Aujourd'hui, je sais que c'était pour me tester, et j'ai été nul.

Il marqua une courte pause et leva les yeux vers le portrait de sa mère.

— Et pourquoi l'as-tu escroquée ?

Simon secoua la tête.

— Je ne voulais pas l'escroquer, expliqua-t-il à voix basse. Je voulais l'aider, je le répète. Je voulais être celui qui aiderait à sauver son entreprise de la faillite. Si j'avais réussi, elle m'aurait peut-être enfin aimé.

Sa voix se perdit en un murmure à peine audible.

— J'ai sorti de l'argent des comptes pour l'investir. Un ami prétendait s'y connaître dans les ventes à terme. Il m'a fait miroiter des gains faramineux. J'ai cru que j'allais gagner un tel argent que je renflouerais à moi seul la société. Et j'ai tout perdu... A l'époque, je ne savais pas encore qu'elle avait un cancer, ajouta-t-il avant d'éclater en sanglots.

Sarah n'en croyait pas ses oreilles. Elle se leva, rejoignit Simon et s'assit sur l'accoudoir du fauteuil. Comment avait-elle pu ne serait-ce qu'un instant avoir peur de Simon ?

— Et ensuite ? voulut-elle savoir.

— Peu avant sa mort, j'ai pu aller voir maman. Lea voulait m'en empêcher, mais maman a insisté pour que je vienne. En fait, elle tenait à me dire que j'avais trompé sa confiance et qu'elle te léguait la société. J'étais sonné. Je ne savais même pas que tu existais, que j'avais une demi-sœur. Je savais seulement que maman avait déjà été mariée deux fois avant de rencontrer mon père. Elle m'avait un peu parlé de son premier mariage avec un Américain ; l'autre, en revanche, j'en ignorais tout. Je crois qu'en dehors de son avocat personne n'était vraiment au courant de son passé, pas même mon père. Je t'ai détestée d'emblée, et j'étais mortifié qu'elle me croie capable d'avoir trahi sa confiance. C'est pour cette raison que je me suis tu. Je n'ai rien dit des plans que j'avais échafaudés, et je ne lui ai pas dit non plus combien je l'aimais. J'étais désespéré quand je l'ai vue, ce jour-là, si malade. Quand tout a été fini, une infirmière m'a dit que c'est en appelant son père qu'elle est morte.

Simon sanglotait maintenant sans retenue et Sarah osa caresser timidement ses boucles noires. Elle était heureuse qu'il ne puisse pas voir que des larmes roulaient aussi sur ses joues.

— Ça va s'arranger, murmura-t-elle, je te le promets.

Simon se redressa et essuya ses yeux du revers de la main.

— Tu sais, l'offre de rachat de l'entreprise était vraiment bonne.

Sarah tendit l'oreille.

— Quelle offre de rachat ?

Simon bondit sur ses pieds avec empressement.

— Elle est arrivée le jour de la mort de maman. Je l'ai soustraite au reste du courrier et je l'ai cachée.

En quelques pas, il fut près de la bibliothèque, écarta deux livres d'une main sûre et saisit une chemise qu'il tendit à Sarah.

Elle parcourut le dossier dans une sorte de transe. L'offre émanait du plus important groupe français de cosmétiques et, à première vue, les conditions du rachat paraissaient idéales. Le groupe proposait de reprendre l'intégralité de la société, de purger les crédits et de continuer à commercialiser les produits sous le nom de MM Cosmetics. La structure de l'entreprise elle-même devait être préservée.

Sarah se leva. Elle se sentait pleine d'énergie.

— C'est la solution ! s'exclama-t-elle en se hâtant vers la porte.

Elle venait de se rappeler que Serge l'attendait certainement depuis longtemps.

— Il faut que j'y aille. Serge Delmas m'attend, je vais...

— Serge ? coupa Simon avec mépris. Il les lui faut toutes, décidément. Maman lui faisait aveuglément confiance uniquement parce qu'il avait couché avec elle.

Sarah, qui avait déjà la main sur la poignée de la porte, se retourna lentement.

— Qu'est-ce que tu veux dire ?

— Rien, en fait rien.

Il avait le regard clair et innocent d'un enfant.

— Explique-toi. Tout de suite !

— Bah, rien... Ne m'en veux pas, mais tout le monde sait que maman avait une liaison avec Serge.

— Tu dois te tromper, c'était peut-être avec son père, Jacques, qu'elle...

Simon eut un rire mauvais.

— Non, c'était Serge, tu peux demander à n'importe qui. Même à soixante ans, maman était très séduisante.

Sarah regarda le dossier d'offre d'achat qu'elle avait toujours à la main et qui représentait peut-être l'avenir de la société.

— Il faut que maître Delmas examine cette offre, s'il ne la connaît pas déjà, dit-elle d'un air détaché.

Simon secoua la tête.

— Impossible qu'il la connaisse. Même Lea n'est pas au courant.

Sarah se retourna une dernière fois dans le couloir. Simon était seul au milieu de la pièce, et un instant elle eut l'impression de voir le petit garçon qu'il avait été. Un petit garçon qui, devenu adulte, avait pris des risques insensés sur les marchés à terme pour sauver l'entreprise de sa mère, croyant naïvement s'assurer son amour.

Sarah avait définitivement perdu sa mère, peut-être même son père, que Lea avait traité d'assassin. Et peut-être également Serge, l'homme dont elle était tombée amoureuse. Mais elle voulait tout mettre en œuvre pour se rapprocher de ce jeune homme seul et fragile qu'un jour, qui sait, elle pourrait peut-être aimer comme un frère. Même s'il avait sciemment cherché à la blesser en lui parlant de cette supposée liaison entre sa mère et Serge.

Sarah se hâta vers l'hôtel. Elle aperçut de loin Serge qui faisait les cent pas sur le trottoir, allumait une cigarette puis remontait le col de son imperméable. Simon avait-il dit vrai ? Se pouvait-il que Serge lui mente ?

Quand il la vit, il vint vers elle et lui prit le bras.

— Mais où étais-tu ? Je commençais à m'inquiéter.

— Tu ne vas pas le croire.

Sarah brûlait de lui parler de sa rencontre avec son demi-frère et de l'offre d'achat.

Elle se dirigeait déjà vers le restaurant de l'hôtel quand Serge l'arrêta.

— Viens, allons plutôt dîner ailleurs.

— Serge, s'il te plaît, j'ai des choses importantes à te raconter. Si nous allons ailleurs, nous ne ferons que perdre du temps.

Il céda à contrecœur.

Dès qu'ils eurent passé leur commande, Sarah se lança dans son récit. A la première pause qu'elle marqua, Serge observa :

— Parce que maintenant tu fais confiance à Simon et crois tout ce qu'il te raconte.

Un petit sourire ironique étira brièvement ses lèvres. Son scepticisme était manifeste. Il essaya d'accrocher le regard de Sarah mais elle l'évita, saisit son verre de meursault et but plusieurs gorgées rapides. Elle picorait sans appétit des miettes de truffe blanche, trop énervée pour pouvoir se détendre et manger son filet de veau avec plaisir. Elle avait un frère et ne voulait pas le perdre, quoi qu'il ait pu faire. Et elle ne voulait pas se laisser détourner de son projet par l'attitude moqueuse de Serge. Elle avait eu tort de lui raconter son entrevue avec Simon.

Elle leva les yeux de son assiette et rencontra le regard de Serge. Elle résista à l'envie de lui demander s'il avait réellement eu une aventure avec sa mère. Au lieu de cela, elle s'éclaircit la gorge, ouvrit son sac, sortit l'offre d'achat et la fit glisser sur la table.

— S'il te plaît, lis cette offre et prends contact dès demain matin avec ces gens. Cela me semble très alléchant, et si MM Cosmetics les intéresse toujours, il faudrait entamer des discussions.

Etonné, Serge prit le dossier et le feuilleta.

— Ta mère m'avait dit qu'elle avait été approchée. Mais je suis sûr qu'elle n'aurait jamais accepté une offre d'achat. Veux-tu réellement vendre ?

— Je ne sais pas. Peut-être. C'est une offre vraiment intéressante. Etant donné la situation, je n'imagine pas que l'on puisse obtenir mieux.

Serge parcourut encore quelques pages en silence puis il referma la chemise.

— A première vue, cela n'a pas l'air mal. Je vais étudier le dossier de plus près et prendre contact avec leur service juridique. On verra bien. L'offre est adressée à ta mère et fait référence à un premier échange, à la suite duquel elle semble toutefois avoir changé d'avis.

La réaction pondérée de Serge dégrisa Sarah. Comment avait-elle pu se réjouir d'avoir un frère qui n'était peut-être qu'un fieffé menteur et un intrigant, et qu'est-ce qui lui prenait de s'emballer pour une offre d'achat censée sauver une entreprise qui, en fait, ne l'intéressait pas ?

Elle repoussa son assiette vers le milieu de la table.

— Je suis fatiguée, j'aimerais partir, dit-elle.

Serge se fit apporter l'addition, puis ils quittèrent le restaurant et gagnèrent les étages. Leurs pas devinrent plus lents à mesure qu'ils se rapprochaient de la suite de Sarah. Une fois devant la porte, elle se tourna vers Serge.

— Bonsoir.

Sa voix était basse, légèrement rauque et, sous le regard de Serge, son rythme cardiaque s'accéléra. Elle avait toujours veillé à marquer de la distance, à dominer ses sentiments. Elle avait appris de son père que se laisser guider par ses émotions était un signe de faiblesse. Les nuits précédentes, elle avait été faible, et il n'y avait plus en elle que du désespoir et une infinie lassitude. Elle s'adossa à la porte.

— Serge, je t'en prie. Je ne sais plus ce qui est bien et ce qui est mal, je ne sais plus ce que je dois faire.

Serge posa les mains sur ses épaules et dit d'une voix douce :

— Sais-tu quelle a été ma première impression quand tu es venue au cabinet ? Je me suis dit : cette tendre jeune fille n'est pas taillée pour les dures réalités de la vie, il faut la protéger. Maintenant je comprends que ton père ait voulu t'épargner des situations pénibles.

Sarah fit un dernier effort pour se soustraire à Serge. Elle leva les yeux ; son visage était tout près du sien. Elle ne voulait pas qu'il lui parle de son père, elle ne voulait plus rien, hormis qu'il la prenne dans ses bras et qu'il l'aime à cet instant, et à chaque instant de sa vie.

Mais elle sentit qu'il marquait un recul et ne voulait pas entrer avec elle.

Alors elle lui prit la main et murmura :

— Serge, s'il te plaît, fais-moi l'amour, tout de suite !

Elle s'accrochait à lui comme une noyée en train de couler. Elle n'avait pas honte de s'abaisser à demander, à implorer. Elle n'avait plus qu'un désir : lui, sa passion, son étreinte, elle voulait le sentir en elle.

Et Serge céda. Jamais Sarah ne s'était comportée ainsi, elle ne se reconnaissait plus. Elle cria et sanglota jusqu'à ce que son corps semble se dissoudre dans la jouissance.

— Je t'aime, je t'aime tellement, dit-elle encore et encore.

Epuisés et haletants, ils retombèrent l'un à côté de l'autre. Mais Serge ne la prit pas dans ses bras comme il l'avait fait les nuits précédentes. Il demeura allongé sur le dos, immobile, puis, sans un mot, il détourna la tête.

Au milieu de la nuit, Sarah se réveilla et sut immédiatement que quelque chose n'allait pas. Elle tendit la main vers Serge ; la place à côté d'elle était vide. Elle se redressa et le vit qui fumait, assis dans le noir sur le canapé. Remarquant qu'elle était éveillée, il écrasa sa cigarette et se leva.

— Sarah, je dois m'en aller, maintenant. Tu sais que je n'aurais pas dû rester.

Il alluma la lampe. Dans la lumière tamisée par l'abat-jour, Sarah remarqua sa barbe naissante, les cernes sous ses yeux. Il fallait qu'elle le retienne, qu'elle lui dise quelque chose pour qu'il reste. Les paroles de Simon lui revinrent à l'esprit.

— Tu sais, commença-t-elle en s'efforçant de maîtriser sa voix, j'ai entendu dire que tu as eu une liaison avec ma mère.

Serge laissa tomber la chemise qu'il venait de prendre.

— Qui est-ce qui raconte ça ? demanda-t-il calmement.

— Simon...

— Ce petit combinard, marmonna-t-il en secouant la tête.

Il ramassa sa chemise, l'enfila posément et la boutonna.

— J'espère que tu ne crois pas ce gamin présomptueux. C'est sûrement Lea qui lui a mis ça dans le crâne parce qu'elle ne supportait pas que ta mère discute de toutes les décisions importantes avec moi et me fasse confiance. Je crois que nous étions amis, pour autant que l'on peut dire cela d'une femme aussi secrète que ta mère. De plus, Lea n'avalait pas que je puisse aller et venir dans la maison de ta mère alors que sa famille n'avait pas le droit d'y entrer.

— Dans ce cas, pourquoi as-tu prétendu n'avoir eu avec ma mère que des relations strictement professionnelles ? Pourquoi ?

Serge alluma une nouvelle cigarette avant de répondre.

— Sarah, je ne voulais pas être entraîné dans des histoires de famille. Je voulais, en tant qu'avocat de ta mère, faire respecter ses dernières volontés, rien de plus. Mais quand je suis tombé amoureux de toi...

Il tira une longue bouffée de sa cigarette.

— ... tout a changé. Je ne voulais pas te dire que j'avais été très proche de ta mère, que je connaissais sa vie, que je savais ce qu'elle pensait.

— Pourquoi, Serge, pourquoi ne me l'as-tu pas dit ? C'est… c'est tellement bas de ta part.

Ses nerfs lâchèrent. Voilà que même Serge, auquel elle s'était confiée corps et âme, l'avait trompée. Elle bondit hors du lit en sanglotant, se rua sur lui et martela sa poitrine avec ses poings. Serge esquiva les coups et l'obligea doucement à baisser les bras.

— Je t'ai confié mes pensées les plus intimes ! cria-t-elle. Je t'ai parlé de ce que ma mère m'avait écrit, et toi tu as écouté, tu t'es même peut-être moqué de moi…

— Sarah, arrête de te torturer ! Arrête !

Il la lâcha et elle retomba sur le lit, épuisée.

— Si tu l'as si bien connue, pourquoi ne m'as-tu rien dit sur elle ? Tu savais sûrement qu'elle m'avait abandonnée quand j'étais enfant, tu dois en savoir plus sur sa vie que je n'en ai appris dans le récit qu'elle m'a laissé.

Serge marcha vers la fenêtre, tourna le dos à Sarah et contempla l'avenue Montaigne.

— Sarah, n'en parlons plus, s'il te plaît ! Elle a écrit ces pages à ton intention, les réponses à tes questions s'y trouvent.

Mais Sarah ne voulait pas renoncer.

— Peut-être qu'elle prenait régulièrement des renseignements sur moi, qu'elle savait tout de moi, où j'allais à l'école, comment je grandissais, tout. Peut-être participait-elle de loin à ma vie et ne pouvait-elle pas me rencontrer parce que mon père ne le voulait pas.

Sarah grelottait. Elle s'enveloppa dans la couverture et fixa des yeux la silhouette de Serge qui se découpait sur le rectangle clair de la fenêtre. Quelques minutes s'écoulèrent sans qu'il réponde, puis il se retourna, revint vers le lit et prit sa main glacée.

— Tu veux vraiment savoir la vérité ?

Sarah hocha la tête.

Serge passa une main sur son front et réfléchit avant de s'asseoir à côté d'elle.

— Peut-être est-ce une bonne chose que tu ne te fasses pas d'illusions sur ta mère et que tu puisses construire ton avenir sans fausses idées... Sarah, quand ta mère t'a quittée, elle a pris une décision sur laquelle elle n'a pas voulu revenir. Ni à l'époque ni à aucun moment de son existence. Elle a pris l'argent de son mari pour se bâtir une nouvelle vie, et cela lui suffisait de te savoir en sécurité. Elle n'a jamais regretté ce qu'elle avait fait.

Sarah fit un mouvement brusque mais Serge pressa ses mains.

— Des renseignements sur toi, ta mère en a pris uniquement quand il s'est agi de son entreprise, quand elle a commencé à désespérer de trouver des investisseurs. C'est à ce moment-là qu'elle s'est rappelé qu'elle avait une fille. Le résultat de ses recherches était très encourageant puisqu'elle a appris alors que ton père t'avait déjà transmis une part importante de la fortune familiale dont tu pouvais disposer librement.

— Ce n'est pas vrai, murmura Sarah. Tu mens.

— Pourquoi mentirais-je ?

Sarah ne cessait de secouer la tête. Elle repensa au récit de sa mère. Puis elle murmura :

— Il y avait tant de tendresse dans ses mots, tant de regrets, de...

Elle se tut et continua à réfléchir. Ce que Serge prétendait ne pouvait pas être vrai. Puis une idée lui vint à l'esprit : elle avait une preuve de l'amour de sa mère.

— Dans son récit, elle n'accuse pas mon père de meurtre, et tu sais pourquoi ?

Triomphante, elle se tourna vers Serge. Elle discerna de la pitié dans son regard, et de l'inquiétude.

— Elle ne voulait pas que j'apprenne ce qu'il avait fait parce qu'elle savait combien la vérité m'affecterait. Elle voulait me protéger.

Serge secoua doucement la tête.

— Non, Sarah, non, il faut enfin que tu comprennes. Elle ne voulait pas te protéger *toi.*

— Qu'est-ce que tu veux dire ?

— Ta mère voulait protéger le seul être qu'elle ait jamais aimé. Mirjam Moses a certes érigé son père en idole, et Lea a été pour elle une mère, mais il n'y a qu'une seule personne qu'elle ait réellement aimée, et ce n'était pas toi, Sarah, c'était ton père, Rolf von Schröder.

C'était fini. L'espoir d'avoir cruellement manqué à sa mère et qu'elle lui ait légué ses parts de MM Cosmetics pour cette raison était brisé. La voix de Serge lui parvint de très loin :

— Tu sais, à part elle, je n'ai jamais rencontré personne qui ait aimé quelqu'un toute sa vie sans être aimé en retour. Cet amour exclusif me touchait et me fascinait.

Le cynisme de son propre rire fit peur à Sarah.

— Et tu trouves aussi fascinant qu'elle ait repoussé ses deux enfants ?

Serge secoua la tête.

— Bien sûr que non, dit-il. Mais elle t'a légué sa maison, où tu retrouves des moments bénis de ton enfance. C'est ce qu'elle a voulu faire pour toi avant de mourir. Et ça, c'est bien réel.

— Oui, Serge, oui...

Elle se tut, resta assise sans bouger, en respirant à peine, puis elle regarda Serge.

— Je croyais que tu voulais partir, murmura-t-elle d'une voix sans timbre.

Il l'attira à lui et la berça dans ses bras comme une enfant.

— Je ne vais pas te laisser seule maintenant.

Sarah posa sa tête sur son épaule et pleura silencieusement jusqu'à ce que Serge prenne son visage dans ses mains et le couvre de baisers.

Sarah sursauta quand on frappa. Elle se leva avec peine en tenant à deux mains sa tête douloureuse, enfila le peignoir blanc de l'hôtel et se dirigea vers la porte. Elle n'avait pensé à rien, simplement réagi aux coups frappés à la porte. Elle ouvrit et se trouva nez à nez avec un groom qui lui tendait un énorme bouquet de roses rouges.

Agacée, elle prit les fleurs et les posa négligemment sur la table. Elle demanderait plus tard à une femme de chambre de les mettre dans un vase. Sans regarder la carte, elle savait qui les lui envoyait.

En passant, elle jeta un regard dans le miroir au-dessus de la cheminée. Elle avait les traits défaits, les cheveux ternes, le teint blême, et ses paupières gonflées faisaient paraître ses yeux tout petits. Elle se demanda un instant si elle ne ferait pas mieux de se recoucher puis décida de prendre des glaçons dans le minibar et alla dans la salle de bains pour les poser sur ses yeux. Elle prit ensuite une douche froide, mais l'eau fut impuissante à effacer la fatigue de plomb qui engourdissait son corps.

Cette nuit, elle avait complètement perdu le contrôle d'elle-même. Elle avait donné libre cours à des émotions dont elle ne savait même pas qu'elle était capable de les éprouver. Et ce matin, il ne lui en restait rien, hormis la honte de s'être ainsi laissée aller.

Elle s'enveloppa dans un drap de bain et imagina ce qui se passerait si elle laissait tomber Paris, Serge, la société de sa mère, rentrait à Munich et reprenait sa vie d'avant. Mais, au fond d'elle-même, elle savait qu'il n'y avait plus de retour possible. Elle cessa de parcourir nerveusement les quelques mètres carrés de sa suite et se décida à lire la carte qui accompagnait les roses.

*Sarah, je t'en prie, reviens et donne-nous une deuxième chance. Michael.*

Elle se laissa choir sur le canapé et, épuisée, posa sa tête sur le dossier. Elle ne voulait penser à rien, pas même à Serge qui était parti au petit matin. Elle ne voulait plus penser à sa voix quand il parlait avec elle, à ses yeux quand il la regardait, à ses mains quand il la caressait. Ni à ce qu'il lui avait dit la nuit précédente sur sa mère, pas plus qu'à son père et aux accusations de Lea.

Elle retourna la carte de Michael, vit l'image d'une rose peinte, relut ses mots et décrocha le téléphone. Il était temps qu'elle mette les choses au clair. Après réflexion, elle composa le numéro de Michael au cabinet.

— Bonjour, dit-elle doucement.

Sa gorge se noua quand elle entendit sa voix, l'imagina assis à son bureau, bien habillé, avec son sourire réservé et sa façon de se tenir bien droit. Elle se sentit vulnérable, perdue, puis elle se souvint des paroles de Serge, cette nuit. Il lui avait dit qu'elle était forte, mais qu'elle ne le savait pas encore.

— Alors ? fit la voix tendue de Michael dans son oreille. As-tu réfléchi ? Tu rentres ?

— Non, Michael.

— C'est à cause de ce Français, n'est-ce pas ? Il t'a fait du charme et tu es tombée dans le panneau. Et je présume que tu t'es dépêchée de coucher avec lui.

Sarah refusa d'entrer dans son jeu.

— Michael, ne sois pas puéril. Ma décision n'a rien à voir avec Serge Delmas.

Devait-elle lui dire la vérité ? Devait-elle lui dire qu'elle était tombée amoureuse de Serge et qu'elle était désemparée, que sa vie bien rangée n'était plus aujourd'hui qu'un tas de ruines ?

— Michael, reprit-elle, d'une voix posée et ferme, je pense que nous avons tous les deux compris, le week-end dernier, que c'était fini, que ça l'était probablement depuis longtemps.

— Sarah...

Michael laissa passer un long silence avant de poursuivre d'un ton froid.

— Si tu me quittes maintenant, ce ne sera plus la peine de revenir, quoi qu'il arrive. Je ne veux plus te voir.

— Tu ne me reverras plus, ni maintenant ni jamais, répliqua Sarah avant de raccrocher, tremblante.

Elle s'était mentalement préparée à une longue discussion, elle avait retourné des arguments dans sa tête, imaginé qu'elle devrait consoler Michael, lui expliquer ce qui était arrivé. Or, il avait mis un terme brutal à une histoire de plusieurs années, sur une menace et sans leur laisser la possibilité de construire une relation amicale.

Elle demeura longtemps assise sur le canapé, puis elle se décida à s'habiller. Elle mit son nouveau tailleur-pantalon, fit ses bagages et demanda à la conciergerie de lui réserver une voiture de location pour l'après-midi. Au moment où elle sortit sa carte de crédit, à la réception, elle ne put s'empêcher de se retourner pour voir si Simon ne l'épiait pas derrière une colonne. Elle ne le vit nulle part. Dehors, le ciel était légèrement brumeux. Elle marcha vers le rond-point des Champs-Elysées, prit un expresso dans un petit café du bas de l'avenue, puis regagna l'hôtel afin d'y récupérer sa voiture.

Elle se sentait lasse et meurtrie. La maison de Normandie où elle retrouvait les souvenirs de son enfance, où elle se sentait plus chez elle que dans la grande villa du lac de Starnberg, lui manquait. Et elle voulait retourner sur la tombe de sa mère, seule, pour un dernier adieu.

Cette fois, elle sortit de Paris sans se perdre. Quand Serge l'appela, quelques minutes plus tard, elle était déjà sur l'autoroute.

— L'offre tient toujours. Toutefois, ils veulent que les choses se fassent vite et ils mettent la pression. Nous sommes convenus en urgence d'une première réunion demain après-midi. Allô, tu es toujours au bout du fil ? Tu es où, au juste ?

— Serge, je suis sur l'autoroute de l'Ouest. Je voudrais retourner sur la tombe de ma mère. Et j'aimerais être seule, j'ai besoin de réfléchir, c'est quelque chose que tu peux comprendre, non ?

— Bien sûr, répondit Serge d'un ton irrité avant de raccrocher.

Lorsque Sarah quitta l'autoroute et s'engagea sur la route départementale, elle était apaisée.

Les événements des derniers jours l'avaient transformée. L'amour, la culpabilité, la mort, les ruptures, le malheur avaient marqué son histoire familiale. Cependant, le drame le plus terrible qu'ait connu sa famille avait été le nazisme. Il avait arraché l'un à l'autre deux êtres qui s'aimaient, infligé à sa grand-tante des souffrances indicibles et, selon toute vraisemblance, fait de son père un assassin.

Elle avait conscience qu'il lui faudrait beaucoup de temps pour assimiler tout ce qui avait fondu sur elle au cours de la semaine écoulée.

« Tu es forte, simplement tu ne le sais pas encore », lui avait dit Serge la nuit dernière. Ces mots lui donnaient du courage. Un courage dont elle aurait besoin à l'heure des choix.

Le jour déclinait quand elle franchit le portail de la propriété. Les buis et les rosiers étiraient leurs ombres dans l'allée. Aujourd'hui, elle n'éprouvait plus ni peur ni appréhension. Elle descendit de voiture et cueillit en passant une rose tardive. Sur le point d'ouvrir la porte de la maison, elle se ravisa et se dirigea vers le verger où elle avait passé une merveilleuse journée avec Serge. Elle ramassa une grosse pomme dans l'herbe, mordit dedans à belles dents et aspira à pleins poumons l'air que le vent apportait de la mer.

Elle était à la maison.

## 8

## *Rolf*

« Le Führer est tombé à Berlin en luttant jusqu'à son dernier souffle contre le bolchevisme. » Le 30 avril 1945, toutes les stations de radio avaient diffusé cette information.

Quelques heures plus tard, Rolf von Schröder avait cependant appris la vérité de la bouche de son père : Hitler avait épousé sa maîtresse Eva Braun, l'avait ensuite abattue, puis s'était donné la mort dans le bunker de son quartier général.

La nuit même, les parents de Rolf von Schröder s'enfuyaient en Italie où des sympathisants les recueillaient, puis les aidaient à émigrer en Argentine.

Plus d'un demi-siècle s'était écoulé depuis ce jour. Pourquoi fallait-il qu'il y pense précisément aujourd'hui ?

Rolf von Schröder se pencha, ramassa une pierre et la lança au ras de l'eau comme il le faisait, enfant, quand il descendait au lac en tenant la main de sa mère. Ou avec sa petite camarade Cornelia qui faisait de bien plus beaux ricochets que lui, Cornelia qui nageait sans peine jusqu'au milieu du lac et qui courait à travers champs avec ses deux chiens, si légère et si vive que ses nattes blondes ne faisaient que voler. Toute son enfance était liée à elle, elle avait été son amie, sa meilleure camarade ; avec elle, il pouvait parler de tout, grimper aux arbres, voler des pommes dans des jardins inconnus, elle était partante pour toutes les bêtises. Cornelia n'était pas coquette et chichiteuse comme les autres filles, ce qui impressionnait énormément Rolf. Il se souvenait d'étés brûlants où ils sentaient la chaleur du sol sous leurs pieds nus quand ils couraient vers la rive, il se souvenait de champs de blé dorés et mouvants dans lesquels ils se cachaient, et il se souvenait avec netteté d'un après-midi chaud et ensoleillé, pendant les grandes vacances, alors qu'ils avaient l'un et l'autre huit ans et qu'ils étaient montés dans le vieux tilleul noueux qui se trouvait derrière la maison des parents de Cornelia. Ils s'étaient confortablement assis sur une grosse branche, leurs pieds se balançant dans le vide, et avaient englouti deux énormes parts d'un gâteau aux pommes juste sorti du four. Ils s'étaient sentis comblés, ce bel après-midi-là, perchés dans leur arbre. Soudain, et bien que la branche sur laquelle ils étaient assis commençât à bouger de façon inquiétante, Cornelia s'était penchée vers Rolf et avait embrassé son petit camarade sur la bouche. Alors qu'il rougissait jusqu'à la racine des cheveux, elle lui avait expliqué qu'il fallait qu'il en soit ainsi quand on se fiançait. Ils avaient passé toute leur enfance et leur adolescence ensemble et quand, après son baccalauréat, Rolf avait commencé des études de droit à l'université de Munich, personne ne doutait que Rolf von Schröder et Cornelia Westphal se marieraient un jour.

Jusqu'à ce jour où il s'était trouvé face à une belle jeune fille, perdue dans la contemplation d'un étal de roses. Ses longs cheveux noirs lui arrivaient presque à la taille et brillaient dans le soleil comme de la soie. Quand elle leva son visage vers lui, qu'il découvrit ses yeux d'un noir de velours, ses lèvres douces et pleines, l'amour le frappa comme la foudre.

En cet été 1932, Rolf avait l'impression de vivre une autre vie. Tout à ses sentiments pour Rebecca, il demeura longtemps inconscient de ce qui se passait autour de lui. Ce fut chez sa mère qu'il remarqua un premier changement. Non contente de porter désormais les cheveux noués en un chignon sévère, de ne plus se maquiller et de déclarer qu'elle se conformait ainsi pleinement à l'idéal de la nouvelle femme allemande, elle décida que les idées politiques de ce Hitler dont elle avait fait la connaissance régiraient désormais la vie de la famille et elle convainquit son mari de financer sa campagne électorale. Le père de Rolf, un riche industriel, se montra très généreux, plus par esprit de conciliation et pour faire plaisir à sa femme que par conviction politique. En outre, le fait que son épouse ne soit plus oisive et le laisse vivre sa propre vie n'était pas pour lui déplaire.

« Il n'est pas mal du tout, observa-t-il un soir qu'il discutait avec Rolf. Peut-être que c'est vraiment l'homme qu'il faut pour remettre de l'ordre dans cette pagaille gouvernementale. »

Rolf fut lui aussi séduit par ce renouveau du sentiment national. Il se sentait soudain fier d'être allemand. Il lui arrivait d'aller à la Burgerbräukeller avec des copains de l'université et des membres du parti et d'y chercher la bagarre avec des communistes. Des « bêtises de jeunes », disait son père avec un petit sourire complaisant et une tape de connivence sur son épaule.

Un après-midi où Rolf venait voir sa mère à Starnberg, il remarqua que les rosiers étaient nettoyés, et la pelouse tondue par une personne qu'il n'avait jamais vue auparavant. Il demanda à sa mère ce qu'était devenu le jardinier qui travaillait depuis des années chez eux.

« Je l'ai renvoyé parce qu'il était juif, répondit-elle en haussant les épaules. On ne peut tout de même pas confier son jardin à des gens comme cela ! »

Rolf n'arrivait pas à le croire. Sa mère se mettait à classer les gens en deux catégories ! Et pas en riches et en pauvres, ce qu'il aurait encore pu comprendre, mais en Juifs et en non-Juifs – aryens, comme on disait dorénavant. Lui qui jusque-là s'était contenté d'être un jeune homme de bonne famille et de ne pas s'occuper de politique dressa l'oreille. A l'université, des professeurs étaient licenciés pour raisons raciales, il y eut des dénonciations, des sévices et des campagnes d'agitation nationales-socialistes. Dans la rue, il entendit d'autres remarques : « Les Juifs nous volent notre travail, ils mentent, ils se sont frauduleusement approprié le capital qui nous appartient, qui appartient aux Allemands. »

Mais Rolf, à cette époque, était tout à son grand amour et il mit de côté les doutes qui commençaient à émerger dans sa tête. Il était jeune, il était amoureux ; à ses yeux rien cet été-là n'avait d'importance sur terre hormis Rebecca. Puis il y eut un après-midi de juin dont il aimait se souvenir entre tous, le pique-nique sur le bateau, le corps de Rebecca, leur première étreinte. Elle ne lui était jamais apparue plus désirable qu'à cet instant. Mais son bonheur ne devait pas survivre à septembre.

Il avait décidé de présenter Rebecca à ses parents et d'annoncer leurs fiançailles lors de la grande réception donnée pour l'anniversaire de son père. Rebecca était venue à la villa, elle avait rencontré sa mère, puis elle avait disparu sans laisser de traces. Sa mère lui avait déclaré qu'il était hors de question qu'il épouse une Juive, qu'elle ne pourrait jamais répondre de cela devant son ami Adolf Hitler, comme elle avait dit à sa petite amie, qui s'en rendrait compte elle-même, si elle était un peu maligne. De plus, il semblait avoir oublié qu'il s'était engagé avec Cornelia. Rolf fut hors de lui. Il lui sembla inimaginable que sa mère ait pu mettre à la porte la jeune fille qu'il aimait. Ce soir-là, il chercha Rebecca partout. Ce n'est que lorsqu'il se rendit au magasin de son père qu'il apprit que Rebecca s'était fiancée avec le pianiste Eli Moses. Fou de douleur, il avait couru à travers Munich. Le lendemain, il était allé trouver Cornelia, l'amie, la confidente de toujours, il lui avait demandé pardon, et en janvier 1933 elle était devenue sa femme devant la loi.

Il n'avait cependant jamais oublié Rebecca, la belle jeune fille juive dont les grands yeux noirs lui avaient souri, pleins de promesses, par un bel après-midi de mai, alors qu'elle plongeait son visage dans les pétales d'une rose jaune.

Il faisait froid. Rolf von Schröder serra sa veste autour de lui, fit quelques pas sur le ponton et contempla les eaux noires du lac, lugubre à la tombée de la nuit. Il était las, son corps était raide, le poids des années se faisait de plus en plus sentir. Sarah ne s'était pas manifestée aujourd'hui non plus. Il se doutait de ce que cela signifiait : elle était partie. Si sa fille le quittait, que pouvait-il attendre de la vie ?

Rolf von Schröder frissonna. Il avait réussi à tenir la vieillesse en échec. Il jouait tous les jours au golf, faisait ses longueurs de piscine et surtout veillait à s'entretenir intellectuellement. Chaque matin, il arrivait le premier à son cabinet, qui était devenu l'un des plus réputés en Europe.

Il aimait la réunion quotidienne qui rassemblait les avocats, elle lui donnait le sentiment d'être encore pleinement dans la vie, de ne pas être mûr pour la retraite, même s'il y avait déjà plusieurs années qu'il ne plaidait plus. Les clients, il ne les rencontrait désormais qu'au golf où, une fois par mois, il les conviait avec d'autres relations à faire un parcours avec lui. Rolf von Schröder connaissait beaucoup de monde, mais de vrais amis, il n'en avait jamais eu que trois, Cornelia comprise.

Il y avait eu Mark, un beau jeune homme blond heureux de vivre et avec des projets plein la tête. Mark était pilote de chasse et avait été abattu au-dessus de la Pologne aux commandes de son avion de combat dès le début de la guerre. Restait Joshua Erdmann, son aîné, le mentor avec lequel, lorsqu'il était étudiant, il discutait des nuits entières de Hölderlin ou Nietzsche, l'ami qui lui avait ouvert les yeux sur ce que signifiait être juif dans l'Allemagne de Hitler. Joshua, qui était critique culturel dans un grand journal munichois, fut mis à pied au prétexte qu'un Juif ne pouvait pas être responsable de la culture allemande, ainsi qu'on voulut bien le lui expliquer. Peu après, le bail de son appartement fut résilié sans préavis. Mais pour Joshua, le pire fut que sa femme demande à divorcer, lui laisse les trois fils issus de ce mariage « mixte » et se remarie avec un membre du parti à la carrière prometteuse.

Rolf se souvenait comme si c'était hier du désespoir de Joshua, de son effroi, de son incompréhension. Lui dont la famille vivait depuis des générations dans ce pays et s'identifiait totalement à l'Allemagne et à sa culture devint du jour au lendemain un banni, un pourchassé. Rolf n'hésita pas longtemps à dépenser sans compter pour permettre à son ami et à ses enfants d'émigrer aux Etats-Unis. A l'époque, il disposait déjà de biens considérables. Peu de temps auparavant, son père avait en effet vendu ses usines et investi son argent à l'étranger, essentiellement en Suisse et aux Etats-Unis. Il avait également ouvert des comptes au nom de son fils, de sorte que Rolf avait la possibilité d'aider son ami sans avoir à se justifier auprès de ses parents.

C'était l'époque où son père, lui aussi, parlait avec respect de Hitler ; mais, plutôt que d'affronter ses parents dans des discussions politiques pour lesquelles il n'avait qu'un goût modéré, Rolf préféra prendre ses distances. Surtout, il ne pouvait pardonner à sa mère ce qu'elle avait dit de Rebecca.

Rolf von Schröder se pencha et ramassa une autre pierre qu'il lança vers le lac plongé dans le noir.

Il entendit le bruit de l'impact et les cris des canards effrayés qui jaillirent des roseaux et s'envolèrent vers le milieu du lac. Il se rappelait avec précision combien Joshua lui avait alors manqué. Pouvoir discuter avec lui, savoir qu'il avait un ami auquel il pouvait tout confier...

Même leur intense échange épistolaire fut impuissant à combler le vide qui s'était installé au lendemain du départ de Joshua, en 1936. Deux ans plus tard, celui-ci lui confirma l'arrivée de Rebecca à New York, puis le contact fut rompu. Une lettre pour Rebecca qu'il avait jointe à un courrier à Joshua resta elle aussi sans réponse.

Puis la guerre éclata. Ce n'est qu'en 1947, deux ans après l'effondrement final, quand l'Allemagne commença lentement à revivre, que Rolf écrivit à son ancien ami pour essayer de renouer. Dans sa lettre, il lui demandait avec insistance des nouvelles de Rebecca.

La réponse de Joshua, qu'il n'eut pas à attendre longtemps, l'anéantit.

*Mon cher vieil ami,*

*Rebecca est tombée follement amoureuse d'un jeune et superbe Californien qu'elle est sur le point d'épouser. Toujours est-il qu'elle n'a plus fait allusion à toi ces dernières années. Je suis sincèrement désolé, cher Rolf, de devoir être celui qui t'annonce cette triste nouvelle, malheureusement les choses sont bien ainsi. Il semble que l'on ne puisse pas attendre d'une belle femme qu'elle soit fidèle. Je pense pour ma part que trop d'années se sont écoulées depuis votre amour, beaucoup de choses se sont passées et Rebecca a énormément changé. Je crois que cela aurait peu de sens d'essayer de reprendre contact avec elle...*

Rolf ne douta pas un instant de la parole de Joshua, en qui il avait toujours eu la plus grande confiance. La nouvelle le bouleversa au point qu'il renonça aussitôt à prendre l'avion pour l'Amérique afin de parler lui-même à Rebecca. A quoi bon, si elle aimait un autre homme ? Pourquoi s'infliger volontairement pareille souffrance ?

Cette lettre était la dernière dont Rolf se souvenait, et il ne savait plus lequel d'entre eux avait laissé s'éteindre une amitié jadis si forte.

Lentement, Rolf von Schröder revint sur ses pas, attentif à ne pas trébucher sur le chemin raboteux. L'air était clair et vif. Il s'arrêta et contempla un instant le ciel où une lune blême venait d'apparaître au-dessus du lac.

Il bifurqua sur le chemin gravillonné qui montait vers la villa et fit une pause à la hauteur des grands marronniers. Il n'avait conscience ni du froid ni des feuilles mouillées sous ses pieds, car ses pensées allaient toutes à Rebecca. Que lui arrivait-il donc, aujourd'hui ?

Il sortit avec impatience un cigare de son étui et l'alluma. Il fumait trop, il faisait tout ce que son médecin lui avait interdit. Cela lui était égal. Quelle importance si sa fille le quittait ? Rebecca était-elle encore en vie ? Rolf compta dans sa tête, elle devait avoir maintenant un peu plus de quatre-vingts ans. Avait-elle été heureuse avec son Californien ? L'avait-elle aimé plus que lui, à qui elle avait jadis juré qu'elle ne pourrait jamais en aimer un autre ?

— Rebecca ! Rebecca ! appela Rolf dans la nuit.

Seul le léger clapotis nocturne du lac lui répondit au loin.

Il ferma les yeux et essaya d'imaginer le visage de Rebecca. Il le faisait souvent, il ne voulait pas oublier ses traits et tenait à se souvenir de la façon dont elle le regardait quand ils s'aimaient. Autrefois, il s'enfermait dans son bureau et sortait le cliché qu'un photographe ambulant avait pris d'eux, un jour, dans la rue. Il l'avait trouvé dans une poche de son manteau peu après la fameuse réception pour l'anniversaire de son père. Rebecca devait l'y avoir glissé en cachette pendant qu'ils se rendaient à Starnberg. Il ne se lassait pas d'en lire la dédicace : « Rolf, mon aimé, je t'aimerai toujours. »

Il contemplait sans jamais s'en rassasier le beau visage de Rebecca tourné vers lui, la tendresse avec laquelle elle lui souriait. Mais Mirjam avait trouvé la photo et l'avait emportée quand elle l'avait quitté. C'était la seule photo de Rebecca qu'il avait possédée. Il avait rageusement déchiré et jeté les clichés parus dans la presse lors de son fastueux mariage avec Eli Moses.

Peu à peu, le visage de Cornelia se superposa à celui de Rebecca. Il l'avait fait beaucoup souffrir. Il l'avait épousée parce qu'il avait besoin de sa présence, besoin de consolation après que Rebecca lui eut préféré Eli Moses. Le jour du mariage, il parlait d'amitié, d'affinités, quand Cornelia, elle, parlait d'amour.

Lorsque Rolf avait intégré la formation des officiers de la Wehrmacht, et bien qu'il eût souligné qu'en cas de guerre il ne se battrait pas pour Hitler mais pour l'Allemagne, ses parents avaient été très fiers de lui. De toute façon, sa mère, pour qui l'Allemagne et Hitler ne faisaient qu'un, ne comprenait pas la nuance.

De 1932 à 1938, années décisives entre toutes, il s'était gardé de toute forme d'action ou d'engagement politique pour ne pas devoir frayer avec le national-socialisme. Mais cela avait-il suffi ? Sa propre vie l'occupait tout entier, ses études, ses voyages, qui l'amenaient à sillonner l'Europe, son tennis, et surtout, la perte de Rebecca, une blessure au cœur qui ne voulait pas guérir.

Six années durent s'écouler avant qu'il revoie Rebecca. Un soir, Cornelia insista pour qu'il l'accompagne à l'opéra. On y jouait une œuvre de Mozart, il ne savait plus très bien laquelle, seulement qu'il l'avait trouvée ennuyeuse. Durant l'entracte, il échangeait des propos sans intérêt avec les amis de sa femme quand il s'était senti observé. Il s'était retourné et avait découvert Rebecca à quelques mètres de lui. Elle le regardait comme elle l'avait toujours regardé, avec amour, avec une infinie tendresse. Elle portait les cheveux ramassés en chignon sur la nuque et était d'une élégance parfaite, encore plus belle que dans son souvenir. Il fit quelques pas vers elle, mû par des fils invisibles. Il ne pouvait croire qu'il se trouvait face à la femme qu'il aimait comme il n'avait jamais aimé aucune femme. Lorsqu'il s'immobilisa devant elle, il ne sut quoi dire, sa bouche était sèche. Il vit à ses côtés, près du buffet, une petite fille qui lui ressemblait beaucoup, et une douleur fulgurante le traversa. Elle devait être sa fille, l'enfant qu'elle avait eue d'un homme chez qui elle avait prétendu n'apprécier que l'artiste et qu'elle avait néanmoins épousé.

Ce fut une rencontre funeste. Il prit une décision qui sauva la vie de Rebecca et de sa fille mais lui enleva la seule femme qu'il ait jamais aimée. Il y eut ensuite ce jour où ils s'aimèrent à nouveau, avec un désespoir et une passion qu'il ne devait pas oublier.

Il avait un souvenir aigu des jours durant lesquels il avait organisé sa fuite aux Etats-Unis, avec au ventre la peur constante qu'il puisse être trop tard. Le soir du 9 novembre, il était monté dans sa voiture et avait pris la direction de Bogenhausen, désespéré. Il avait traversé la ville comme un aveugle, à peine conscient de ce qui se passait dans les rues, obnubilé par l'idée insupportable de perdre son amour une deuxième fois. A sa souffrance s'ajoutait le doute d'avoir pris la bonne décision. Son regard à travers le pare-brise se perdait dans le vide, il ne comprenait pas ce qui se passait autour de lui. Il ne savait qu'une chose, il devait à tout prix se frayer un chemin jusqu'à Rebecca, car rien au monde n'avait plus d'importance qu'elle.

Enfin il arriva. Un calme paisible régnait dans la rue et sur la belle villa quand il s'arrêta et descendit de voiture. Mais au loin on entendait des cris et des hurlements, prémices de l'enfer. Il ne put réprimer un frisson.

Le portail du parc n'était pas verrouillé, ainsi qu'ils en étaient convenus avec Rebecca. Il se hâta vers la maison, dont la porte était elle aussi simplement poussée. Une vision d'horreur l'attendait à l'intérieur. La détonation déchira le silence et Eli, mortellement touché, s'effondra sur le sol, où son sang forma une flaque rouge. Puis Rolf vit la fillette qui descendait lentement l'escalier et qui, les yeux emplis d'horreur et d'incrédulité, regardait son père mourir. Jamais, jamais de sa vie entière il n'oublierait l'expression de Rebecca, livide, les traits figés, lorsque, une heure plus tard, il fendit avec elle la foule dense et désespérée qui avait envahi la gare et la fit monter dans le train. Tout s'effondrait autour de lui. Il la vit à la fenêtre du compartiment qui levait le bras pour lui faire signe de la main tandis que ses lèvres répétaient : « Je t'aime, je t'aime, je t'aime... »

Il avait quitté la gare dans une sorte d'état second, sans prêter attention à la foule qui criait, le bousculait et à travers laquelle il se frayait difficilement un chemin vers la sortie. Il remonta dans sa voiture et, tout en progressant lentement au milieu de vitrines qui volaient en éclats et d'une populace qui beuglait, il vit à travers un voile de larmes des gens se ruer sur d'autres, les jeter à terre, les rouer de coups. Il n'avait pas fait un geste pour venir en aide à un seul de ces malheureux. Ce jour-là, il commença à avoir honte de sa lâcheté et de son insouciance. Il s'était à jamais rendu coupable, par confort, par égoïsme, par absence de conscience politique.

Dès le début de la guerre, Rolf von Schröder fut envoyé en Pologne. Après la Pologne vint la France, puis, en 1941, il se porta volontaire pour la Russie. La guerre prit brutalement fin pour lui en octobre 1942, alors qu'il marchait sur Stalingrad avec la VI^e^ armée. Atteint du typhus, il fut transporté dans un hôpital de campagne et de là rapatrié en Allemagne. Il eut de la chance. Trois jours après son transfert, l'armée russe encerclait Stalingrad.

Cornelia, qui après de longues recherches avait fini par apprendre dans quel hôpital il se trouvait, s'était rendue sur place pour le ramener chez eux. Durant les semaines où elle l'avait soigné, ils avaient retrouvé la complicité de leur enfance. Et Cornelia l'aida à ne plus penser à la guerre, à surmonter la perte de son ami Mark et à lentement oublier les jours passés en Russie.

Vinrent ensuite les années au cours desquelles il se jeta à corps perdu dans le travail. Il brillait dans les prétoires, dans les salles de conseil des grandes entreprises et pouvait se targuer d'être l'un des avocats les plus sollicités du pays. A quarante-cinq ans, il était au faîte de sa carrière. Il travaillait comme un possédé et ne s'apercevait pas que Cornelia changeait, que la compagne sportive était devenue remarquablement féminine. Ce n'est que lorsqu'elle lui apprit qu'elle s'était éprise d'un homme de sept ans son cadet et qu'elle en attendait un enfant qu'il prit conscience de sa métamorphose. Cornelia, dont le vœu le plus cher se réalisait enfin, était extraordinairement heureuse. Elle l'informa de sa décision de le quitter, et Rolf constata avec tristesse qu'il perdait pour toujours le seul être qui lui ait voué un amour inconditionnel depuis sa plus tendre enfance.

Cornelia avait même été à ses côtés quand il avait entrepris le difficile voyage en Argentine au chevet de sa mère mourante. Il y avait des années qu'il avait rompu toute relation avec Gudrun von Schröder. Néanmoins, quand une amie de celle-ci lui téléphona pour l'informer qu'elle avait perdu sa bataille contre le cancer, Cornelia le convainquit de se rendre auprès d'elle pour faire la paix.

« Tu te le reprocheras toute ta vie, si tu ne le fais pas », avait-elle déclaré en achetant les billets d'avion.

Quand il avait vu Gudrun von Schröder si petite et si fragile sur son lit d'hôpital, elle n'avait plus été pour lui que sa mère, la femme qui, lorsqu'il était petit garçon, le cajolait et le consolait quand son père le punissait pour une broutille.

Rolf savait que, sans Cornelia, il n'aurait jamais entrepris ce voyage. Elle était restée près de lui, lui tenant la main à l'instant où ils avaient pu, sa mère et lui, échanger des paroles d'apaisement.

Seul, Rolf n'y serait jamais parvenu, il le savait. Il était inconcevable qu'à présent Cornelia s'en aille, le quitte. Il posa un rapide baiser sur ses lèvres, et une image surgit devant ses yeux, celle de la petite fille aux nattes blondes qui courait dans les champs de blé et dont les yeux pervenche pétillaient lorsque, sur une branche où ils étaient perchés par un bel après-midi d'été, elle s'était penchée vers lui et avait pressé sa bouche contre la sienne.

Rolf von Schröder sourit en songeant à ce premier baiser. Il se souvenait encore de son embarras quand il était rentré chez lui, terrifié à l'idée que sa mère puisse deviner à son expression qu'une fille l'avait embrassé sur la bouche. Le tilleul serait-il par hasard toujours là ? Il ralentit ses pas pour mieux réfléchir. Puis cela lui revint : un restaurant avait été construit des années plus tôt sur le terrain des Westphal, et le beau jardin qu'ils avaient tant aimé enfants avait cédé la place à un parking. Il reprit sa marche, doucement, un pas après l'autre. Il n'était pas pressé d'arriver à la maison, où on l'attendait pour servir le dîner. Il voulait être seul encore quelque temps, seul avec ses souvenirs, auxquels il avait si bien réussi à ne pas penser pendant des années.

Un matin d'été, trois ans exactement après que Cornelia l'eut quitté, il se rendit à la gare centrale. Il se déplaçait personnellement, car la cliente qu'il venait chercher s'appelait Mirjam Moses et était la fille d'Eli et Rebecca Moses.

Quand ses yeux noirs se posèrent sur lui, ce fut comme si les années avaient été abolies, comme si l'amour était revenu. Il ne reconnut pas en elle la petite fille qui, vingt-deux ans auparavant, avait descendu les marches en regardant son père mourir, ni l'enfant épouvantée qu'il avait soulevée dans ses bras pour la mettre dans le train, ici même, lors de cette nuit de terreur ; il ne vit que Rebecca.

Il comprit cependant très vite après s'être précipitamment marié que la mère et la fille ne partageaient qu'une ressemblance superficielle. Mirjam ne possédait pas la beauté parfaite, l'évidente féminité, la grâce et la sensualité de sa mère.

Il ne pouvait repenser aux huit années de son mariage avec la fille de Rebecca sans s'accabler de reproches. A l'époque, il avait presque cinquante ans, il était un homme mûr. Malgré tout, il n'avait été capable ni de comprendre sa jeune femme ni de l'aider. Il apparut bientôt que Mirjam l'aimait, alors que lui n'avait que peu de sentiments pour elle. Elle n'avait été pour lui qu'une illusion à laquelle il avait succombé par un radieux matin d'été sur un quai de la gare centrale de Munich. Leur vie commune fut d'emblée placée sous une mauvaise étoile. Mirjam était hypersensible, souvent irritable, et Rolf n'aimait pas qu'elle prenne continuellement des médicaments pour soigner la dépression dont elle souffrait depuis des années. Il ne la brusqua pas, avança sur la pointe des pieds et, bien qu'il brûlât de tout savoir de son passé, il n'eut le courage de l'interroger sur sa mère que six semaines après leur mariage.

Ce soir-là devait cependant se graver au fer rouge dans sa mémoire. Jamais il n'oublierait le désespoir qu'il avait ressenti quand il avaient compris à quel point il avait été crédule. La souffrance mais aussi la colère, contre Joshua et contre lui-même, l'avaient rendu fou. Il avait perdu son sang-froid, cassé les meubles de la terrasse et repoussé violemment Mirjam. Cette dernière l'avait regardé avec des yeux agrandis par l'effroi avant de rentrer dans la maison ; une honte immense l'avait envahi. Il ne pouvait pas la laisser partir sans s'excuser, sans un mot affectueux.

Quelques instants plus tard, il était monté à pas lourds la rejoindre dans sa chambre. Mirjam se tenait devant la glace, droite comme un I. Il s'approcha d'elle par-derrière sans vouloir la surprendre, mais quand elle aperçut son reflet dans le miroir, elle se retourna brusquement en poussant un hurlement. Il recula, effrayé, puis se ressaisit, l'attira à lui et elle se blottit en tremblant contre sa poitrine. Il commença à la caresser, à l'embrasser, et ils firent l'amour, parce qu'ils avaient besoin de réconfort, parce qu'ils se sentaient seuls, mais jamais ils n'avaient été plus éloignés l'un de l'autre que cette nuit-là.

Rolf von Schröder jeta son cigare d'un geste brusque.

Qu'avait éprouvé Rebecca quand elle n'avait plus eu de nouvelles de lui, quand on lui avait fait croire qu'il ne l'aimait plus ? Et Joshua, son meilleur ami, qui avait tiré les ficelles. En fin de compte, ce n'était pas le nazisme qui avait séparé les amants, mais Joshua. Joshua qui était tombé amoureux de Rebecca et avait nourri de vains espoirs. Que se serait-il passé s'il était allé à New York, après la guerre, quand Joshua lui avait annoncé le prétendu mariage de Rebecca ? Leur merveilleux amour aurait-il eu une suite ? Des années durant, il s'était torturé avec cette question. Que se serait-il passé si...

Puis il s'était fait une raison.

Rolf von Schröder releva d'un geste las les cheveux qui lui tombaient sur le front. Il tendit les bras, les leva au-dessus de sa tête, leur fit faire des mouvements circulaires puis se pencha en avant et tenta d'atteindre la pointe de ses pieds. Il se redressa, son dos le faisait souffrir, ses bras et ses jambes étaient devenus raides. C'était dur de se sentir vieux, pas simplement de l'être, mais d'en avoir le sentiment. C'était cruel et irrémédiable. Il marcha soudain avec circonspection, pris d'une peur inhabituelle de tomber et de se casser une jambe.

« Quand on est vieux, il faut faire attention. » Il se rappela que les recommandations de sa gouvernante, à son avis singulièrement dénuées de tact, l'avaient vexé. Il savait qu'elle ne pensait pas à mal, néanmoins il avait été furieux. Il était encore en bonne condition physique, et il pouvait à bien des égards soutenir la comparaison avec quelqu'un de plus jeune.

Les fenêtres du rez-de-chaussée étaient éclairées, cela signifiait que Mme Boos l'attendait pour servir le dîner. Mais Rolf von Schröder n'avait toujours pas envie de rentrer. Il respira à pleins poumons l'air froid qui sentait l'automne, gravit les marches de la terrasse, essuya minutieusement le banc de jardin avec la manche de sa veste et s'y assit avec précaution. De sa place, il apercevait son image de profil dans une des portes-fenêtres. C'était celle d'un homme aux cheveux blancs bien coupés et soignés, et sans aucune trace de calvitie, ce dont il était particulièrement fier. Il était grand, mince et n'avait pas le moindre début d'embonpoint. La plupart des anciens clients ou collègues qu'il fréquentait encore n'étaient pas aussi bien conservés. Ils avaient trop bien vécu et, l'âge venant, le corps se vengeait : hypertension, infarctus du myocarde, surpoids ou essoufflement au moindre étage à gravir. Beaucoup s'efforçaient de masquer leur ventre avec des costumes subtilement coupés. Lui, il n'en avait pas besoin. Même ses dents étaient toutes à lui. Il releva la lèvre supérieure et s'inspecta. Il était fier de ses dents, auxquelles il avait dès son plus jeune âge consacré un soin particulier, à cause d'un événement survenu dans son enfance lors de grandes vacances à Sylt, chez ses grands-parents. Un matin qu'il avait surgi comme une tornade dans leur chambre, son regard s'était arrêté sur un verre posé sur la table de chevet. Il ne pouvait pas en détacher les yeux tant son contenu était effrayant : les dents de son bon-papa.

Les yeux écarquillés, il avait ensuite dévisagé son grand-père qui lui expliquait, en bredouillant sans son dentier, que c'était une des « joies » de la vieillesse. C'était tout à fait normal et lui aussi, dans très longtemps, en passerait par là.

Non, Rolf von Schröder n'était pas encore un vieillard, il faisait partie de ces hommes séduisants et professionnellement brillants qui paraissaient sans âge. Quant aux quelques taches de vieillesse sur ses tempes et le dos de ses mains, qui pouvaient-elles déranger ? Il songea brusquement qu'il n'y avait en fait personne qu'elles puissent déranger. Ses relations et ses amis ne devaient même pas les remarquer, et ce que Mme Boos ou sa secrétaire personnelle pensaient de lui lui était égal. Il n'avait en réalité personne pour qui cela vaille la peine de rester jeune et alerte de corps et d'esprit. Pourtant, même lorsque, comme aujourd'hui, il avait l'impression d'être vieux, il s'efforçait toujours de paraître plein de vitalité.

Il savait pourquoi ce soir il se sentait fragile et seul. Il ignorait les intentions de Sarah. Michael, rentré de Paris pâle et tendu, avait éludé ses questions. En outre, il ne voulait pas lui dire pourquoi elle avait ajourné sine die le mariage. Sarah avait peut-être l'intention de rester à Paris. Il avait été blessé qu'elle parte en cachette et sans l'informer du fax. Il l'aurait peut-être accompagnée à l'enterrement de sa mère ; après tout, il était resté marié huit ans avec Mirjam. Si, durant son séjour en France, Sarah apprenait ce qui s'était passé entre ses parents, il était probable qu'elle le rende responsable du départ de sa mère. Et comment supporterait-elle qu'il ait acheté le droit de la garder, qu'il ait payé pour que sa mère renonce à tous ses droits et qu'elle accepte de n'avoir aucun contact avec sa fille ?

Il avait froid. Il se leva du banc mouillé, se retourna lentement et regarda la maison dont la silhouette noire se découpait sur le ciel. Si Sarah s'en allait, que pourrait-il bien faire de cette immense villa et de ses six cents mètres carrés de surface ? Il avait la hantise de s'y retrouver seul, enfermé dans sa solitude, replié sur ses souvenirs et sans perspective d'avenir. Il avait fait de Sarah l'essence de sa vie, il l'avait aimée et protégée trente-quatre années durant. Aucune des nombreuses femmes qu'il avait connues au fil des années n'avait jamais troublé sa relation avec sa fille, il ne l'aurait pas permis.

Rolf von Schröder essaya de lire l'heure à sa montre dans le halo de lumière qui tombait sur la terrasse : dix heures moins cinq. Ce n'était pas bon d'être aussi seul. Seul avec son passé. Surtout quand on se faisait des reproches, qu'on craignait de n'avoir pas été à la hauteur. Avait-il eu raison de ne jamais évoquer le passé avec Mirjam ? Ou bien s'était-il tu par lâcheté ? Non. Son silence était la meilleure chose qu'il pouvait faire pour Mirjam. Mais à présent qu'elle était morte, il devait parler à Sarah.

Il redressa le dos et entra dans la maison d'un pas ferme. Il avait pris une décision.

— Enfin ! s'exclama Mme Boos d'un ton de reproche. Où est-ce que vous étiez passé ? Il fait froid, dehors, il ne manquerait plus que vous attrapiez une pneumonie. Faut pas plaisanter avec ça à votre âge.

— Je ne suis pas encore grabataire, rétorqua Rolf avec agacement en approchant une chaise de la table.

C'était ici, dans la cuisine, qu'il prenait ses repas quand il était seul.

— Alors ? interrogea Mme Boos. Vous avez eu des nouvelles de la petite ?

Pour Mme Boos, à trente-quatre ans Sarah était toujours « la petite ». Tout en guettant une réponse, elle posa un plat de saumon poché sur la table.

Rolf von Schröder s'obstinant à se taire, elle entreprit de le consoler.

— Je sais, c'est dur. Mais il faut laisser les enfants s'en aller.

— S'il vous plaît, madame Boos, épargnez-moi vos lieux communs ! répliqua-t-il sèchement.

Mme Boos ignora sa remarque et continua sur sa lancée.

— Vous avez toujours dirigé la vie de votre fille, toutes les décisions importantes, vous les avez prises pour elle. Et vous avez continué à contrôler la vie de Sarah alors même qu'elle était adulte. Vous avez peut-être fait tout ça dans l'intérêt de la petite, mais pas seulement, c'était aussi dans le vôtre. Et Michael, vous lui avez donné votre bénédiction uniquement parce qu'il est à *votre* goût !

— Comment vous permettez-vous !

Furieux, Rolf von Schröder se leva et repoussa son assiette d'un geste brusque. Sa gouvernante l'avait piqué au vif.

— Je n'ai plus faim. Vous m'avez coupé l'appétit.

Il quitta la cuisine sans dire bonsoir.

— Pardi, la vérité est dure à avaler ! cria Mme Boos dans son dos.

Il monta au premier, en colère contre Mme Boos, qui, à vrai dire, n'avait pas tort. Il avait passé ces dernières semaines à tenter de convaincre sa fille d'épouser Michael, pensant que c'était ce qu'il y avait de mieux pour elle. Et pour le cabinet. Il était temps de clarifier la situation et que Michael, Sarah à ses côtés, prenne officiellement sa succession. Avait-il exercé une pression trop forte sur sa fille ? Il marchait de long en large dans sa chambre, troublé et inquiet. Il parlerait avec Sarah du passé, mais aussi de la façon dont elle envisageait son avenir. Michael prendrait sa succession, quoi qu'il arrive. Et la confrontation avec sa fille ne pouvait être reportée. Il n'avait déjà que trop tardé. Sarah avait droit à la vérité. A toute la vérité, celle que seuls Rebecca et lui connaissaient, car eux seuls savaient ce qui s'était réellement passé dans la maison d'Eli Moses le soir du 9 novembre 1938.

Il prendrait l'avion pour Paris dès le lendemain.

# 9

## *Lea*

Elle émergea lentement des limbes d'un sommeil sans rêves.

Chaque matin, l'instant de l'éveil, du retour à la conscience, était pour Lea Moses un tourment renouvelé. La mort de sa nièce chérie redevenait omniprésente.

Mirjam. Aimée comme une fille, haïe durant les années où elle avait été mariée à Rolf von Schröder et vivait en Allemagne. D'autant plus chérie quand elle était revenue. Leurs liens avaient été très forts, indestructibles. Même le mariage de Mirjam avec Daniel Arnaux n'était pas parvenu à les éloigner. Et puis cette superbe victoire sur Rebecca. La belle et arrogante Rebecca, qui lui avait volé l'amour de son frère, était venue à Paris voir sa fille. Mais, par affection pour sa tante, Mirjam avait refusé de la rencontrer. Epuisée, Lea ferma les yeux.

Quelque chose était différent, ce matin. C'était infime, une impression fugitive, rien de palpable. Le réveil avait sonné comme tous les jours, et ses deux caniches gris qui dormaient au pied du lit avaient comme d'habitude levé la tête. L'un, Saphir, agitait sa queue avec une telle énergie que tout son arrière-train dansait de gauche à droite sur le couvre-pied en soie. L'autre, Rubis, reposa son museau sur ses pattes et la fixa sans ciller de ses yeux en boutons de bottine.

Tous deux attendaient qu'elle leur dise bonjour, mais Lea demeura muette. Elle sentait son cœur battre trop vite et irrégulièrement. Quand elle tenta de se redresser et de poser prudemment les pieds par terre, des taches noires apparurent devant ses yeux et elle se laissa retomber sans force sur ses oreillers. Elle ferma les yeux et s'efforça de se concentrer sur la journée, qui s'annonçait longue et morne. Mais un événement qui s'obstinait à accaparer ses pensées contrariait ses efforts. La scène de la veille, la façon dont elle avait agressé sa petite-nièce dans les locaux de la société, lui revenait sans cesse dans toute sa violence. Sarah était certes la fille de sa chère Mirjam, mais elle était aussi celle de l'homme qu'elle haïssait le plus. Toutefois, ce n'était pas sa seule haine qui l'avait incitée à cracher sur Sarah, c'était aussi le chagrin causé par la perte de Mirjam qui l'avait rendue aussi méchante. Mais Lea ne voulait pas s'avouer qu'il y avait eu aussi de la jalousie dans sa réaction, jalousie envers la belle jeune femme qui avait la vie devant elle alors qu'elle-même était arrivée au bout du chemin.

Au bout d'un long chemin solitaire.

Elle ne parvenait pas à chasser Sarah de son esprit. Ses paroles l'avaient plus touchée qu'elle ne l'aurait admis. Etait-ce vrai que son propre malheur l'avait rendue sourde et aveugle à celui des autres ? Etait-il temps d'oublier ?

Lea se mit prudemment debout en prenant appui sur le montant de son lit, sous le regard attentif de ses chiens, qui, dès qu'elle posa le pied par terre, sautèrent vivement au bas du lit. Saphir et Rubis, à qui elle n'avait pas encore dit un mot, alors que tous les matins elle leur chuchotait rituellement un petit bonjour plein d'affection à l'oreille et les embrassait sur le museau, cherchaient visiblement à attirer son attention.

Pourquoi Mme Snyder n'arrivait-elle pas, elle qui d'ordinaire était si ponctuelle ? Qu'est-ce qu'elle fabriquait ? Lea avait besoin de sa petite routine matinale pour démarrer une nouvelle journée. Pendant qu'elle s'enfermait dans la salle de bains, Mme Snyder descendait les chiens au pied de l'immeuble, place des Vosges, puis elle revenait avec des croissants frais et une baguette de pain à la minute même où Lea sortait de la salle de bains, sa longue toilette du matin achevée. D'un seul coup, Lea se rappela que c'était le jour de repos de Mme Snyder et donc à elle de sortir les chiens.

Prise d'un nouvel accès de faiblesse, elle se rassit sur le lit. Elle réfléchit quelques secondes puis décrocha le téléphone et appela Simon. Quand il entendit la voix de sa grand-tante, Simon prit peur. Il n'avait pas encore trouvé le courage de lui parler de son entrevue avec Sarah. En avait-elle eu vent par un biais quelconque ? Mais non, Lea voulait seulement qu'il sorte les chiens et aille chercher du pain et des croissants. Simon raccrocha, soulagé. Il se leva, regrettant de ne pas pouvoir rester plus longtemps au lit, et prit une douche. Une demi-heure plus tard, il se présentait chez Lea, qui s'impatientait sur le seuil de sa porte.

— Tu en as mis du temps ! Qu'est-ce que ce serait si tu habitais à Neuilly, et pas à l'étage au-dessus, bougonna-t-elle d'un ton agacé.

Simon se garda de répondre ; il était habitué au caractère irritable de sa tante et aujourd'hui mieux valait ne pas la contrarier, au cas où elle aurait tout de même été informée de sa conversation avec Sarah. Il prit les laisses des chiens, sur lesquelles ceux-ci tiraient frénétiquement, descendit au rez-de-chaussée par l'ascenseur, franchit la belle porte cochère de l'immeuble, puis marqua un arrêt avant de quitter l'abri des arcades, le temps de s'assurer qu'il pouvait traverser avec deux caniches sans se faire remarquer.

Quand il remonta avec le pain et les croissants, Lea, visiblement fatiguée, avait posé sa tête sur le dossier du canapé et lui demanda de préparer le petit déjeuner. Il disparut dans la cuisine. Lorsqu'il revint avec le plateau, il eut un choc. Simon, qui ne s'occupait que de lui et pour qui le monde tournait autour de sa petite personne, fut complètement déstabilisé de voir sa tante dans cet état.

Lea le saisit par le bras. Sa main était glacée.

— Reste un peu près de moi, Simon, s'il te plaît.

Elle était pâle ; depuis la veille, ses orbites semblaient s'être creusées et ses narines pincées faisaient paraître son nez plus pointu.

— Bien sûr, bafouilla-t-il en s'asseyant en face d'elle sur un petit tabouret inconfortable.

Il la regarda faire un effort intense pour porter la tasse à ses lèvres et boire à petites gorgées le liquide brûlant.

— Ça fait du bien.

Lea soupira et porta son regard, de nouveau vif, sur son petit-neveu. Elle ne voyait toujours en lui que le petit garçon qu'elle entretenait, continuait à gâter comme au premier jour et dont elle était en grande partie responsable du manque d'autonomie.

— Tante Lea, tu ne te sens pas bien ?

Le ton soucieux de Simon ravit Lea. Elle lui pressa la main avec reconnaissance.

— Si, si, je me sens seulement un peu faible.

Simon rassembla alors tout le courage dont il était capable et lui raconta son entrevue avec Sarah, qui était d'avis qu'il s'explique avec la police de Deauville. En revanche, il ne dévoila rien de son intention de vendre l'entreprise. Lea n'avait pas besoin de tout savoir d'un coup.

— L'idée est bonne, finit-elle par observer au bout d'un long silence. Tu ferais bien de suivre son conseil.

Simon en resta sans voix. Il s'était préparé à tout, à une des crises d'hystérie dont elle était coutumière et qu'il redoutait, à une avalanche d'injures, mais pas à ce qu'elle approuve la suggestion de Sarah.

Enfin Lea lâcha sa main, pour prendre un croissant, pas pour le gifler, ainsi qu'il l'avait cru.

Il resta encore une demi-heure, puis il marmonna une phrase à propos d'un rendez-vous important, embrassa Lea sur les deux joues et s'apprêta à s'esquiver.

— Si tu as Sarah au téléphone, dis-lui que j'aimerais lui parler.

Simon dévisagea sa tante, stupéfait. Il ouvrit la bouche mais ne put articuler aucun son. Rêvait-il ? Lea voulait parler à Sarah !

— Oui, oui, ne me regarde pas comme ça !

Lea devenait impatiente.

— Je voudrais lui parler, le moment est venu. Transmets-lui ce message.

Simon promit et convint avec elle de passer la prendre vers trois heures dans le square du centre de la place, en bas de l'immeuble, où presque tous les jours elle descendait s'asseoir un moment sur *son* banc.

Simon parti, Lea se leva péniblement, gagna la cuisine où elle prit un deuxième comprimé pour le cœur, puis elle s'assit au bureau d'où elle pouvait voir la place par la fenêtre. Lea aimait Paris. A la libération des camps, des bénévoles avaient pris en charge les Juifs comme elle, brisés par ce qu'ils avaient vécu. C'est dans ce contexte que Lea était arrivée en France, où elle avait été confiée à sa cousine Hilary. Ne pas y penser ! Interdiction de penser au passé ! Lea saisit le coupe-papier. Sa main tremblait si fort qu'elle dut fournir un effort pour ouvrir la première des lettres de condoléances qui s'empilaient devant elle.

Elle s'astreignit à toutes les lire, lentement, en prenant sur elle, et à répondre à quelques-unes. De temps à autre, elle se levait pour remplir les écuelles de ses petits compagnons à quatre pattes ou se refaire du café. A aucun moment elle n'éprouva le besoin de manger.

L'après-midi était déjà bien entamé quand elle posa son stylo et répartit soigneusement les lettres en deux piles bien nettes : celles auxquelles elle avait répondu et celles qui restaient en souffrance. Elle prit ses lettres de remerciement, que Mme Snyder irait poster le lendemain, et les posa sur la console à côté du téléphone. De nouveau elle contempla avec mélancolie sa chère place des Vosges par la fenêtre.

Elle s'était souvent tenue ici, devant ces hautes fenêtres, d'où elle observait les arbres, au printemps, quand les premiers bourgeons apparaissaient, ou scrutait le ciel étoilé et la lune, les nuits d'été, quand la chaleur l'empêchait de dormir.

C'était lors de ces nuits si belles que les images effroyables revenaient.

Comment aurait-elle pu oublier un passé qui lui interdisait de mener une vie normale, d'avoir une famille, un mari à aimer ? Comment Sarah pouvait-elle seulement lui demander une chose pareille ?

Un frisson parcourut le corps de Lea, un corps qui avait été brutalisé, bafoué, torturé. Sarah ne pouvait pas savoir ce que représentaient sept ans dans un camp de concentration. Elle ne pouvait pas comprendre l'horreur, une horreur indicible, le désespoir qui les prenait, elle et ses jeunes compagnes d'infortune, quand on venait les chercher pour les conduire dans un bordel proche du camp où des nazis abusaient de leurs pauvres corps martyrisés. Non, Sarah ne pouvait pas le savoir. Elle appartenait à une autre génération, elle était trop jeune pour pouvoir comprendre.

Lea sentit sa bouche devenir pâteuse, elle sentit son souffle faiblir. Elle ne voulait pas repenser à ces années. Il ne fallait plus qu'elle laisse émerger ces souvenirs. En tremblant, dans une sorte d'état fébrile, elle remonta le long couloir de l'entrée, un pas après l'autre, jusqu'à la porte.

Les deux chiens sautèrent autour d'elle en aboyant et en agitant la queue. Ils étaient impatients de sortir. Lea leur mit machinalement leurs laisses et s'enveloppa dans son immense vison. Un manteau qui à la fois la préservait du froid et lui donnait le sentiment d'être quelqu'un de respectable.

Elle prit l'ascenseur, sortit de l'immeuble et traversa la rue pour rejoindre son banc dans le square.

Aujourd'hui, le soleil automnal donnait le meilleur de lui-même. Les arbres flamboyaient, les feuilles mortes crissaient sous les pas, les enfants couraient et riaient sur la pelouse.

Pourtant, elle ne voyait rien, n'entendait rien. Elle pensait à Sarah, la fille de Mirjam. Et elle prit une décision. Pour Mirjam, pour le seul être qu'elle ait jamais aimé, elle essaierait de s'entendre avec Sarah. Il n'y avait pas de réconciliation possible entre elle et la fille de Rolf von Schröder, mais elles pouvaient discuter du sauvetage de la société de Mirjam. En proie à une agitation fébrile, elle fouilla dans son sac et en sortit un calepin et un stylo. Il fallait qu'elle écrive à Sarah, car il y avait de grandes chances pour que Simon, comme d'habitude, oublie de transmettre son message. Elle voulait proposer un rendez-vous, mais son cerveau ne parvenait plus à formuler des mots. Des images apparurent devant ses yeux, elle vit son frère, assis à son piano, qui lui souriait. Elle eut du mal à respirer, une douleur intense, un ruban de fer lui enserrait la poitrine, le froid montait le long de ses jambes. Elle comprit que ce n'était ni l'humidité du sol, ni la fraîcheur de l'automne, mais elle n'avait plus peur à présent, puisque Eli était près d'elle.

Quand Simon arriva, quelques minutes plus tard, la tête de sa tante était penchée en avant sur sa poitrine. Elle paraissait dormir. Les deux chiens, qui lui avaient échappé, jouaient au milieu des enfants sur la pelouse, leurs laisses traînant derrière eux. Surpris, Simon ramassa une petite feuille vierge de toute écriture, et le stylo de Lea à côté. Il comprit que sa tante était morte et il s'effondra en larmes sur le banc, à côté d'elle.

# 10

## *Sarah*

Elle se réveilla en sursaut sans savoir ce qui l'avait tirée du sommeil jusqu'à ce qu'elle s'avise que le téléphone sonnait avec obstination.

Elle tâtonna à la recherche de l'écouteur.

— Allô ? murmura-t-elle.

C'était Serge.

— J'ai déjà essayé de te joindre dix fois sur ton portable. Il est presque midi.

Puis, sans attendre sa réponse et sur le même ton impatient, il enchaîna :

— Il y a un problème.

Sarah s'assit sur son lit.

— Quel problème ?

— Le groupe veut pouvoir utiliser le label MM Cosmetics pour vendre de nouveaux produits.

— Jamais ! Il n'en est pas question !

D'un bond, Sarah fut debout.

— Si nous cédons, rien ne les empêchera de mettre peu à peu en avant leurs produits au détriment de nos préparations naturelles, et ils ne vendront plus que leurs crèmes sous la marque de ma mère.

— Je crains que nous n'ayons pas le choix, mais tout n'est pas perdu. Nous devrions réexaminer le dossier point par point. Nous avons encore un peu de temps devant nous. La signature de l'accord définitif a été reportée.

— Ils sont pressés de nous extorquer une signature avant que nous trouvions une autre solution, remarqua Sarah d'une voix monocorde.

— Je crains, je te l'ai dit, qu'il n'y ait pas d'autre solution. Même si tu dois faire des compromis.

Serge attendit, mais Sarah s'enferma dans un silence têtu.

— Et... par ailleurs, je suis en route. Je serai chez toi dans deux heures environ. Nous devons rediscuter de tout cela à tête reposée. Il faut qu'on s'entende sur un compromis acceptable.

Sarah ferma les yeux. Serge arrivait.

— Il n'y aura pas de compromis.

Elle raccrocha sans un mot aimable.

Après son coup de fil à Sarah, Serge offrit une cigarette à l'homme assis à côté de lui sur le siège passager, mais celui-ci la refusa d'un léger signe de tête. Quand Serge avait fait sa connaissance en fin de matinée, au cabinet, il lui avait spontanément proposé de l'emmener en Normandie. Avait-il bien fait ? Il alluma une cigarette et jeta un regard sceptique à Rolf von Schröder.

Sarah n'était pas certaine de devoir se réjouir de l'arrivée de Serge. Elle était venue à Deauville pour réfléchir, s'assurer qu'elle avait bien envie de vendre MM Cosmetics.

Elle descendit à la cuisine, heureuse que Mme Schneider ne soit pas là pour la suivre partout en la bombardant de questions, prépara du thé et, sa tasse à la main, alla dans le bureau de sa mère. Elle ne pouvait pas s'en empêcher, les photos de sa famille exerçaient sur elle une attraction quasi irrésistible. La pièce était glaciale. Elle n'avait pas l'intention de s'attarder, elle voulait simplement regarder les photos en buvant son thé, puis aller au cimetière avant que Serge arrive.

De nouveau, elle ne put détacher son regard de la photo représentant son père et Rebecca. Celle-ci souriait avec tant d'amour !

— Rebecca Moses, où es-tu ? murmura-t-elle.

Depuis le jour où cette photo avait été prise, environ soixante-cinq années s'étaient écoulées. Son père pensait-il toujours à Rebecca ? Pourquoi ne lui avait-il jamais parlé d'elle ? Craignait-il que la vérité ne soit trop douloureuse pour sa fille ? Sarah caressa la photo sépia du bout des doigts. Ils avaient dû beaucoup s'aimer. Elle reposa pensivement le cadre argenté sur le bureau. Et elle ? Portait-elle à Serge le même amour inconditionnel ? Avait-il parlé à Catherine ? Avait-elle le droit, après quelques jours de passion, d'exiger de lui une décision ? Etait-elle elle-même prête à s'engager si peu de temps après avoir mis un terme à une relation de huit ans ? Comment son père réagirait-il en apprenant qu'elle avait rompu avec Michael ? Elle ne lui avait donné aucun signe de vie. La lettre qu'elle lui avait écrite sous le coup de la colère avait échoué dans la corbeille à papier du Plaza. Et si elle lui envoyait un mail ? Elle ne pouvait pas différer plus longtemps une conversation avec lui, du reste elle ne le voulait plus. Elle voulait connaître la vérité, une vérité qu'il était seul à détenir.

Sarah ouvrit l'ordinateur portable qui était posé sur une petite table à côté du bureau et appuya sur le bouton de démarrage. L'écran s'alluma. Quand les fichiers apparurent, elle se figea. Le premier dossier était intitulé « Rebecca ». Elle l'ouvrit sans une hésitation.

Il s'agissait d'une lettre datée du 12 août.

Sa mère devait l'avoir écrite juste avant d'entrer en clinique. Sarah commença à lire, le cœur battant.

*Chère Rebecca,*

*En fait, je ne sais même pas comment je dois m'adresser à toi. Maman ne me semble guère approprié, étant donné que tu n'as jamais été une mère pour moi ; j'en reste donc à ton prénom.*

*Je t'écris aujourd'hui pour la raison suivante : il y a quelques mois, j'ai appris que j'avais un cancer du poumon. En même temps qu'ils me l'annonçaient, les médecins m'ont conseillé de profiter du temps qu'il me restait pour mettre de l'ordre dans mes affaires.*

*J'ai beaucoup pleuré, mais aussi beaucoup réfléchi. Des souvenirs sont remontés à la surface que je croyais oubliés depuis longtemps et qui peu à peu ont fait évoluer mes sentiments. Cela ne veut pas dire que je me suis mise subitement à t'aimer, mais aujourd'hui je sais qu'en m'emmenant aux Etats-Unis tu m'as sauvé la vie, et je t'en suis reconnaissante.*

*J'admets que tu te sois fait du souci pour moi, puisque tu m'as traînée chez un nombre incalculable de psys dans l'espoir que je devienne un jour une « enfant normale ».*

*Au début, à Paris, avec Lea, tout allait bien et j'étais plutôt heureuse ; puis, au bout de quatre ans, une agitation intérieure m'a prise et ne m'a plus lâchée. Je me suis mis en tête de revoir le pays de mon enfance et c'est ainsi qu'un jour j'ai pris le train pour Munich. Je ne sais pas pourquoi il a fallu que le destin me jette précisément dans les bras de l'homme qui avait été ton amant et qu'il m'épouse parce que je te ressemblais.*

*J'ai vécu huit ans avec Rolf von Schröder avant de découvrir que c'était toi qu'il aimait. Je me suis sentie abominablement humiliée, puis bouleversée et horrifiée quand je dus encore apprendre que j'avais épousé non seulement l'amant de ma mère mais également le meurtrier de mon père.*

*En ce moment, je regarde par la fenêtre les derniers feux du soleil couchant et je me rends compte que pour moi le cercle de la haine s'est enfin refermé.*

*Je ne t'écris pas aujourd'hui avec l'idée d'exploiter ma maladie pour susciter ta pitié, je n'en ai pas besoin et je ne veux pas non plus que tu viennes sur mon lit de mort pour te réconcilier avec moi. Non, je me tourne vers toi aujourd'hui parce que j'ai besoin de ton aide, et je crois que tu ne me la refuseras pas.*

*Je sais qu'en qualité de veuve de mon père tu perçois depuis 1950 des droits d'auteur sur la vente des enregistrements de ses concerts, et je suis au courant du succès de ses 33 tours et de ses CD, aujourd'hui plus que jamais. Au cas où ma fille Sarah ne serait pas intéressée par la reprise de ma société, je te demande, avec cet argent, d'assainir les comptes de MM Cosmetics, qui se trouve au bord de la faillite. Cette entreprise signifie tout pour moi, je l'ai aimée, elle était ma vie.*

*Oui, tu as bien lu, j'ai une fille, issue de mon mariage avec Rolf von Schröder. Elle a grandi à Munich près de lui et exerce aujourd'hui en tant qu'avocate dans son cabinet.*

*J'ai également un fils, Simon, de mon troisième mari, Daniel Arnaux. Mais Simon est fragile, influençable et comme moi perpétuellement en quête d'amour et de sécurité, ce que je n'ai jamais pu lui donner.*

*Au cours des mois écoulés, mes pensées n'ont cessé de me ramener aux jours anciens, à notre vie dans la villa de Bogenhausen, à mes toutes premières années et, peu à peu, j'ai compris la signification des marques bleues que je voyais sur ton visage et ton corps, même si tu te donnais un mal de chien pour les cacher.*

*Et je sais aujourd'hui que ce n'est pas toi qui portes la responsabilité de la femme déchirée et dépressive que je suis devenue. Cela tient sans doute essentiellement au fait que je suis l'enfant de deux êtres malheureux, conçue peut-être dans un moment de grande violence, d'aversion, avec en toile de fond l'amour sans espoir que te portait mon père. Son obsession de la beauté a poussé cet homme laid et vieillissant à épouser une jeune fille dont il a cru que le corps sublime, le cœur et l'âme seraient à lui. Comme il a dû souffrir en comprenant que tout cela appartenait à un autre homme, jeune et beau.*

*Il était prisonnier de sa solitude et de sa tristesse. Il avait certes la possibilité d'exprimer sa mélancolie, ses passions et ses sentiments dans la musique, ce qui lui valait d'être reconnu et apprécié dans le monde entier, mais il n'obtint jamais ce pour quoi il se consumait : ton amour.*

*Huit heures du soir. J'ai dû faire une pause car j'étais très fatiguée. Une grande agitation intérieure m'empêche cependant de me détendre et je tiens absolument à finir cette lettre ce soir.*

*Tu dois savoir une chose : je ne souhaite rien tant que Sarah réussisse à sauver l'entreprise et réconcilier la famille. Lorsque je suis revenue en France, il y a longtemps, j'ai entrepris des recherches sur la famille de mon père. J'ai ainsi découvert que de nombreux ancêtres d'Eli et Lea Moses étaient originaires de France. J'ai alors compris pourquoi j'avais toute ma vie vainement cherché à me sentir protégée et en sécurité. Ce n'est ni auprès de Lea, ni même auprès de mes enfants que j'ai pu trouver cette tranquillité de l'âme, mais ici, dans ma maison de Normandie. Lorsque j'en ai pris conscience, je me suis apaisée et j'ai pu enfin quitter le monde chimérique dont j'ai été toute ma vie prisonnière.*

La lettre s'interrompait là. Sarah sentait son cœur battre nerveusement. Elle regarda l'heure. Serge n'allait plus tarder.

Elle se hâta de gagner le vestibule. En enfilant la grosse veste destinée aux invités de passage, elle aperçut dans le miroir le visage anxieux de la petite fille qu'elle avait été. Elle devait aller au cimetière, près de sa mère.

Elle marchait vite. Mon père, le meurtrier, mon père... Les mots cognaient dans sa tête au rythme de ses pas.

Elle descendit l'allée du jardin jusqu'au portail dans une sorte de brume. Elle avait toujours l'esprit ailleurs quand elle bifurqua dans le chemin cahoteux qui menait au cimetière. Son téléphone sonna plusieurs fois mais elle ne prit pas la communication, elle ne le sortit même pas de sa poche et ne réagit pas non plus lorsqu'elle entendit le signal indiquant qu'elle avait reçu un message. C'était sûrement Serge, et pour le moment elle ne voulait pas lui parler.

Sarah passa devant la chapelle grise, qui paraissait beaucoup moins sinistre par ce beau soleil. Elle poussa le portail du petit cimetière et regarda autour d'elle. La première fois, elle n'avait pas fait attention à l'emplacement de la tombe, elle avait simplement suivi les gens vêtus de noir qui marchaient derrière le cercueil.

Le cimetière devait être très ancien, quelques-unes des pierres tombales étaient rongées par le temps, d'autres envahies de végétation, et leurs croix en fer étaient rouillées. Le regard de Sarah s'arrêta sur le vieil arbre contre lequel elle s'était adossée pour se reposer le jour de l'enterrement, et elle put se repérer. Elle se dirigea d'un pas hésitant vers la tombe couverte de bouquets de fleurs fanées et de couronnes défraîchies.

Pourquoi avait-il fallu que sa mère meure avant qu'elle puisse la revoir ?

La lettre qu'elle venait de lire et qui ne lui était pas destinée l'avait laissée désemparée. Les yeux rivés sur la tombe, elle ne vit pas la vieille femme qui se levait du banc situé à l'extrémité de la rangée et venait lentement vers elle. Ce n'est que lorsqu'elle se sentit observée que Sarah leva la tête. Elles se trouvèrent alors l'une en face de l'autre, simplement séparées par la tombe, les fleurs et les couronnes. La délicate silhouette vêtue de blanc de la vieille dame accrochait le soleil et irradiait de lumière. Un frisson parcourut Sarah : elle regarda sans y croire le doux visage de la femme et reconnut Rebecca. Rebecca, sa grand-mère. Rebecca, le grand amour de son père. Rebecca, la reine des neiges. Les deux femmes ne faisaient pas un geste, chacune s'était figée d'un côté de la tombe.

Sarah n'aurait su dire combien de temps elles restèrent ainsi sans oser bouger un cil. Quand son cœur eut recouvré son rythme normal, elle se décida à contourner la tombe et s'approcha de Rebecca. Les grands yeux noirs se posèrent sur elle, et sa grand-mère leva la main pour caresser sa joue.

— Tu dois être Sarah, n'est-ce pas ? Comme tu lui ressembles... murmura-t-elle.

La jeune femme détourna la tête. L'amour qu'elle lisait dans les yeux de Rebecca, et qu'elle savait destiné à son père, la gênait.

— Comment va-t-il ? demanda Rebecca d'une voix douce et légèrement fêlée.

— Bien, répondit Sarah d'un ton sec.

Il a tué quelqu'un, ajouta-t-elle pour elle-même, il l'a fait pour toi et tu le sais.

— Viens, assieds-toi près de moi.

Rebecca effleura le bras de sa petite-fille. Ses jambes ne voulant toujours pas lui obéir, celle-ci suivit Rebecca d'un pas raide, comme une automate, jusqu'au bout de l'allée. D'un geste machinal, elle balaya les feuilles sur le vieux banc de pierre.

Elles s'assirent l'une à côté de l'autre, en hésitant et en évitant de se toucher.

Puis Rebecca se tourna vers Sarah.

— Il y a encore peu de temps, j'ignorais même que j'avais une petite-fille. Quelques jours avant son décès, ta mère m'a écrit une lettre dans laquelle elle parlait de toi. J'espérais te rencontrer ici.

De nouveau, Sarah ne réussit qu'à hocher la tête. Une étrange timidité la retenait de répondre, alors même qu'elle souhaitait ardemment voir sa grand-mère depuis qu'elle avait découvert sa photo. Elle regarda Rebecca à la dérobée. Elle devait à présent avoir un peu plus de quatre-vingts ans, mais les années semblaient être passées sur elle sans laisser de traces. Elle était mince, douce, son profil n'avait rien perdu de sa pureté, ses grands yeux noirs illuminaient son visage qu'encadraient des cheveux blancs à la coupe parfaite. Elle portait de grosses boucles d'oreilles en corail qui soulignaient le rouge de ses lèvres parfaitement ourlées. Mais les cernes sombres qui creusaient ses yeux révélaient combien elle était fatiguée et à quels efforts elle s'astreignait. Sarah l'observait attentivement, enregistrait avec avidité le moindre de ses gestes, le moindre battement de ses cils. Elle avait trouvé sa grand-mère, mais la femme assise à côté d'elle était aussi la seule que son père ait aimée, celle pour qui il avait tué. Ces yeux noirs avaient fait rêver son père, il avait été heureux dans ces bras, cette bouche lui avait murmuré des mots d'amour, l'avait embrassé avec passion.

Elles se turent un long moment, curieusement en harmonie dans leur silence.

— Es-tu ici depuis longtemps ? demanda timidement Sarah.

— Je suis à l'hôtel à Deauville. Malheureusement, la lettre de ta mère m'est parvenue trop tard. Je ne me trouvais pas en Californie, mais chez une amie, à New York. Quand je suis rentrée chez moi, sa lettre m'attendait, ainsi qu'un courrier du cabinet Delmas m'informant du décès de ma fille. J'ai pris le premier avion pour Paris, mais je suis tout de même arrivée le lendemain de l'enterrement. A ce moment-là, je ne voulais parler à personne, je ne pouvais pas, c'était trop tôt. Je voulais pouvoir me recueillir seule ici, sur la tombe de ma fille. Un enfant ne devrait jamais mourir avant sa mère, murmura-t-elle. C'est trop cruel.

Allons, tu n'aimais pas ta fille, songea presque méchamment Sarah. Elle garda cependant sa remarque pour elle, puisque sa mère avait exprimé le vœu qu'elle s'efforce de réconcilier la famille. Y parviendrait-elle ? Elle qui jusque-là avait vécu sans responsabilité particulière, protégée par un père omniprésent et tout-puissant, serait-elle à la hauteur de la tâche ?

Le silence retomba entre la grand-mère et sa petite-fille. Ce n'était pourtant pas faute d'avoir des choses à se dire.

— Comment... comment s'est passée ta vie, après, aux Etats-Unis ? Je sais par ma mère que tu t'es mariée au moment où elle est rentrée en Europe.

— Je vis depuis quarante ans en Californie. J'ai épousé un homme délicieux.

Rebecca regarda ses mains qu'elle croisait et décroisait nerveusement.

— Nous avons eu une vie heureuse, David et moi.

Elle jeta un regard incertain à Sarah. Comme celle-ci ne disait rien, elle poursuivit :

— Mon mari est décédé il y a trois ans. Depuis qu'il est mort, je ne veux plus rester aux Etats-Unis, j'aimerais rentrer en Europe, revenir à Munich, dit-elle à voix basse. J'aimerais voir si l'immeuble où habitaient mes parents, où j'ai passé mon enfance, existe toujours. Je crois qu'il ne me reste plus beaucoup de temps, et ce temps, je voudrais le passer en Europe.

La voix de Rebecca était devenue presque inaudible. Sarah eut soudain très peur.

— Tu... tu n'es pas malade, au moins ? bafouilla-t-elle.

Elle ne voulait pas déjà perdre la grand-mère qui venait à peine d'entrer dans sa vie.

— Non, pas du tout, la rassura Rebecca avec un petit sourire.

— Pauvre maman, s'exclama soudain Sarah à mi-voix. Comme elle devait être seule quand elle est morte.

Rebecca secoua la tête.

— Non, Sarah, non. Elle avait Lea. Et pour elle, Lea était sa vraie mère.

En même temps qu'elle prononçait ces mots, Rebecca tendit le bras et une nouvelle fois caressa doucement la joue de sa petite-fille. Sarah se demandait fébrilement si elle devait parler de la lettre qu'elle avait trouvée dans l'ordinateur de sa mère. Elle coula un regard de côté à sa grand-mère. Quand elle vit l'expression de son visage, elle préféra garder l'information pour elle. Rebecca se leva et marcha vers la tombe. Sarah la suivit et la regarda ramasser et repiquer sur une couronne quelques roses que le vent avait détachées.

— Et que vas-tu faire ? demanda-t-elle en se tournant à demi vers sa petite-fille. Vas-tu exaucer le vœu de ta mère et reprendre MM Cosmetics ?

Sarah secoua vigoureusement la tête.

— Je ne crois pas, non. Nous sommes en pourparlers avec un grand groupe cosmétique. C'est une offre très correcte, ajouta-t-elle en voyant la réaction de Rebecca.

Sa grand-mère se redressa.

— Tu ne peux pas lui faire ça ! Ce n'est pas possible !

Sarah songea à sa dernière conversation téléphonique avec Serge et au projet du groupe de vendre ses propres produits sous la marque de sa mère. Elle eut la brusque certitude que seul le nom les intéressait. Ils voulaient pouvoir exploiter la notoriété de la marque, rien d'autre.

Rebecca saisit Sarah par la manche de sa veste.

— J'ai de l'argent. Beaucoup d'argent. De l'argent auquel je n'ai jamais touché car j'estime qu'il ne me revient pas. Depuis des années, je perçois les droits d'auteur sur les ventes des disques d'Eli Moses.

— Je ne peux pas reprendre la société. Je n'y connais rien. Ce serait trop risqué.

— Mon Dieu ! s'exclama Rebecca en forçant la voix pour couvrir le bruit du vent qui se levait. Dans ce cas, embauche un gérant le temps de te former. Je suis certaine que c'est à ta portée ! Et demain, nous allons ensemble à la banque à Paris pour régler l'aspect financier. Ce n'est pas une bien grosse société, ajouta-t-elle d'un ton apaisant. Et tu devrais également impliquer ton demi-frère dans l'affaire.

Sarah secoua la tête.

— Je ne veux pas. Je ne veux pas ! s'exclama-t-elle. C'est simple : je ne veux pas, voilà tout.

Elle serra les poings, mais Rebecca resta parfaitement calme.

— Tu dois le faire. Tu ne peux pas te dérober à tes responsabilités. Tu es une Moses, et tu y arriveras.

Sarah baissa la tête et fixa ses bottes. Le sentiment de son impuissance la paralysait.

— Ce n'est pas uniquement la société de ta mère, poursuivait Rebecca. Ces crèmes sont un patrimoine de la famille Moses, que les femmes se transmettent de génération en génération. Ce n'est pas quelque chose dont on se débarrasse. Même pour de l'argent. Il faut se battre pour conserver ce bien.

— Je ne peux pas, protesta Sarah d'un ton presque plaintif. Je n'y arriverai pas. Et puis il y a aussi Lea, qui me déteste, qui me...

Elle ne put achever sa phrase. Son cœur cognait contre ses côtes, sa gorge était nouée. Elle se détourna et parla si bas que Rebecca dut s'approcher pour l'entendre :

— Lea m'a traitée de fille de nazi, de fille d'assassin.

Rebecca resserra son châle de cachemire blanc autour de ses épaules.

— Tu... n'es donc pas au courant ? demanda-t-elle en butant sur les mots. Il ne t'a donc jamais dit que...

— Quoi ? Qu'est-ce qu'il ne m'a jamais dit ?

La voix de Rebecca était basse, à peine audible à présent que le vent avait forci.

— Je vis depuis près de cinquante ans avec cette culpabilité. Ce que j'ai fait à ma fille ne me laisse pas de répit.

— De quoi parles-tu ?

Le cœur de Sarah recommença à s'emballer. Puis Rebecca se retourna lentement et regarda sa petite-fille dans les yeux.

— Ce n'est pas ton père qui a tué Eli...

Combien de temps s'écoula-t-il avant que Rebecca poursuive, quelques secondes, une éternité ?

— J'ai passé toute la journée du 9 novembre dans un état d'angoisse et d'extrême tension. Personne ne devait savoir que j'allais quitter l'Allemagne le soir même, que j'étais sur le point de m'enfuir grâce à l'aide de mon amant et que j'étais déterminée à emmener ma fille. Le temps ne passait pas, c'était affreux. Puis enfin ce fut le soir. Lea partit chez les Silber, nos voisins, et j'attendis Rolf, en bas, dans le vestibule. J'entendais dans le lointain des cris, des détonations. J'étais terrifiée et je recommençais à douter d'avoir fait le bon choix. Je guettais derrière la porte, prête à partir, mais ce n'est pas Rolf qui est arrivé, c'est Eli. Il a instantanément repéré ma valise. En le voyant avancer vers moi, j'ai compris que, tant qu'il vivrait, je ne pourrais jamais lui échapper. Il m'a frappée et précipitée contre le mur. J'ai senti le sang couler sur mon front. Quand j'ai relevé la tête et croisé son regard, je n'ai vu dans ses yeux qu'une rage froide et le plaisir pervers qu'il prenait à me faire souffrir. Il m'avait tout pris, ma dignité, ma fierté, mon amour... Des années durant, il m'avait humiliée, battue – quand j'ai senti le revolver dans la poche de la veste de mon tailleur, je l'ai sorti et j'ai tiré. J'ai tiré sur mon bourreau. A cet instant, Rolf est arrivé. Il m'a pris l'arme des mains quelques secondes avant que Mirjam apparaisse en haut de l'escalier. Jamais elle n'a su que c'était sa mère qui avait tué son père.

— Mais comment se fait-il que... Comment Lea peut-elle accuser mon père de...

Rebecca regarda sa petite-fille.

— J'imagine que lorsque Mirjam est revenue vivre à Paris, après vous avoir quittés, ton père et toi, elle a dit à sa tante qu'elle avait identifié Rolf à sa chevalière, la chevalière que portait l'homme aperçu derrière moi, une arme à la main.

Sarah tremblait. Elle connaissait désormais la vérité, mais elle ne se sentait pas mieux pour autant. Elle aurait tellement voulu que rien de ce qu'elle venait d'apprendre ne se soit passé. Que cette femme à laquelle elle s'était sentie liée dès l'instant où elle avait vu son visage en photo n'ait pas dû endurer de telles souffrances, n'ait pas tué son mari, n'ait pas vécu une vie entière accablée par la culpabilité. Elle avait toujours cru que les grands sentiments comme l'amour et la douleur perdaient en intensité à mesure que l'on vieillissait. Elle comprit son erreur en regardant sa grand-mère.

— Mais ce n'était pas un meurtre, c'était de la légitime défense, dit-elle.

— Il était le père de ma fille... Je l'avais épousé. Mon Dieu, j'étais si jeune, alors, si inexpérimentée. Et à cette époque, affreusement meurtrie et désespérée. J'avais cru que le respect et l'admiration que m'inspirait le merveilleux pianiste qu'était

Eli Moses suffiraient à construire un couple. Je me demande aujourd'hui encore comment une même personne peut avoir des facettes aussi contradictoires, être un père aimant, un pianiste d'une sensibilité hors du commun et en même temps un sadique.

Sarah songea à la lettre de sa mère. Elle excusait presque les contradictions du caractère de son père, elle les comprenait. Ressemblait-elle à ce point à Eli ? Sarah se tourna vers sa grand-mère, dont le visage était à présent baigné de larmes.

— Quand cette nuit-là, à Munich, je suis montée dans le train, j'ai quitté mon pays, j'ai quitté le seul homme que j'aie jamais aimé, et j'ai laissé derrière moi Eli, que j'avais tué, gisant au milieu de son sang dans notre maison. Et par la suite, aux Etats-Unis, chaque fois que je regardais ma fille dans les yeux, je me sentais misérable. Je savais que ce geste m'avait ôté tout droit au bonheur. Mais je n'ai jamais cessé d'aimer ton père, murmura Rebecca. Pas même lorsque Joshua Erdmann m'a appris que Rolf s'était rapproché de sa femme et m'avait certainement oubliée.

— Non ! s'exclama Sarah dans un cri. Papa n'a jamais aimé que toi. Sinon, jamais il n'aurait eu cette folle idée d'épouser ta fille uniquement parce qu'elle te ressemblait. Il t'aimait, ne le comprends-tu pas ? Il a laissé Mirjam croire que c'était lui qui avait tué son père. Il voulait te protéger. Par amour.

Sarah était bouleversée.

— Il l'a fait pour Mirjam, pas pour moi, expliqua Rebecca avec fermeté.

— Viens, allons-nous-en, proposa Sarah. Il fait tellement froid, ici.

Rebecca secoua la tête.

— J'aimerais rester encore.

Sarah hésitait. Que pouvait-elle dire ? Que cette nuit du 9 novembre, s'il était rentré chez lui une demi-heure plus tard, Eli Moses aurait probablement été tué par des SA ou déporté en camp de concentration ? Que le geste de sa femme lui avait peut-être épargné un destin plus cruel encore ?

— Tu ne peux pas changer le passé, dit brusquement Rebecca.

Avait-elle deviné les pensées qui agitaient sa petite-fille ?

— J'ai longtemps voulu effacer ce soir de novembre, faire en sorte qu'il n'ait jamais existé. Mais le passé est immuable, Sarah, c'est ainsi et il faut l'accepter.

Elles se turent et regardèrent une femme d'une soixantaine d'années venir vers elles et poser sur la tombe une bougie allumée dans un grand verre. Elle salua Sarah et Rebecca d'un bref signe de la tête puis repartit.

Sarah posa timidement son bras autour des frêles épaules de sa grand-mère.

— Je viens te chercher dans une demi-heure. Cela te convient-il ?

Rebecca acquiesça et Sarah s'éloigna. Elle ouvrit le portail du cimetière, dévala le chemin cahoteux, traversa la petite route et courut jusqu'à la mer. A bout de souffle, elle se laissa choir sur le sable froid et humide.

Une semaine auparavant, elle ignorait tout de sa famille juive. Elle ne s'était pas sentie solidaire du sombre passé de l'Allemagne. Après tout, elle était née longtemps après la fin de la guerre, et le nazisme, pensait-elle, ne la concernait pas. Le meurtre de son grand-père Eli Moses n'était pas un assassinat politique, c'était le geste désespéré d'une femme accablée ; le nazisme était néanmoins à l'origine du malheur qui avait frappé la famille : il avait séparé Rolf et Rebecca, marqué Lea à vie, et rendu Mirjam inapte au bonheur.

La respiration de Sarah mit longtemps à s'apaiser. Elle emplissait ses poumons d'air iodé et contemplait le ciel au-dessus de sa tête, les nuages gris poussés par le vent qui s'étiraient lentement, prenaient des formes fantastiques puis s'effilochaient de nouveau. Enfant, elle s'amusait souvent, allongée dans l'herbe, à reconnaître des formes dans les nuages. Elle pouvait alors passer des heures à scruter le ciel. Mais à présent cela lui donnait presque le vertige. Elle ferma les yeux et écouta le bruit du ressac et le cri des mouettes.

De la confusion qui régnait dans sa tête, des sentiments contradictoires qui l'agitaient, peu à peu une décision émergea et prit forme : elle ne pouvait pas se dérober à ses responsabilités. Il était temps qu'elle devienne adulte.

— Mon Dieu, mais qu'est-ce qui t'arrive ? Quelque chose ne va pas ?

Sarah ouvrit les yeux. Le visage soucieux de Serge était penché au-dessus du sien.

— Non, non, tout va bien... mentit-elle en prenant la main de Serge pour se relever.

— C'est parce que tout va bien que je te trouve étendue sur le sable mouillé d'une plage déserte au beau milieu de l'automne ? Ça fait au moins une demi-heure que je te cherche partout. Je m'inquiétais.

Serge l'attira dans ses bras et la serra contre lui. Les lèvres de Sarah s'ouvraient déjà, mais il s'écarta.

— Nous devons rentrer. J'ai apporté le dossier, et nous n'avons plus beaucoup de temps. Nous sommes convenus ce matin avec les représentants du groupe que je leur faxais notre accord avant ce soir. Alors viens, maintenant !

Il s'était éloigné de quelques mètres quand il se rendit compte que Sarah ne le suivait pas.

— Qu'est-ce qu'il y a ?

Elle se pencha, ramassa un joli coquillage puis répondit :

— Tu es allé trop vite, Serge. Je suis désolée, mais je ne vends pas. Je vais embaucher un gérant. Ma grand-mère va me financer. Elle est ici.

— Quoi ?

Serge avait seulement retenu qu'elle ne voulait pas vendre.

— Qu'est-ce que tu dis ?

— Je ne vends pas, tu as bien entendu.

La réponse de Serge trahit une colère qu'il avait peine à contrôler :

— Sarah, ce n'est pas dans mes habitudes de me laisser mener par le bout du nez, pas même par une femme dont je suis amoureux. J'ai négligé mes clients, mes affaires, pour me mettre à ta disposition et celle de la société de ta mère. Depuis des jours, je ne fais rien d'autre qu'aller et venir entre Paris et Deauville, j'ai discuté pied à pied pendant des heures pour obtenir les meilleures conditions possible, j'ai donné, en ton nom, un accord de principe, et tu fais machine arrière ! Je vais avoir l'air de quoi, à ton avis ? Je suis grillé.

— Tu as agi à la légère. Tu as considéré mon accord comme acquis alors que tu ne l'avais pas. Tu as eu tort.

Serge mit un instant à comprendre ce qu'impliquait cette déclaration.

— Et ? Comment envisages-tu l'avenir de la société ?

Son ton cassant serra le cœur de Sarah, et elle ne lut que de l'impatience et du rejet dans ses yeux.

Elle fit un pas vers lui, s'arrêta à quelques centimètres. Pourquoi ne pouvait-elle simplement poser sa tête sur son épaule et lui parler de sa grand-mère, des nouvelles possibilités qui s'offraient à elle ? Pourquoi ? Elle aspirait de tout son être à ce qu'il la prenne dans ses bras. Elle pensait aux nuits passées avec lui, à ce qu'elle avait ressenti, à ce qu'elle avait découvert grâce à lui.

Elle avait néanmoins douloureusement conscience d'avoir une décision à prendre en ce qui le concernait.

— J'ai déjà perdu un client important, poursuivit-il d'un ton de reproche, parce que j'ai sacrifié tout mon temps pour ta société. Mais je ne voulais que la meilleure solution pour toi.

Sarah secoua vigoureusement la tête.

— Je le répète, Serge : je reprends la société. Je vais la moderniser, la rajeunir, repositionner la marque sur le très haut de gamme des produits naturels.

Serge tâta ses poches à la recherche de ses cigarettes, en sortit une du paquet, essaya vainement de l'allumer à cause du vent et finit par la jeter dans le sable, exaspéré.

Devant le silence de Sarah, il se calma et la considéra d'un œil scrutateur. Où était passée la jeune femme qu'il n'avait pas crue taillée pour les dures réalités de la vie ? Il hésitait sur l'attitude à adopter et continuait à l'observer. Sarah ramassa un caillou plat et le lança sur l'eau, comme elle avait vu son père le faire quand elle le tenait par la main, au bord du lac.

Serge s'approcha.

— Allez, viens, Sarah. Tu signes ce contrat et on ne parle plus de cette histoire.

— Je te répète que c'est non ! s'exclama Sarah sur un ton qui ne permettait pas de douter de sa détermination.

— Mais enfin, tu trouvais cette offre formidable ! Qu'est-ce qui t'arrive ?

Sarah haussa les épaules. Comment lui expliquer les sentiments qu'elle éprouvait ? Alors elle lui parla de sa rencontre avec sa grand-mère sur la tombe de Mirjam, lui dit qu'elle ne voulait pas perdre Rebecca, que celle-ci lui offrait l'argent dont elle disposait et qu'elle était désormais décidée à reprendre la société de sa mère. Elle commençait à avoir le sentiment d'appartenir aux Moses et il était de son devoir de rassembler sa famille. Elle savait qu'elle était la seule à pouvoir le faire.

Quand elle se tut, Serge la dévisagea, décontenancé. Etait-ce bien Sarah, la femme dont il était, à quarante-quatre ans, tombé éperdument amoureux ? Il regardait son visage pâle, ses cheveux blonds soulevés par un vent de plus en plus vif qui fouettait ses joues, y faisait naître une touche de rose. Une semaine, une seule petite semaine avait suffi à la métamorphoser. A la voir ainsi, calme et sûre d'elle, il comprit que Mirjam Moses n'avait pas légué à sa fille uniquement ses parts de MM Cosmetics, mais aussi sa force et son courage.

Il fit un nouvel essai :

— Tu oublies que tu ne connais pas grand-chose à l'industrie cosmétique, et tu as un demi-frère que tu ne peux pas mettre sur la touche comme ça. Et Lea, qui va essayer de te compliquer la vie, continuera à le monter contre toi.

Sarah se renfrogna. Elle ne voulait plus entendre d'objections. Sa décision était prise.

Serge insista :

— Je ne pense pas que l'argent de ta grand-mère suffise. Je crains que les produits ne soient plus assez bons pour s'imposer face à la concurrence. Pour ma part, je reste persuadé que la marque est le seul élément qui ait une réelle valeur, et tu devrais saisir l'occasion d'en tirer profit avant qu'il soit trop tard.

Sarah s'absorba dans la contemplation des piqués d'une mouette. Serge secoua la tête d'un air résigné.

— Tu y arriveras peut-être, mais tu devras tout reprendre depuis le début. Réfléchis bien ! Ne prends pas de décision hâtive sous prétexte que ta mère aurait aimé que tu le fasses.

— Je ne le fais pas pour ma mère, répliqua posément Sarah. Je ne le fais pas non plus pour Simon, que je dois d'abord apprendre à connaître. Je le fais pour moi, pour ma grand-mère Rebecca, et aussi pour Lea et pour la petite fille qui a vu son père mourir sous ses yeux. Pour la première fois de ma vie, j'ai des responsabilités. Je n'ai pas le droit de m'y soustraire.

Sarah se tut et chercha le regard de Serge. Il détourna la tête.

Il pensa à sa vie, à la responsabilité qu'il avait prise en succédant à son père à la tête du cabinet, et répondit à la question qu'elle n'avait pas formulée à haute voix :

— Je regrette, mais je ne peux pas.

Sarah laissa errer son regard sur la plage déserte ; un chien dont les longues oreilles volaient en tous sens courait derrière un oiseau, refusant de comprendre qu'il lui échapperait chaque fois qu'il serait sur le point de l'attraper.

— Tu sais…

Serge s'approcha d'elle et effleura ses lèvres de son index. Sarah saisit sa main et la posa contre sa joue.

— Sarah…

La voix de Serge était douce et chaude, comme lors des nuits où, emporté par la passion, il l'avait couverte de mots d'amour.

— Sarah, répéta-t-il en retirant sa main. Pour toi, une nouvelle vie commence, pas pour moi. J'ai déjà ma vie. Je dois la réintégrer. Moi aussi j'ai des responsabilités.

Sarah sentit le froid lui envelopper le cœur quand Serge continua :

— Je t'ai dit une fois que l'amour n'était pas tout, qu'il fallait aussi se rencontrer au bon moment. Il faut la convergence de plusieurs éléments pour que ça marche.

— Serge, tu es un lâche, murmura Sarah d'une voix blanche.

Mais elle savait depuis longtemps qu'il avait raison. Serge lut dans ses yeux du regret, de la souffrance, puis un début d'impatience.

— Je suis désolé, Sarah. Ça ne pourrait pas marcher, si profondément amoureux que je puisse être, et je crois que tu en as conscience.

— Alors, s'il te plaît, pars. Pars vite...

Serge demeura immobile, indécis. Il la regardait, il regardait son profil aux lignes claires, ses lèvres qu'elle serrait. Il se sentait partagé, il ne parvenait pas à se détacher d'elle. Puis il fit un effort sur lui-même.

— Bon, eh bien, bonne chance, Sarah... Au revoir.

Une douleur sourde envahissait sa tête, battait à ses tempes. Il avait froid, atteindre sa voiture fut un soulagement. Il éprouva soudain la violente envie d'être chez lui, boulevard Saint-Germain, de retrouver son appartement et ses grandes bibliothèques, son canapé géant qui par endroits commençait à s'affaisser, ses piles de journaux, de livres et de dossiers sur son grand bureau et jusque par terre, partout dans les pièces. Son désordre organisé. Il savait que Catherine l'attendait chez lui, qu'elle ne poserait pas de questions, qu'elle lui préparerait un whisky et lui masserait la nuque.

Il ne se mêlerait plus des affaires de MM Cosmetics, et il ne proposerait plus son aide à Sarah, sa fierté avait été suffisamment malmenée comme cela. Il avait déjà atteint l'autoroute quand il se souvint d'une chose : il avait oublié de dire à Sarah qu'il lui avait amené son père et que Rolf von Schröder l'attendait.

Sarah suivit Serge des yeux jusqu'à ce qu'il ait disparu.

Elle se tourna vers la mer qui s'étendait devant elle, grise et peu engageante, et contempla les vagues qui venaient mourir sur la plage. Elle était désormais très calme. Elle se sentait libre et heureuse bien que Serge soit parti.

— Un jour, ce sera le bon moment. Peut-être pas aujourd'hui, peut-être pas demain, mais notre moment viendra, je le sais... murmura-t-elle.

Tout était différent depuis qu'elle avait retrouvé Rebecca ; elle savait enfin ce qu'elle souhaitait faire de sa vie. Elle n'était pas uniquement la fille d'un riche avocat munichois, d'un vieil homme solitaire. Dans ses veines coulait aussi le sang de femmes qui avaient connu la discrimination, l'humiliation et la souffrance : Rebecca, dont le grand amour s'était achevé de façon si dramatique quand elle avait dû fuir l'Allemagne ; Mirjam, qui était revenue brisée à Paris et avait construit une entreprise à partir de rien ; Lea, dont la volonté lui avait permis de survivre au camp de concentration. Et elle, Sarah, appartenait à cette lignée de femmes fortes et passionnées qui s'étaient battues et n'avaient jamais renoncé.

Sarah regarda la mer et songea combien ce serait bon, l'été, de nager vers le large, loin, toujours plus loin, avec rien que l'horizon devant soi. Elle se sentait appartenir à cet endroit, c'était ici qu'elle trouverait ses racines, et elle devinait que c'était précisément pour cette raison que Mirjam lui avait légué sa maison. Sa mère avait compris qu'elle était une vraie Moses.

Sarah se détacha à contrecœur du spectacle de la mer pour aller chercher Rebecca. En chemin, elle pêcha machinalement son portable au fond de l'immense poche de sa veste et y jeta un coup d'œil. Un SMS était arrivé un peu plus tôt.

C'était un message de Simon : « Lea décédée. S'il te plaît, rappelle-moi. »

— Il va maintenant falloir que tu grandisses, petit frère, marmonna Sarah pour elle-même en remettant le portable dans sa poche.

La nouvelle, cependant, la toucha au point qu'elle fut prise d'une sorte de vertige et dut s'appuyer à une vieille clôture qui longeait le chemin montant au cimetière.

Que lui arrivait-il ? Etait-ce la tristesse ou bien le soulagement qui la bouleversait ainsi ? Elle tressaillit. Pouvait-elle seulement s'autoriser un tel sentiment ?

Elle était toujours adossée à la fragile clôture quand elle reçut un nouveau message : « Lea voulait te parler, elle me l'a dit avant de mourir. »

Sarah ferma les yeux. En dépit de sa tristesse, elle était étrangement heureuse. Lea avait pensé à elle, elle voulait lui parler, peut-être même se seraient-elles réconciliées. Oui, plus elle y réfléchissait, plus Sarah était convaincue qu'elles auraient fini par s'entendre. Elle lâcha la clôture. Elle se sentait libre et cependant liée de tout son être à sa famille. Un sourire aux lèvres, elle courut jusqu'au portail du cimetière pour rejoindre Rebecca.

Rebecca remit un peu d'ordre dans les couronnes et les bouquets fanés, reposa sur la tombe une rose solitaire, puis elle se redressa lentement et regarda l'heure. Sarah aurait dû être là depuis longtemps.

Son regard balaya le cimetière, glissa sur la chapelle battue par les vents et s'arrêta, plein d'espoir, sur le portail en fer forgé à l'instant même où il s'ouvrait. Ce ne fut pas Sarah qui apparut, mais un homme, âgé et de grande taille.

Il regarda autour de lui jusqu'à ce qu'il découvre la tombe fraîche et prenne cette direction. Quand il vit la femme qui le regardait venir vers elle, pétrifiée, il ralentit l'allure, vacilla presque. Le sang s'était retiré de son visage et ses jambes semblaient sur le point de se dérober.

Rebecca sentit un sanglot sec monter dans sa gorge, elle eut l'impression que son cœur s'arrêtait de battre, comme s'il n'avait plus attendu que cet unique instant.

Le crépuscule descendait ; à l'horizon, la terre se fondait dans le ciel quand Rolf von Schröder s'arrêta devant Rebecca. Il tendit la main et caressa sa joue pâle avec une infinie tendresse.

— Un jour, murmura-t-il, reprenant les mots qu'il avait prononcés près de soixante années auparavant, un jour, nous nous retrouverons.

Rebecca songea à l'enfer de cette nuit de novembre où, désespérée, elle avait vu par la vitre de la portière la synagogue en feu.

— Oui, nous nous retrouverons, répondit-elle à mi-voix.

Et elle posa doucement la tête au creux de son épaule.

Cet ouvrage a été imprimé en France par

CPI
Bussière

à Saint-Amand-Montrond (Cher)
en octobre 2009

Composé par Nord Compo Multimédia
7, rue de Fives, 59650 Villeneuve-d'Ascq

N° d'édition : 7645/01. — N° d'impression : 092875/1.
Dépôt légal : novembre 2009.